Sarah Lukas
Der Kuss des Jägers

PIPER

Zu diesem Buch

Der neue Star am Urban-Fantasy-Himmel Sarah Lukas erzählt in »Der Kuss des Jägers«, wie die junge Sophie nach dem Tod ihres Verlobten Rafael mit ihrem Leben zurechtkommt. Und das ändert sich schlagartig, als sie erfährt, dass Rafael als gefallener Engel zu ihr zurückgekehrt ist. Sie riskiert alles für ihre große Liebe – und überlebt einen brutalen Kampf mit einem Dämon nur knapp. Nun scheint einer gemeinsamen Zukunft nichts mehr im Weg zu stehen, doch die junge Frau muss bald feststellen, dass Engel auf eine andere Art lieben als Menschen. Ist Sophie zufrieden mit dem, was Rafael ihr bieten kann? Oder entscheidet sie sich für Jean, den jungen Mann, der ihr und Rafael geholfen und dabei seine Freiheit aufs Spiel gesetzt hat?

Sarah Lukas, geboren 1972, lebt gemeinsam mit ihrer Schwester, ihrem Neffen und ihrem Hund in Wiesbaden. Am liebsten verbringt sie ihren Urlaub in Frankreich und genießt dort das Savoir-vivre. Ihre Ideen sammelt Sarah Lukas während langer Bergwanderungen. Die Fortsetzung ihres ersten Romans »Der Kuss des Engels« wird zeigen, ob sich das abgrundtief Böse doch noch vom Guten besiegen lässt. Weiteres zur Autorin unter: www.sarah-lukas.de

Sarah Lukas

der kuss des jägers

Roman

Piper München Zürich

Entdecke die Welt der Piper Fantasy:

Piper-Fantasy.de

Von Sarah Lukas liegen bei Piper vor:
Der Kuss des Engels
Der Kuss des Jägers

Ungekürzte Taschenbuchausgabe
Juli 2012
© Piper Verlag GmbH, München 2011
Umschlaggestaltung: www.guter-punkt.de
Umschlagabbildung: Anke Koopmann unter Verwendung
von Motiven von shutterstock und Corbis
Karte: Tanja Meurer
Satz: Satz für Satz. Barbara Reischmann, Leutkirch
Papier: Pamo Super von Arctic Paper Mochenwangen GmbH, Deutschland
Druck und Bindung: GGP Media GmbH, Pößneck
Printed in Germany   ISBN 978-3-492-26877-6

Prolog

Da ist jemand! Wie ein Blitz durchzuckte der Gedanke Sophies schlaftrunkenes Schweben. Ihr Herz pochte. Alarmiert schlug sie die Augen auf. Das Krankenhauszimmer lag in nächtlicher Dunkelheit. Im fahlen Licht der Mondsichel vor dem Fenster schimmerte ihr weißes Laken wie Schnee. Neben ihr ragte der Infusionsständer auf, ein dünner, metallisch glänzender Galgen, an dem noch der Strick baumelte. Nur das leise, gleichmäßige Atmen ihrer Bettnachbarin war zu hören. Das Mädchen hatte ein Schlafmittel bekommen und würde nicht erwachen – ganz gleich, was geschah.

Die Ahnung der Gefahr lähmte Sophie, als ob das Raubtier, dessen Nähe sie spürte, von ihr abließe, wenn sie sich tot stellte. Ängstlich ließ sie den Blick vom Bett wieder zurück zum Fenster schweifen und zuckte zusammen. Ein schwarzer Umriss schob sich zwischen sie und das kalte Licht. Ohne das Gesicht erkennen zu können, *wusste* sie, dass die Gestalt ein Mann, aber gewiss nicht Rafael war. Der Körper wirkte zu massiv, das Haar zu kurz. Aus geweiteten Augen starrte sie ihn an.

Er kam einen Schritt näher. Hektisch strampelnd wich sie so weit zurück, wie es das Bett gestattete. Ihre Hand tastete panisch nach dem Schalter, der die Nachtschwester herbeirief, und drückte zu.

Die allmählich sichtbar werdende Miene des Mannes verzog sich spöttisch. »Sie wird nicht kommen.«

Die Stimme jagte Sophie einen eisigen Schauer über den Rücken. *Kafziel!*

»Glaubst du, ich lasse mich von solchen Kleinigkeiten aufhalten?«

Nein. Aber ich kann immer noch fliehen.

Das Türschloss klickte leise. »Kannst du nicht.«

Sie begann, am ganzen Körper zu zittern. »Dann werde ich eben schreien.« Laut und entschieden hatte sie es sagen wollen, doch es kam nur als brüchiges Flüstern über ihre Lippen.

Seine Mundwinkel zuckten amüsiert. »Eine ausgezeichnete Idee, wenn du Mérics kleiner Freundin in der Psychiatrie Gesellschaft leisten willst. Die haben dort eine Schwäche für labile junge Frauen, die sich die Pulsadern aufschneiden.« Er nickte in Richtung ihres Handgelenks, an dem der Verband prangte.

»Das habe nicht ich getan«, erinnerte sie ihn, obwohl er nur zu gut wissen musste, dass sie seinetwegen beinahe verblutet wäre.

»Wem willst du das noch weismachen, wenn du die Station zusammenschreist, nur weil du Wahnvorstellungen hast?«

Verunsichert schwieg sie. Hatten alle sie nicht auch so

schon zweifelnd und mitleidig angesehen – von der Ärztin über die Schwestern bis zu den anderen Patientinnen? Lediglich Madame Guimard hatte ihr vorbehaltlos geglaubt. Was ein Wunder war, denn schließlich wusste ihre Vermieterin als Einzige hier, dass sie einen Grund für Selbstmord haben könnte. *Und beinahe hätte ich ihm nachgegeben …*

Der Dämon trat direkt neben sie und beugte sich vor. Sie zuckte so hastig zurück, dass sie mit dem Kopf gegen die Wand prallte. Der Schmerz fegte die letzten Reste der Lähmung hinweg, doch wohin sollte sie fliehen? Hellwach und gebannt zugleich starrte sie in die dunklen Augen, die sie unter dichten schwarzen Brauen anfunkelten.

»Du und ich, wir sind noch nicht miteinander fertig.« Sein Gesicht war so nah, dass sie selbst in der Dunkelheit die Stoppeln auf seinen Wangen sehen konnte. »Du hast dein Blut für mich vergossen, aus eigenem Wunsch. Das ist ein Opfer, Schätzchen. Ein Opfer, das man nicht einfach zurücknehmen kann.«

»Es war erschwindelt«, brachte sie heraus. »Du hast mich angelogen.«

Wieder trat Spott in seine Züge. »Ach, wirklich? Du wolltest sterben, um wieder mit deinem Verlobten vereint zu sein. Die Idee hattest du damals auf dieser Brücke ganz allein. Aber jetzt haben wir einen Handel: Du lässt dich von mir töten, um deinen Wunsch zu erfüllen, und gibst mir damit, was *ich* will. Du hast es mit Blut besiegelt. Es gibt kein Zurück.«

1

Stimmen und Geschirrklappern schreckten Sophie aus dem Schlaf. Verwirrt setzte sie sich auf und blinzelte ins Licht eines sonnigen Pariser Morgens. Sie war noch immer im Krankenhaus. Die Schwestern hatten den Wagen mit dem Frühstück ins Zimmer geschoben, schenkten Tee aus, und im Bett nebenan saß das blasse, schweigsame Mädchen, das irgendeine seltene Blutkrankheit hatte, deren komplizierter Name ihr sofort wieder entfallen war.

»Bonjour«, erwiderte Sophie wie von selbst. Gedankenverloren stand sie auf, um erst einmal in Pantoffeln ins Bad zu tappen. Bei der Erinnerung an Kafziels nächtlichen Besuch bekam sie eine Gänsehaut. Hatte der Dämon tatsächlich an ihrem Bett gestanden und mit ihr gesprochen? Die Angst steckte ihr immer noch in den Gliedern, doch im hellen Tageslicht kam ihr die Szene fern und unwirklich vor. War es nur ein Albtraum gewesen? Sie schaufelte sich kaltes Wasser ins Gesicht, um die Müdigkeit zu vertreiben.

Es muss ein böser Traum gewesen sein. Rafe würde nicht zulassen, dass der Dämon mir noch einmal nahe kommt. Er war jetzt ein guter, ein richtiger Engel – kein dunkles, gefallenes Wesen mehr, dem sie nicht trauen durfte. Für einen Augenblick wärmte ein Widerhall der überwältigenden Liebe, die bei seiner letzten Berührung in sie geflossen war, ihr Herz. Sie konnte seine neue wahre Gestalt vor sich sehen, die er ihr einen Moment lang gezeigt hatte, bevor eine der Schwestern hereingeplatzt war. Das Licht, das aus seinem Innern hervorgebrochen war, hatte sie geblendet und ihre Augen doch für die Schönheit geöffnet, die in dieser strahlenden Aura lag. Es war durch ihre Haut gedrungen, hatte sie durchflutet und für diese kurze Zeit alle Schatten der Vergangenheit aufgelöst.

Behutsam holte sie die weiße, flaumige Feder hervor, die sie in ihrem Kulturbeutel versteckt hatte, strich sich damit langsam über die Hand, dann über die Wange und genoss die feine, ein wenig kitzelnde Berührung. Mehr hatte er nicht zurückgelassen, aber sicher wachte er über sie. War er jetzt vielleicht ihr Schutzengel geworden? Sie wusste immer noch so wenig über Engel, ihre Fähigkeiten und Aufgaben.

Ein Klopfen an der Tür schreckte sie auf. »Geht es Ihnen gut?«, erkundigte sich eine besorgte Stimme.

»Ja, danke, ich bin fast fertig«, antwortete sie und beeilte sich, wieder aus dem Bad aufzutauchen. Es war nicht nur so dahingesagt. Sie fühlte sich wirklich nicht mehr geschwächt. Am liebsten hätte sie ihre Sachen gepackt und das Krankenhaus verlassen, doch ein Frühstück im Bett hatte auch etwas für sich. Sie musste ohnehin warten, bis die Ärztin sie ein letztes Mal untersucht hatte, sonst würde es sicher Ärger geben.

»Ich komme gleich wieder, um nach dem Verband zu

sehen«, versprach die Schwester, eine junge Kreolin, deren Haut so weich und zart aussah, dass Sophie die eigene dagegen rau und derb vorkam.

Eigentlich will sie nicht nach dem Verband schauen, sondern nach der Wunde darunter. Der Schnitt, den Kafziel ihr zugefügt hatte, verheilte bislang sehr gut und – nach Aussage der Ärztin – erstaunlich schnell. Sophie gefiel die Vorstellung, dass es mit Rafes Berührung zu tun haben könnte.

»*Du hast dein Blut für mich vergossen. Es gibt kein Zurück.*« Sie hörte die Stimme so deutlich, dass sie vor Schreck beinahe den Tee verschüttet hätte. Konnte sie wirklich sicher sein, dass Rafe sofort erfuhr, wenn der Dämon sie bedrohte? Kafziel hatte sie auf dem Rundgang um die Kuppel Sacré-Cœurs angesprochen, sie in die malerischen Gassen Montmartres und schließlich auf den Friedhof Père Lachaise gelockt, ohne dass Rafe eingegriffen hatte. Beinahe wäre er sogar zu spät gekommen, um ihr Leben zu retten. Hatte der Dämon nicht beiläufig erwähnt, dass er ihre Gedanken vor Rafe abschirmen konnte, damit jener das Ritual nicht störte, das vermeintlich nur zu ihrem und seinem Besten war?

Dann war es vielleicht doch kein Traum … Sie musste unbedingt mit Rafe sprechen. Er musste ihr sagen, ob Kafziel unbemerkt von ihm an ihrem Bett auftauchen konnte. Ob er die Macht hatte, seine Drohungen wahr zu machen.

»*Wenn du deinen Teil der Abmachung nicht einhältst, werden andere dafür büßen – deine Freunde, Familie, alle, die dir etwas bedeuten.*« Sie schauderte. »*Ich werde dir das Leben zur Hölle machen, bis du mich anflehst, dich umzubringen.*«

»Geht es dir wirklich gut?«, wollte das Mädchen im Nachbarbett wissen. »Du bist plötzlich ganz bleich gewor…«

Ein lautes Pochen ließ sie beide zusammenfahren, dann wurde die schwere Tür auch schon so schwungvoll aufgestoßen, dass der Griff gegen die Wand prallte.

»Kind!« Sophies Mutter rauschte herein, dicht gefolgt von ihrem Vater. »Wie geht es dir? Wir haben uns solche Sorgen gemacht!«

Erleichterung und Gereiztheit stritten in ihr um die Vorherrschaft. Trotz allem, was sie ihrer Mutter vorwarf, tat es gut, vertraute Gesichter zu sehen. Vom Bett aus wirkte ihr Vater noch größer als sonst, der vorgewölbte Bauch, den er wohl dem nahrhaften schwäbischen Bier verdankte, an seinem schlaksigen Körper noch unpassender. Bildete sie es sich ein, oder war sein Haar in den wenigen Wochen noch lichter geworden?

»Hallo«, murmelte sie.

Ein Lächeln hellte sein oft streng blickendes Gesicht auf und verlieh den Augen einen herzlichen Ausdruck.

In der Miene ihrer Mutter stand dagegen deutlich Empörung zu lesen. »Diese Unmenschen wollten uns gestern Abend nicht mehr zu dir lassen, obwohl wir sofort ins Auto gesprungen sind, als deine Vermieterin anrief! Dein Zustand sei ja kein Grund zur Sorge mehr.« Sie rang die Hände. »Eine Unverschämtheit war das! Eine Mutter will sich selbst davon überzeugen, wie es ihrem Kind geht. Heute Morgen haben wir uns nicht mehr abwimmeln lassen.«

Sophie fand sich in einer Umarmung wieder und tätschelte ihrer Mutter die rundliche Schulter. »Ist schon gut, Mama. Ich bin schon wieder fit.«

»Fit?« Die großen, grauen Augen, deren Farbe und Form sie ebenso geerbt hatte wie das dunkelblonde Haar, sahen sie entgeistert an. »Sie sagen, du wärst fast verblutet!«

»Das stimmt schon, aber ich habe sofort jede Menge

Blutkonserven bekommen«, versuchte Sophie abzuwiegeln. »Mir geht's echt gut. Ist schon fast verheilt.« Demonstrativ wedelte sie mit dem verletzten Arm.

»Du musst uns nichts vorspielen«, rügte ihre Mutter, und ihr Vater nickte. Sein Blick wurde ernster. Schmerz und Trauer blitzten darin auf, doch er schwieg. »Wenn es dir wirklich gut ginge, hättest du das nicht getan.« Ein Zittern hatte sich in die Stimme geschlichen und dämpfte den vorwurfsvollen Ton. Auch die Hand, mit der sie auf den Verband zeigte, bebte.

Sophie verdrehte die Augen, bevor sie sich wieder im Griff hatte. Sie durfte nicht unfair sein. Ihre Eltern waren monatelang Zeugen gewesen, wie sehr sie unter Rafaels Tod gelitten hatte. Woher sollten sie wissen, was jetzt in ihr vorging? *Zumal sie nicht ahnen können, dass ich Rafe wiedergefunden habe.* Und sie durfte es ihnen auch nicht erzählen, sonst hielten sie sie für völlig durchgedreht.

»Mama«, sagte sie eindringlich, sah jedoch ihren Vater an. »Ihr müsst mir glauben. Ich war das nicht selbst. Ich weiß, dass es anders aussieht, aber es hat sich vieles verändert.« Wie sollte sie ihnen nur plausibel machen, dass sie nicht mehr die in Trauer versunkene Sophie war, die nach Paris gefahren war, um Abstand zu gewinnen? »Rafe wird immer in meinem Herzen sein, aber ich gehe wieder aus. Ich habe neue Freunde gefunden, und Madame Guimard hat mir die Umgestaltung ihres Modegeschäfts übertragen, bis sich etwas Besseres ergibt.«

»Ist das wahr?«, hakte ihr Vater nach.

Sie hielt seinem prüfenden Blick stand. »Ihr könnt sie fragen. Sie kümmert sich wirklich gut um mich.«

Er blieb skeptisch. Sophies Lächeln wankte. Sie hatten vierundzwanzig Stunden Zeit gehabt, um sich in die Vorstellung hineinzusteigern, dass ihre einzige Tochter versucht hatte, sich das Leben zu nehmen. Es tat ihr leid, ihnen diesen Kummer bereitet zu haben, aber das war kein Grund, sich jetzt in eine falsche Rolle drängen zu lassen.

»Aber wie …« Ihre Mutter brach ab und sah zweifelnd ihren Mann an, der die Stirn gerunzelt hatte.

»Ich möchte nicht glauben, dass du uns etwas vorschwindelst«, behauptete er. »Aber wie soll das bitte sonst passiert sein? Man schneidet sich nicht zufällig die Pulsadern auf.«

Hastig schüttelte sie den Kopf. »Nein, natürlich nicht. Ich …« Wie sollte sie ihnen die Sache erklären, ohne sich in noch größere Schwierigkeiten zu bringen? Sie *hatte* vorgehabt, sich töten zu lassen. Andernfalls wäre sie dem Dämon niemals auf den Friedhof gefolgt. Aber wenn sie nur zugab, freiwillig mit einem wildfremden Mann in ein verlassenes Mausoleum gegangen zu sein, wo er versucht hatte, sie umzubringen, würden ihre Eltern sie für naiv und leichtsinnig halten. Was in einem Sodom und Gomorrha wie Paris, das die Stadt in ihren Augen ganz sicher war, einer Neigung zum Selbstmord beinahe gleichkam.

»Ich bin entführt worden. Von einer satanischen Sekte.«

Ihre Eltern rissen beide zugleich die Augen auf.

»Was?«, entfuhr es ihrem Vater.

»Eine sata…« Ihre Mutter brach ab, um sich zu bekreuzigen. »Der Herr steh uns bei! Das …«

»Sophie, ich verlange auf der Stelle, die Wahrheit zu hören!«, polterte ihr Vater. »Für wie dumm hältst du uns eigentlich?«

»Aber das ist die Wahrheit!« *Jedenfalls fast.* »Es waren fünf Leute. Drei Männer und zwei Frauen. Und sie haben ein Pentagramm auf den Boden gezeichnet und schwarze Kerzen aufgestellt.«

Wieder schlug ihre Mutter das Kreuzzeichen vor der Brust.

Seit ich um Rafe trauere, schickt sie fast so viele Stoßgebete zum Himmel wie früher Opa Joseph.

»Diese Leute wollten dich umbringen?«, hakte ihr Vater nach.

Sophie nickte. »Der Anführer hatte ein Messer dabei und hat mir ...«

»Aber das wäre ja Mord!«, rief er aus. »Jedenfalls versuchter. Hast du schon mit der Polizei gesprochen?«

»Nein, ich ...«

»Kind, das ist ja schrecklich!«, mischte sich ihre Mutter wieder ein. »Sie steht bestimmt noch unter Schock, Günther. Du musst doch entsetzliche Angst gehabt haben«, wandte sie sich wieder an Sophie. »Nicht auszudenken, wenn ... Ja, wie bist du denn überhaupt gerettet worden?«

Ich hatte einen Schutzengel. Beinahe hätte sie gelächelt. »Zwei ... zwei Freunde haben mich vermisst und nach mir gesucht. Sie kamen gerade noch rechtzeitig, um ...« Sie unterbrach sich, als die Krankenschwester mit einem beiläufigen Klopfen eintrat.

»Zeit, unter den Verband zu sehen.«

»Wenn sie zur Polizei geht, wird man sie vielleicht nicht ausreisen lassen, weil sie als Zeugin gebraucht wird«, hörte Sophie ihre Mutter flüstern. Da die Schwester kein Deutsch verstand, führten ihre Eltern das Gespräch offenbar leise, um es vor *ihr* zu verheimlichen. Sie sah den geübten Händen der Kreolin beim Wickeln der Mullbinden zu, ohne es richtig wahrzunehmen. Die Heilung schritt so gut voran, dass es der Schwester ein anerkennendes »Bon! – Gut!« entlockt hatte. Die Reste des Frühstücks waren abgeräumt worden. Jetzt musste nur noch die Ärztin kommen, um sie zu entlassen. Aber was würde sie dann tun?

Ihr Vater schien darauf zu bestehen, dass sie Anzeige erstattete, damit der Mörderbande das Handwerk gelegt wurde. Aber hätte die Klinik nicht längst die Polizei alarmieren müssen, wenn ein Opfer eines Verbrechens eingeliefert wurde? Sie war ohnmächtig gewesen, als Rafe sie in die Notaufnahme gebracht hatte. Was für eine Geschichte hatte er dort erzählt? Oder war er verschwunden, ohne etwas zu erklären? Dann musste sie sich nicht wundern, dass alle dachten, sie hätte Selbstmord versucht. Vielleicht sollte sie mit der Ärztin darüber sprechen, bevor die besorgte Frau ihre Eltern womöglich wieder davon überzeugte, dass es kein Verbrechen gab.

»So, das wär's.« Die Schwester legte ihre Utensilien in die flache Blechschale zurück, die sie mitgebracht hatte, und lächelte. »Bis später!«

Noch bevor sie den Raum verlassen hatte, waren Sophies Eltern wieder ans Bett getreten.

»Kind...«

Wenn sie das noch mal sagt, schreie ich.

»... diese Stadt bekommt dir nicht. Du kennst dich hier nicht aus. Du bist unser beschauliches Hedelfingen gewöhnt. Komm wieder mit nach Hause! Hier ist es viel zu gefährlich für dich!«

»Mama, das ist doch Unsinn. Pech kann man überall haben. Es ist doch nicht so, dass hier täglich Leute von Satanisten gekidnappt werden.«

»Auf jeden Fall musst du die Polizei einschalten«, mischte sich ihr Vater wieder ein. »Diese Leute könnten es immer noch auf dich abgesehen haben. Wer weiß, was in solchen kranken Köpfen vorgeht!«

»Aber ...« Weiter kam ihre Mutter nicht, denn es klopfte erneut.

»Ist das jetzt endlich mal ein Arzt, den man fragen kann?«, murrte ihr Vater.

Doch der Mann, der die Tür öffnete, trug keinen weißen Kittel, sondern sandfarbene Stoffhosen und ein dezent gestreiftes Hemd. »Bonjour!«, grüßte er höflich, aber mit einem strengen Unterton. »Darf man eintreten?«

Sophie spürte die ratlosen Blicke ihrer Eltern auf sich, die kein Französisch verstanden, und selbst das Mädchen im Nebenbett sah nur verwirrt zu ihr. »Ja«, antwortete sie zögernd.

»Mademoiselle Bachmann?«, fragte der Fremde, während er auf sie zukam, doch ihre Augen richteten sich unwillkürlich auf seinen Begleiter, der ihm folgte und die Tür wieder schloss.

Wenn man vom Esel spricht ... Der drahtige junge Mann steckte in einer dunkelblauen Polizeiuniform.

Mechanisch ergriff sie die Hand des anderen in Zivil, der einen festen Händedruck hatte. In sein blondes Haar mischte sich bereits Grau, aber sie schätzte ihn dennoch gute zehn Jahre jünger als ihren Vater.

»Capitaine Roger Lacour«, stellte er sich vor. »Und das ist Brigadier Gonod.«

Der Uniformierte nickte ihr vom Ende des Betts aus zu. In seiner Haltung lag etwas Agiles, beinahe Nervöses, das auch sie unruhig machte.

»Und Sie sind?«, wandte sich der Capitaine ihrer Mutter zu, die fragend zwischen ihm und Sophie hin- und hersah.

»Meine Eltern sprechen leider kein Französisch.«

»Ah, bedauerlich. Madame.« Er deutete ihrer Mutter gegenüber eine Verneigung an und reichte dann ihrem Vater die Hand. »Monsieur Bachmann.«

»Die Herren sind von der Polizei«, erklärte sie rasch, während ihr Vater dem Capitaine besonders würdevoll die Hand schüttelte, als könne er sein gemurmeltes »Bonnschur« dadurch wettmachen.

»Wir ermitteln in einem Mordfall und müssen Ihnen ein paar Fragen stellen«, richtete Lacour das Wort wieder an sie.

Jean! Sofort hatte sie ein schlechtes Gewissen, weil sie den ganzen Morgen noch nicht an ihn gedacht hatte, obwohl er doch ihretwegen im Gefängnis saß.

»Ihre Ärztin sagte uns, dass Sie gesundheitlich dazu in ausreichend guter Verfassung seien.«

Sie nickte. Wenn sie Jean irgendwie mit ihrer Aussage helfen konnte, musste sie es tun. Aber sie hatte keine Ahnung, was geschehen war, bevor er und Rafe sie gefunden und Kafziel aufgehalten hatten. Sollten sie tatsächlich einen Mann getötet haben, um sie zu finden?

»Kennen Sie einen Monsieur Julien Caradec?«

»Nnnein«, erwiderte sie zögernd.

Der Capitaine hob eine Augenbraue. »Aber der Name ist Ihnen nicht unbekannt.« Es war eine Feststellung, keine Frage, doch sein Blick sagte etwas anderes.

»Es fiel kein Vorname, aber von einem Caradec war die Rede.« Konnte sie Jean schaden, wenn sie etwas »Falsches« erzählte? Wie nah an der Wahrheit musste sie bleiben, ohne sich als Spinnerin unglaubwürdig zu machen? Da die Polizisten ihre Aussagen mit Zeugenbefragungen, Überwachungsvideos der Métro und wer weiß was noch überprüfen konnten, durfte sie die Geschichte nicht so weit verbiegen wie bei ihren Eltern.

»Wer hat in welchem Zusammenhang von Monsieur Caradec gesprochen?«, hakte der Capitaine nach.

»Die ... die Mitglieder des satanischen Zirkels, der mich vorgestern Abend opfern wollte ...« Sie hob den Arm, um die Ermittler auf den Verband aufmerksam zu machen. »... nannten ihn ihren Anführer. Sie wollten mit dem Ritual warten, bis er zu ihnen stoßen würde, aber dann kam ein anderer Mann und brüllte, dass Caradec tot sei.«

Lacour und der Brigadier wechselten einen undeutbaren Blick. Sophie versuchte vergeblich, in ihren Gesichtern zu lesen. Waren sie denn nicht überrascht oder wenigstens erstaunt? *Ach, natürlich!* Jean musste ihnen bereits von den Satanisten erzählt haben.

»Mademoiselle Bachmann, ich muss Sie darauf hinweisen, dass Sie gerade mehrere Menschen des Mordversuchs an Ihnen bezichtigt haben. Das ist ein sehr ernster Vorwurf, den ich der Staatsanwaltschaft melden muss.«

Wollte er damit andeuten, dass sie lieber jetzt zugeben sollte, falls sie log? »Mir reicht es langsam!«, fuhr sie auf. »Jeder unterstellt mir, ich hätte mich selbst verletzt. Diese Leute wollten mich sterben sehen. Ich hatte Angst! Glauben Sie, das war ein Spaß?«

Das glitschige Gefühl des blutverschmierten Handgelenks unter ihren Fingern ... Nie würde sie vergessen, wie ihr bewusst geworden war, dass ihr Leben gerade unwiederbringlich aus dieser Wunde rann. Die Furcht vor dem entfesselten Dämon, der Rafe mit seinen Klauen zu zerreißen drohte ...

»Kind! Handel dir nicht noch Ärger mit der Polizei ein!«, mahnte ihre Mutter besorgt.

»Ich hab's satt, dass alle glauben, ich hätte mir das ausgedacht!«

»Diese Geschichte ist nun einmal schwer zu glauben«,

ließ sich ihr Vater vernehmen. »Die Beamten machen doch nur ihre Arbeit.«

»Du glaubst mir immer noch nicht.«

Er verzog nur gequält das Gesicht.

»Mademoiselle, würden Sie Ihre Eltern in meinem Namen bitten, draußen zu warten, bis wir unser Gespräch beendet haben? Da ich kein Deutsch verstehe, muss ich sonst annehmen, dass man Ihre Aussagen beeinflusst.«

Genau das tun sie, grollte Sophie und übersetzte.

Ihre Mutter zauderte. »Ich weiß nicht. Das scheint dich alles noch zu sehr aufzuregen.«

»Komm, Liebes, das ist doch nur eine harmlose Befragung. Sophie wird ja keines Verbrechens beschuldigt.«

Nur der Lüge. Und du möchtest am liebsten auch hören, dass in Wahrheit alles so war, wie ihr es euch zurechtgelegt habt. Sie konnte sich nicht erinnern, wann sie sich zuletzt so von ihm verraten gefühlt hatte.

»Danke, Mademoiselle Bachmann. Ich verstehe, dass Sie verärgert sein müssen«, nahm der Capitaine den Faden wieder auf, als ihre Eltern den Raum verlassen hatten. »Aber bitte haben Sie auch Verständnis für uns. Wir müssen jeden Vorwurf sorgfältig prüfen.«

»Wenn Sie Beweise suchen, sehen Sie sich das Mausoleum auf dem Père Lachaise an, wo das alles passiert ist. Sie können doch sicher die Blutspuren dort mit meinem Blut vergleichen. Außerdem werden Sie dort schwarze und rote Kerzen finden und Seidenbänder, mit denen ein Pentagramm auf den Boden gelegt worden war, bevor ich gerettet wurde.« Ihr fiel auf, dass das alles gar nichts bewies – außer ihrer eigenen Anwesenheit. Oder nicht? *Wir leben in Zeiten von CSI! Die Spurensicherung wird nachweisen können, dass nicht ich diese Gegenstände angefasst habe.*

Lacour sah Gonod an.

»Woran können Sie sich am Tatort noch erinnern?«, wollte der Brigadier wissen.

Waren sie bereits dort gewesen? Sie durfte nicht so naiv sein. Jean musste noch auf dem Friedhof verhaftet worden sein, und seitdem war ein voller Tag vergangen. Die Polizei hatte das Mausoleum längst untersucht, wahrscheinlich sogar Jeans Wohnung auf den Kopf gestellt. Er stand unter *Mord*verdacht und hatte sie als Entlastungszeugin genannt. Hielten die Ermittler sie etwa für eine mögliche Komplizin?

»Ich weiß nicht. Ich wurde irgendwann bewusstlos, aber ich glaube, sie haben ihre Taschen zurückgelassen, unauffällige Sporttaschen. Und da war eine silberne Schale, in der sie mein Blut auffingen. Jean hat die Scheibe eingeworfen, weil er die Tür nicht aufbekommen hat. Danach weiß ich nichts mehr.«

Gonod nickte.

»Sie kennen also Jean Méric?«, vergewisserte sich der Capitaine.

»Ja. Wenn er nicht eingegriffen hätte, wäre ich jetzt tot.«

»Woher wusste Méric, wo er sie finden würde?«

»Das weiß ich nicht. Er ... beobachtet die satanistische Szene schon länger«, gab sie zu. Daran war doch nichts Verwerfliches, oder? »Vielleicht wusste er, wo sie sich treffen?«

»Nun, er behauptet, er habe es nicht gewusst und deshalb Monsieur Caradec ›befragt‹, der dabei ums Leben gekommen ist.«

»O Gott!« *Er kann ihn nicht umgebracht haben. Rafe war bei ihm. Sie müssen doch andere Mittel ... Und wenn es Rafe war?* Zu jenem Zeitpunkt war Rafe noch ein gefallener Engel, ein Dämon gewesen. Ein Wesen der Hölle, das keine Skrupel kannte ...

»Das wussten Sie noch nicht?«

»Nein! Woher denn? Dieser Kerl, der mich ... Der brüllte nur, dass Caradec ein Verräter sei und in diesem Augenblick zur Hölle fahre.«

»Hm.«

Wieder wechselten die Ermittler einen nachdenklichen Blick.

»Kommen wir auf diesen Mann zu sprechen«, schlug Lacour vor. »Können Sie ihn beschreiben? Kannten Sie ihn?«

Fahnden Sie nach einem Dämon namens Kafziel. »Ich ... bin mir sehr sicher, dass es derselbe Mann ist, der mir hier in Paris schon einige Male auf der Straße gefolgt ist. Aber da trug er immer eine Sonnenbrille. Zum ersten Mal ist er mir an einem Abend im *Les Étages* in der Rue Vieille du Temple aufgefallen. Da hat er mich angestarrt. Oh, es gibt sogar Zeugen dafür! Nun ja, zumindest indirekt. Als er mich am Samstag vor zwei Wochen am Seineufer verfolgte, habe ich Polizeireiter darauf aufmerksam gemacht, aber er war schon verschwunden.«

Der Capitaine hob wieder eine Braue. »Wo genau war das?«

»Zwischen der Pont Neuf und der Pont Alexandre.«

»Wir werden dem nachgehen. Und vorgestern? Da haben Sie ihn ohne Sonnenbrille gesehen?«

»Ja. Er hat ein schmales Gesicht, aber nicht hager. Dunkle Haare, fast schwarz und etwas länger als Ihre. Und er hat dichte, ausgeprägte Augenbrauen. Die Augen liegen darunter so verborgen, dass sie schwarz wirken. Außerdem sah er immer unrasiert aus, aber er hat keinen Bart.«

Gonod hatte sich das alles auf einen rasch gezückten Block notiert. »Wie groß ist er etwa?«, erkundigte er sich.

»Vielleicht 1,80? Normale Statur, würde ich sagen. Er fällt in der Menge nur durch diese düstere Ausstrahlung auf.«

»Aber Sie haben nie mit ihm gesprochen?«, hakte Lacour nach.

»Nein. Vorgestern zum ersten Mal.«

»Als er in das Mausoleum kam?«, bohrte er, als sie zögerte.

Jetzt wird's heikel. »Nein … Wir sind uns gegen Mittag auf dem Turm der Sacré-Cœur begegnet. Er hat … mich mit einer Mischung aus Versprechungen und Drohungen dazu gebracht, ihn zu begleiten.«

»Womit hat er Ihnen gedroht? Was wollte er von Ihnen? Das müssen Sie uns genauer erklären.«

»Er wollte, dass ich an einem magischen Ritual teilnehme. Es würde mir meinen sehnlichsten Wunsch erfüllen.« *So weit, so wahr.* »Natürlich traute ich seinen Worten nicht, aber er … drohte, dem Mann, den ich liebe, etwas anzutun.« Auch das war keine Lüge. Kafziel *hatte* gesagt, dass er in Rafe einen unliebsamen Konkurrenten um die Macht sah, den er loswerden wollte.

»Warum sind Sie nicht weggelaufen und haben die Polizei alarmiert?«

Sophie verdrehte die Augen. »Wer hätte mir denn diese Geschichte geglaubt? Wäre Raf… Raphaël deshalb sicher gewesen? Er hätte wohl kaum Polizeischutz bekommen.«

»Raphaël ist Ihr Freund?«

»Ja.« So viel durfte sie wohl zugeben, auch wenn sie keine Ahnung hatte, was sie Lacour sonst über Rafe sagen sollte.

»Sie sind also aus Angst um Ihren Freund mitgegangen, obwohl Sie kein gutes Gefühl dabei hatten?«

»Ja.« Hatte sie das nicht gerade gesagt? »Das heißt nicht, dass ich ihm mein Einverständnis gegeben habe, mich umzubringen.« Doch genau das *hatte* sie in Wahrheit getan.

»Nein, das heißt es selbstverständlich nicht. Sie fühlten sich genötigt, ihn zu begleiten. Was geschah dann?«

»Er brachte mich auf den Friedhof und schloss mich in diesem Mausoleum ein. Ich sollte dort auf ihn und seine Freunde warten. Natürlich hätte ich versuchen können zu fliehen«, kam sie seiner Frage zuvor. »Aber was hätte es an seinen Drohungen geändert?«

»Fahren Sie bitte fort.«

»Irgendwann kamen tatsächlich nach und nach vier Leute, zwei Männer und zwei Frauen. Sie begannen mit den Vorbereitungen für das Ritual und zogen schwarze Gewänder an. Mit der Zeit wurden sie ungeduldig, weil Caradec nicht auftauchte ...«

»Und Sie kannten niemanden davon?«, fiel der Capitaine ihr ins Wort.

»Nein.«

»Haben sich diese Leute nicht über Ihre Anwesenheit gewundert? Wussten sie, weshalb Sie dort waren?«

»Offenbar wussten sie Bescheid, aber sie sagten nichts Direktes, nur Andeutungen.«

»Wir werden diese Leute vernehmen müssen. Gonod, notieren Sie, dass diese Zeugen verdächtig sind, in den geplanten Mord eingeweiht gewesen zu sein! Geben Sie uns Beschreibungen, Mademoiselle!«

Sophie schluckte. Diese Leute hatten ihr nichts getan. Sie war als freiwilliges Opfer gekommen, wofür sie ihr sogar Respekt und eine seltsame Dankbarkeit gezollt hatten. Warum hatte sie nicht behauptet, man habe ihr die Augen verbunden? Jetzt war es dafür zu spät. »Ich ... ähm ...« Wenigstens die Namen derer, die sich vorgestellt hatten, würde sie verschweigen. Bestimmt war es unwahrscheinlich, dass die Polizei in dieser riesigen Stadt mit nichts als Beschreibungen weiterkam. »Da war eine große, ältere Frau, sehr schlank, nein, eigentlich schon hager. Sie hatte schulterlanges, blauschwarzes Haar, ganz sicher gefärbt. Ihr Lippenstift war sehr dunkel, ebenso wie ihre Kleidung.« Hatte sie damit bereits zu viel über Sylvaine verraten? Die offenbar Ranghöchste nach Caradec war nicht gerade eine Allerweltserscheinung. »Mit ihr kam die zweite Frau. Sie trug ein gemustertes Kleid und war eher ... füllig. Sie hatte lange, ganz glatte, rote Haare und irgendwie verquollene Augen.«

»Aber sie war jünger als die andere?«, hakte Gonod nach.

»Ja, vielleicht dreißig, höchstens vierzig Jahre alt.«

»Und die beiden Männer?«

»Waren weiter auseinander. Sie kamen getrennt, und ich hatte den Eindruck, dass sie den Jüngsten nicht besonders mochten.« Maurice hatte mit seinem bemüht lässigen Rockstar-Gehabe allerdings nicht gerade um Sympathien geworben. »Er ist höchstens zwanzig und hat schwarzes Haar. Vielleicht ist er krank, denn er war ziemlich blass und ausgemergelt. Er hatte schwarze Jeans an und ein Jim-Morrison-T-Shirt.«

Gonod verzog spöttisch den Mund. »Von der Sorte gibt es Hunderte auf dem Père Lachaise.«

»Tut mir leid«, log Sophie. Das Grab des verstorbenen Sängers zog natürlich täglich junge Rockfans aus aller Welt an, auf die ihre Beschreibung halbwegs passte. »Etwas Spezielleres fällt mir zu ihm nicht ein.«

»Und der andere?«, erkundigte sich Lacour.

»Er dürfte so um die fünfzig sein.« Charles Arnaud. Der Name war ihr sofort bekannt vorgekommen, aber ihr fiel immer noch nicht ein, wo sie ihn schon einmal gehört haben sollte. Hatte sie etwa eine ihrer zahllosen Job-Bewerbungen an einen Charles Arnaud adressiert? »So ein stark behaarter Typ, wenn Sie verstehen, was ich meine. Obwohl er auf dem Kopf schon ziemlich kahl ist. Ziemlich kräftig gebaut. Oh, und er schwitzt auffallend viel.« Auch das traf auf recht viele Männer dieses Alters zu, hoffte sie.

»Was hatte er an?«, wollte Gonod wissen.

»Olivgrüne Shorts und ein helles Hemd mit kurzen Ärmeln.« Kaum ein Tourist trug bei diesem Wetter etwas anderes.

Der Brigadier sah frustriert aus und trommelte mit dem Stift auf dem Block herum, bis Lacour ihm einen strafenden Blick zuwarf.

»Also zurück zum vorgestrigen Abend«, wandte sich der Capitaine wieder an sie. »Diese Leute trafen nach und nach ein, bereiteten mit den Kerzen und so dieses Ritual vor und warteten dann auf einen Monsieur Caradec.«

Sophie nickte.

»Von dem Mann, der Sie bedroht hat, war nicht die Rede? War seine Beteiligung denn nicht vorgesehen?«

»Das weiß ich nicht. Es wurde nur von Caradec gesprochen.«

»Könnte es nicht der Name dieses Mannes sein?«

Sie stutzte. »Nein. Wenn er so hieße, hätte er bei seiner Ankunft doch nicht gerufen, dass Caradec nicht komme, weil er gerade zur Hölle fahre.«

Lacour machte eine vage Geste. »Wie haben die anderen darauf reagiert?«

»Sie ... waren sehr überrascht. Dann gerieten sie in Panik und rannten davon – auch weil dieser Mann so tobte. Er schloss die Tür hinter ihnen ab und sagte, dann würden wir es eben allein tun. Das Ritual durchführen, meine ich.«

»Die anderen sind also keine Zeugen des Verbrechens selbst gewesen?«

»Nein«, gab sie widerwillig zu. Würde man ihr daraus jetzt wieder einen Strick drehen? »Wir waren allein. Er hatte plötzlich ein Messer in der Hand und führte den Schnitt so schnell aus, dass ich nur die Klinge aufblitzen sah.« Sie schloss die Augen. Die Erinnerung an den Schmerz und das warme Rinnen des Blutes beschwor die Angst wieder herauf.

»Was geschah dann?«

»Ich ... war wie gelähmt. Ich konnte nur auf das Blut starren, aber er zwang mich, ihm in die Augen zu sehen. Danach weiß ich nicht mehr viel. Nur dass ...« *Aufpassen! Wenn Rafe schon eingedrungen war, wieso hätte Jean dann noch die Scheibe einwerfen sollen?* Sie konnte den Ermittlern schließlich nicht erzählen, dass Wände für ihn kein Hindernis waren.

»Woran erinnern Sie sich?«, fragte Lacour streng.

»An eine splitternde Scheibe, hinter der Jean war. Und daran, dass Raphaël plötzlich mit diesem Mann kämpfte.«

»Jean und Ihr Freund trafen also gleichzeitig ein?«

»Ähm, soweit sie für mich bemerkbar waren, ja.« *Rafe muss mit Jean bei diesem Caradec gewesen sein.* Sie suchten ihn als Mörder, und sie war die einzige Fährte zu ihm! Früher oder später würden sie Fragen stellen, auf die sie keine unverfänglichen Antworten mehr wusste ...

»Die beiden sind miteinander bekannt?«

»Sie sind sich nur ein, zwei Mal begegnet.« *Und keiner der beiden hätte Wert auf mehr gelegt.* Jean hasste Rafe, wie er wohl alle Dämonen hasste. Vielleicht sogar mehr. Sie war nicht sicher, ob sie ihre eigenen, schwer zu leugnenden Gefühle für Jean mit seinen verwechselte, aber es mochte auch Eifersucht im Spiel sein.

»Wie kommt es dann, dass sie gemeinsam nach Ihnen gesucht haben?«

Eine gute Frage. »Dafür kann ich mir nur einen Grund vorstellen. Einer von beiden muss mich vermisst und beim anderen gesucht haben.« Vermutlich war Jean irgendwann dahintergekommen, dass sie ihn belogen hatte und Madame Guimard wohlauf war. Und dann musste er sofort geglaubt haben, sie sei dabei, sich mit Leib und Seele der Hölle auszuliefern, indem sie sich dem gefallenen Engel hingab.

»Woran erinnern Sie sich noch?«

An zwei Ungeheuer, die sich gegenseitig zerfleischten. Dunkle Schwingen, die das steinerne Gewölbe zu sprengen drohten. An Weihwasser auf zischender Dämonenhaut ...
»Nichts.« Sie zuckte die Achseln. »Als ich aufwachte, lag ich in einem Bett hier in der Klinik und hatte einen Schlauch im Arm.«

»Sie wissen nicht, wer Sie hergebracht hat?«, fragte Gonod verblüfft.

»Ich glaube mich zu erinnern, dass Raphaël zu mir gesprochen hat, aber das könnte ich nicht beschwören.«

Lacour sah sie nachdenklich an. »Wie heißt Ihr Freund mit Nachnamen?«

»Das weiß ich nicht.« Sie hätte die Blicke der Polizisten nicht sehen müssen, um zu wissen, dass sie ihr nicht glaubten. »Ganz ernsthaft! Ich habe ihn nicht nach seinem Nachnamen gefragt. Warum auch? Wir waren von Anfang an per Du, und er hat ihn nie genannt.«

»Sie sind nicht dumm, Mademoiselle. Ihnen ist sicher bewusst, dass nur volle Kooperation dazu führen wird, diese Angelegenheiten aufzuklären.«

Und ich bin nicht so blöd zu glauben, dass Sie auf meiner Seite stehen. Sie wollen nur Ihren zweiten Mörder. Doch das änderte nichts daran, dass sie die Wahrheit sagte. Rafe war ein Engel, er hieß nicht mehr Rafael Wagner. Den Namen eines toten Deutschen zu nennen, brächte ihnen außerdem nur noch mehr Schwierigkeiten ein. »Ich verstehe, dass Sie annehmen, ich würde Ihnen den Namen verheimlichen. Aber was sollte das denn nutzen?«

»Sie verzögern damit die Ermittlungen und verschaffen ihm mehr Zeit zur Flucht?«, befand der Capitaine lakonisch.

Sophie verzog das Gesicht. Darauf hätte sie auch selbst kommen können. Aber ... »Wäre es dann nicht sehr viel klüger gewesen, ihm ein Alibi zu geben? Ich hätte behaupten können, dass er viel früher als Jean auftauchte.«

»Damit würden Sie Méric belasten, was Sie offensichtlich auch nicht wollen.«

»Sie können einem wirklich jedes Wort im Mund umdrehen.«

Der Brigadier sah sie missbilligend an, während sein Vorgesetzter milde lächelte.

»Mir wäre natürlich lieber, ich könnte Monsieur Raphaël selbst befragen. Vielleicht möchten Sie uns ja seine Adresse geben.«

Die Adresse eines schäbigen, kleinen Zimmers, in dem er sich womöglich nur ein einziges Mal aufhielt, um mich ins Bett zu locken ... Und sie werden denken, er sei auf der Flucht.

2

„Ich komme gleich wieder«, rief Sophie ihren Eltern zu, die Madame Guimard in das salonhafte Wohnzimmer dirigierte.

Die alte Dame sah in ihrem eleganten Rock und der Seidenbluse geradezu mondän aus und sprach freundlich auf die Gäste ein, obwohl sie kaum ein Wort verstanden. Dennoch lächelten und nickten sie höflich.

»Ich bringe nur schnell die Tasche in mein Zimmer.« Als sie den mittlerweile vertrauten Flur entlangging, dessen Parkett wie stets unter ihren Füßen knirschte und federte, wünschte sie, sie könne sich zurückziehen und für heute einfach nicht mehr auftauchen. Den ganzen Weg vom Krankenhaus in Madame Guimards Wohnung hatte ihr Vater das Verhör der Polizisten fortgesetzt, indem er sich das Gespräch so genau wie möglich wiedergeben ließ, während ihre Mutter zwischendurch auf sie eingeredet hatte, wieder mit nach Stuttgart zu kommen. Letzteres war eindeutig schlimmer.

Sie öffnete die Tür, floh förmlich ins Zimmer und wollte gerade die Tasche von sich werfen, als sie in der Bewegung erstarrte. Auf der Fensterscheibe prangten krude Buchstaben. An einigen Stellen leuchteten sie rot, an anderen waren sie zu rötlichem Braun getrocknet. Sophie starrte auf die hingeschmierten Worte: *Das ist das Blut des Bundes ...*

Hinter ihr fiel die Tür ins Schloss. Mit rasendem Herzen wirbelte sie herum.

»Er war hier«, bestätigte Rafe.

Unwillkürlich legte sie sich die Hand auf die Brust, als könne sie ihren Herzschlag damit beruhigen. »Himmel, hast du mich erschreckt! Du kannst hier nicht bleiben. Meine Eltern! Die erkennen dich doch sofort!«

Er schüttelte den Kopf. »Sie können mich nicht sehen. Dieses Bild ist nicht für ihre Augen bestimmt.«

Bild? Sie betrachtete ihn genauer. War nicht alles wie immer? Das offene, gewinnende Lächeln, die Augen, deren tiefes Blau zu leuchten schien, die dunklen, etwas zerzausten Locken. Außerdem trug er Jeans und ein weißes T-Shirt – wie jedes Mal, seit sie ihn wiedergefunden hatte. Und doch ... Zögernd streckte sie die Hand aus. Sie sehnte sich danach, seine warme Haut wieder unter ihren Fingern zu spüren, ahnte aber, dass etwas nicht stimmte. Im gleichen Moment, da ihre Hand hineintauchte, verblasste das Bild, wurde beinahe durchsichtig. Sie fühlte nichts als Überraschung und Enttäuschung, nicht einmal ein Kribbeln, das ihr versichert hätte, dass dort *irgendetwas* war.

»Es ist nur eine Illusion«, sprach Rafe das Offensichtliche aus. Jean hatte behauptet, das sei ihre Marotte, aber vielleicht hatte sie sie nur von Rafe übernommen? Warum kam seine Stimme von dem Trugbild her, wenn es dort nichts gab?

»Es gehört dazu. Die Täuschung muss möglichst echt sein, wenn ein Engel auf diese Art einem Menschen begegnen will.«

»Aber ...« Weshalb war er nicht körperlich zu ihr gekommen, wie er es sonst getan hatte?

»Weil wir nicht viel Zeit haben«, antwortete er auf die unausgesprochene Frage. »Komm in zwei Stunden die Straße hinauf vor das Collège de France, dann können wir in Ruhe reden.«

»Bin ich hier denn sicher?« Sie deutete beunruhigt auf die mit Blut geschriebene Botschaft des Dämons.

»Das stammt aus dem zweiten Buch Moses, Kapitel 24, Vers 8. Er verhöhnt Gott und versucht, dir Angst zu machen.«

Das ist ihm gelungen.

»Gib ihm nicht nach! Er braucht dich als *freiwilliges* Opfer. Wenn du ...«

Sie hörte die letzten Worte nur noch halb. Im Flur näherten sich Schritte.

»Sophie? Geht es dir gut?«

Hastig riss sie gerade noch die Vorhänge zu, bevor Madame Guimard in der Tür stand. »Ich komme schon.«

Rasch zerrte sie ihr klingelndes Handy aus der Hosentasche und warf einen Blick aufs Display, während sie es zum Ohr führte. Fast hätte sie vor Erleichterung geseufzt. »Es ist Lara«, raunte sie ihren Eltern zu, bevor sie sich mit einem überschwänglichen Hallo meldete. Eilig nutzte sie die Gelegenheit, den »Salon« endlich wieder zu verlassen.

»Wow, du klingst aber fröhlich«, stellte Lara vorwurfsvoll fest. »Ich sitz hier und mach mir die übelsten Sorgen, weil

Beckers gerade meinen Eltern erzählt haben, dass deine Eltern gestern völlig überstürzt nach Paris gebraust sind. Die meinten, dir sei irgendwas Schlimmes passiert.«

»Das stimmt leider auch.«

»WAS? Aber du ...«

»Ich bin dir bloß so dankbar, weil du mich gerade erlöst hast«, flüsterte Sophie und zog die Tür ihres Zimmers hinter sich zu, bevor sie lauter fortfuhr. »Was glaubst du, was meine Mutter für einen Terror macht, dass ich jetzt wieder mit nach Hause kommen soll.«

»Ja, aber was ist denn überhaupt los?«

Innerlich wand sie sich. *Das wird jetzt die dritte Version der Geschichte.* Aber Lara war ihre beste Freundin. Sie verdiente, mehr zu erfahren als alle anderen. Sophie wünschte, sie könnte endlich jemandem sagen, was wirklich vor sich ging. Übelkeit stieg in ihr auf. Lange würde sie diese Geheimniskrämerei nicht mehr ertragen. »Du wirst es nicht glauben, aber Jean und Raphaël mussten mich aus den Fängen eines satanischen Zirkels befreien.«

Für einen Augenblick war nur ein leises Rauschen in der Leitung zu hören. Sie konnte sich vorstellen, wie Lara auf dem Bett saß und mit offenem Mund ins Leere starrte.

»Moment. Eins nach dem anderen«, brachte sie schließlich heraus. »Hattest du nicht gesagt, dass Jean total eifersüchtig auf diesen Raphaël war und dir weismachen wollte, der sei ein Dämon oder so, von dem du dich fernhalten sollst?«

»Ja.«

»Und wolltest du nicht, dass dieser Jean sich von *dir* fernhält, weil er ein durchgeknallter Spinner ist?«

»Ähm, ja, aber ...«

»Und jetzt haben dich die beiden zusammen aus den

Händen von richtig echten Psychopathen befreit, die den Teufel anbeten?«

»Ja, das ...«

»Das muss ich jetzt nicht wirklich kapieren, oder? Ich meine, hallo? Entweder nimmst du mich auf den Arm, oder die sind alle krank in Paris! Kein Wunder, dass sich deine Ma Sorgen macht.«

»Meine Mutter weiß überhaupt nichts von Jean und Raphaël – außer dass sie zwei Freunde sind, die mich gerettet haben.«

»Okay, aber ich check das wirklich nicht. In was für Kreise bist du da geraten? Das ist doch nicht normal.«

»Nein, normal ist hier wirklich nichts«, gab Sophie zu und blickte zu den Vorhängen hinüber, hinter denen sie Kafziels Botschaft verborgen hatte. Sie musste das Blut im Lauf der Nacht abwaschen, sonst würde Madame Guimard es morgen entdecken.

»Willst du mich jetzt mal aufklären oder nicht?«

Jetzt ist sie beleidigt, weil sie ahnt, dass ich nicht ehrlich zu ihr bin. »Lara, das ist kompliziert.« *Gott, ich hör mich an, als wäre sie ein Kind.* »Ich rede wieder mit Jean. Er ... ist ein bisschen seltsam, ja. Er hat sein Theologiestudium abgebrochen und führt so eine Art eigenen Kreuzzug gegen das Böse. Aber er ist wirklich in Ordnung. Ich bin nur in Gefahr geraten, weil ich *nicht* auf ihn gehört habe.«

»Okay«, sagte Lara nüchtern, doch die Frage nach dem Rest der Geschichte schwang unüberhörbar mit.

»Was Raphaël angeht ...« Nein, es war besser, sie in dem Glauben zu lassen, dass Rafe nicht *der* Rafe war, sondern irgendein Franzose, der nur zufällig den gleichen Namen trug. »Sie haben wohl eine Art Waffenstillstand geschlossen, um mich zu retten. Aber nach allem, was geschehen ist, muss selbst Jean jetzt zugeben, dass Raphaël keine Ausgeburt der Hölle ist.«

»Was ja auch albern war.«

Ganz und gar nicht. »Ähm, genau.«

»Aber schräg ist dieser Raphaël auch, oder wie kommt Jean sonst auf solche Ideen?«

»Er ... hatte mit Kriminellen zu tun.« Sie wusste nicht einmal, um welche krummen Geschäfte es gegangen war, wenn sich Rafe mit den beiden Schlägern getroffen hatte, und es interessierte sie auch nicht. *Hauptsache...* »Das ist jetzt vorbei«, fügte sie rasch hinzu. »Wirklich! Er ... wurde dazu gezwungen.« Ein gefallener Engel konnte nicht anders, als Böses zu tun. »Aber jetzt steht er wieder auf der richtigen Seite.«

»Aha.« Lara klang wenig überzeugt.

»Hey, er hat mein Leben gerettet! Kaf... äh, dieser Satanspriester hat mir die Pulsadern aufgeschnitten! Ich wäre verblutet, wenn Raphaël mich nicht befreit und ins Krankenhaus gebracht hätte.«

»Die wollten dich umbringen?«, rief Lara aus.

»Ein Opfer für ...«

Es klopfte an der Tür, und schon steckte ihre Mutter den Kopf herein. »Sophie, es wird spät. Dein Vater und ich wollen etwas essen und ins Hotel gehen.«

Überrascht sah Sophie auf die Uhr. Unter »spät« verstand sie etwas anderes, aber es würde auch bald Zeit für ihre Verabredung mit Rafe sein. »Ja, ich komme, Mama. Lara, ich muss Schluss machen. Kann ich dich morgen zurückrufen?«

»Ausgerechnet jetzt. Na, ich bin jedenfalls froh, dass es dir schon wieder gut geht. Das muss ja die Hölle gewesen sein. Bis morgen dann!«

Sophie warf einen letzten Blick auf die geschlossenen Vorhänge, doch solange Madame Guimard noch wach war, durfte sie nicht riskieren, mit einem Eimer blutroten Wassers über den Flur zu huschen. Unter ihrem Verband spürte sie nadelfeine Stiche, und nach den vielen anstrengenden Gesprächen fühlte sie sich erschöpft. War das normal, oder machte ihr der Blutverlust doch mehr zu schaffen, als sie geglaubt hatte?

Trotzdem wollte sie hinaus. Sie musste weg von Kafziels Schmiererei, sie brauchte frische Luft – und sie brauchte Rafe.

»Ich muss mir noch mal die Beine vertreten«, rief sie im Vorbeigehen in die Küche, wo sie ihre Vermieterin mit Geschirr klappern hörte.

Während sie Schuhe und Jacke anzog – draußen drohten graue Wolken ein neues Gewitter an –, kam Madame Guimard in den Flur. »Geht es dir auch gut genug? Du siehst blass aus.«

Sophie winkte ab. »Es wird mir besser gehen, wenn ich ein bisschen draußen war.«

»Vielleicht.« Die alte Dame wiegte den Kopf. »Aber ist es auf der Straße auch sicher für dich? Noch hat man diese Leute nicht verhaftet, soweit wir wissen.«

»Ich glaube nicht, dass sie mich verfolgen.« *Jedenfalls nicht jene, die die Polizei schnappen kann.* Sie rang sich ein Lächeln ab, um zuversichtlich auszusehen. »So dumm werden sie nicht sein. Ich will auch gar nicht lange wegbleiben. Ich treffe mich nur mit jemandem – gleich vorn an der Rue des Ecoles.«

Aus Madame Guimards Augen lachte plötzlich der Schalk. Oder war es nur Neugier, die darin aufblitzte? »Mit dem jungen Mann, der dich gerettet hat?«

Sophie zögerte. Falls Lacour überraschend auftauchte und die alte Dame verhören wollte, war es vielleicht besser, wenn sie nichts Konkreteres wusste. »Es dauert wirklich nicht lange«, versicherte sie und floh ins Treppenhaus. »Bis später!«

Die ersten Stufen hastete sie noch hinab, dann ließ das Gefühl nach, dass jeder sie aus Sorge an die Kette legen wollte. Zugegeben, sie *war* in Gefahr, aber vor Kafziel würde sie nirgends sicher sein – außer bei Rafe.

Vier Stockwerke tiefer herrschte angenehme Kühle. Sie hatte gar nicht mehr bemerkt, dass die Hitze der letzten Tage immer noch wie eine drückende Dampfwolke über der Wohnung lag. Erst jetzt, da sie aufatmen konnte, spürte sie die Last von ihrer Lunge weichen. Sobald sie die schwere, alte Holztür geöffnet hatte, fühlte sie sich noch freier und leichter. Da wieder Wolken die Sonne verdeckten, herrschte auf der Straße verfrühtes Dämmerlicht, doch es war längst nicht mehr so schwül wie vor dem Sturm, der während des Kampfs zwischen Kafziel und Rafe gewütet hatte.

Außer ein paar Touristen auf dem Weg in die belebteren Gassen des Quartier Latin und vereinzelten Einheimischen beim abendlichen Einkauf begegnete ihr niemand. Die Stille der großen Ferien hatte sich über die alten Häuser aus grauem Stein gelegt. Trotz der frühen Stunde waren einige Fensterläden geschlossen und würden es für die nächsten Wochen bleiben. Die Tür des Bäckers an der Ecke sicherte nun ein herabgelassenes Gitter, neben dem ein Schild Betriebsferien bis Ende August verkündete. *Wirklich nicht die beste Zeit für meine vielen Bewerbungen,* stellte Sophie fest, während sie die leicht ansteigende Straße hinaufging. Madame Guimard würde vermutlich recht damit behalten, dass sie sich vor September keine großen Hoffnungen auf Bewerbungsgespräche zu machen brauchte.

An der Kreuzung mit der Rue des Ecoles herrschte etwas mehr Verkehr, doch auch hier fuhren im Vergleich so wenige Autos, dass Sophie nach Pariser Art die Ampel ignorierte und auf der gegenüberliegenden Straßenseite die Grünanlage vor dem Collège de France betrat. Eine Scheu, die sie selbst überraschte, hemmte ihre Schritte. Wenn sie nicht alles täuschte, war Rafe jetzt ein *richtiger* Engel – ein strahlender Bote des Lichts, der den Ungeheuern der Finsternis mit dem Flammenschwert entgegentrat. Musste dadurch nicht alles anders werden? Vor dem Dämon Rafe hatte sie sich gefürchtet, aber sie hatte auch Mitleid mit ihm gehabt, weil er in seiner Rolle gefangen gewesen war. Sein Verlangen nach ihr hatte ihr sogar eine gewisse Macht über ihn verliehen. Was verband sie noch mit dem Engel, der sich nun wieder Raphael nennen durfte? Nach dem Vorbild des heiligen Erzengels, dessen Name *Gott heilt* bedeutete. *Wer hat ihn geheilt? Gott? Mein Opfer, wie Kafziel behauptet hat? Er sich selbst durch seine gute Tat?*

Die ausladenden Kronen der Bäume verdeckten große Teile des Gebäudes der alten Universität. In ihren Schatten war es bereits so dunkel, dass sich leises Unbehagen in Sophies Unsicherheit mischte. Der Ehrfurcht zum Trotz spürte sie vor allem Erleichterung, als sie Rafe erkannte. Einen Augenblick lang glaubte sie, er leuchte von innen heraus wie in jenem kurzen Moment am Krankenhausbett, als er ihr seine neue wahre Gestalt offenbart hatte, doch es war nur das weiße T-Shirt, das im Licht einer Straßenlaterne schimmerte.

»Hi.« Das alberne kleine Wort kam ihr auch noch zu leise über die Lippen. Wie sollte sie mit ihm umgehen? Es kam ihr selbst dumm vor, wie selbstverständlich sie sich an den gefährlichen gefallenen Engel geschmiegt hatte, und hier stand sie nun und wagte nicht, sich seinem neuen, vertrauenswürdigen Selbst zu nähern.

»Du bist verwirrt«, stellte er fest. »Das bin ich auch – und du kannst mir glauben, dass es für einen Engel noch viel schlimmer ist. Ich wusste nicht einmal, dass ich verwirrt sein *kann*. Für gewöhnlich *weiß* ich einfach, wie die Dinge sind.«

»*Du* bist verwirrt? Aber weshalb denn?«

Er zuckte mit den Schultern. »Ich bin nicht sicher, ob je zuvor ein gefallener Engel aus der Verdammnis zurückgekehrt ist. Und allein das ist schon seltsam genug für mich, denn für einen Engel gibt es eigentlich nur Gewissheit. Die Dinge sind, wie sie sind. Das ist für Menschen vielleicht schwer zu verstehen, weil ihr ständig im Zweifel seid.« Seine Miene bekam einen grüblerischen Zug, der sich jedoch rasch wieder verlor. »Jedenfalls erinnere ich mich daran, auf der anderen Seite gewesen zu sein. An das, was ich getan und gedacht habe. Ich kann es nachvollziehen, weil es in sich logisch war, aber … Es war falsch und schlecht. Ich habe Leid über Menschen gebracht, auch über dich, und ich kann es nicht ungeschehen machen. Es belastet mich – weil ich die Entscheidung, die zu meinem Sturz führte, noch immer für richtig halte.«

Sie sah Schmerz in seinen Augen und legte instinktiv die Arme um ihn, barg das Gesicht an seinem Hals und atmete den vertrauten Duft seiner Haut, nur um die Luft anzuhalten, als sie von einer Woge unerwarteter Gefühle überwältigt wurde. Sie hatte geglaubt zu wissen, was es bedeutete, ihn zu berühren. Doch die Erinnerung an den kurzen Moment in der Klinik war bereits nur noch ein ferner Nachhall gewesen. Die Liebe, die er verströmte, wie ein gewöhnlicher

Mann Wärme ausstrahlte, drang in jede Faser, jeden Winkel ihres Herzens und verwandelte es in eine schwerelose, beinahe glühende Stelle, die sich in ihr ausbreitete und alle Ängste und Sorgen auflöste.

»Du ...« Sie stolperte über die altertümliche Formulierung. »Du hast Leid über mich gebracht, aber dein wahres Selbst wollte es nicht. Wie könnte ich es dir dann übel nehmen? Es ist längst verziehen.«

Er drückte sie an sich und hauchte einen Kuss auf ihr Haar. »Ich wünschte, ich dürfte es dich einfach vergessen lassen. Aber du musst dich erinnern, um gegen Kafziel gefeit zu sein.«

In Rafes Armen geborgen, schien ihr der Dämon so weit weg, dass sich keine Furcht in ihr regte. »Er wird mir nichts anhaben können, solange du über mich wachst.«

»Es tut mir leid, dass ich dich enttäuschen muss, aber ich kann dich nicht Tag und Nacht behüten. Auch wenn ich es gern tun würde.« Er wollte sie noch fester an sich ziehen, doch sie versteifte sich und rückte ein wenig von ihm ab, ohne ihn loszulassen.

»Was ...«

»Ich habe noch andere Aufgaben, Sophie. Es gibt in dieser Stadt viele Menschen, die mich dringender brauchen als du.«

»Aber ich bin in Gefahr!« Sah er das nicht? Wie konnte er so grausam sein? »Kafziel stand nachts plötzlich im Krankenhaus. Er war in meinem Zimmer! Du hast selbst gesagt, dass er wiederkommen wird.« Mit einem Mal zitterte sie, als sei die Temperatur jäh gefallen.

»Schhhh.« Er rieb sacht ihre Arme, und sie spürte, wie ein Hauch des Gefühls, aller Nöte enthoben zu sein, zurückkehrte. »Trauer und Trübsinn ziehen ihn an, öffnen dich seinen Einflüsterungen. Sei vorsichtig! Er darf auf keinen Fall von dir Besitz ergreifen, sonst bin selbst ich machtlos. Hörst du? Nur wenn du dich freiwillig opferst, bist du für ihn von Wert, und er wird alles versuchen, um dich zu brechen. Aber der freie Wille ist heilig. Ich darf ihn nicht daran hindern, dich in Versuchung zu bringen.«

Hoffnung keimte in ihr auf. »Heißt das, er kann mir nichts antun, als mich unter Druck zu setzen?«

Rafe schüttelte bedauernd den Kopf. »Nein, so ist es nicht. Wenn er die Geduld verliert, wird er dir aus Rache nach dem Leben trachten. Seine Macht ist groß, und er hat Diener in beiden Welten, die er gegen dich aussenden kann.«

»Er hat gedroht, jenen zu schaden, die mir nahestehen!«

»Um deinen Willen zu brechen, dich zur Verzweiflung zu bringen. Du darfst ihm nicht nachgeben. Sei stark! Nur dann kann ich dir helfen.«

Hilf dir selbst, dann hilft dir Gott. Bitterkeit und Zorn verdrängten die Liebe aus ihrem Herzen. Abrupt wandte sie sich ab und ging davon.

3

»O Mann, Sophie! Wenn ich mir das vorstelle! Dieser Kerl mit dem Messer. Das Blut. Mir wird ganz anders«, brachte Lara heraus. »Kannst du noch ohne Angst abends auf die Straße gehen?«

Es sind nicht die Leute auf der Straße, die ich fürchten muss, dachte Sophie und korrigierte sich sofort. Sie wusste nicht, was sie tun würde, wenn Kafziel auf die Idee kam, sie wieder auf Schritt und Tritt zu verfolgen. »Fang du bitte nicht auch noch an! Es ist schon schlimm genug, wenn meine Mutter und Madame Guimard mir damit in den Ohren liegen.«

»Tut mir leid, aber ich kann doch nicht einfach so tun, als wär nichts. Du bist fast gestorben!«

Im Stillen seufzte sie. Lara hatte recht. »Ja, ist schon gut. Ich wär umgekehrt ja genauso geschockt.«

»Das ist so unglaublich.«

Sophie konnte förmlich sehen, wie ihre Freundin den Kopf schüttelte.

»Ich versteh auch einfach nicht, warum es um dich herum plötzlich von Leuten wimmelt, die sich mit schwarzer Magie und Dämonen und diesem ganzen Zeug beschäftigen. Das ist irgendwie gruselig. Du hattest doch sonst nie etwas damit zu tun.«

»Hm.« Sie konnte Lara weder sagen, dass sie den Dämon durch ihre Trauer um Rafe unbewusst angelockt hatte, noch dass sie Jean begegnet war, als sie einen vermeintlich wiederauferstandenen Toten gesucht hatte.

»Findest du das nicht auch seltsam?«

»Na ja, schon. Es hat sich halt so ergeben. Aber ich habe jetzt ganz andere Probleme, die nichts mit irgendwelchem übersinnlichen Kram zu tun haben. Die Polizei glaubt, dass Jean und Raphaël den Anführer dieses Zirkels umgebracht haben, um mich zu finden. Sie haben Jean verhaftet und suchen jetzt nach Raphaël.«

»Ach du Scheiße! Soph! Du meinst, sie haben diesen Mann totgeprügelt, damit er ihnen sagt, wo du steckst?«

»Ich glaube nicht, dass das ihre Absicht war. Tot hätte er ihnen doch gar nichts mehr sagen können. Das muss ein Unfall gewesen sein.«

Oder ein skrupelloser gefallener Engel. Warum hatte sie gestern Abend nicht daran gedacht, Rafe nach dem Vorfall zu fragen?

»Die Polizei wird das herzlich wenig interessieren. Ich fühle mich schuldig, Lara. Jean sitzt doch meinetwegen im Gefängnis. Weil er *mir* helfen wollte. Und ich kann irgendwie nichts für ihn tun.« Es war ihr nicht bewusst gewesen, bevor sie es ausgesprochen hatte, doch nun liefen ihr Tränen die Wangen hinab.

»Das ist echt übel. Ach, Soph, ich würd dich jetzt gern in den Arm nehmen.«

Dass es nicht möglich war, ließ Sophie erst recht schluchzen. Sie wusste nichts mehr zu sagen. Alles war so kompliziert, so verfahren, so aussichtslos.

»Das ist alles viel zu viel für dich allein«, befand Lara mitleidig. »Nein, nein, denk nicht gleich wieder, dass ich dich bequatschen will, zurückzukommen. Du kannst die beiden jetzt nicht im Stich lassen – das seh ich ein. Ich ... red mal mit Stefan. Und mit meiner Chefin. Vielleicht kann ich ein paar Tage nach Paris kommen und dir beistehen.«

Sophie schniefte und fischte in der Nachttischschublade nach einem Taschentuch. »Lara, das ist so lieb von dir! Aber mach dir meinetwegen keinen Stress.«

»Pah, Stefan wird ja wohl nichts gegen einen romantischen Paris-Trip einzuwenden haben. Er hat doch ohnehin gerade Urlaub. Und meine Chefin wird überleben, wenn ich die freien Tage mal nicht sechs Monate im voraus beantrage.«

»Wenn du meinst ...«

»O ja, das meine ich.« Lara klang jetzt beinahe fröhlich. »Lass den Kopf nicht hängen! Irgendwie wird das schon alles wieder, und ich passe auf, dass du nicht mehr unter Verrückten landest.«

Wenn das so einfach wäre, dachte Sophie, nachdem sie sich verabschiedet hatten. Lara würde an Jeans Misere nichts ändern können. Und Kafziel ... Sie erstarrte. Ob es wirklich eine so gute Idee war, dass Lara herkam? Wie sollte sie ihre Freundin und sich vor dem Dämon bewahren?

Jean hätte Rat gewusst, doch er saß unerreichbar hinter Gittern. Rafe mochte als Engel nicht verhindern können, dass sich Kafziel ihr näherte, aber wenn sie Jeans Aussagen richtig verstanden hatte, gab es andere Mittel, sich vor den Nachstellungen eines Dämons zu schützen. Magische Mittel vielleicht. Nur – wen konnte sie danach fragen? Vermutlich gab es auch Priester, die sich mit solchen Dingen auskannten, doch Jean hatte sie eindringlich davor gewarnt, fremden Geistlichen von ihren Verstrickungen mit Dämonen zu erzählen. Und nach dem wenig ergiebigen Gespräch mit dem Abbé in der Kirche Saint-Nicolas-du-Chardonnet machte sie sich kaum Hoffnung, von anderen Priestern sinnvollere Antworten zu bekommen.

Jean hat sein Wissen aus Büchern, oder nicht? Hatte er nicht sogar gesagt, *Delamairs* könne es in mancher Hinsicht mit der Bibliothek einer theologischen Fakultät aufnehmen? Auf jeden Fall würde sie in dieser Buchhandlung reichlich Literatur über Engel und Dämonen finden, obwohl das meiste sicher okkultistischer Humbug war. Ob der junge Mann, der ihr Jeans Adresse gegeben hatte, ihr sagen konnte, welches die seriösen Bücher waren?

Erst als Sophie die Rue Saint-Jacques überquerte und auf die Treppen unter dem Schild *L'Occultisme* zuhielt, fiel ihr ein, dass die Buchhandlung so früh am Morgen womöglich noch gar nicht geöffnet oder schlimmstenfalls bis Ende August Betriebsferien hatte. Dass kein Gitter die schmale, alte Tür versperrte, wertete sie als gutes Zeichen. Mehr verrieten das sonnenvergilbte Schaufenster und der staubige Vorhang dahinter nicht. Sie drückte die Klinke herunter und spürte sofort, dass die Tür verschlossen war. *Mist.* Vergeblich hielt sie nach einem Aushang mit den Öffnungszeiten Ausschau. Sie hatte wenig Lust, zehn Mal um den Block zu laufen, bis sie irgendwann mehr Erfolg haben würde.

Sie kam sich penetrant vor, schon wieder außerhalb der

Geschäftszeiten zu stören, doch wenn der Laden so selten und eigenwillig öffnete wie Madame Guimards 30er-Jahre-Boutique, würde sie morgen noch hier stehen. Kurzentschlossen drückte sie auf den antiquierten runden Klingelknopf und wartete. Nichts rührte sich.

Mist. Mist. Mist. Dann müsste sie wohl doch später ... Plötzlich kam ihr ein neuer Gedanke. Musste sie die Leute von *Delamairs* eigentlich nicht warnen, dass Jean wegen Mordverdachts verhaftet worden war? Soweit sie es verstanden hatte, arbeitete er als Aushilfe hier, und man hatte ihn gestern vielleicht schon vermisst. Außerdem würde eventuell bald die Polizei auftauchen, um jeden zu verhören, der in engerem Kontakt zu ihm stand.

Sie beschloss zu warten und setzte sich auf die kühlen Steinstufen, während sich die wiedergekehrte Hochsommersonne anschickte, den Asphalt aufzuheizen. Ein paar Mopeds knatterten vorüber, und ein gelangweilter Straßenfeger, der kein T-Shirt unter seiner Latzhose trug, kehrte imaginären Müll in den Rinnstein. Nur wenige Autos erinnerten daran, dass sie sich mitten in einer Großstadt befand.

Piepsend verkündete ihr Handy eine SMS. *Bestimmt Lara, die ...*

Ein Schatten fiel auf ihre Füße.

»Oh, äh, bonjour! Wir kennen uns doch?«

Sie ließ das Handy unbesehen zurück in die Tasche gleiten und blickte auf.

»Bin ich zu spät?« Die dunklen Augen des jungen Manns richteten sich nervös auf seine Armbanduhr. Obwohl er frisch rasiert zu sein schien, schimmerten die schwarzen Stoppeln durch seine auffallend blasse Haut.

»Nein, sicher nicht.« Sophie stand rasch auf, um ihm den Weg zur Tür freizugeben. Flüchtig fragte sie sich, ob er dasselbe karierte Kurzarmhemd trug wie bei ihrem letzten Besuch, aber sie hatte sich das Muster nicht genug eingeprägt. »Ich bin nur sehr früh dran.«

»Sind Sie mit Jean verabredet?«, erkundigte er sich und schob sich den umgehängten Laptop auf den Rücken, um einen Schlüsselbund aus seiner Hosentasche zu fischen.

Er weiß es also noch nicht. »Nein. Jean ist ... Man hat ihn verhaftet.«

Die Hand mit dem Schlüssel erstarrte auf dem Weg zur Tür.

»Die Polizei glaubt, dass er einen Mann namens Caradec beim Versuch, Informationen aus ihm herauszuholen, umgebracht hat.« Sie erwähnte den Namen absichtlich. Vielleicht wusste der Buchhändler mehr über diesen Mann als sie.

Er ließ die Hand sinken, endgültig bleich wie ein Laken. »Umgebracht?«

»Vielleicht ist ja alles nur ein großer Irrtum. Jedenfalls wollte ich es Ihnen sagen, damit Sie es nicht erst von der Polizei erfahren. Die werden Sie vielleicht verhören wollen, weil er doch hier arbeitet, und da ...« Sie merkte, dass sie anfing zu plappern, und verstummte.

Der junge Mann fuhr sich mit der freien Hand über das Gesicht, bevor er sich offenbar genug gesammelt hatte, um zu reden. »Wenn Sie es ihnen nicht sagen, sollten die Flics nicht wissen, dass Jean hier aushilft.«

»Oh.« *Er arbeitet schwarz?* »Äh. Von mir erfahren sie kein Wort!«

»Gut. Danke. Es ist nämlich so: Gerade *weil* er öfter mal mit der Polizei aneinandergerät, arbeitet er nur unter der Hand hier. Mein Vater will keinen Ärger haben, verstehen Sie?« Er machte einen neuen Anlauf, die Tür aufzuschließen.

Sophie folgte ihm in den Laden, wo die abgestandene Luft nach altem Papier und frischer Druckertinte roch. Ohne künstliches Licht war es so dämmerig, dass sich die labyrinthartig aufgestellten Regale in der Dunkelheit verloren. »Ich bin übrigens Sophie«, stellte sie sich vor und reichte ihm die Hand. Immerhin waren sie nun beide Mitwisser in Jeans rechtlich sehr bedenklichen Angelegenheiten.

»Alexandre Delamair.« Sein Händedruck war nicht so schwitzig, wie sie befürchtet hatte. »Aber alle nennen mich Alex.«

Sie nickte.

»Woher wissen Sie, äh, weißt du von der Sache, wenn du nicht dabei warst?«, erkundigte er sich.

Konnte sie ihm vertrauen? Ihm alles ganz offen erzählen, nur weil er zufällig Erbe des *L'Occultisme* war und Jean kannte? Oder würde er sie für eine seiner verrückten Kundinnen halten? »Ich weiß nicht, wie … du zu Jeans seltsamen Anwandlungen stehst.«

Alex grinste kurz, bevor die ernste Miene zurückkehrte. »Falls du meinst, ob ich in seine Dämonenjagden eingeweiht bin: Ja, darüber weiß ich Bescheid. Ich bin so was wie sein Handlanger, aber ich würde ums Verrecken keinem Dämon begegnen wollen. Exorzismen darf er gern allein durchführen.«

»Klingt vernünftig«, befand Sophie und rügte sich im Stillen dafür, ihn deshalb feige zu finden. Wenn es nach ihr ging, hätte sie schließlich auch gern darauf verzichtet, jemals wieder einem Dämon gegenüberzustehen. »Hat er dir auch von … meinem Problem erzählt?«

»Ich weiß nur, dass … ähm …« Selbst im Halbdunkel des Ladens – er hatte noch immer kein Licht eingeschaltet – konnte sie sehen, wie sich seine Wangen röteten. »Dass er dich davon abhalten wollte, dich mit einem gefallenen Engel einzulassen.«

»Das ist ihm gelungen«, versicherte sie rasch, bevor er sich weiter ausmalen konnte, wie Rafe versucht haben mochte, sie zu verführen. »Aber es gibt noch mehr ...«

»Ja, ja, ich weiß. Die Nachwuchskönigin der Nacht ist besessen und liegt wahrscheinlich immer noch im Krankenhaus. Jean meinte, ihr Fall – und der Tote in der Rue des Barres – hängen irgendwie mit deinem zusammen, weil sich alles um das Buch Henoch und diese Wächter dreht.«

Nachwuchskönigin der Nacht? Was sollte das denn heißen? »Also ich weiß nichts über dieses Mädchen, außer dass Jean bei diesem Exorzismus verletzt wurde, und ich weiß auch nicht, was das Buch Henoch mit Rafe und mir zu tun hat.« *Wenn man davon absieht, dass es von rebellischen Engeln handelt, die Menschenfrauen liebten.* »Sagt dir denn der Name Caradec etwas?«

»Allerdings. Früher war er mal ein guter Kunde bei uns. Gepflegter Schnurrbart, volles silbergraues Haar, so was wie der Inbegriff des distinguierten älteren Herrn, aber unter der glatten Oberfläche ziemlich arrogant und unnahbar. Mein Vater hat ihm einige seltene Werke über Satanismus und schwarze Magie beschafft.« Alex kratzte sich an der Schläfe und schüttelte dann den Kopf. »Eigentlich war klar, dass Jean ihn früher oder später aufhalten musste, aber ...«

»Aufhalten? Warum?« Kafziel hatte gewollt, dass Caradec sie für ihn tötete. Hatte er so etwas womöglich schon früher getan?

Schritte auf der Treppe lenkten sie ab. Eine Frau um die zwanzig, die in Jeans und einer mit dezenten Ethno-Mustern bedruckten Bluse steckte, betrat die Buchhandlung. »Salut, Alex.«

»Salut, Claudine. Sorry für den Überfall, aber hast du einen Moment Zeit, den Laden zu übernehmen?«

Sie stutzte und wickelte sich das Ende ihres Pferdeschwanzes um die Finger, während sie kurz nachdachte. »Ähm, okay, so für eine Stunde lässt sich das machen.«

»Super! Danke.« Alex wandte sich wieder an Sophie. »Dann sollten wir uns vielleicht lieber oben weiter unterhalten.«

»Ist mir recht«, versicherte sie. Nicht, dass es danach ausgesehen hätte, aber es wäre lästig gewesen, von einem Kunden unterbrochen zu werden. Wenn Alex so eng mit Jean zusammenarbeitete, wusste er vielleicht sogar mehr über Dämonenabwehr, als sie erwartet hatte. Und über Jean …

Achselzuckend betätigte Claudine den Lichtschalter, bevor sie sich hinter die Theke verzog. Sophie folgte Alex durch den gewundenen Gang, den die in den Raum ragenden Regale bildeten, und hielt dabei bereits nach Büchern über Dämonologie Ausschau, doch es sprang ihr nur das »Lexikon der Parapsychologie« ins Auge. *Was auch immer Parapsychologie sein mag.*

Alex führte sie durch die Hintertür, die knarrende Stiege hinauf in die wohl rein private Bibliothek, in der sie Jean bereits zwei Mal getroffen hatte. Der Raum erstreckte sich so lang und schmal auf die Fensterfront zu wie der Laden darunter, doch da die Vorhänge aufgezogen waren, fiel deutlich mehr Licht herein. Sophie stand unschlüssig herum, während Alex die Tasche mit dem Laptop auf dem Schreibtisch vor den Fenstern ablegte. Ohne Jean in seinen schwarzen Sachen, den dunklen Mantel über eine Stuhllehne geworfen und eine glimmende Zigarette im Aschenbecher, wirkten die vollgestopften Regale an den Wänden und die unter Büchern und Zeitungen verschwindenden Tische nur halb so geheimnisvoll. Sie ertappte sich dabei, mit den Augen den Stuhl zu suchen, auf dem er bei ihrem letzten Besuch gesessen hatte. *Das ist nur mein schlechtes Gewissen. Ich vermisse ihn gar nicht. Ich liebe doch Rafe.*

»Setz dich ruhig«, lud Alex sie ein und deutete ausgerechnet auf den Stuhl, den sie gerade angestarrt hatte.

Rasch setzte sie sich auf einen anderen. »Also wenn du der Polizei erzählst, dass Jean und Caradec Feinde waren, macht es die Sache für ihn bestimmt nur schlimmer.«

Er ließ sich auf einen Stuhl fallen und sah sie an, als sei sie schwer von Begriff. »Ich hab nicht vor, mit den Flics zu reden. Wenn ihnen niemand einen Tipp gibt, werden sie niemals hier auftauchen.«

»Aber sie haben doch bestimmt Jeans Handy, sein Adressbuch und solche Sachen beschlagnahmt.«

»Das wird ihnen nichts nützen«, meinte er selbstzufrieden. »Jean und ich haben vorgesorgt. Dank Internet kann man seine Spuren ganz gut verwischen, wenn man sich auskennt.«

Aha. Davon hatte sie überhaupt keine Ahnung und im Augenblick auch nicht die Nerven, sich die fachwortgespickten Erläuterungen eines Computernerds anzuhören. »Okay, wenn du das sagst, wird es schon stimmen. Ich sollte mich wohl besser um meine Angelegenheiten kümmern, denn mich werden sie ganz sicher noch mal vernehmen, weil sie auch hinter Rafe – Rafael – her sind. Die beiden sind zusammen am Tatort gesehen worden.«

Alex' Augen weiteten sich. »Jean hat mit dem gefallenen Engel gemeinsame Sache gegen Caradec gemacht?«

»Ich erklär's dir gleich, aber würdest du mir vielleicht erst noch erzählen, welchen Grund Jean haben sollte, diesen Mann umzubringen?«

Er wich ihrem Blick aus. »Hat Jean dir etwas über seine Vergangenheit erzählt?«

»Ja, dass er das Theologiestudium abgebrochen hat. Wieso?«

»Also nichts darüber, was davor war?«

Sie schüttelte nachdenklich den Kopf. »Nein.«

»Dann wäre er ziemlich sauer, wenn ich es tun würde, also lass ich's. Fest steht nur, dass er Dämonenpaktierer hasst. Und Caradec ist ein Paktierer. Jean würde *alles* tun, um zu verhindern, dass der Scheißkerl Menschen opfert. Und wir sind uns ziemlich sicher, dass er es bereits getan hat – auch wenn wir es nicht beweisen können.«

O mein Gott, er könnte wirklich schuldig sein! Er könnte diesen Kerl umgebracht haben, um mich zu retten. Die stecken ihn zwanzig Jahre in den Knast.

Die Tasche mit den Büchern, die Alex ihr mitgegeben hatte, machte das Treppensteigen in den stickigen vierten Stock zu einer noch schweißtreibenderen Angelegenheit. Nachdem sie ihm die ganze Geschichte erzählt hatte, war er besorgter um Jean gewesen denn je, aber auch um sie. Bereitwillig hatte er ihr etliche Schriften geliehen, in denen etwas über Dämonenabwehr zu finden war, doch sein Blick hatte Bände gesprochen. Sie hatte Blut für Kafziel vergossen – und Blutmagie war die mächtigste von allen.

Er ist kein Experte. Das hat er selbst gesagt, versuchte sich Sophie zu trösten und schloss die Wohnungstür auf. Stimmen und das Klappern eines Löffels in einer Tasse drangen ihr aus dem Salon entgegen. Sie spitzte die Ohren, während sie noch die Schuhe auszog, da kam auch schon ihre Mutter in den Flur geeilt.

»Sophie, Kind, wo hast du so lange gesteckt? Hier ...«

»Mama, könntest du endlich aufhören, mich ›Kind‹ zu nennen? Ich bin erwachsen.«

Ihre Mutter zog eine säuerliche Miene. »Trotzdem bist du immer noch *mein* Kind.«

Du meinst, dass ich immer noch deine Tochter *bin.* Sie verdrehte die Augen, sparte sich jedoch die Diskussion, die sie schon so oft geführt hatten.

»Gut, dass du endlich da bist. Die Anwältin dieses jungen Mannes, der dich gerettet hat, ist hier. Eine sehr nette Frau. Sie spricht sogar Deutsch.«

Geneviève ist hier? Die Tasche, die sie eben noch als erstes in ihr Zimmer hatte bringen wollen, glitt ihr wie von selbst von der Schulter. Wenn sie Jeans Andeutung am Telefon richtig verstanden hatte, würde es sie nicht wundern, falls diese Anwältin auch Burmesisch und Suaheli beherrschte. Neugierig und gehemmt zugleich näherte sie sich der Tür zum Salon.

Zunächst sah sie nur ihren Vater, der etwas steif auf Madame Guimards altmodischem samtbezogenem Sofa saß. Mit fasziniertem Blick lauschte er der Frau auf dem Sessel zu seiner Linken, obwohl sie gerade auf Französisch zu der alten Dame sprach, deren Gesicht einen fast schon entrückten Ausdruck angenommen hatte. In den Augen eines oberflächlichen Betrachters schienen die Sonnenstrahlen Genevièves Erscheinung den lichten Schimmer zu verleihen, der sie umgab. Doch Sophie sah, dass sie nicht bis zu Genevièves Platz reichten. Langes, blondes Haar umrahmte ein makelloses Gesicht. Das einer Anwältin gemäße Kostüm und die seidig glänzende Bluse unterstrichen nur die Eleganz der schlanken Gestalt. Als sie Sophie bemerkte, erhob sie sich mit einer so fließenden Bewegung, dass es vollkommen mühelos erschien.

Bin ich die Einzige, die sehen kann, dass ihr inneres Licht jeden Augenblick durch ihre Haut zu leuchten droht?

»Sophie Bachmann?«

Es klang nicht wie eine Frage, und sie glaubte keine Sekunde, dass Geneviève daran zweifelte, wen sie vor sich hatte. Im Stehen zeigte sich, dass sie erstaunlich groß war und dem ersten Eindruck zum Trotz breite Schultern hatte. Schultern, die das Schwert der Rache schwingen konnten.

»Mein Name ist Geneviève des Anges.«

Sophie ergriff die gereichte Hand und spürte eine Ahnung des Gefühls, das Rafes Berührung neuerdings in ihr weckte, eine Andeutung der überwältigenden, alles Schlechte negierenden Liebe.

»Ich bin in meiner Eigenschaft als rechtliche Vertreterin meines Mandanten Jean Méric hier. Wäre es wohl möglich, dass wir uns einmal unter vier Augen unterhalten?«

»Selbstverständlich, Madame«, ließ sich Madame Guimard vernehmen und stand auf, um Sophies Eltern höflich, aber bestimmt aus dem Zimmer zu treiben, bevor sie die Tür hinter sich zuzog.

»Ist Jean verletzt? Geht es ihm gut?« Sophie suchte in den bernsteinfarbenen Augen des Engels nach einem Anzeichen dafür, dass er ihr womöglich etwas verschwieg.

Geneviève legte ihr die Hand auf den Arm, und ein wenig mehr der beruhigenden Kraft floss ihr zu. »Er ist nicht unversehrt, aber mach dir darüber keine Sorgen. Es geht ihm den Umständen entsprechend gut. Mehr können wir zurzeit nicht erwarten.«

Sie nickte ergeben. Jean, der rastlose Freigeist, war sicher der Letzte, der sich in einer Gefängniszelle wohlfühlen konnte. »Halten sie ihn zu Recht fest? Hat er ... Hat *er* es getan?«

»Caradec getötet? Nein. Diese Prüfung wurde ihm nicht auferlegt. Der Paktierer hat sich selbst gerichtet, indem er den Pakt gebrochen hat. Sein Tod war die Strafe des Dämons für den Verrat.«

»Dann ...«

Der Engel fiel ihr ins Wort. »Dennoch hat man ihn nicht zu Unrecht verhaftet. Aus Sicht der Staatsanwaltschaft hat er sich zudem an Hausfriedensbruch, tätlichem Angriff und Einbruch beteiligt. Daran ist nicht zu rütteln. Caradecs Ehefrau hat ihn als einen der beiden Eindringlinge identifiziert, die sie eingesperrt und ihren Mann angegriffen haben.«

»Aber er hat es doch getan, um mir das Leben zu retten. Zählt das denn gar nicht?«

»Hier in Frankreich wird man ihm gerade dies zum Vorwurf machen. Das Gesetz in die eigenen Hände zu nehmen, gilt hier nicht gerade als mildernder Umstand. Die Behörden fühlen sich davon erst recht auf die Füße getreten.«

»Das ist nicht fair! Hätte er mich etwa sterben lassen sollen? Die Polizei hätte Beweise dafür verlangt, dass dieser Caradec mit meinem Verschwinden zu tun hatte. Wo hätte er sie hernehmen sollen?«

Geneviève nickte. »Das ist die eine Seite. Trotzdem hat er sich strafbar gemacht. Er hätte dich vermisst melden und seinen Verdacht mitteilen müssen, anstatt eigenmächtig vorzugehen. So sieht es die Justiz. Für sie ist Caradec zunächst ein Opfer, denn es ist nicht bewiesen, dass er tatsächlich auch nur von deiner Entführung wusste, geschweige denn beteiligt war.«

»Aber wie sollen wir das denn jemals beweisen? Reicht es nicht, dass ich gehört habe, wie die anderen über ihn sprachen?«

»Das genügt nicht, denn für die Ermittler könntest du ebenso gut Jeans Komplizin sein, die zu seinen Gunsten alles aussagen würde. Auch dass das Ritual im Mausoleum der Caradecs stattfand, ist nur ein Indiz, das ebenso gut bedeuten könnte, dass Jean, Rafe und du ein Komplott gegen ihn geschmiedet habt. Nein, *wenn* dieser Punkt überhaupt Berücksichtigung finden soll, müssen die Mitglieder des Zirkels gegen ihn aussagen. Sie müssten gestehen, dass sie dort waren und mit ihm deinen Tod geplant hatten.«

Sophies Verzweiflung wuchs. »Aber das werden sie doch niemals tun!«

»Nicht, wenn du sie weiterhin deckst.«

»Ich soll die Namen nennen? Aber sie haben mir nichts getan! Ich war aus freien Stücken dort. Das werden sie auch sagen.«

»Zum einen ist das wenig glaubwürdig, zum anderen bleibt es dennoch eine Straftat, einen Menschen zu töten. Entscheidend ist, dass ihre Aussagen Jeans Gründe sehr viel glaubhafter bestätigen würden als deine. Wenn wir trotz allem versuchen wollen, die Umstände als strafmilderndes Argument einzubringen, brauchen wir sie.«

Sollten noch mehr Menschen ihretwegen unschuldig ins Gefängnis gehen? Sie konnte diese Leute doch nicht wider besseres Wissen vor Gericht bringen.

Genevièves Miene wurde noch ernster. »Es spricht für dich, dass du nicht ungerecht sein willst. Aber glaube mir: Unschuldig ist keiner dieser vier.«

»Was ... soll das heißen?« Warum zitterte sie schon wieder, als sei ihr kalt?

»Bei ihren Ritualen ist nicht zum ersten Mal Menschenblut geflossen.«

»Mach doch nicht so ein Gesicht, Sophie!«, beschwerte sich ihre Mutter, nachdem Geneviève gegangen war. »Wenn der junge Mann niemanden umgebracht hat, werden sie ihn sicher bald wieder freilassen.«

Die Familie, zu der Madame Guimard für Sophie auf ihre Weise bereits gehörte, saß bei Baguette, Pasteten, Käse und Tomaten um den Küchentisch. Bei dieser Hitze fand Sophie ein leichtes Mittagessen bekömmlicher, doch die Bemerkung ihrer Mutter verdarb ihr den Appetit. »Jean *hat* diesen Mann nicht umgebracht, aber für die Polizei sieht es nun einmal anders aus. Und selbst wenn es Gene… Madame des Anges gelingt, das zu beweisen, bleiben immer noch genug Vergehen, um ihn zu verurteilen.«

»Gesetz ist nun einmal Gesetz. Da kann man keine Ausnahmen machen, wie es einem gerade passt«, stellte ihr Vater fest.

Sophie schoss ihm nur einen strafenden Blick zu. Seit wann musste er ihr ständig in den Rücken fallen?

»Wenn er etwas ausgefressen hat, muss er die Konsequenzen auch tragen«, pflichtete ihre Mutter bei. »Das weiß man ja vorher.«

Wie undankbar konnte ein Mensch sein? »Er hat das getan, um mich zu retten! Schuldet ihr ihm dafür nicht vielleicht ein bisschen Mitgefühl?«

Ihre Mutter setzte eine betretene Miene auf, fing sich aber rasch wieder. »Es fällt mir schwer, ihm dankbar zu sein, schließlich haben er und dieser andere dich doch erst in diese gefährlichen Kreise gebracht! Daheim hast du dich nie mit solchen Leuten abgegeben. Es wird wirklich Zeit, dass du nach Hause kommst und wieder Vernunft annimmst.«

»Immer, wenn ich mich in einen Mann verliebe, der dir nicht genehm ist, erzählst du mir, ich soll Vernunft annehmen. Als ob ich kein Hirn hätte!«

»Na, was waren das denn für hirnverbrannte Zukunftspläne mit diesem Rafael? Dschungeldoktor in der Dritten Welt! Wir sehen ja, wohin ihn das gebracht hat.«

Sophie spürte die Flammen der Wut in sich auflodern. Beinahe wäre sie aufgesprungen, stattdessen krampfte sie die Finger um die Tischkante, bis die Wunde unter dem Verband warnend stach. Sie würde nicht weglaufen, sondern die Stirn bieten. »Wag es nicht, sein Andenken zu beschmutzen! Er war ein besserer Mensch als wir alle, und ganz besonders als du!«

Ihre Mutter erbleichte.

»Das reicht, Sophie!« Die Stimme ihres Vaters schnitt die Luft wie eine Peitsche. »Hier wird niemand beleidigt!«

»Aber das hat sie doch gerade schon!«

»Und ich sage: Schluss damit!«

Sophie sah den betretenen Seitenblick, den er auf Madame Guimard warf, und war sofort peinlich berührt. Was dachte sie jetzt wohl von ihnen?

Ihre Mutter verzog sauertöpfisch den Mund. »Ich weiß nicht, warum du dir immer solche Flausen in den Kopf setzen musst. Was denkst du dir nur dabei? Jetzt ist es also dieser inhaftierte Franzose ...«

Stumm schüttelte Sophie den Kopf. Sie hatte sich auf den neuen Rafe bezogen, doch von ihm würde sie ganz gewiss nicht mehr erzählen. Sollte ihre Mutter glauben, sie meine

Jean. Vielleicht hätte sie damit sogar recht, wenn Rafe nicht gewesen wäre.

Ihr Blick fiel auf die linke Hand ihres Vaters. Schon zuvor war ihr aufgefallen, dass auch er heute einen Verband trug, doch sie war zu sehr abgelenkt worden, um einen Gedanken daran zu verlieren. »Was ist mit deiner Hand passiert?«, erkundigte sie sich erleichtert, das Thema wechseln zu können.

Er zuckte die Achseln. »Nur ein Missgeschick beim Rasierklingenwechsel.«

Sophies Kehle verengte sich. Solange sie denken konnte, hatte er sich noch nie beim Rasierklingenwechsel geschnitten.

4

Ob eine Linie aus Salz Kafziel tatsächlich beeindruckte? Sophie bezweifelte es. Außerdem konnte sie nicht einfach Salz auf das Fensterbrett und die Türschwelle streuen. Madame Guimard würde vermutlich sofort einen Arzt für sie rufen – und dann zum Putzlappen greifen.

Sie sah von dem Buch auf, das angeblich »Die Quintessenz der Magie« enthielt, ihr jedoch eher wie ein Sammelsurium des Aberglaubens vorkam. Zum Glück hatten ihre Eltern ihr geglaubt, dass sie – sicher aufgrund des Blutverlusts – müde war und sich deshalb aufs Bett hatte zurückziehen wollen. Sie waren losgezogen, um in der Zwischenzeit ein paar Sehenswürdigkeiten zu besichtigen, wenn es sie schon unverhofft nach Paris verschlagen hatte. *Sicher hat Madame Guimard genauso aufgeatmet wie ich,* dachte Sophie bei der Erinnerung an die Szene am Mittagstisch. *Arme Madame. Jetzt hat sie meinetwegen ihren Urlaub verschieben müssen – und auch noch meine Eltern am Hals.*

Aus den Tiefen ihrer Tasche verlangte das Handy piepend nach Strom. Als sie es herausfischte, entdeckte sie, dass es noch immer eine ungelesene Nachricht anzeigte. Bestimmt machte sich Lara schon Sorgen, weil sie nicht antwortete.

»Hallo, Sophie! Ich kann nicht so stehen lassen, wie wir uns gestern Abend getrennt haben. Können wir uns bitte treffen? Rafe«

Sie starrte auf die Nachricht und doch durch sie hindurch. Die SMS war auf Deutsch, und erst jetzt wurde ihr bewusst, dass Rafe auch am Vorabend Deutsch gesprochen hatte. Ihr war wohl nichts darüber eingefallen, weil es so vertraut gewesen war, während ihr das akzentfreie Französisch aus seinem Mund immer fremd geblieben war. Und dann ein »Bitte«! Als gefallener Engel hatte er sie nie um etwas gebeten, nur gefordert. Tränen stiegen ihr in die Augen. *Er benimmt sich wieder wie der Rafe, den ich kenne.*

An der Westspitze der Île Saint-Louis ging es unerwartet geschäftig zu. Als Sophie auf dem von einer steinernen Brüstung eingefassten kleinen Platz ankam, stand ein Mann hinter einem Stativ mit einer großen, professionell aussehenden Kamera und diskutierte mit einer Frau wohl die Fotos, die er gerade gemacht hatte. Das Objektiv war nach unten auf das befestigte Ufer am Fuß der Kaimauer gerichtet, die so hoch war, dass nur die Kronen der unten wachsenden Bäume heraufragten und dem Platz Schatten spendeten.

Auf der Suche nach Rafe trat Sophie näher und spähte über die Mauer. Etliche Meter unter ihr hatten Rockmusiker in schwarzen T-Shirts ihr Equipment zwischen einer einsamen Straßenlaterne und einem Baum aufgebaut und sich offenbar vor den grauen Fluten der Seine fotografieren lassen. Das erklärte auch die ungewöhnlich vielen Spaziergänger, die sich hier gesammelt hatten. Neugierig fasste sie die Band genauer ins Auge. Vielleicht hatte sie Berühmtheiten vor sich. In Paris war alles möglich. Sicher hatte sich Rafe ihren Treffpunkt lauschiger vorgestellt, doch die Männer waren bereits dabei, ihre Instrumente wieder einzupacken. Da ihr kein Gesicht bekannt vorkam – was auch an den Sonnenbrillen liegen konnte –, verlor sie das Interesse und beschloss, selbst ans Wasser hinunterzugehen.

Auf der Treppe musste sie zwei Musikern – oder waren es Roadies? – ausweichen, die schwitzend einen großen Verstärker hinaufschleppten. Die Abendsonne brannte mit erstaunlicher Kraft auf das grobe Pflaster und wurde vom Fluss auch noch reflektiert. Ein paar Schaulustige lungerten noch in respektvollem Abstand zur Band herum, andere schlenderten weiter, denn Musik wehte nur noch vom künstlichen Strandleben am rechten Seineufer herüber. Auf einer Bank am Fuß der Mauer saß ein Liebespaar und sah sich verträumt in die Augen.

Hier haben wir einst gesessen. Es schien unglaublich lange her zu sein, fern wie ein anderes Leben. *Es* war *ein anderes Leben.* Aber Rafe hatte sich verändert. Bestand jetzt die Chance, wiederzuerlangen, was die tödlichen Schüsse ihnen genommen hatten?

Sehnsüchtig blickte sie sich nach ihm um. Einer der schwarz gekleideten Musiker, die auf Englisch miteinander scherzten, lächelte ihr zu. In ihrem luftigen Sommerkleid hielt er sie sicher für eine echte Pariserin und spulte in Gedanken sämtliche Klischees über junge sexy Französinnen ab. Schmunzelnd umrundete sie die Spitze der Insel, hinter der sich weitere Bänke verbargen und nicht weit dahinter eine Treppe zur weißen Pont Louis Philippe hinauf.

Einen Lidschlag lang blieb ihr die Luft weg, als ihr Blick auf Rafe fiel, der gerade die Stufen heruntergekommen war. Wie seltsam, dass ihr sein gutes Aussehen noch immer manchmal den Atem verschlug. Der Effekt hatte sie schon früher in Stuttgart erstaunt, aber sie hatte es vergessen und wunderte sich nun erneut. Sein Lächeln war so direkt und liebevoll, dass es wie ein Lichtstrahl in ihr Herz drang. Die Erinnerung an den Abend zuvor verblasste. Als er sie in die Arme schloss, fühlte sie sich wieder geborgen und mit allen ihren Ängsten und Sorgen angenommen, obwohl er die überwältigende Engelenergie auf irgendeine Art deutlich zurückhielt. Vielleicht hätte er sonst nicht durch die Straßen gehen können, ohne dass ihm die Menschen nachstarrten.

»Es tut mir leid, dass ich dir Schmerz zugefügt habe«, flüsterte er an ihrem Ohr.

Sie drehte den Kopf, um seine Wange zu küssen, die so glatt und weich war, dass sie sich unwillkürlich fragte, ob er sie als Engel überhaupt noch rasieren musste. Mit winzigen Küssen ließ sie die Lippen weiterwandern, bis sie seinen Mundwinkel fand, doch er wandte ihr das Gesicht nicht zu, richtete sich stattdessen auf und zog sie dabei enger an sich. Ein wenig enttäuscht gab sie dem Druck nach, ließ sich von den Händen besänftigen, die ihren Rücken streichelten. Seufzend gab er sie wieder ein Stück frei, um ihre Stirn zu küssen. Dann neigte er den Kopf, und sie hob ihm die Lippen entgegen. Der warme, innige Kuss war viel zu schnell vorüber.

Bevor ihr etwas Sinnvolles einfiel, hatte er sich schon von ihr gelöst und ihre Hand ergriffen, um sie zurück zur Spitze der Insel zu führen. Die Rockband hatte ihre Ausrüstung so gut wie weggeräumt, wickelte Kabel auf und wuchtete einen letzten Verstärker zur Treppe.

»Möchtest du dich setzen?«, erkundigte sich Rafe und deutete auf die steinerne Uferkante neben dem Baum.

»Ja, gern.« Sie liebte es, im Sommer am Wasser zu sitzen und die Füße hineinbaumeln zu lassen. Dafür war das Ufer an dieser Stelle ein paar Handbreit zu hoch, doch allein die Vorstellung genügte ihr. Lächelnd zog sie die Schuhe aus und ließ sich auf den von der Sonne erhitzten Pflastersteinen nieder. Dass sie befürchtet hatte, er könne Abstand von ihr halten, fiel ihr erst auf, als er sich direkt neben sie setzte und den Arm um sie legte. Erleichtert lehnte sie den Kopf an seine Schulter. »Du sprichst wieder Deutsch mit mir. Heißt das ... Erinnerst du dich wieder an früher?«

Er drückte sie kurz an sich. »Nein. Ich weiß, dass ich ein Erdenleben hatte – so wie ich vieles einfach weiß. Aber ich habe keine Bilder davon, wie du sie in deinem Gedächtnis hast. Ich kann mich nach wie vor an nichts erinnern, was vor meinem ersten Moment als Engel liegt.«

»Aber warum ...«

»Weil ich nichts mehr vor dir zu verbergen habe«, fiel er ihr ins Wort. »Und es ist viel ungezwungener, dir in der Sprache zu antworten, in der du denkst.«

Das konnte sie nachvollziehen. Trotzdem wäre ihr die andere Erklärung lieber gewesen. Er kam ihr so viel mehr wie »ihr« Rafe vor. Alle Vorbehalte, die sie dem gefallenen Engel entgegengebracht hatte, weil er sich so ungewohnt benommen hatte, schwanden. Durfte sie ihn nicht endlich wieder ungehemmt lieben? Er stellte doch keine Gefahr mehr für sie dar. »Aber als du noch Gadreel warst – der bist du doch nicht mehr, oder?«

»Nein, mein Name ist Raphaël.«

»Okay.« Es noch einmal bekräftigt zu hören, tat ihr erstaunlich gut. »Aber als du noch der andere warst, hast du gesagt, dass du manchmal das Gefühl hast, mich zu kennen. War das ... nur eine Lüge, um mich einzuwickeln?«

Er schüttelte den Kopf. »Wenn ich darüber nachdenke, habe ich dich erstaunlich wenig belogen. Es war gar nicht nötig.«

Der Verdacht beschlich sie, dass das kein Kompliment war, doch sie wollte sich jetzt nicht vom Thema abbringen lassen. »Was ist mit diesem Gefühl? Ist das keine Erinnerung?«

»Nicht direkt«, befand er nach einem Augenblick des Schweigens. »Es ist mehr eine Ahnung, und das gehört zu den seltsamen Dingen an dir, denn Engel sollten keine Ahnungen haben. Sie wissen oder sie wissen nicht. Es gibt nichts dazwischen.«

Verblüfft sah sie zu ihm auf. Wie musste es sein, wenn man in allem stets Gewissheit hatte? Sie konnte es sich nicht vorstellen. »Du fragst dich nie, was du von etwas halten sollst?«

»Nein. Ich weiß, wie ich Dinge und Menschen einzuschätzen habe, sobald ich sie ansehe.«

»Du zweifelst nie, was richtig ist oder falsch?«

»Ein Mal.« Er runzelte die Stirn. »Ich zweifelte an Gottes Ratschluss, handelte ihm entgegen – und schon war ich gefallen.«

»Also machst du dir doch Gedanken«, stellte sie fest.

»Im Augenblick zu viele über dich.«

Sie spürte, wie er sich versteifte, obwohl er seinen Griff um sie verstärkte.

»Ich fühle mich so stark zu dir hingezogen, dass es mich

verwirrt. Du hattest gestern den Eindruck, ich würde dich im Stich lassen, aber das könnte ich nicht. Ich will, dass du glücklich bist.«

Die winzige Nase bebte, die Barthaare zuckten. Jean lag auf einer Schaumstoffmatratze und sah der Ratte, die am Verband um seine Hand schnupperte, in die schwarzen Knopfaugen. *Wag es, und ich bring dich um!*

Das braune, pelzige Tier erwiderte seinen Blick. Ohren und Nase richteten sich nun ebenfalls auf sein Gesicht. Er fletschte die Zähne. Die Ratte schien zu verstehen. Ohne ihn aus den Augen zu lassen, wich sie ein Stück zurück, um plötzlich quiekend einen Meter zur Seite zu schnellen, als eine volle Wasserflasche wie aus dem Nichts geflogen kam und genau auf dem Fleck landete, wo der Nager gesessen hatte.

Im letzten Sekundenbruchteil zog Jean seine Hand weg. Die Schnitte, die die Rasierklinge des Dämons in seinen Fingern und der Handfläche hinterlassen hatte, schmerzten schon bei der Vorstellung des Aufpralls. »Scheiße, David, du hättest mich fast getroffen!« Er drehte sich zu dem schlaksigen Schwarzen um, der die zwanzig kaum überschritten haben konnte und in diesem Loch einsaß, weil er angeblich Autos angezündet hatte. Was er bestritt. Er behauptete, er habe mit Drogen gedealt und manchmal geklaut, aber nie einen Wagen angesteckt. Jean war es gleich. Das Ergebnis war dasselbe. Sie hockten gemeinsam mit Driss in einer Zelle, die nicht größer war als sein Badezimmer. Die Matratze hatte gerade so auf den Boden zwischen den beiden Pritschen gepasst.

»Bist du 'ne Pussy, oder was?«, schimpfte David. »Wenn ich die Scheißbiester kriegen kann, schlag ich zu, kapiert?«

Jean warf dem Jüngeren einen verächtlichen Blick zu. Sollte er sich mit dem Großmaul anlegen? Er hatte keine Ahnung, wie lange sie es noch miteinander aushalten mussten, aber der Kerl sollte nicht glauben, dass er ihn als Fußabtreter benutzen konnte. »Ich wette, du hast noch kein Einziges erwischt.«

Hinter ihm brach Driss in Gelächter aus. »Scheiße, Mann, voll ins Schwarze! Der Arsch trifft sie nicht mal, wenn sie auf seiner Brust sitzen.«

David schoss dem großen, aber schmächtigen Maghrebiner einen Blick zu, der töten sollte. »Wenigstens bin ich nicht mit ihnen verwandt.«

»Willst du meine Familie beleidigen?«

Die beiden jungen Männer sprangen gleichzeitig auf und starrten sich drohend an. Jean sah sie auf ihren Pritschen wie seltsam schmalbrüstige Riesen über sich aufragen, zwei kampfbereite zornige Hähne, denen nur noch das gesträubte Gefieder fehlte. Der eine dunkel wie Zartbitterschokolade, mit kurz geschorenem Kraushaar, der andere fast so hell wie Jean, nur das gelockte Haar war schwarz und stand ihm vom Schlaf wirr um den Kopf. Ihre Flüche und Drohungen wogten über ihm hin und her. Stimmen aus benachbarten Zellen mischten sich ein, ergriffen Partei. Er versuchte, sie nicht zu hören, und sehnte sich nach einer Zigarette. In der Kantine gab es Tabak zu kaufen, doch da er bei seiner Verhaftung nur ein paar Euro bei sich getragen hatte, hätte er dafür Schulden machen müssen. Schulden, Rassenhass, Beleidigungen ... Dies hier war nicht seine Welt. Der Streit, der über ihm tobte, ging ihn nichts an. Bis zum nächsten Anhörungstermin hatte man ihn vom Polizeirevier in dieses Gefängnis verlegt. Absolut üblich, wie Geneviève ihm bedauernd mitgeteilt hatte. Nicht, dass es in den Arrestzellen im Keller des Reviers angenehmer gewesen wäre. Hier gab es wenigstens mehr Licht und Luft, auch wenn es in der Hitze nach Urin und faulenden Abfällen stank, weil die Toilette keine Tür und der Mülleimer keinen Deckel hatte.

Vielleicht habe ich nichts Besseres verdient.

Sophie wäre fast gestorben, nur weil er in seiner Eifersucht den gefallenen Engel aufgehalten hatte. Ohne mit ihm, dem langsamen Menschen, Straßen entlanglaufen und mit der Métro herumgondeln zu müssen, hätte Gadreel in Sekundenschnelle bei Caradec und danach auf dem Friedhof sein können. Er hätte eingreifen können, bevor der Dämon die Klinge materialisiert, bevor der Stahl Sophies Haut auch nur geritzt hatte. *Ich habe ihn behindert, weil ich nicht wollte, dass sie ihm als glorreichem Retter in die Arme sinkt.* Und was hatte es ihm gebracht? Der Staatsanwalt machte ihn für Caradecs Tod verantwortlich, er hatte dem geifernden Gournay endlich den Anlass geliefert, ihn hinter Gitter zu bringen, und Gadreel hatte trotzdem die Heldenrolle gespielt. Aus den völlig falschen Motiven. Aber davon würde Sophie nichts ahnen. Sie sah sicher nur, dass er für sie gekämpft, gesiegt und sie schließlich ins Krankenhaus gebracht hatte. Was zählte dabei schon, dass er – Jean – dem gefallenen Engel hatte sagen müssen, wo sie zu finden war?

»Hey, Alter, bist du auf Drogen, oder was?«

Widerwillig richtete Jean den Blick auf David, der wieder auf seiner Pritsche saß und ihn verblüfft ansah. »Nein. Aber ich könnte eine Zigarette vertragen.«

»Willst du das Vorstellungsgespräch wirklich nicht verschieben?«, fragte Madame Guimard besorgt. »Du hast eine gute Entschuldigung dafür, dich nicht auf der Höhe zu fühlen.«

Sophie schob sich das letzte Stück Croissant in den Mund und schüttelte den Kopf. »Es ist mein einziger Termin diese Woche. Das schaffe ich schon. So eine Absage macht sich nie gut.« *Die Leute vergessen den Grund und merken sich nur, dass etwas nicht geklappt hat.*

Nachdenklich spülte sie die Krümel mit Milchkaffee hinunter, bevor sie in ihr Zimmer ging, um sich passend anzuziehen. *So wie ich mich von Rafe im Stich gelassen fühlte, ohne mich um seine Gründe zu scheren.* Dass er ihr am Abend zuvor noch einmal versichert hatte, wie sehr er sich um sie sorgte und wie stark es ihn zu ihr hinzog, hatte sie beruhigt. Eigentlich hatte er gar nicht so unrecht. Wenn sie gegen Kafziel bestehen wollte, musste sie mehr Verantwortung für sich übernehmen, anstatt sich auf andere als Beschützer zu verlassen. *Sie* war es gewesen, die auf seine Lügen hereingefallen und freiwillig mit ihm gegangen war. Das würde ihr nicht noch einmal passieren.

Ihr Blick suchte die Tasche mit den Büchern aus dem *L'Occultisme*, die sie nicht offen herumliegen lassen wollte. Sich Wissen anzueignen, war ein erster Schritt – auch wenn sie bislang wenig Brauchbares gefunden hatte. Wenn sie den Dämon dann auch noch mutig und entschlossen abwies, sobald er sie wieder bedrohte, würde Rafe sehen, dass sie auch selbst auf sich aufpassen konnte.

Aber wenn er dafür andere leiden lässt? Rasch verdrängte sie den Gedanken. Bestimmt war es nur ein dummer Zufall, dass sich ihr Vater geschnitten hatte. Wenn Kafziel dahintergesteckt hätte, wäre sicher sehr viel mehr Blut geflossen.

Versonnen stieg sie in eine beige Hose, die zusammen mit

einer weißen Bluse bei dieser Hitze ein passables Bewerbungsoutfit abgeben würde. Zu dumm, dass sie in Gedanken so wenig bei diesem Vorstellungsgespräch war. Sie musste aufhören, die ganze Zeit daran zu denken, wie sehr sich Rafe nun wieder wie früher benahm. Mit einem Unterschied. Er hatte sie zwar geküsst, doch es war spürbar verhalten gewesen. Wenn sie bedachte, wie leidenschaftlich er noch vor wenigen Tagen versucht hatte, sie zu verführen … Andererseits musste sie zugeben, dass sie ihn nun zwar vorbehaltloser liebte, aber auch nicht mehr so geradezu besinnungslos verrückt nach ihm war wie zuvor.

Dass er mich nicht mehr bedrängt, ist doch kein Wunder. Wie hatte Jean es ausgedrückt? Sie konnte sich nicht mehr genau erinnern, aber im Kern war die Botschaft unmissverständlich gewesen. Als Dämon – nur ein angehender, hatte Rafe behauptet – hatte er sie unbedingt gewollt, um irgendwelche Höllenwesen mit ihr zu zeugen. Und ganz offensichtlich hatte er dazu irgendeinen Zauberbann über sie geworfen, der sie seiner erotischen Ausstrahlung nur mit größter Mühe widerstehen ließ. Von diesem heißen Verlangen spürte sie nichts mehr, nur noch tiefe, hingebungsvolle Liebe, die mit dem Wunsch einherging, ihm nahe zu sein – auch körperlich.

Sie schrak auf, als es an der Wohnungstür klingelte. Bestimmt schon ihre Eltern. Was für ein Glück, dass sie einen Termin hatte! Rasch raffte sie ihre Unterlagen zusammen, doch es war eine französische Männerstimme, die durch den Flur bis zu ihr drang. Ein Nachbar?

»Sophie?«, rief Madame Guimard.

»Komme schon.« Sie schnappte die Tasche mit der Kopie ihrer Bewerbungsmappe und eilte auf Socken aus ihrem Zimmer. In der offenen Tür standen zwei junge Polizisten in

Uniform. Einer der beiden nickte Sophie zu. Sie erkannte Brigadier Gonod aus dem Krankenhaus wieder und rang sich ein Lächeln ab.

»Bonjour, Mademoiselle«, grüßte er mit wichtiger Miene. »Ich muss Sie ersuchen, uns zu begleiten. Der Chef persönlich will mit Ihnen sprechen.«

»Der Chef persönlich?«, wiederholte sie erstaunt. »Wer ist denn das?«

»Commissaire Thibault Gournay.«

»Das ist ziemlich übel entzündet.«

Jean hätte den Kommentar der Gefängnisärztin nicht gebraucht, um angesichts der starken Rötung dieselbe Diagnose zu stellen.

»Da sitzt Eiter drin.« Die drahtige Frau, die er auf Mitte vierzig schätzte, tippte mit einem unlackierten Fingernagel auf eine gelbliche Stelle unter dem Wundschorf.

»Sie werfen gar nicht mit dem üblichen Ärztelatein um sich. Würde das auf Ihre Kundschaft nicht viel mehr Eindruck machen?«

»Fühlen Sie sich besser, wenn Sie nicht verstehen, was ich sage?« Der Blick der dunklen Augen hinter der randlosen Brille war kühl.

Er verkniff sich den Hinweis, dass sein Latein wahrscheinlich besser war als ihres, und winkte ab. Wenn sie in ihm nur einen weiteren Kriminellen ohne Vergangenheit und Zukunft sehen wollte, konnte sie ihm gestohlen bleiben.

Sie wandte sich ab, um Tabletten aus einer Schublade zu nehmen und in einen Beutel abzuzählen. »Täglich eine«, wies sie ihn an, als sie ihm die Pillen reichte.

»Antibiotika?«

»Was sonst? Ecstasy?« Kopfschüttelnd trug sie etwas in seine Akte ein. »Sind Sie gegen Tetanus geimpft?«

»Ja, danke, auch gegen Staupe und Tollwut.«

»Sehr witzig«, brummte sie, aber er glaubte, einen Funken Belustigung in ihren Augen zu entdecken. »Sie sollten das ernst nehmen. Wundstarrkrampf bringt Sie um. Ich lass Ihnen doch eine Injektion geben.«

»Nicht nötig. Ich *war* vor zwei Jahren zum Auffrischen.« Das fehlte noch, dass sie ihm Spritzen verpassten. Was in dieser Wunde schwärte, stammte direkt aus der Hölle. Der Pesthauch der Unterwelt, der ihre Erscheinungen begleitete.

Sie musterte ihn noch einmal. »Also schön. Ich sehe mir das in zwei Tagen noch einmal an. Melden Sie den Aufsehern, falls es schlimmer wird!«

Eine Krankenschwester übernahm es, den Eiter zu entfernen und die genähten Schnitte zu desinfizieren, bevor sie ihm einen neuen Verband anlegte. Jean ließ die Prozedur schweigend über sich ergehen. Der medizinische Geruch trug ihn zurück in die Klinik, beschwor das Bild herauf, wie sich Lilyth dagegen gewehrt hatte, von ihm getrennt zu werden. Er konnte ihre Arme, ihre Hände spüren, die sich verzweifelt an ihn geklammert hatten, und er hörte die professionell beruhigenden und doch unnachgiebig strengen Stimmen der Ärztin und des Pflegers, die schließlich Sieger in diesem ungleichen Kampf geblieben waren. Der letzte Blick des schluchzenden Mädchens in seinem Nachthemd und Bademantel ging ihm Nacht für Nacht nach. Hoffentlich ging es ihr gut. Körperlich hatten sie in diesem Krankenhaus sicher alles im Griff, doch wenn ihn nicht alles täuschte, war sie noch immer besessen.

»Méric? Mitkommen! Sie haben Besuch«, verkündete der Aufseher, der ihn zur Ärztin gebracht hatte und nun wieder abholte.

Überrascht folgte Jean dem bulligen Mann, in dessen Stiernacken dunkle Haare aus dem Hemdkragen quollen. Geneviève hatte ihn gewarnt, dass man ihr nicht allzu oft Zugang zu ihm gewähren würde – von weiteren Besuchern ganz zu schweigen. Solange gegen ihn ermittelt wurde, wollten die Behörden verhindern, dass er Zeugen beeinflussen oder gar Kontakt mit Komplizen aufnehmen konnte. Hatte sie doch einen weiteren Termin erwirkt, weil es neue Erkenntnisse zu seinem Fall gab? *Welcher Art sollten die schon sein?*

Der Weg durch die Gänge und Sicherheitsschleusen des einst hell gestrichenen, aber mittlerweile heruntergekommenen Betongebäudes führte ihm vor Augen, wie abgeschottet er von der Außenwelt war. Durch die rostigen Gitter vor dem Fenster seiner Zelle hatte es gewirkt, als müsse man nur vor die Tür gehen, um wieder in Freiheit zu sein. Wie weitläufig und verwinkelt der Komplex war, dämmerte ihm erst jetzt.

»Gaillard!«, entfuhr es ihm, als ein Wachmann die Tür eines Besuchszimmers vor ihm öffnete.

An der dunklen Kleidung und dem steifen Priesterkragen war der Geistliche sofort als Mann der Kirche zu erkennen. Er lächelte dünn. »Mit mir haben Sie wohl nicht gerechnet.«

Jean schüttelte den Kopf. »Ich wäre nie auf die Idee gekommen, dass Sie überhaupt wissen …«

»Dass Sie im Knast gelandet sind? Nicht, dass ich das nicht schon lange vorausgesehen hätte, aber ich wäre wohl ahnungslos geblieben, wenn mich Ihre Anwältin nicht aufgesucht hätte.«

Geneviève traf sich mit Gaillard? »Was wollte sie denn von Ihnen?«

»Kommen Sie, Méric, setzen wir uns.« Der Abbé deutete auf den Tisch und die beiden Plastikstühle, die in den 60ern als futuristisch gegolten haben mochten.

Jean sah sich nach dem Fenster um, durch das ein Aufseher sie beobachtete. Ob dem Mann die Ähnlichkeit zwischen ihnen auffiel? Da sie beide groß und auffallend schlank waren und hagere Gesichter, aber volle Lippen besaßen, hatte man sie schon öfter für Vater und Sohn gehalten. Familienmitglieder ließ man sicher nur ungern zu einem Untersuchungshäftling vor. Sie waren so verdammt parteiisch. »Meine ... *Anwältin* ...« Wusste Gaillard, dass sie ein Engel war? »... sagte, ich solle mir keine Hoffnung auf irgendwelche Besucher machen«, wunderte er sich noch immer, als er auf einem der Stühle Platz genommen hatte.

»Es war auch gar nicht so einfach, zu Ihnen vorzudringen«, murrte der Abbé von der anderen Seite des Tischs. »Nicht mal für mich als Ihrem Beichtvater! Eine Schande ist das. Ich war am Montag schon einmal hier und wurde abgewimmelt wie eine lästige Fliege. Möge der Herr diesen bürokratischen Heiden gnädig sein!«

Mein Beichtvater? Schmunzelnd nahm Jean zur Kenntnis, dass Gaillard für ihn geflunkert hatte. Jedenfalls hatte er seit zehn Jahren seine Sünden nicht mehr nach den Regeln der Kirche vor seinem ehemaligen Lehrmeister ausgebreitet.

»Pah! Man muss sich ja wundern, dass es überhaupt noch Gefängnisgeistliche gibt. Wenn ich nicht zufällig gute Kontakte zu ... Aber das führt jetzt alles zu weit«, unterbrach sich Gaillard. »Und Sie interessiert es ohnehin nicht, das sehe ich Ihrer gelangweilten Miene schon an. Kommen wir also zur Sache. Sie geben uns nicht allzu viel Zeit.«

»Worum geht's?« Konnte der Abbé in irgendeiner Form dazu beitragen, ihn aus dem Gefängnis zu bringen?

»Um das Mädchen natürlich.« Gaillard sah ihn an, als habe er gefragt, ob er katholisch sei. »Deshalb haben Sie die Anwältin doch zu mir geschickt – damit ich Sie über das verwirrte Wesen auf dem Laufenden halte.«

Das hatte Geneviève ihm gesagt? Sicher in anderer Form, denn Engel logen nicht. Vorsichtshalber nickte er.

»Mir ist es recht, denn Sie wissen mehr über die Hintergründe dieses Falls als ich. Ich fische nicht gern im Trüben, wenn ich nicht muss. Verheilt das gut?« Der Abbé wies auf den Verband.

»Eher nicht.«

»Geben Sie her!«

Jean ließ Gaillard seine Hand ergreifen, in die Mitte des Tischs ziehen und einen Exorzismus darüber murmeln.

»In nomine Patris, et Filii, et Spiritus Sancti. Amen«, endete er, während seine Finger drei Mal das Kreuzzeichen in die Luft woben.

Was wird nun wirken? Der Segen oder das Antibiotikum?, fragte Jean im Stillen die Ärztin, als er seine Hand wieder zurückzog.

»Das sarkastische Lächeln wird Ihnen hier drin vielleicht noch vergehen«, meinte Gaillard säuerlich.

»Es hatte nichts mit Ihnen zu tun. Wie geht es Lilyth?«

»Ich ziehe es vor, sie bei ihrem Taufnamen Céline zu nennen. Wenn wir sie erretten wollen, müssen ihre Verflechtungen mit den Mächten der Finsternis gekappt werden wie mit einer Axt. Das wissen Sie doch.«

Jean machte nur eine vage Geste, um ihn nicht vom Weiterreden abzuhalten.

»Laut den Ärzten befindet sie sich in einem stabilen Zustand. Die Sepsis ist überwunden, und die neue Verletzung ist harmlos, aber ihr psychischer Zustand bereitet ihnen natürlich Sorge.«

»Haben Sie selbst mit ihnen gesprochen? Und mit ihr?«

Der Abbé schüttelte den Kopf. »Diese Informationen habe ich von Dr. Faucheux. Sie waren doch dafür, ihn ins Vertrauen zu ziehen.«

»Ja, natürlich.« Der Psychiater hatte Gaillard schon mehrfach Patienten zum Exorzismus geschickt, für die er keine überzeugende weltliche Diagnose fand, und er unterstützte den Priester auch, wenn sich psychisch auffällige Menschen hilfesuchend an die Kirche wandten. »Ein Teenager, der sich selbst mit Rasierklingen malträtiert, hat ziemlich offensichtlich Probleme.«

»Allerdings. Faucheux hat schon mit ihr gesprochen. Er hat in der Klinik erzählt, dass ich ihn als Experten gebeten habe, mit den Eltern wegen einer Therapie Kontakt aufzunehmen, wofür die Ärzte sehr aufgeschlossen waren. Natürlich haben sie ihm nicht einfach die Telefonnummer gegeben, sondern erst einmal bei der Familie nachgefragt, ob das gewünscht sei, aber ich nehme an, dass sie einen gewissen Druck ausgeübt haben.«

»Dann ist sie jetzt offiziell seine Patientin?«

»Noch nicht ganz. Die Eltern haben sich zunächst nur einverstanden erklärt, dass er sich selbst ein Bild von dem Fall machen darf. Über das weitere Vorgehen wurde noch nicht entschieden.«

»Und was sagt er?«

Gaillard setzte eine steinerne Miene auf. »Alles deutet auf einen Missbrauchshintergrund hin. Möglicherweise der eigene Vater.«

Für einen Augenblick fühlte Jean nichts. Als die Bedeutung der Worte in sein Bewusstsein drang, regten sich seine Gedanken unbeholfen und träge wie ein Vogel mit ölschlammverschmiertem Gefieder. Sie stolperten von Entsetzen zu Wut, flatterten heftiger, bis sie sich in seiner Faust Bahn brachen, die auf den Tisch krachte, dass ihn die Knochen schmerzten. Zornig starrte er den Abbé an, ohne ihn zu meinen. *Wie kann ein Mensch seinem Kind so etwas antun?* Er wollte diesen Mann schütteln und schlagen, bis er um Gnade winselte wie der elende Caradec.

»Ich weiß, das ist schwierig zu begreifen«, sagte Gaillard. »Man fühlt sich so ohnmächtig, wie sich das Kind gefühlt haben muss, weil man es nicht mehr rückgängig machen kann. Es ist geschehen und wird das Mädchen für immer belasten. Wir können nur versuchen, es ihr leichter zu machen.«

»Als Erstes muss sie ja wohl von diesem Monster weg!«

»Vorsicht mit Vorwürfen! Noch wissen wir nicht mit Sicherheit, wer es war. Aber da sie auch eine Gefahr für sich selbst ist, spricht alles für eine stationäre Behandlung in Faucheuxs Klinik. Seien Sie sicher, dass er alles tun wird, um das Einverständnis der Eltern dafür zu bekommen.«

Und wenn nicht? Soll sie dann etwa in seiner *Nähe bleiben?* »Er muss es bekommen! Schon damit Sie weiter exorzieren können. Der Dämon ist es, der sie dazu gebracht hat, sich fast umzubringen. Das hängt alles mit einer größeren Sache zusammen, derentwegen ich hier gelandet bin und nichts mehr tun kann!«

5

»Wohin fahren wir?«, wollte Sophie wissen, als sie in den Wagen der Polizisten stieg.

»Na, zum Hauptquartier«, antwortete Brigadier Gonod achselzuckend.

»Aha.« Sie bemühte sich, nicht völlig ahnungslos auszusehen, während sie sich anschnallte und er die Tür zuschlug. Woher sollte sie denn wissen ... *Oh, natürlich!* Jedem, der französische Krimis las, war die Pariser Kriminalpolizei samt ihrer Zentrale im Justizpalast ein Begriff. Wer sonst sollte in einem Mordfall ermitteln?

Mit dem Auto von der Rue Jean de Beauvais an den Quai des Orfèvres zu fahren, war im Grunde lächerlich. Am längsten hielten sie die Touristen auf, die in Scharen zum Justizpalast und der gegenüberliegenden Notre-Dame strömten. Trotzdem genügten die wenigen Minuten, um Sophie noch nervöser zu machen. Als Opfer zu dem Verbrechen auszusagen, das man an ihr verübt hatte, war eine Sache, aber von einem hohen Tier der B. C., der Brigade Criminelle, vernommen zu werden, deutete auf eine ganz andere Lage hin. Denn auch wenn es verwirrend war, erinnerte sie sich, dass der Titel *Commissaire* in Frankreich einen deutlich höheren Rang bezeichnete als in Deutschland.

»Warum will mich denn ›der Chef persönlich‹ sprechen?«, wagte sie zu fragen.

Gonod zögerte, sodass sie schon glaubte, er werde dazu schweigen. »Sagen wir mal, dass Gournay über die Jahre ein spezielles Interesse an Méric entwickelt hat.«

Der tadelnde Blick, den sein Kollege ihm zuwarf, entging ihr nicht. Was hatte Jean verbrochen, dass dieser Commissaire ihn nicht mochte? Oder verstand sie es falsch und er hielt sogar seine Hand über ihn? Die Ankunft im bewachten Innenhof des altehrwürdigen Gebäudes hinderte sie daran, weitere Fragen zu stellen, die Gonod wahrscheinlich ohnehin nicht mehr beantwortet hätte.

Sobald sie die langen, hallenden Flure des Justizpalasts betreten hatten, verabschiedete sich der zweite Brigadier, und Gonod rief per Handy seinen Vorgesetzten an, um ihm mitzuteilen, dass die Zeugin Sophie Bachmann eingetroffen sei. Allein mit ihm hätte sie sich vielleicht besser gefühlt, wenn ihre Gedanken nicht zur Vernehmung vorausgeeilt wären. Sie malte sich aus, wie sie sich in Widersprüche verstrickte, und spürte ihren Mund trocken werden.

»Machen Sie sich darauf gefasst, dass er übler Laune ist, weil es doch kein Mord zu sein scheint.«

Überrascht sah sie Gonod an, der jedoch weiterging, ohne den Blick zu erwidern.

»Allerdings ist der Obduktionsbericht noch vorläufig.«

Ratlos, was sie mit dieser Information anfangen sollte, trat sie durch die Tür, die er ihr öffnete. In dem kargen Raum dahinter lehnte ein ergrauter, in Hemd und Anzughose gekleideter Mann halb sitzend, halb stehend an einem Tisch. In den großen, aber schlanken Händen hielt er einige Papiere, von denen er rasch aufsah. Der scharfe Blick schien Sophie zu durchbohren. Zusammen mit der großen, schmalen Nase erinnerte er sie erst recht sofort an einen Adler, der seine Beute fixierte.

»Mademoiselle Bachmann.« Er stand auf, wahrte aber Distanz. »Commissaire Thibault Gournay.« Die Hand mit den Blättern wies auf einen freien Stuhl. »Nehmen Sie bitte Platz.«

Schweigend folgte Sophie seiner Aufforderung. Dass er sie nicht einmal höflich begrüßte, beunruhigte sie. Gonod hatte sie als Zeugin bezeichnet, was sie fraglich genug fand, aber allmählich fühlte sie sich behandelt wie eine Verdächtige. Sollte sie sich das gefallen lassen?

»Mademoiselle Bachmann, in welchem Verhältnis stehen Sie zu Jean Méric?«, erkundigte sich Gournay, bevor ihr eine wohlformulierte Beschwerde einfiel.

Die Antwort stand sicher bereits in dem Bericht, den Lacour nach seinem Besuch im Krankenhaus geschrieben hatte, doch sie ahnte, dass es keine kluge Idee war, sich zickig zu geben. »Wir sind seit etwa zwei Wochen befreundet.«

»Eng befreundet?«

Waren sie das? »Wir haben uns erst wenige Male getroffen. Das würde ich nicht als eng bezeichnen«, wich sie aus, obwohl sie sich ihm für diese Umstände erstaunlich nah fühlte.

»Haben Sie ein Verhältnis?«

Unwillkürlich runzelte sie die Stirn. *Das geht dich rein gar nichts an.* »Ich sagte Ihrem Kollegen bereits, dass ich mit einem anderen liiert bin.«

»Das muss Sie nicht abhalten.«

Sie spürte sich erröten und einen Stich ihres Gewissens. »Werden Sie nicht unverschämt, Monsieur! Ich habe mir nichts zuschulden kommen lassen, das Ihnen das Recht gibt, mich wie eine Verbrecherin zu verhören.«

Der Commissaire fasste sie wieder schärfer ins Auge und zeigte mit dem Finger auf sie. »Reizen Sie mich besser nicht, Mademoiselle! Sie geben an, die Freundin eines Mordverdächtigen und die Geliebte eines weiteren zu sein, und gestehen, in die Ereignisse dieses Abends verwickelt gewesen zu sein. Mehr Hinweise brauche ich nicht, um Sie als Komplizin in Gewahrsam nehmen zu lassen, wenn mir danach ist.«

Hilfesuchend sah sie zu Gonod, der neben der Tür Position bezogen hatte wie ein Zinnsoldat. Was sollte ihr die beschwichtigende Geste sagen, die er andeutete? Dass sie besser kooperieren sollte? Als ob sie etwas anderes vorgehabt hätte. *Ruhig bleiben.* Sie atmete tief durch. *Ich bin unschuldig. Niemand hat das Recht, mich in eine Zelle zu stecken. Das sind leere Drohungen.*

Doch Gournay sah nicht aus, als ob er bluffte. »Warum sollte ich Ihnen diese lächerliche Geschichte von der Pseudo-Entführung abnehmen? *Ich* glaube, dass Sie, Méric und dieser andere mit dem Toten bekannt waren und über irgendetwas in Streit geraten sind. Wir wissen, dass sich Caradec für diesen schwarzmagischen Hokuspokus interessierte. Seine Bibliothek spricht eine klare Sprache. Wir wissen auch, dass sich Méric mit diesem Unfug befasst. Was lief zwischen diesen Männern ab? Rivalität um die Anführerschaft? Eine Art Glaubensstreit? Oder war es profaner? Ging es um Geld?«

Sophie schwirrte der Kopf. »Nichts von all dem. Ich weiß

nicht einmal, ob sie sich vorher je begegnet sind. Auf jeden Fall würde Jean niemals Mitglied eines satanistischen Zirkels werden. Er ...« In letzter Sekunde schluckte sie herunter, dass er diese Leute hasste. Hass war ein zu gutes Motiv für Mord. »Er hat mich sogar davor gewarnt, mich mit solchen Menschen einzulassen.«

»Und Sie haben nicht auf ihn gehört.«

»Wie ich Capitaine Lacour bereits sagte: Der Mann war sehr überzeugend. Er bedrohte Raphaël, und vielleicht war auch so etwas wie Hypnose im Spiel. Ich konnte nicht klar denken. Suchen Sie eigentlich nach ihm?«, fragte sie, um den Schein zu wahren. »Er hat versucht, mich umzubringen!«

»Natürlich suchen wir nach ihm«, behauptete Gournay. »Aber wir haben bis jetzt keine Anhaltspunkte außer Ihrer Beschreibung. Auch die Tatwaffe ist bis jetzt nicht aufgetaucht. Solange wir keine besseren Hinweise auf seine Identität haben, ist es schwierig, ihn zu finden. Ihnen ist nicht zufällig noch etwas eingefallen? Ein Akzent, eine Narbe, eine Andeutung seiner Adresse oder seines Namens ...«

Bedauernd schüttelte sie den Kopf. Es war sinnlos, nach einem Dämon zu fahnden, der nur dort auftauchte, wo es ihm gerade gefiel. »Nein. Aber vielleicht können die Aussagen der anderen Sie auf seine Spur bringen.«

»Sie bleiben also dabei, dass vier weitere *Okkultisten* ...« Er spuckte das Wort aus wie eine Beleidigung. »... anwesend waren?«

»Ja.«

»Aber sie waren wieder fort, bevor der Unbekannte Sie verletzte?«

»Ja.«

»Und bevor Méric und dieser Raphaël auf dem Friedhof erschienen?«

»Sie sind weggelaufen, als sie von Caradecs Tod hörten.«

»Mademoiselle, wir haben die zeitlichen Abläufe überprüft. Wie soll dieser Unbekannte schon von dem Mord gewusst haben?«

Endlich konnte sie ihm mit einem kleinen Triumph geradewegs in die Augen sehen. »Vielleicht, weil *er* ihn begangen hat? Immerhin rief er etwas von gerechter Strafe für den Verräter.«

»Er wurde nicht am Tatort gesehen.«

»War Madame Caradec nicht eingesperrt?«

Im Auge des Commissaire glomm ein Funke auf. »Woher wissen Sie das?«

»Das hat mir Jeans Anwältin Madame des Anges erzählt.«

Er verzog missbilligend das Gesicht. Sicher bekam Geneviève nun Ärger mit ihm, aber der war ihr als Jeans Verteidigerin wohl ohnehin gewiss. »Es wäre auch denkbar, dass Sie alle vier gemeinsam diesen Mord geplant haben und er deshalb schon davon wusste. Womöglich telefonierte er mit Ihren Freunden, um sicherzugehen, dass Caradec tot war, bevor er in das Ritual platzte.«

»Mérics Handy verzeichnet im fraglichen Zeitraum keine Anrufe«, warf Gonod ein.

»Es kann auch der andere telefoniert haben«, fuhr sein Chef ihn an. »Von dem haben wir bis jetzt nicht mal einen Nachnamen.« Sein zorniger Blick richtete sich wieder auf Sophie.

»Ich leiste jeden Eid, dass mir kein Nachname bekannt ist!«, versicherte sie. »Aber ...«

Gournays Brauen hoben sich erwartungsvoll.

»Ich kann Ihnen ein paar Namen zu den anderen Zeugen nennen.«

»Auf ein Mal? Warum sollte ich Ihnen abnehmen, dass Sie mir nicht noch mehr verschweigen?«

»Das tun Sie doch ohnehin nicht.«

»Warum verraten Sie uns die Namen erst jetzt?«

Seufzend schloss sie die Augen. Wenn sie gestand, dass sie diese Leute hatte decken wollen, verlor sie jede Glaubwürdigkeit. »Ich hatte Angst. Sie laufen alle noch frei herum. Wer weiß, was sie mir antun, wenn sie merken, dass die Polizei meinetwegen hinter ihnen her ist.« Während sie es aussprach, dämmerte ihr, dass etwas Wahres daran war.

»Kommen wir noch einmal auf Méric zurück«, forderte Gournay, der sich mittlerweile wieder halb auf den Tisch gesetzt hatte und immer noch hoch über ihr aufragte, ohne dafür stehen zu müssen. Zuerst hatte sie sich nichts dabei gedacht, doch allmählich glaubte sie, dass er es bewusst tat, um sie einzuschüchtern.

Wie lang soll dieses Verhör denn noch dauern? Ihre Gedanken kamen ihr jetzt schon zäh wie nach einer durchwachten Nacht vor. Die permanente Anstrengung, nur nichts Falsches zu sagen, saugte ihr die Kraft aus.

»Sie sagen, dass Sie ihn vor zwei Wochen kennengelernt haben. Wo war das? Und wie wurden Sie miteinander bekannt?«

Wieder so eine Frage, die ihn nichts anging. Mühsam unterdrückte sie die aufsteigende Gereiztheit. »Wir sind uns nachts im Quartier Latin über den Weg gelaufen.«

»Ach.« Der Commissaire gab den Verblüfften, aber sie nahm es ihm nicht ab. »Schließen Sie immer gleich Freundschaft mit Männern, die Ihnen nachts auf der Straße begegnen?«

»Nur, wenn sie mich vor zwielichtigen Gestalten retten.« Mehr würde sie dazu nicht sagen. Dass sie ihrem verstorbenen Verlobten nachgelaufen war, hätte er sowieso nicht geglaubt. Oder sie für geistig verwirrt gehalten.

Zu ihrer Überraschung schien es ihn nicht zu interessieren. »Hat er Ihnen erzählt, dass er oft nachts spazieren geht?«

»Ja.«

»Und auch warum?«

»Äh, nein.« Hatte er das jemals explizit gesagt? Ihr war klar geworden, dass er die Dämonen und gefallenen Engel, die Paktierer und Satanisten dieser Stadt im Auge behielt, aber soweit sie sich entsann, hatte er es nie ausgesprochen. Doch selbst wenn, würde sie es diesem Mann niemals sagen. Die Einweisung in eine Psychiatrie hätte Jean gerade noch gefehlt.

»Gab es Momente, in denen Sie den Verdacht hatten, er könnte in Verbrechen verwickelt sein?«

Sie zögerte, kratzte sich an der Schläfe und hoffte, dass er es als Nachdenklichkeit interpretierte. Natürlich hatte sie im ersten Moment geglaubt, er sei ein Verbrecher. Immerhin hatte er sie mit Gewalt festgehalten und in einen Hauseingang gezerrt. Aber es hatte nur ihrem Schutz gedient und danach ... »Nein. Dazu gab es keinen Anlass.«

»Mhm.« Gournay zog ein großes, schwarz-weißes Foto aus den Unterlagen in seiner Hand hervor. »Kennen Sie diesen Mann?« Er klatschte das Bild vor ihr auf den Tisch.

Sophie hielt den Atem an. Was sollte sie sagen? Wenn sie es ansah, wurde ihr noch immer flau im Magen. Sie merkte, dass sie mit großen Augen zu den Polizisten aufsah.

»Sie *haben* ihn schon mal gesehen. Wagen Sie nicht, es zu leugnen!«, donnerte Gournay. »Woher kennen Sie ihn?«

»Ich kenne ihn überhaupt nicht! Jean hat mir das Foto gezeigt, um mich vor … diesen Leuten zu warnen.«

»Hat er Ihnen auch gesagt, dass er am Tatort verhaftet wurde? Dass er das Bild an der frischen Leiche selbst gemacht hat?«

Sie schluckte. »Nein. Das hat er nicht.« Hätte sie ihn danach fragen sollen, wo es herstammte? Das war ihr in jenem erschreckenden Augenblick völlig gleichgültig gewesen.

»Wissen Sie auch, dass dieser Mann Mitglied in Caradecs Zirkel war?«

»Nein, ich …« Ihre Gedanken überschlugen sich, aber sie musste antworten, sonst nahm er an, dass sie etwas verbarg. »Den Namen Caradec habe ich im Mausoleum zum ersten Mal gehört.«

»Fällt Ihnen irgendetwas ein, das mich davon abhalten kann zu glauben, dass Méric einen blutigen Feldzug gegen diesen Zirkel führt?«

Ratlos neigte sie den Kopf und barg das Gesicht einen Atemzug lang in den Händen. Tod durch zahllose Schnitte. Kafziel. *Der Commissaire wartet.* Sie sah wieder auf. »Ich weiß nur, dass er so etwas niemals tun würde.«

Aber Kafziel. Und er war hinter ihr her. Wer würde sein nächstes Opfer sein?

Erschöpft schleppte sich Sophie die Stufen nach oben, zog sich mehr am Geländer hinauf, als dass ihre Beine schoben. Wie viele Stunden hatte sie am Quai des Orfèvres verbracht? Die Rechenaufgabe überforderte ihr ausgelaugtes Gehirn.

Sie wollte nur noch ins Bett und nichts mehr von der Welt sehen.

Rafe. Rafe war der Einzige, den sie jetzt gern bei sich gehabt hätte. Zum Glück war er ein Engel und musste sich keine Sorgen um Gournays wilde Theorien machen, denn die letzte Schlussfolgerung des Commissaire hatte ihn zum Hauptverdächtigen gemacht. Da Jean von Zeugen entlastet worden war, was die unmittelbare Ausführung des Mordes in der Rue des Barres anbelangte, lag es aus Sicht der B. C. tatsächlich nah, anzunehmen, dass er auch in diesem Fall mit Rafe gemeinsame Sache gemacht und ihm die blutige Tat überlassen hatte. Der geheimnisvolle Raphael war für sie das Phantom geworden, auf das sich offenbar die Ermittlungen konzentrierten. Viele Leute – Sophie, Madame Caradec, die Menschen in der Notaufnahme – hatten ihn gesehen, aber Sophie wusste, dass er darüber hinaus nicht greifbar war. Ein Mansardenzimmer in der Rue Thouin, das er womöglich nicht einmal selbst gemietet hatte und keine persönlichen Gegenstände enthielt. Kein Telefonanschluss, kein Job, keine Konten. Ohne Nachname war selbst das schwierig herauszufinden. Sie verstand nur zu gut, weshalb Gournay ihr mit unverschämten Fragen noch einmal hart zugesetzt hatte, um ihr mehr Details über ihren Liebhaber zu entlocken. Hoffentlich hatte selbst er eingesehen, dass sie wirklich keine Antworten für ihn hatte. *Sei nicht naiv.* Er war zu lange im Geschäft, um nicht zu merken, dass sie ihm etwas verheimlichte.

»Sophie, Kind!«, schallte es ihr von oben entgegen.

Verwirrt blickte sie auf. »Woher ...«

»Dein Vater hat zufällig vom Fenster aus das Polizeiauto gesehen. Du armes Wesen! Du siehst vollkommen fertig aus. Komm!« Um sie in die Wohnung zu lenken, legte ihre Mutter den Arm um sie, und ausnahmsweise war ihr diese Stütze willkommen. »Wie konnten sie dich so lange festhalten? Wir müssen uns beim deutschen Konsulat beschweren – oder ist das die Botschaft? So geht das doch nicht.«

»Ich war drauf und dran, sämtliche Polizeireviere abzuklappern, um dich zu finden«, bekräftigte ihr Vater, der in der Tür des Salons stand.

»Wahrscheinlich hätte er sich auch noch Ärger eingehandelt.« Ihre Mutter verdrehte die Augen. »Deine Madame Guimard war auch ganz besorgt und hat schließlich bei der Polizei angerufen. Es hätte ja auch sein können, dass dir auf dem Rückweg etwas passiert ist.«

Muss sie immer so viel reden? Wie Karusselle drehten sich die Sätze in ihrem Kopf, bis ihr schwindlig war. Dankbar sank sie auf das Sofa, zu dem ihre Mutter sie dirigierte. Madame Guimard tauchte mit Tee in ihrem Blickfeld auf und stellte die dampfende Tasse vor ihr auf dem Couchtisch ab.

»Merci. Sie wissen immer, was gut für mich ist. Haben Sie ...«

»Ich habe das Vorstellungsgespräch für dich abgesagt, aber ...«

Sophie nickte. Dass sie so überraschend von der Polizei abgeholt worden war, hinterließ sicher keinen guten Eindruck.

»Warum hat das so lange gedauert?«, wollte ihr Vater wissen.

»Es war grauenvoll. Erst hat mich der Commissaire eine Ewigkeit verhört, und dann musste ich bei einem anderen alles noch mal zu Protokoll geben, damit sie meine Aussage schriftlich haben.« *Wenn das keine Zermürbungstaktik war, um mich endgültig in Widersprüche zu treiben, fress ich einen Besen.*

»Das ist alles noch viel zu anstrengend für dich«, befand ihre Mutter. »Am besten kommst du mit uns nach Hause, dann hast du endlich deine Ruhe.«

»So einfach ist das jetzt nicht mehr.« Sie war froh, endlich ein Argument zu haben, das ihre Eltern nicht anfechten konnten. »Ich fürchte, ich darf die Stadt nicht verlassen. Je ne peux pas quitter Paris.«

»Aber du bist doch das Opfer!«, empörte sich Madame Guimard.

»Für die Ermittler ist das nicht so klar. Sie glauben, dass ich mit zwei Mördern unter einer Decke stecke.«

»Mon Dieu! Wir sollten diese Madame des Anges anrufen.«

»Du bist deutsche Staatsbürgerin«, protestierte ihr Vater. »Können die dir einfach so die Ausreise verweigern? Ich rufe auf der Stelle die Botschaft an und frage, ob das rechtens ist.«

»Papa, das *ist* rechtens. Die haben mir das erklärt.«

»Die können dir viel erzählen«, murrte er, ließ aber doch vom Telefon ab. »Ich werde mit Sigmar darüber sprechen.«

Sie nickte schwach. Onkel Sigmar war Anwalt. Mit französischem Strafrecht und internationalen Rechtsabkommen kannte er sich zwar sicher nicht aus, aber vermutlich wusste er, wo man entsprechende Informationen herbekam. Tee, sie brauchte jetzt dringend Tee. Großzügig löffelte sie Zucker hinein. Das Sandwich, das Gonod ihr nach dem Verhör durch seinen Chef besorgt hatte, lag schon wieder Stunden zurück. *Mist.* Jetzt schmeckte es widerlich süß. Doch der Hunger ließ sie die halbe Tasse in einem Zug austrinken.

»Könnte ich etwas zu essen haben?«, fragte sie Madame Guimard, die sofort aus dem Zimmer eilte.

»Ja, aber ... dann kannst du morgen früh ja gar nicht mit uns zurückfahren«, stellte ihre Mutter das Offensichtliche fest.

Entschuldige, Rafe, dass ich dich verdächtigt habe. Ich hab es wohl eher von ihr. »Mama, es war doch gar nicht die Rede davon, dass ich mit euch fahre.«

»Für dich vielleicht nicht.«

»Ihr müsst morgen schon zurück?«

Madame Guimard brachte eine Packung Madeleines aus der Küche. Dankbar machte sich Sophie über die kleinen, schiffchenförmigen Kuchen her.

»Dein Vater bekommt sonst Ärger in der Firma. Sie haben ihm doch nur deshalb drei Tage freigegeben, weil er gesagt hat, dass es ein Notfall ist. Du weißt ja, wie es ist. Eigentlich kann er nicht so einfach auf die Schnelle verschwinden. Jetzt sind sie schon sauer, weil wir erst morgen fahren. Du hättest ihnen nicht sagen sollen, dass es ihr schon wieder gut geht, Günther.«

»Ich kann meinen Chef nicht anlügen«, entgegnete ihr Vater gereizt, woraufhin ihre Mutter eine düstere Miene zog.

Bald werde ich wieder meine Ruhe haben, freute sich Sophie und biss in ein Madeleine. Leise meldete sich ihr schlechtes Gewissen. Durfte sie ihre Eltern so gern wieder loswerden wollen, wenn sie sich solche Sorgen machten? Doch dann fiel ihr Blick auf den Verband an der Hand ihres Vaters – und sofort sah sie das Foto des Toten wieder vor sich.

Genervt klappte sie das schwarze Buch mit dem in silbernen Buchstaben geprägten Titel zu. Unter »Praxis der schwarzen Magie« hatte sie sich etwas anderes vorgestellt als diese seitenlangen Schilderungen mystischer Visionen, die dem Autor angeblich beim Meditieren über seltsamen Namenstafeln eingegeben worden waren. Was sollte ihr das Geschwafel über irgendwelche ägyptischen Königinnen, an den Füßen aufgehängte Männer und grausige Ungeheuer in labyrinthischen Tempeln sagen? Entweder hatte dieser Magier eine blühende Phantasie, oder er nahm Drogen, wie es die Kirche Satans laut einem anderen Buch nicht nur billigte, sondern sogar empfahl.

Falls das alles auf den hinteren Seiten noch auf etwas Konkretes hinauslief, würde sie es später lesen. Müde rieb sie sich die Augen. Sie hatte die ganze Nacht geschlafen wie ein Stein und war frisch und ausgeruht gewesen, als ihre Eltern kurz vorbeigekommen waren, um sich zu verabschieden. Seit Rafes Tod hatte sie ihnen nicht mehr so aufrichtig alles Gute gewünscht wie für diese Fahrt. Die Angst vor Kafziel nagte immer spürbarer an ihren Nerven, aber dass sie jetzt schon wieder schwächelte, musste an diesem zum Gähnen langweiligen Buch liegen.

Nachdenklich sah sie zum Fenster, an dessen Scheibe nichts mehr an die blutige Botschaft erinnerte. Warum war er so versessen auf dieses Opfer? Weil er ein Dämon war und es in seiner Natur lag? Natürlich auch das, doch die Antwort reichte ihr nicht. Er hatte behauptet, sie zu einem Engel machen zu wollen, weil sie Rafe dadurch erlösen und er auf elegante Art einen Konkurrenten um die Macht in Paris beseitigen konnte. Irgendetwas musste an dieser Erklärung faul sein, sonst hätte Rafe bei ihrer Rettung nicht gerufen, dass Kafziel sie nur benutze. Sicher war er wieder zu einem guten Engel geworden, weil er sie beschützt, und nicht, weil sie Opferbereitschaft bewiesen hatte. So ergab es auch viel mehr Sinn.

Doch wofür wollte der Dämon ihren Opfertod dann? Wenn es ihm wirklich darum gegangen wäre, Rafe loszuwerden, hätte er sein Ziel nun bereits erreicht und sie nicht mehr verfolgen müssen. Was hatte Alex gesagt? Jean habe einen Zusammenhang zwischen ihrem Fall, dem Mädchen im Krankenhaus und dem Toten in der Rue des Barres gesehen? Alle drei Vorgänge hatten angeblich mit dem Buch Henoch und den Wächtern zu tun, die darin vorkamen. Nachdem Gournay ihr eröffnet hatte, dass ...

Das Handy, das sie gestern am Ladekabel völlig vergessen hatte, meldete sich mit einem Piepsen. *Hoffentlich Rafe*, dachte sie beim Öffnen der SMS.

»Sophie, wir können uns nicht mehr offen treffen. Du wirst beschattet. Komm bitte in Madame Guimards Laden. Rafe«

Beschattet? Oh, wie dumm von mir! Natürlich heftete Gournay seine Späher an ihre Fersen. Sie sollte ihn zu Rafe führen. Konnte die B. C. auch ihr Handy abhören oder ihre Nachrichten lesen? Von solchen Dingen hatte sie keine Ahnung. Aber Rafe würde sicher wissen, wie er noch gefahrlos mit ihr in Kontakt treten konnte.

Draußen gleißte die Sonne an einem blauen, wolkenlosen Himmel. Das schwüle Wetter war trockener Hitze gewichen, die ein leichter Wind milderte. Auf der sonnigen Straßenseite roch es nach Reifengummi und Asphalt, im Schatten nach feuchtem Gestein. Bunt gekleidete Touristen und dezentere Einheimische schienen gleichermaßen unterwegs zu einem Mittagessen zu sein. Mühsam unterdrückte Sophie den Drang, sich nach etwaigen Verfolgern umzusehen. Geübten Überwachern fiel solches Benehmen bestimmt auf, und dann hätten sie gewusst, dass sie gewarnt war. Außerdem würden sie dadurch Verdacht schöpfen, dass sie tatsächlich etwas zu verbergen hatte. So leicht wollte sie es ihnen nicht machen. Stur blickte sie geradeaus und versuchte, im völlig normalen Tempo eines Menschen zu gehen, der ein Ziel hatte, aber nicht in Eile war. Mehrmals ertappte sie sich dabei, schneller zu werden, und brach in Schweiß aus. Wie sehr sich ein kurzer Weg hinziehen konnte.

Endlich erreichte sie den Laden und kramte ihren Schlüsselbund aus der Tasche. Durch die Scheiben sah es innen dunkel aus, aber sie wusste, selbst wenn sie das Licht aus ließ, würde jemand, der aus der Nähe hineinspähte, jede Person erkennen, die im Verkaufsraum stand. Und wenn ihr Verfolger einfach hereinspazierte? Rasch schloss sie die Tür von innen wieder ab und ließ den Schlüssel absichtlich stecken.

Der Boden war noch mit Zeitungen und Plastikfolie ausgelegt, doch die zahllosen weißen Farbspritzer waren getrocknet und bröckelten unter ihren Schuhsohlen. Pascal, der Malerlehrling, hatte die verbliebenen Wände mittlerweile gestrichen. Ein Rest vom Geruch frischer Farbe hing noch in der abgestandenen, muffigen Luft. Im Vergleich zu draußen war es düster, und es wurde umso dunkler, je weiter sie sich vom Schaufenster entfernte.

»Rafe?« Sie durchquerte den – von der Theke abgesehen – leeren Raum und näherte sich dem Durchgang zum Hinterzimmer. Kein Laut drang von der Straße in die Stille herein. Der hintere Raum hatte kein Fenster. Im Zwielicht jenseits der offenen Tür stapelten sich Kartons vor leeren Regalen. »Rafe?«

Wo war noch der Lichtschalter? Im Eintreten richtete sie den Blick auf die ungefähre Stelle an der Wand. Den Schalter zu finden und die Finger danach auszustrecken, war eins. Das aufflackernde Licht der alten Neonröhre blendete sie. Ihre Augen ahnten den Umriss des Mannes vor ihr mehr, als dass sie ihn sahen. Entsetzt blinzelte sie dagegen an und zuckte zusammen, als die Tür hinter ihr zufiel.

»Du bist wirklich naiv«, stellte Kafziel fest.

Das Neonlicht vertiefte die Bartschatten auf seinen Wangen und gab seiner Haut eine fahle Farbe. Sophie starrte in die Augen, die unter den dichten Brauen wie aus tiefen Höhlen hervorglommen.

»Du hättest wirklich darauf kommen können, dass, wenn *er* dir Nachrichten schicken kann, mir das ebenso möglich ist.«

Hätte ich das? Ihre Gedanken jagten der sinnlosen Frage nach, während die Angst ihren Körper lähmte. Sie versuchte, sich darauf zu konzentrieren, wie sie aus dieser Falle entkommen konnte, doch eine Bewegung des Dämons lenkte sie ab. Er spielte mit etwas in seiner Hand. Sie sah es metallisch darin aufblitzen. Sofort wurde ihre Kehle eng. *Eine Rasierklinge.*

»Für dich?« Nachsichtig lächelte er. »Nein. Auf dich wartet das Messer, das dein Blut bereits gekostet hat.«

Er machte einen Schritt auf sie zu, und sie wich zurück, wie von einem falschen Magnetpol abgestoßen.

»Du hast meine Botschaft bekommen. Ich finde, du hattest lang genug Zeit, dich mit deinem Schicksal abzufinden. Wofür willst du immer noch weiterleben? Es hat sich nichts geändert. Dein Verlobter ist immer noch tot. Sieh den Tatsachen ins Auge! Solange du lebst, werdet ihr niemals vereint sein. Ich kann das ändern.«

Sie wich erneut zurück, streifte mit der Schulter die Tür. *Ich will aber nicht sterben. Ich will leben.*

»Oh, das wollen andere auch.« Wie beiläufig hob er die Hand und öffnete die Finger etwas mehr, sodass sie das Spielzeugauto darin erkennen konnte. Silbermetallic, Fließheck, Fünftürer … Sie wollte schlucken, doch ihr Mund war trocken. Konnte er das? Konnte er ihre Eltern einfach so töten?

»Das muss ich nicht«, meinte er und drehte das Auto zwischen den Fingern. »Eine kleine Ablenkung … Eine Unaufmerksamkeit des Fahrers bei 160 und schon …«

Er warf es in die Luft. Sophie stieß einen Schrei aus und sprang vor. Ihre Arme flogen von selbst empor, dem blitzenden Spielzeug entgegen. Kantig und kalt fiel es in ihre ausgestreckten Hände. In ihrer Panik wäre es ihr fast wieder entglitten. Atemlos krallte sie die Finger darum.

Kafziel grinste höhnisch. »Ruf sie heute Abend an! Frag sie, ob sie eine gute Fahrt hatten.«

Sophie klopfte das Herz bis zum Hals. *Er wird sie umbringen. Wenn ich nicht tue, was er will, wird er sie einfach gegen den nächsten Baum fahren lassen.*

»Endlich verstehen wir uns wieder«, lobte er. »Ich lasse alles für ein neues Ritual vorbereiten. Du musst gar nichts tun, als mit mir zu kommen, wenn ich dich abhole.«

Er blufft. Er muss bluffen. Es kann nicht sein, dass er mit einem Fingerschnippen über Leben und Tod entscheiden kann.

»Ruf sie an.«

Sie umklammerte das kleine Auto fester. »Ich glaube dir nicht. Du bist nicht allmächtig. Ich werde nirgendwo mit dir hingehen!«

»Oh, zur Not können wir es auch gleich hier erledigen.«

Die Klinge tauchte so unvermittelt in seiner Hand auf, dass sie den Lidschlag verstreichen spürte, bis ihr Verstand begriff, was die Augen ihm mitteilten.

Der Rauch einer Zigarette wehte ihm in die Nase und löste eine solche Gier aus, dass Jean dem Kerl den Glimmstängel am liebsten aus der Hand gerissen hätte. Doch der Anblick des tätowierten, muskelstrotzenden Oberkörpers des Rauchers hielt ihn davon ab, dem Drang nachzugeben. Missmutig stapfte er hinter David her auf den Gefängnishof. *Verfluchte Sucht.* Driss hatte erklärt, dass er ihm problemlos auch ohne Geld Zigaretten beschaffen könne, wenn er etwas zum Tauschen hätte, aber Jean wusste beim besten Willen nicht, mit was er hätte handeln sollen. Vielleicht musste man lange genug einsitzen, um auf die richtigen Ideen zu verfallen. Davids höhnischen Vorschlag, es mal im Duschraum zu versuchen, hatte er um des Friedens in ihrer Zelle willen ignoriert. *Dann muss es eben ohne Kippen gehen. Ist ohnehin gesünder.*

Als David vor ihm stoppte, blieb auch Jean stehen und sah sich um. Den mit etwas Rasen begrünten Hof umgaben ringsum Zellenblöcke und Betonmauern, doch er war weitläufig genug, dass die Gebäude ihn nur am frühen Morgen und späten Abend in Schatten tauchen konnten. Wie seltsame, fransige Girlanden rankten sich zusammengeknotete Stricke aus zerrissenen Laken und anderen Stoffstreifen an den vergitterten Fenstern entlang und verbanden die Zellen untereinander. *Ganz sicher kein Werk moderner Kunst*, dachte Jean, obwohl es ein wenig an eine Installation erinnerte, die er vor Jahren im Centre Pompidou gesehen hatte.

Plötzlich wurde ihm bewusst, dass Blicke auf ihn gerichtet waren. Die Stimmen in seiner Nähe hatten einen aggressiven Unterton angenommen. Die Schwarzen, bei denen David stehen geblieben war, starrten ihn bedrohlich an.

»Verpiss dich, Weißbrot!«, fuhr David ihn an. »Hier ist kein Platz für Typen wie dich.«

Jean verzog ironisch die Lippen. In ihrer Zelle riss der Junge das Maul nicht mehr ganz so weit auf, aber hier – mit seinen Kumpanen im Rücken – fühlte er sich wohl stark. Zahllose Nächte auf der Straße hatten Jean gelehrt, Ärger aus dem Weg zu gehen. Mit einem Rudel Krimineller, die glaubten, ihr Revier verteidigen zu müssen, würde er sich gewiss nicht anlegen. Er nickte David zu und schlenderte weiter. Wenn er den anderen Häftlingen nicht in die Augen sah, würden ihn die meisten gar nicht wahrnehmen.

So wie ich den Tatsachen nicht ins Gesicht sehe ... Als ob ich dadurch etwas ändern könnte. Seit sich das Gefängnistor hinter ihm geschlossen hatte, war er davon ausgegangen, dass es nur für kurze Zeit sein würde. Aber weshalb? Je länger er darüber nachdachte, was Geneviève gesagt hatte, desto klarer zeichnete sich ab, dass er keine Chance hatte, aus der Untersuchungshaft entlassen zu werden. Diese Gnade wurde nur Verdächtigen zuteil, die einen geregelten Lebenswandel vorzuweisen hatten: feste Arbeit, Familie, keine früheren Auffälligkeiten. Nichts davon traf auf ihn zu. Gournay konnte dem Haftrichter eine dicke Akte mit ungeklärten Vorfällen der Vergangenheit vorlegen. Und dann noch Mord! Bestenfalls Körperverletzung mit Todesfolge, wenn die Obduktion einen Herzinfarkt ergab, wie Geneviève prophezeite. Nein, sie würden ihn monatelang festhalten, bis die Ermittlungen abgeschlossen waren und ein Prozess eröffnet werden konnte.

Und danach? Geneviève war zuversichtlich, ein mildes Urteil zu erreichen, doch sie durfte den freien Willen des Richters nicht beugen, falls er stur blieb. Ein Freispruch war jedenfalls ausgeschlossen – schon weil er widerrechtlich in Caradecs Wohnung eingedrungen war.

Caradec. Erneut verzog Jean den Mund. Dass der verdammte Paktierer zur Hölle gefahren war, betrachtete er als Segen für die Menschheit. Aber Kafziel war noch da, so viel war sicher. Und er würde seine Pläne weiterverfolgen. *Auf eine gewisse Art hat David recht. Ich gehöre nicht hierher.* Draußen bastelte ein Dämon daran, zweihundert mächtige Fürsten der Finsternis zu befreien, und *er* durfte hier wählen, ob er lieber Gänge wischen oder dreckiges Geschirr spülen wollte?

»Du warst wohl noch nie im Knast.« Die Stimme gehörte einem drahtigen Mann, den Jean auf etwa sein eigenes Alter schätzte. Der Schnitt des mattroten Haars betonte die länglichen, kantigen Gesichtszüge.

»Woran merkt man das?«

Der Fremde schnaubte belustigt. »Na, du spazierst hier rum, als wär's der Garten von Versailles oder so. Du musst aufpassen, Mann! Die wollen uns hier nicht.«

»Ähm, wer sind *wir* und wer sind *die*?«

»Na, alle!« Er gestikulierte vage herum. »Die Araber, die Schlitzaugen, die Zigeuner, die Schwarzen … Die glauben, wir Weißen gehören nicht hierher.«

Jean sah ihn skeptisch an.

»Doch! Glotz nicht so! Passt nicht in ihr Scheißweltbild, verstehste? Sie sind die Opfer, die keine Chance kriegen. Wir ham kein Recht, es zu vergeigen.«

Interessante Logik. Jean nickte langsam. Das erklärte vielleicht, warum seine Zellengenossen – vor allem David – so abweisend waren. »Verstehe. Danke für die Warnung ...« Er sah den Unbekannten fragend an und reichte ihm die Hand. Wer vermochte schon zu sagen, ob der Kerl durch ebenso unglückliche Umstände hier gelandet war wie er selbst?

»Frédéric Boudin, aber alle nennen mich Fred«, erklärte jener und bewies einen kräftigen Händedruck.

»Jean Méric.«

»Du bist 'n Studierter, oder? Hört man gleich. Was hast'n ausgefressen?«

»Angeblich Mord.«

Freds rötliche Augenbrauen zuckten.

»Aber ich war's nicht.«

Die Ironie in Frédérics Miene war unübersehbar. »Sagen wir das nicht alle?«

Jean lachte freudlos auf. »Ja, vermutlich. Und du?«

»Einbruch. Ist so 'ne Art Familientradition.«

»Dann warst du schon öfter hier?«

»Nee, gleicher Mist, anderer Ort. Aber irgendwie ist's überall gleich.«

»Auch diese komischen Wäscheleinen?« Er deutete zu den bunten Gespinsten an der Fassade hinauf.

Fred grinste. »Kannst auch Wäsche dran trocknen, wenn's dir Spaß macht. Aber eigentlich reichen sich die Jungs damit alles mögliche Zeugs weiter.«

»Zigaretten? Drogen?«

»Alles, was man hier reingeschmuggelt kriegt.«

Unter den Augen der Wärter? Und wie bekamen die Kerle den Nachschub? Gab es vielleicht ... »Wie kann man Kontakt nach draußen herstellen?«

»Oh, zur Not können wir es auch gleich hier erledigen.«
Kafziels Klinge glänzte im Licht der Neonröhre.

»Kannst du nicht«, ertönte es hinter Sophie.

Rafe trat vor sie, schob sie zwischen sich und die Wand, sodass sie nur noch seinen Rücken sah.

»Ihr Blut gehört mir«, knurrte der Dämon.

»Nichts gehört dir. Zurück in die Dunkelheit mit dir!«

Gerade als sie um Rafe herumspähen wollte, leuchtete grelles Licht auf. Ihre Lider schlossen sich rasch von selbst, während ein wütendes Fauchen an ihre Ohren drang – dann wurde es wieder dunkler, und sie wagte, die Augen wieder zu öffnen.

»Er ist fort«, versicherte Rafe.

Erst jetzt zitternd schmiegte sie sich in seine Umarmung. Tröstlich streichelte er ihren Rücken und legte seine Wange an ihren Kopf, sodass sie seinen warmen Atem im Haar spürte. Mussten Engel atmen? Sicher nicht.

»Es ist der Körper, der atmen muss. Im Gegensatz zu dir merke ich aber nichts davon. Die Verbindung ist nur geistiger Art, weil ich nicht hineingeboren bin.«

Sie verstand nicht genau, wie er das meinte, aber sie war froh um die Ablenkung, die ihrem Zittern ein Ende gesetzt hatte. Um ihm das Spielzeugauto zeigen zu können, löste sie sich von ihm. »Er hat mir in *deinem* Namen eine Nachricht geschickt. Kann er ... kann er meine Eltern umbringen?«

»Die Ursache oder der Grund für etwas und paralleles Geschehen sind manchmal schwer voneinander zu unterscheiden. Hat er einfach gewusst, dass deine Eltern heute beinahe einen Unfall haben würden, oder hat er ihn tatsächlich bewirkt? Du kannst dir die Antwort selbst geben, indem du dich fragst, wer letztendlich das Schicksal eines Menschen bestimmt.«

Sie war noch zu aufgeregt und verwirrt, um ihm folgen zu können, geschweige denn, ernsthaft über eine so philosophische Frage nachzudenken. Der Dämon *konnte* Einfluss auf Menschen ausüben. Hatte sie es nicht am eigenen Leib zu spüren bekommen? Aber warum das alles? »Was will er eigentlich erreichen? Warum ist er so hinter mir her?«

»Er giert nach Macht – wie alle Dämonen. Ein freiwilliges Opfer würde ihm einen deutlich höheren Rang verschaffen, denn es ist nicht leicht, einen Menschen dazu zu bewegen, sich aus freien Stücken töten zu lassen.«

Ist das so? »Selbstmord scheint mir leider nicht so selten zu sein.«

»Du darfst den Freitod nicht damit verwechseln, sich freiwillig umbringen zu lassen. Das eine erfordert die selbst ausgeführte Tat und damit größere Entschlossenheit. Das andere ist ein Akt der Selbstaufgabe, eben ein Opfer.«

»Und ich war bereit, mich für dich zu opfern ...«

»Das war sehr großmütig von dir.« Er nahm ihr Gesicht sanft in beide Hände und küsste ihre Stirn. »Deine Liebe ehrt mich – und hat mich trotz allem gerettet. Ich möchte dich glücklich sehen, aber solange Kafziel dich verfolgt, wird es wohl ein Wunsch bleiben, um dessen Erfüllung wir kämpfen müssen.«

Sie nickte, während er die Hände auf ihre Schultern legte. »Jean glaubt, dass es um mehr geht als nur um dich und mich«, fiel ihr wieder ein. »Er meinte, es gebe Zusammenhänge mit einem besessenen Mädchen und einem Mann, der zu Caradecs Zirkel gehörte, bevor ihn ein Dämon dazu gebracht hat, sich selbst ...« Ihr fiel kein Wort für die Schlächterei auf dem Foto ein.

Rafes Blick verdüsterte sich. »Kafziel wollte das Opfer

auch um des Rituals willen, das ihm einen kurzen, aber bedeutenden Zuwachs an magischer Macht verliehen hätte. Dieser Caradec gestand, dass der Dämon mithilfe dieser Kräfte den Schlüssel für irgendein Gefängnis erlangen will. Leider verbarg Kafziel die Gedanken seines Dieners vor mir. Ich weiß nicht, wovon er sprach.«

Ein Gefängnis? Aber Jean hatte die Verbindung doch in den Wächtern gesehen, die … »Könnte er den Verbannungsort der Wächter gemeint haben? Ich habe im Buch Henoch davon gelesen. Die gefallenen Engel wurden für ihre Vergehen an einen öden, finsteren Ort geschickt, wo sie bis zum Tag des Jüngsten Gerichts gefesselt sein sollen.«

»Zu diesem Gefängnis gibt es einen Schlüssel?« Er sah gleichermaßen überrascht wie beunruhigt aus.

Sophie zuckte die Achseln. Soweit sie sich erinnern konnte, stand davon nichts in dem Buch, das Jean ihr gegeben hatte, aber es konnte trotzdem wahr sein.

»Warum weiß ich nichts davon?«

»Bist du denn allwissend?«, fragte sie verunsichert.

Er warf ihr einen undeutbaren Blick zu. »Wohl kaum. Und vielleicht ist es tatsächlich besser, wenn nicht jeder Engel über dieses spezielle Wissen verfügt.«

Ausnahmsweise hatte *sie* das Gefühl, *seine* Gedanken lesen zu können. Wenn jeder Engel um diesen Schlüssel gewusst hätte, wären schon unzählige nach ihrem Sturz auf dieselbe unselige Idee gekommen wie Kafziel.

»Der Dämon darf diesen Schlüssel auf keinen Fall in die Hände bekommen! Du musst standhaft bleiben, Sophie!«

Als ob sie etwas anderes wollte. Aber … »Wenn ich mich weigere, kann er immer noch ein anderes Opfer finden.«

»Das ist wahr.« Seine Schultern strafften sich.

Bildete sie es sich nur ein, oder konnte sie die schlagenden Flügel beinahe sehen, die viel zu groß für den kleinen Raum waren?

»Wir müssen herausfinden, was und wo dieser Schlüssel ist, um ihn in Sicherheit zu bringen.«

6

Als Madame Guimards vorsintflutliches Wählscheibentelefon klingelte, wusste Sophie bereits, wer anrief, bevor die alte Dame ihr den Hörer reichte. Sogleich sprudelte aus ihrer Mutter die ganze Geschichte, wie ihr Vater viel zu schnell gefahren sei und der andere Fahrer völlig unerwartet die Spur gewechselt habe, wie der Reisebus deshalb plötzlich im Weg gewesen und ein wilder Schlenker auf den Standstreifen notwendig geworden sei, sodass sie fast einen Herzinfarkt erlitten hätte.

Obwohl Sophie darauf vorbereitet gewesen war, wühlten sie die neu durchlebte Angst und die Aufregung in der Stimme ihrer Mutter auf. Sie ließ die Worte zwar wie einen Regenguss über sich ergehen, doch innerlich erstarrte sie bei der Vorstellung, was hätte geschehen können. Wie betäubt legte sie schließlich auf. Kafziel hatte recht behalten. Sie *hatte* es nicht wirklich geglaubt – nicht aus tiefstem Herzen. Nun musste sie. Die Fakten ließen nichts anderes zu, und sie konnte sich nicht einmal genau an die verworrene Antwort erinnern, die Rafe ihr gegeben hatte.

Still zog sie sich in ihr Zimmer zurück. Die Verantwortung für die Leben aller, die sie gern hatte, wälzte sich wie ein Mühlstein auf sie. Konnte es sein? Durfte Gott so etwas zulassen? Das Gespräch mit dem Priester in Saint-Nicolas-du-Chardonnet fiel ihr wieder ein, und auch die anschließende Diskussion mit Jean. Der Abbé hatte das Böse auf den Teufel geschoben und behauptet, sie müsse eben an Gottes gute Gründe glauben, wenn er nicht einschritt. Jean dagegen hatte sich hinter Rafes Erklärung gestellt, dass auch das Böse letztlich von Gott ausginge. Dieses Zitat stammte aus dem Buch Jesaja. Sie hatte sich nur den letzten Satz gemerkt: »Ich, der Herr, bin es, der alles bewirkt.« *Vielleicht ist das alles doch Unsinn. Es gibt keinen Gott, und die Welt ist einfach schlecht.*

Das Handy riss sie aus den düsteren Gedanken. Bis sie vom Bett gesprungen war und es aus ihrer Tasche gewühlt hatte, blieb ihr keine Zeit mehr, zuerst aufs Display zu schauen, bevor sie hastig die Anruftaste drückte. »Ja?«, keuchte sie.

»Hi, Soph! Alles in Ordnung bei dir?«

»Ja, na ja, eigentlich nicht, aber ich bin nur so außer Atem, weil ich erst das Handy finden musste.«

»Und was ist wirklich los?«, hakte Lara nach.

»Alles. Gestern hat mich die Polizei noch mal verhört. Der Commissaire hat sogar gedroht, mich einzusperren, wenn ich nicht kooperativ genug bin. Das können die hier, weil …«

»Bitte was?«, fiel Lara ihr ins Wort. »Jetzt verstehe ich gar nichts mehr. *Du* bist doch das Opfer in diesem Fall.«

»Irgendwie interessiert das keinen, weil ich nicht tot bin.

Alles dreht sich nur um den Kerl, den Jean und Raphaël angeblich auf dem Gewissen haben. Jetzt verdächtigen sie die beiden, vorher schon einen anderen Mann umgebracht zu haben, der auch zu diesem Zirkel gehörte. Und ich könnte ja theoretisch ihre Komplizin sein und das alles erfunden haben.«

Lara seufzte. »Und du bist sicher, dass deine neuen Freunde nicht tatsächlich …«

»Hast du sie noch alle?«, fiel Sophie ihr ins Wort. »Auf wessen Seite stehst du denn?«

»Auf deiner natürlich! Aber die Frage muss doch erlaubt sein. Du kennst sie doch eigentlich gar nicht!«

Sophie zögerte. Ihre Freundin konnte schließlich nicht wissen, dass dieser unbekannte Raphaël ein Engel und über jede Lüge erhaben war. Und Jean? Alex hatte gesagt, Jean würde Satanisten eher umbringen, als zuzulassen, dass sie einen Menschen opferten. Aber Geneviève hatte gesagt, er sei es nicht gewesen, und auch sie war ein Engel. »Nein, es gibt keinen Zweifel. Du musst mir glauben, Lara. Die beiden haben nichts mit diesem anderen Fall zu tun. Und sie haben diesen Caradec gar nicht totgeschlagen. Der Obduktionsbericht nennt Herzinfarkt als Todesursache.«

»Äh, und warum glaubt die Polizei dann noch an Mord?«

»Noch ist das Ergebnis angeblich nicht offiziell. Außerdem hat dieser Commissaire Jean schon länger im Visier, weil … weil er sich nachts immer dort herumtreibt, wo es brenzlig wird. Ich kann's nicht genauer erklären. Aber selbst wenn es kein Mord war, wird er eben für den Rest eingesperrt. Das ist alles so unfair!«

»Also am ungerechtesten finde ich immer noch, wie sie *dich* behandeln.«

»Das wird sich vielleicht ändern, wenn sie die anderen Zirkelmitglieder finden. Obwohl ... jetzt beschatten sie mich auch noch, weil sie hoffen, dass ich sie zu Raphaël führe.«

»Echt? Dir laufen so auffällig unauffällige Typen nach wie im Film?«

»Schön, dass du's spannend findest.«

»Tut mir leid«, entschuldigte sich Lara mit überzeugendem Bedauern in der Stimme. »Du machst ganz schön was durch. Hast du denn noch Kontakt zu Raphaël? Der muss doch jetzt untertauchen, aus der Stadt abhauen oder so was.«

»Wir haben noch Kontakt. Aber ... klar, es ist schwierig.«

»O Mann, und ich kann nicht mal nach Paris kommen und dir als Botin oder so was beistehen.«

Sophie konnte sich nicht helfen, aber sie hatte den Eindruck, dass sich Lara schon in der Nebenrolle eines aufregenden Krimis sah. »Es klappt also nicht?«

»Irgendwie hat sich gerade alles verschworen. Erst hat Stefan rumgezickt. Ich weiß nicht, was mit dem los ist. Er hat doch Urlaub. Da könnten wir prima wegfahren. Aber als ich nicht lockergelassen habe, wurde er richtig patzig. Ich glaub, das war unser erster Streit.«

»Hä? Aber warum denn? Hat er was gegen Paris?«

»Ich weiß auch nicht. Er ist ständig darauf rumgeritten, dass er seinem Bruder auf der Baustelle helfen muss. Die bauen ein Haus, weißt du?«

Sie sparte sich, Lara daran zu erinnern, dass sie Stefan erst zwei Mal gesehen hatte und nicht darüber informiert war, was seine Familie so trieb. »Na ja, wenn ihm das so wichtig ist. Die beiden stehen sich wohl sehr nah.«

»Eigentlich nicht. Jedenfalls hat er vor zwei Wochen noch

gemosert, dass er keinen Bock hat, seinen Urlaub auf 'ner Baustelle zu verbringen, und jetzt ist es auf ein Mal so eine wichtige Kiste. Männer.«

Sophie konnte förmlich sehen, wie Lara die Augen verdrehte. »Hauptsache, ihr vertragt euch wieder.«

»Das schon. Aber ich bin deine Freundin, und du brauchst meine Hilfe. Also hab ich ihm dann gesagt, dass ich eben allein nach Paris fahre.«

Wow. Sie konnte gerade noch unterdrücken, es auszusprechen. Lara, die seit Wochen von nichts anderem als Stefan gesprochen hatte, wollte ihretwegen für einige Tage auf ihn verzichten. »Das ... Ich weiß, wie schwer dir das fällt, wenn du frisch verliebt bist.«

»Ja, toll, aber Pustekuchen! Ich hatte schon das Okay von der Chefin, und jetzt ist Frau Michels krank geworden. Sommergrippe. Jetzt bin ich natürlich unverzichtbar. Was für'n Mist.«

Wieder musste Sophie an Kafziel denken. Vielleicht sollte sie es als glückliche Fügung betrachten, dass Laras Pläne durchkreuzt worden waren.

»Aber die kann ja nicht ewig krank sein«, meinte jene entschieden. »Und dann stehe ich sofort bei dir auf der Matte.«

»Pussy«, hörte er David schnauben, als er eine Zeitungsseite auf dem Boden der Toilette ausbreitete. Hätte das Klo einen Deckel gehabt, wäre die Lösung einfach gewesen, aber so ... Er sah nicht ein, Driss das Putzen der klebrigen Fliesen abzunehmen, nur weil er telefonieren wollte, ohne vom Gang aus gesehen zu werden.

»Wieso Pussy?«, regte sich der Maghrebiner auf. »Das ist voll eklig da drin.«

»Dann mach doch sauber«, blaffte David zurück.

»Ich mach das immer montags, heut ist Freitag. Kannst's ja selber machen.«

»Ich *war* diese Woche schon dran, du Arsch.«

Jean ließ sich auf der Zeitung nieder und versuchte, das ewige Gezänk der beiden auszublenden. Auch aus anderen Zellen drangen streitende Stimmen zu ihnen. Zwei Kerle unterhielten sich lautstark über den Gang hinweg, und irgendwo plärrte ein Radio gegen einen Fernseher an. Wer genug Geld hatte, konnte sich von den Medien gegen die Langeweile berieseln lassen, aber Jean stand ohnehin nicht der Sinn danach. Neugierig zog er das Handy, das Driss ihm besorgt hatte, unter seinem Hemd hervor. Hoffentlich funktionierte es auch.

Einen vollen Monatslohn als Küchenhilfe hatte er für die »kleine Gefälligkeit« verpfänden müssen. Geld, das nicht ausgezahlt wurde, aber virtuell für Einkäufe in der Kantine zur Verfügung stand, wo es alles gab, was ein Häftling legal erwerben durfte. Für seinen ersten Lohn würde er nun also nur kaufen, was Driss haben wollte. Vermutlich Zigaretten. Was sonst?

Jean zögerte, das Handy einzuschalten. Da er keine Möglichkeit hatte, es aufzuladen, musste er mit dem Akku gut haushalten, und noch war er sich nicht sicher, ob er Alex wirklich gefahrlos anrufen konnte. Sein Freund würde ausflippen, wenn er gegen dessen heilige Sicherheitsregeln verstieß. Wieder ging er in Gedanken durch, ob er etwas übersehen hatte. Die Polizei wusste nichts von diesem Handy, konnte also auch keine Verbindungsdaten mit ihm in Zusammenhang bringen. Wurde Alex überwacht? Womöglich seine Wohnung oder der Laden abgehört? *Unsinn. Es gibt keine Spur, die sie von meiner Wohnung oder meinen Sachen zu Alex geführt haben könnte.* Solange ihnen niemand verraten hatte, dass er im *L'Occultisme* aushalf – und wer hätte so dumm sein sollen, das zu tun? –, musste Alex vor Nachforschungen sicher sein.

Das Display jagte ihm einen Schrecken ein, als es auf seinen Tastendruck hin ausgerechnet mit einem lauten Jingle zum Leben erwachte. Zum Glück war gerade kein Wärter vorbeigekommen. *Nerven bewahren!*, ermahnte er sich und atmete tief durch. Wahrscheinlich war ihm das Geräusch vor Heimlichtuerei viel lauter vorgekommen, als es gewesen war. Dennoch durchforstete er als Erstes die Einstellungen, um sämtliche Tasten- und Klingeltöne auszuschalten. Dann hielt er erneut inne, konzentrierte sich. Er hatte Alex' Nummer nie bewusst auswendig gelernt. Unsicher tippte er eine Ziffernfolge, die ihm plausibel vorkam. Die Stille kam ihm endlos vor, bis endlich ein Tuten bewies, dass irgendjemandes Handy klingelte.

»Hallo?«

War das die richtige Stimme? »Alex? Hier ist Jean.«

»Jean! Bist du verrückt, mich anzurufen? Die hören doch alles mit, was über …«

»Halt die Klappe und hör zu! Ich rufe doch nicht von einem Gefängnisapparat aus an. Für wie blöd hältst du mich? Das ist ein fremdes Handy, das jemand hier reingeschmuggelt hat.«

»Oh, verstehe. Okay. Aber das ist nur so lange sicher, wie sie's dir nicht abnehmen, ist dir das klar? Spül's Klo runter, wenn du alle Anrufe erledigt hast.«

»Äh, ja.« Er hätte alles gesagt, um Alex erst mal zu beruhigen. »Demnach weißt du, dass ich im Knast bin.«

»Ja. Sophie war hier und hat's mir erzählt. Üble Sache. Bei uns ist noch kein Bulle aufgetaucht, aber ...«

»Sophie war im Laden?«

»Ja, warum nicht? Sie hat sich ein paar Bücher ausgeliehen, weil sie Angst vor diesem Kafziel hat. Der lässt nicht locker bei ihr.«

Verdammt! Aber was hatte er anderes erwartet? Vor lauter eifersüchtiger Sorge, dass sie sich nun ihrem Retter Gadreel hingab, hatte er nicht mehr daran gedacht, wie hartnäckig der Dämon hinter seinem mit Blut besiegelten Opfer her sein musste. Doch sie hatte den gefallenen Engel, der sie niemals kampflos an Kafziel abtreten würde. Noch ein Grund mehr, dem Mistkerl dankbar zu sein.

»Soll ich ihr ...«

»Sie hat einen Beschützer, der das schon regeln wird. Wenn sie trotzdem Hilfe braucht, schick sie zu Gaillard! Der weiß, was zu tun ist.«

»Geht klar. Hast du Caradec ... «

»Nein! Ich erklär's ein anderes Mal. Hier kann jeden Moment ein Aufseher vorbeikommen. Ich brauche deine Hilfe, weil ich hier nicht recherchieren kann. Caradec hat mir den entscheidenden Hinweis darauf gegeben, was hinter all dem steckt. Kafziel will die Wächter befreien. *Die* Wächter, verstehst du?«

»Ja, ja, schon klar. Du hast ja schon die ganze Zeit gesagt, dass sich alles um das Buch Henoch dreht. Aber wie soll das denn gehen? Klingt ein bisschen nach Gruselschocker: Ein Blutopfer öffnet die Pforte der Hölle. Wenn's so einfach wäre, stünde sie schon lange offen.«

»Es scheint einen Schlüssel zu geben, an den Kafziel nur durch dieses Ritual gelangen kann. Du musst sämtliche infrage kommenden Quellen nach diesem Schlüssel abgrasen,

Henoch, alle anderen Apokryphen, die Scholastiker, Petersdorff, aber auch die Ketzer, Papini, Crowley, La Vey.«

»Jean, weißt du, was für eine Arbeit das ist? Es gibt nicht von allen eine Online-Ausgabe, die ich mal eben nach ›Schlüssel‹ durchsuchen lassen kann.«

»Das wäre auch viel zu ungenau. Möglicherweise sind es nur Andeutungen, die man richtig interpretieren muss.«

»Jean!«

»Die Befreiung der Wächter läutet das Ende der Zeit ein, Alex. Ich brauche dich, um die Apokalypse zu verhindern.«

Alex seufzte. »Wow. Wer kann dazu schon Nein sagen?«

»Du jedenfalls nicht. Du willst doch immer ein Held sein.«

»Nur in der virtuellen Welt.«

Auf dem Gang näherten sich Schritte.

»Tja, zu spät. Ich muss Schluss machen, Alex. Lass mich über Gaillard wissen, wenn du was rausbekommst.«

»Gaillard? Aber wie soll der denn …«

Jean brach die Verbindung ab und lauschte, bis der Wärter vorübergegangen war. Nachdenklich schaltete er das Handy ab und legte es neben sich. Auf Alex konnte er sich verlassen, aber es würde tatsächlich eine ganze Weile dauern, bis er das Gros der Texte gesichtet haben und vielleicht auf einen Hinweis gestoßen sein würde – wenn überhaupt. Er konnte nur hoffen, dass ihnen so viel Zeit blieb. Ohne ein Opfer kam Kafziel offenbar nicht an den Schlüssel heran. Er brauchte also Macht dazu. Was wiederum hieß, dass dieser Schlüssel entweder gut bewacht war oder an einem sehr wirkungsvoll magisch gesicherten Ort lagerte.

»Was war denn das für ein blödes Gequatsche?« David stand in der Tür, wodurch der kleine Raum sofort noch beengter wirkte.

Jean verdrehte die Augen. »Verstehst du sowieso nicht.«

»Ach nein? Warum nicht? Weil ich 'n dummer Nigger bin?«

Konnte er nicht einmal mehr in Ruhe nachdenken? »Nein, weil du von nichts eine Ahnung hast.«

»Du Scheißfreak hältst dich wohl für den Allergrößten.«

Das Bein bewegte sich so schnell, dass Jean nur noch die Arme vors Gesicht reißen konnte. Doch der erwartete Tritt blieb aus. Stattdessen drang ein Knirschen an sein Ohr, während er bereits aufsprang. David stampfte ein zweites Mal mit dem Absatz auf das verformte Handy.

Heiße Wut flammte in Jean auf. Ein Monatslohn weg, und er hatte nicht einmal mit Sophie sprechen können. »Jetzt reicht's!« Seine Fäuste schnellten vor, links, rechts, die erste prallte auf einen abwehrenden Arm, die andere traf, schlug mit voller Wucht in Haut und Knorpel. Blut schoss aus Davids Nase. Ein heftiger Atemstoß versprühte es wie roten Nebel.

Sophie öffnete einen der beiden Briefe, die für sie in der Post waren, doch ihre Gedanken schweiften schon den ganzen Morgen immer wieder zu Lara und deren unromantischem Stefan – und von dort zu Rafe. War es nicht seltsam, wie sich Stefan gegen diese Reise sträubte?

»Willst du denn gar nicht wissen, was drin steht?«, wunderte sich Madame Guimard, die am anderen Ende des Küchentischs einen Salatkopf zerpflückte. Nach dem Frühstück hatte sie einige Stunden in ihrem Arbeitszimmer verbracht, aus dem das an- und abschwellende Surren einer Nähmaschine gedrungen war, und die gepackten dunklen

Koffer im Schlafzimmer zierte eine erste feine Staubschicht. Offenbar wollte sie immer noch verreisen, war aber nicht sicher, wann sie ihren Schützling allein lassen konnte.

Ich muss ihr zureden, dass sie ruhig ihre Familie besuchen kann, beschloss Sophie. *Mir geht es doch gut.* Sie war nach dem Frühstück beim Arzt gewesen und hatte den Schnitt untersuchen lassen. Es war kaum noch etwas zu sehen. Der Doktor hatte nur verwundert den Kopf schütteln und sich noch einmal vergewissern können, dass die Verletzung erst eine Woche alt war.

Pflichtschuldig überflog sie die Zeilen des nüchternen Geschäftsbriefs. »Wieder eine Absage.« Achselzuckend steckte sie ihn in den Umschlag zurück. Autohandel interessierte sie ohnehin nicht gerade brennend. »Was meinen Sie, Madame? Wenn ein junger Mann erst seit wenigen Monaten mit einer Frau zusammen und noch nie mit ihr weggefahren ist, müsste er dann nicht erfreut die Gelegenheit beim Schopf packen, wenn er Urlaub hat und sie ein paar Tage in Paris vorschlägt?«

Madame Guimard zog eine ebenso verblüffte wie missbilligende Miene. »Na, das sollte man meinen. Wer hat sich denn so in die Nesseln gesetzt?«

»Laras Freund. Er sagt, er müsse seinem Bruder beim Hausbau helfen. Aber ich finde, es wären doch nur ein paar Tage, und so ein Haus zu bauen, dauert ewig.«

»Hm. Wenn er es seinem Bruder versprochen hat...«
»Das weiß ich nicht.«

»Nach einer *amour fou* hört es sich nicht gerade an«, gab Madame Guimard zu und trug den Salat in einer Schüssel zur Spüle, um ihn zu waschen. »Eine junge Frau erwartet natürlich etwas anderes von ihrem Liebhaber. Das sollte ihm klar sein. Aber nur weil er für die Liebe nicht seine

Pläne über den Haufen wirft, muss er kein schlechter Mann sein.«

Nein, das nicht. Doch wie verliebt konnte er in Lara sein, wenn er ihr einen solchen Wunsch abschlug? Fehlte da nicht das rechte Feuer, die Leidenschaft? Und deshalb landete sie bei ihren Überlegungen immer wieder bei Rafe. Erst gestern hatte er ihr wieder gesagt, dass er sie liebe und sie glücklich machen wolle, aber sie hatte es nicht *gespürt*. Die zärtliche Liebe, die er wohl für sie empfand, kam ihr nach der Intensität, mit der sie zuvor füreinander entbrannt waren, wie ein Kerzenlicht vor, mit dem sie nach dem Verlöschen eines prasselnden Lagerfeuers in der Dunkelheit zurückblieb.

»Ah, ich hab also recht.« Madame Guimard schwenkte den Salat ein letztes Mal ab, bevor sie ihn zum Trocknen in eine Salatschleuder umfüllte. »Ihr jungen Dinger wollt immer, dass die Kerle die verrücktesten Sachen für euch tun. Ja, ja, das ist sehr romantisch. Aber was bleibt davon, wenn man älter wird? Die leidenschaftlichen Männer fliegen zur nächsten Blüte weiter – das passiert. Die Ruhigen, Beständigen sind es, die heiraten.«

»Hier geht es doch noch nicht ums Heiraten. Nur um die Liebe.« Mechanisch trennte Sophie den zweiten Briefumschlag auf. Tat sie Rafe unrecht? Liebte er sie weniger, nur weil er sie nicht mehr so maßlos begehrte? Vielleicht nicht. Aber sie sehnte sich nach ihm, nach seiner Nähe, seiner Berührung. Sie hätte am liebsten den ganzen Tag mit ihm verbracht, wenn es nur möglich gewesen wäre, und fieberte jeder Begegnung in der Vorfreude auf das entgegen, was sie vermisste, sobald er nicht an ihrer Seite war. Doch diese Erwartungen sah sie jedes Mal ein wenig enttäuscht. Seine Freude, sie zu sehen, schien verhalten. Nein, *alles* wirkte bei ihren Begegnungen neuerdings gehemmt. Er mochte sie immer noch lieben oder vielleicht sogar jetzt erst wieder, aber dass er sich so zurückhielt, verlieh ihrer eigenen Sehnsucht einen Dämpfer, einen schalen Beigeschmack der Zurückweisung.

»Träumst du mit offenen Augen?«, erkundigte sich Madame Guimard halb besorgt, halb belustigt.

Sophie hatte nicht bemerkt, wie die Zutaten für eine Vinaigrette in die Glasschüssel gekommen waren, in der ihre Vermieterin gerade rührte. Das Schaben des Löffels und der Geruch von Essig und Pfeffer breiteten sich in der Küche aus. »Äh. Ja.« Ihr wurde bewusst, dass sie den zweiten Brief noch in der Hand hielt, und sie faltete das Schreiben auf. »Steht ja doch nichts Wichtiges drin. Nur, dass sie meine Unterlagen dankend erhalten haben und sich vor September außerstande sehen, sie zu prüfen.«

»Das ist besser als eine Absage.«

»Ja, sicher. Wir werden sehen.« Sie stopfte auch dieses Schreiben in den Umschlag zurück und merkte plötzlich, dass sie herumstand, während Madame Guimard für ihr Essen sorgte. »Excusez-moi, Madame, ich lasse mich die ganze Zeit bedienen. Kann ich etwas helfen?«

»Oh, wir essen doch nur eine Kleinigkeit. Auf mich wartet ja heute Abend mein Tisch im *Procope*. Aber du kannst diesen Tisch hier decken, wenn du willst.«

Sie nickte und holte Geschirr und Besteck aus dem Küchenschrank. Sollte sie das heikle Thema ansprechen, wenn sie Rafe das nächste Mal traf? Oder würde er dann von ihr enttäuscht sein? Andererseits las er ihre Gedanken. Musste er nicht längst wissen, was in ihr vorging?

Abwesend füllte sie Oliven in eine kleine Schale und Cherrytomaten in eine andere. Das Sägen des Brotmessers durch die Baguettekruste verriet ihr, was Madame Guimard tat, ohne dass sie hinsehen musste. *Es ist wohl doch nicht so viel einfacher, einen Engel zu lieben als einen Dämon.* Vielleicht hatte sie sich zu große Hoffnungen gemacht, was ein …

»Aïe!«

Der Aufschrei ließ sie herumfahren. Baguette und Messer fielen auf den Tisch. Madame Guimard starrte auf ihre Hand. Blut rann darüber, quoll aus einer tiefen Kluft im Zeigefinger und tropfte in den Brotkorb hinab. Sophie glaubte, den Knochen weiß in der Wunde schimmern zu sehen. Übelkeit wallte in ihr auf. *Das ist meine Schuld! Meine Schuld!*

Seit Rafe sie vor der Überwachung gewarnt hatte, glaubte sie, die fremden Blicke auf sich zu spüren, sobald sie das Haus verließ. Gestern, als sie mit Madame Guimard zum Arzt geeilt war, hatte es sie nicht gestört, weil die Sorge und das schlechte Gewissen alles andere in den Hintergrund gedrängt hatten. Zum Glück hatte sich der Schnitt als nicht ganz so dramatisch erwiesen, wie er im ersten Augenblick ausgesehen hatte. Der Knochen war unversehrt, der Blutverlust gering. Trotzdem machte sie sich Vorwürfe. Madame Guimard hatte sich ihretwegen so erschreckt und Schmerzen erlitten und musste nun mit einem Verband zurechtkommen, der bei allen täglichen Verrichtungen ebenso hinderlich war wie beim Schneidern. Und wer konnte vorhersehen, was als Nächstes geschehen würde?

Kafziel hatte die Schlinge um ihren Hals enger gezogen. Rafe und sie mussten ihm den Grund für seine Gier auf ihr Opfer nehmen, indem sie diesen Schlüssel fanden und unerreichbar für ihn machten, sonst würde früher oder später etwas Schlimmes passieren. Doch dazu war es nötig, erst einmal zu wissen, was es mit diesem Schlüssel überhaupt auf sich hatte.

Von Jean abgesehen war ihr nur eine Person eingefallen, die ihr vielleicht weiterhelfen konnte. Ob es aber eine so gute Idee war, die Polizei zum *L'Occultisme* zu führen? Auf dem Weg dorthin stellte sie sich die Frage noch immer. Die Delamairs wollten keinen Ärger. Keine Spur sollte von Jean zu ihnen führen. Doch wie sollte sie sonst mit Alex Kontakt aufnehmen? Die Verbindungsdaten ihres Handys waren nicht vor Zugriff sicher, und ein Anruf wäre noch viel verdächtiger gewesen. Am besten schien ihr, in den Laden zu gehen, als sei sie eine gewöhnliche Kundin. Da *L'Occultisme* die einzige auf das Thema spezialisierte Buchhandlung der Gegend war, konnte niemand daran zweifeln, dass auch Jean dort bereits Bücher gekauft hatte. Deshalb musste die B. C. aber nicht sofort engere Verbindungen zu den Besitzern unterstellen. Hoffte sie.

Wieder verkniff sie sich, nach etwaigen Verfolgern auszuspähen. Eine harmlose Irre auf dem Weg zum Irrlehrenverkäufer, etwas anderes sollten die Ermittler nicht sehen. In ihrer Tasche verbargen sich die meisten der Bücher, die Alex ihr geliehen hatte. Wenn sie schon zu ihm ging, konnte sie ihm diesen Unfug auch wieder mitbringen, denn sie hatte nichts darin gefunden, was ihr auch nur einen Versuch in Sachen Zauberei wert schien. Vielleicht sollte sie sich doch lieber um einen Vorrat an Weihwasser und ein Kreuz bemühen, auch wenn sie sich Kafziel damit nur vom Leib halten, aber nicht seine Besuche verhindern konnte.

Ein paar fedrige Wolken über den Gebäuden der Sorbonne unterstrichen nur, wie blau der Himmel über den hellgrauen Mauern auch an diesem Vormittag schon wieder strahlte. Sophie wünschte, sie könnte die Straße hinab zum Seineufer gehen und einfach den herrlichen Tag genießen, an den Ständen der Bouquinisten entlangbummeln, in ihren Auslagen stöbern und ein Eis schlecken, wie sie es einst mit Rafe getan hatte. Sie ertappte sich bei einem Seufzer. Rafe war der Grund, warum sie stattdessen den dämmerigen, stickigen Buchladen betrat.

Enttäuscht stellte sie fest, dass nur die junge Frau mit dem Pferdeschwanz hinter der Kasse stand und einem Kunden gerade erklärte, dass seine Bestellung erst morgen eintreffen werde. Wie hieß sie noch gleich? »Claudine? Ist Alex nicht da?«

»Der ist oben.« Claudine zeigte an die Decke, als ob es noch ein anderes Oben geben könnte.

»Ah, danke.« Zögernd suchte sich Sophie den Weg durch die Regale. Durfte sie die private Bibliothek betreten, ohne eingeladen zu sein? Doch Claudine machte keine Anstalten, sie anzukündigen oder aufzuhalten, also fasste sie sich ein Herz, stieg die schmale Treppe hinauf und klopfte.

»Ja?« Alex saß über ein Buch gebeugt an einem der Tische, unter dem zwei leere Plastikflaschen und ein Pizzakarton lagen. »Ah, Sophie. Salut!« Es klang so müde, wie er aussah. Unter seinen Augen hoben sich dunkle Ringe von der blassen Haut ab.

»Salut! Ich hoffe, ich störe nicht.«

»Nein, na ja, schon«, gab er zu. »Aber ich freue mich über die Unterbrechung, wenn du verstehst, was ich meine.« Er deutete auf den dicken Band, der vor ihm lag. Hauchdünne, dicht bedruckte Seiten ließen sie ahnen, wie mühselig die Lektüre sein musste.

»Ähm, ja, als Buchhändler muss man wohl sehr viel lesen.« Der Anblick ermutigte sie nicht gerade, ihn auch noch mit ihren Problemen zu belästigen. »Ich … bringe einen Großteil der Bücher zurück.« Sie wuchtete die Tasche auf den Tisch und begann, die Leihgaben herauszuholen. »Ich bin auch ganz vorsichtig damit umgegangen.«

»Das ist gut. Danke. War etwas Hilfreiches dabei?«

»Ich fürchte nicht. Aber eins habe ich noch vor mir.« Wieder zögerte sie und zog ein anderes Thema vor. »Hör mal, es kann sein, dass ich beschattet werde, weil die Flics glauben, dass ich sie zu Rafael führe. Ich war nicht sicher, ob ich überhaupt herkommen soll, aber … Das ist doch nicht schlimm, oder? Ich wusste nicht, wie ich sonst …«

Alex winkte ab. »Sie waren schon hier. Gestern Nachmittag. Ein Capitaine Lacour hat meinem Vater ein Foto von Jean unter die Nase gehalten und wollte wissen, ob er den Mann schon mal gesehen habe. Papa sagte, ja, das sei ein Kunde, der öfter bei uns einkaufe. Ich hab echt die Luft angehalten. Ich dachte, jetzt kommt's, jetzt kontert er, dass sie von seiner Arbeit hier wissen. Aber er hat nur gefragt, ob ihm an Jean irgendetwas aufgefallen sei. Und ob er sich hier mit anderen Leuten getroffen habe. Ob Papa vielleicht sogar von irgendwelchen Feindschaften in dieser Szene wisse. Haben wir natürlich alles abgestritten. Ich auch, als sie mit dem Foto zu mir kamen. Bin nur froh, dass ich Jeans Angebot, bei ihm einzuziehen, nie angenommen habe.«

»Oh.« So gut waren die beiden also befreundet.

»Im ersten Moment dachte ich, sie kommen wegen Jeans Anruf. Dass sie das Handy bei ihm gefunden und meine Nummer gesehen haben, aber …«

Sophie stutzte. »Er hat ein Handy?«

»Jedenfalls sagte er das, als er sich gestern gemeldet hat. Muss irgendwie illegal in den Knast gelangt sein.«

Warum hatte Jean nicht *sie* angerufen? Sie musste unbedingt wegen des Schlüssels mit ihm reden und hätte ihm gern versichert, dass sie alles tat, um ihn zu entlasten. »Und du hast jetzt seine Nummer?«

»Ja, sicher, die wird ja ange... äh, du willst doch nicht etwa anrufen?«

Liebend gern hätte sie auf der Stelle die Nummer gewählt, aber ihr war bewusst, dass sie ihn damit in Teufels Küche bringen konnte. »Nein, vergiss die Frage, das geht natürlich nicht.« Nicht auszudenken, was womöglich geschah, wenn unter den Augen eines Wärters plötzlich dieses Handy klingelte. »Wenn er sich wieder bei dir meldet – würdest du ihm ausrichten, dass Rafe und ich nach dem Schlüssel suchen wollen, den Caradec erwähnte? Wir haben nur keinen Anhaltspunkt, wo wir anfangen sollen.«

Alex sah sie einen Moment lang verdutzt an, dann grinste er. »Willkommen im Club. Genau damit hat mich Jean gestern beauftragt.«

»Wirklich?«, staunte sie. *Na, hätte ich mir auch denken können, dass ihm die Sache keine Ruhe lässt.* Er mochte noch so sehr in Schwierigkeiten stecken, seine Gedanken galten dem Wohlergehen anderer. Dass sie an seiner Verhaftung schuld war, versetzte ihr erneut einen schmerzhaften Stich.

»Und ob! Die Arbeit, die er mir aufgebrummt hat, kannst du dir gar nicht vorstellen. Ich sitz nicht freiwillig schon die ganze Nacht über diesem Zeug.« Alex nickte in Richtung des aufgeschlagenen Werks. »Aber jetzt haben mir die Engel ja eine Helferin geschickt.« Er stand auf und holte zwei blau eingebundene Bücher vom Schreibtisch am Fenster. »Egon von Petersdorffs Standardwerk über Dämonologie. Alles auf Deutsch. Ich hätte ohnehin nur die Hälfte verstanden.«

Zu überrascht, um abzulehnen, nahm sie die silbern bedruckten Bände an. »Du sprichst Deutsch?«

»Nur äin bis-schen«, wehrte er auf Deutsch ab und wechselte wieder in seine Muttersprache. »Ich kann's recht gut lesen, aber im Reden bin ich kein Held.«

»Lâche – Feigling«, schalt sie ihn, doch sie musste dabei lächeln. Der Anblick der Bücher ließ sie jedoch schnell wieder ernüchtern. »Und da könnte ein Hinweis auf diesen Schlüssel drin sein?«

»Da wir keinen Schimmer haben, müssen wir wohl alles versuchen.«

»In Ordnung. Falls, äh, sich Jean noch mal meldet …« Konnte sie ihm irgendetwas Sinnvolles ausrichten lassen?

»Ja?«

»Keine Ahnung. Sag ihm einfach Grüße von mir – und dass es mir leidtut.«

»Mach ich. Sollen wir Telefonnummern … Nein, besser nicht. Ich lass mir was einfallen.«

»Ich komme einfach wieder, sobald ich die hier durchhabe«, versprach sie und steckte die Bücher in ihre Tasche. Sie konnte nicht länger bleiben, sonst würden die Ermittler bestimmt misstrauisch werden.

Schon im Laden musste sie an einer Frau vorbei, von der sie den Eindruck hatte, sie habe schnell weggesehen, als sie im Durchgang zur Treppe aufgetaucht war. *O Gott!* Was würde Claudine antworten, wenn sich die Fremde nun erkundigte, was sich im Obergeschoss verbarg? Die Polizei würde sich unweigerlich fragen, was Sophie in den Privaträumen der Buchhandlung zu suchen hatte. Sie spürte sich erröten und hastete aus dem Laden, obwohl das die Sache nicht besser machte.

Draußen glühten Asphalt und Steine. Die Sonne ließ

Teile der dunklen Limousine, die am Bordstein parkte, blendend hell aufglänzen. Sophie schenkte den Männern, die sie aus dem Augenwinkel aussteigen sah, keine Beachtung. Was sollte sie Gournay sagen, wenn er sie mit ihrem Besuch bei Alex konfrontierte? Warum hatte sie nicht …

Als eine Hand ihren Arm packte, zuckte sie zusammen. Das Auto schoss von hinten heran und bremste vor ihr wieder ab. Etwas Hartes bohrte sich in ihre Rippen.

»Lächeln!«, befahl Antoine. »Lächeln und einsteigen!«

7

»Was soll das? Wo bringen Sie mich hin?« Sophie hörte selbst, wie schwach und piepsig ihre Stimme klang, obwohl sie anderes beabsichtigt hatte.

Der schmächtige Linot, dessen Name Hänfling bedeutete, und Antoine, der den Revolver zurück in das Holster unter seinem offenen Hawaiihemd geschoben hatte, klemmten sie förmlich auf dem Rücksitz ein. Vorn saß nur der schwarze Fahrer, ohne ein Wort zu verlieren, und lenkte den Wagen rücksichtslos zügig durch den Pariser Verkehr.

»Halt die Klappe! Wirst du schon sehen«, blaffte Antoine. Sicher hatte er ihr nicht vergeben, dass sie ihm bei ihrem letzten Zusammenstoß dank Genevièves Hilfe entkommen war. Ihr Arm schmerzte noch immer, wo seine Pranke die Muskeln und Nerven gequetscht hatte. Dieses Mal hatte sie nicht gewagt, sich zu widersetzen. Nicht mit einer Waffe, die auf ihr Herz gerichtet war. Sie sah von seinem düsteren Gesicht, über dem die Hitze Schweißperlen auf die Halbglatze trieb, zu Linot, der sich eine Zigarette anzündete.

»Hättest wohl nicht gedacht, dass wir uns wiedersehen, nachdem dein Freund verschwunden ist«, vermutete er. »Der Patron ist ziemlich sauer. Kann's nicht leiden, wenn jemand einfach so abhaut, ohne sich zu verabschieden.«

»Was hat das mit mir zu tun? Ich kann Ihnen nicht helfen. Ich weiß nicht, wo er steckt.« Schuldete Rafe diesen Gangstern noch etwas, dass sie nun hinter ihm her waren?

»Mit dir? Nee. Mit dir hat das gar nichts zu tun. Dachte nur, du könntest ihm das sagen, dem großkotzigen Arsch. Der braucht sich bei uns nicht mehr blicken zu lassen.«

Warum sollte er auch? »Ja, aber … Was wollen Sie denn dann von ihm?«

»Du bist nicht die Hellste, oder? Macht nix. Mit dem Hintern ist das echt egal. Gar nix wollen wir von ihm.«

Allmählich siegte ihre Wut über die Angst. »Und was soll das dann hier?«

»Schnauze, Linot!«, bellte Antoine, als der Schmächtige den Mund zu einer Antwort öffnete. »Der Patron hat dir nicht erlaubt, ihr was zu erzählen.«

Linot blies beleidigt eine Rauchwolke aus. »Er hat aber auch nicht gesagt, dass sie's nicht wissen darf.«

Ich habe ein Recht darauf zu erfahren, warum mich jemand entführt, dachte Sophie, doch sie ahnte, dass sie Antoine nicht weiter provozieren durfte.

Außer Linots Qualmerei erfüllte nur noch Schweigen den Wagen, bis der Fahrer in einer Straße hielt, die Sophie nicht kannte. Erst als Antoine sie vom Rücksitz zerrte, bekam sie freiere Sicht und entdeckte, dass sie sich unweit der Seine befanden. Der Eiffelturm, der über den Häusern in den Sommerhimmel ragte, war von hier aus nur noch wenige Minuten Fußmarsch flussabwärts entfernt.

»Los, hier entlang!« Antoine zog sie auf die Kaimauern zu, während der Wagen davonfuhr. Linot hielt sich auf der anderen Seite dicht hinter ihr, was ihre Fluchtgedanken im Keim erstickte. Um nicht zu stolpern, eilte sie gehorsam mit ihnen die Treppe zum Ufer hinab. Nur wenige Touristen verirrten sich an diesen Abschnitt, da die meisten den langen Fußmarsch entlang der Seine scheuten und mit der Métro zum Eiffelturm fuhren. Ein paar Schiffe wiegten sich träge an ihren Leinen. Selbst das Wasser, das an die Steinblöcke schwappte, schien in der Hitze ölig geworden zu sein.

War es Zufall? Sophie starrte auf den schwarzen Rumpf mit dem goldenen Schriftzug. Nein, Antoine hielt eindeutig auf den Steg der *Lumière de Lutèce* zu. Der zu einem Restaurant umgebaute alte Frachter, mit dem alles angefangen hatte, sah unverändert aus. Hinter der weißen, etwas verbeulten Reling welkten Geranien im erbarmungslosen Sonnenschein. Rost ließ an manchen Stellen die weiße Farbe von den Aufbauten platzen, und die Plastikfensterscheiben waren teilweise blind, doch wenn sie nachts beleuchtet unter den unzähligen Pariser Brücken hindurchfuhr, war die *Lumière* noch immer ein Schmuckstück. Dass Sophie Rafe auf diesem Schiff zum ersten Mal wiedergesehen hatte, kam ihr bei Tageslicht dennoch wie ein ferner Traum vor.

Dumpf polterten ihre Schritte über die Planken des Stegs und auf das Deck, wo Antoine sie direkt durch eine offene Tür in den Speisesaal stieß. Sie strauchelte über die hohe Schwelle, doch schon riss die Halbglatze sie wieder auf die Füße. Seine Finger krallten sich in ihren Arm wie eine stählerne Klaue. »Au!«

Er erwiderte ihren Blick nicht, sondern sah den Gang zwischen den Tischen hinab, an dessen Ende drei Männer auf sie warteten. Zwei von ihnen trugen lange, dunkle Hosen und elegante, helle Hemden. Der Jüngere hatte die Hände in den Taschen, stand an das Fensterbrett der Frontscheiben gelehnt und musterte Sophie gelangweilt, als ginge ihn das alles nichts an, während der Ältere, der in der Mitte auf einem Stuhl gesessen hatte, nun aufgestanden war, um ihr mit unbewegter Miene entgegenzusehen. Sein stahlgraues Haar lichtete sich an den Schläfen. Ein paar tiefe Falten verliehen seinem Gesicht einen harten Zug. Sie war sicher, keinen der beiden je zuvor gesehen zu haben, aber der Dritte, der etwas seitlich an einem der Tische saß, konnte nur Charles Arnaud sein. Feist und schwitzend steckte er in einem Safarihemd, das seine haarigen Arme unbedeckt ließ, und wischte sich mit einem Tuch über den beinahe kahlen Schädel.

»Ist sie das?«, erkundigte sich der Älteste bei Arnaud, der ihrem Blick auswich.

»Ja.«

Hatte sie den Patron vor sich, von dem Linot und Antoine ständig sprachen?

Er wandte sich wieder ihr zu. »Wie ich sehe, erkennen Sie meinen Schwager wieder, Mademoiselle Bachmann. Vielleicht würde der Esel Sie auch gern auf seinem Schiff willkommen heißen, nachdem er sich Ihnen schon so treuherzig vorgestellt hat.«

Arnaud tat, als müsse er sein Tuch neu falten.

»Aber er ist ein wenig enttäuscht von Ihnen. Da war er so freundlich und arglos, wollte Ihnen nur ein wenig behilflich sein, und Sie haben ihm die Polizei auf den Hals gehetzt. Finden Sie das nicht selbst etwas ... undankbar?«

Sophie schluckte, um ihre trockene Kehle zu befeuchten. »Ich ... ich musste ihn nennen. Ohne Zeugen glauben mir die Ermittler nicht, was passiert ist.«

»Das ist vermutlich bedauerlich für Sie, aber Ihre Schwierigkeiten gehen weder mich noch meinen Schwager etwas an. Ich dulde nicht, dass die Flics in den Angelegenheiten meiner Familie herumschnüffeln, und noch weniger dulde ich, dass jemand meine Familie bei ihnen anschwärzt.« Er kam näher und fasste sie schärfer ins Auge. »Sie werden Ihre Aussage widerrufen! Sie werden sagen, dass Sie gelogen haben und mein Schwager an jenem Abend nicht anwesend war.«

Gournay nimmt mir das niemals ab. Ich büße meine komplette Glaubwürdigkeit ein. »Aber das ...«

Die Ohrfeige kam so schnell, dass sie in Antoines Griff nicht ausweichen konnte. Vor Schreck schrie sie auf. Der Schlag, obwohl offenbar nicht mit voller Kraft ausgeführt, riss ihren Kopf zur Seite und ließ eine brennende Wange zurück. Instinktiv legte sie die Hand darauf, schweifte ihr Blick Hilfe suchend durch den Raum. Betreten fingerte Arnaud an seinem Taschentuch herum, während der andere das Geschehen ungerührt beobachtete.

»Sehen Sie mich an!«, befahl der Patron. »Sie werden tun, was ich Ihnen sage, sonst könnte Ihnen oder der alten Dame etwas zustoßen, und das wollen wir doch alle vermeiden, nicht wahr?«

Sie nickte nur. Ein Teil von ihr wusste nicht, ob er lachen oder weinen sollte. Erst Kafziel, und nun auch noch ein Boss der handfesten Unterwelt. Hysterisches Kichern stieg in ihr auf, doch die Angst vor weiteren Schlägen rang es nieder.

»Erzählen Sie der Polizei, Sie hätten meinen Schwager

nur erwähnt, um sich an ihm zu rächen. Wofür, stelle ich Ihrer eigenen Phantasie frei, solange es nur die Bullen nicht interessiert.«

Die Limousine hielt an der belebten Kreuzung der Boulevards Saint-Germain und Saint-Michel. Im ersten Augenblick glaubte Sophie, dass eine weitere rote Ampel die einzige Ursache sei, doch als Antoine die Tür öffnete, um sich aus dem Wagen zu schwingen, erwachte sie aus ihrer Starre.

»Los, raus!«, schnauzte er sie an und tappte in hektischem Rhythmus mit der Fußspitze auf den Asphalt.

Hastig rutschte sie über die Rückbank.

»Man sieht sich!«, rief Linot ihr nach und lachte dreckig, während sie aus dem Wagen sprang.

Ohne sich noch einmal umzusehen, lief sie davon, erst eilig, dann langsamer, als sie merkte, dass sie Blicke auf sich zog. Unwillkürlich strich sie über die misshandelte Wange. Hatte der Patron sie fest genug geschlagen, um eine Rötung zu hinterlassen? Sahen die Leute sie deshalb so an? Im Auto war sie wie betäubt gewesen, unfähig, etwas zu denken oder zu fühlen. Wie versteinert hatte sie darauf gewartet, dass die Sache irgendwie zu Ende ging. Jetzt kehrte die Angst zurück, die ohnmächtige Wut, die Verzweiflung. Ihre Augen wurden feucht, doch auf der Straße wollte sie nicht in Tränen ausbrechen. Sie kämpfte dagegen an, würgte den Kloß in ihrem Hals hinunter und setzte mechanisch einen Fuß vor den anderen.

Wenn sie ihre Aussage zurückzog, schadete sie Jean. Die Ermittler würden alles infrage stellen, was sie gesagt hatte, und anzweifeln, ob es den Mann, der sie angeblich töten wollte, tatsächlich gab. Womöglich machte Gournay Ernst und verhaftete sie. Aber wenn sie es nicht tat, würde der Patron seine Drohungen wahr machen. Sie hatte die skrupellose Härte in seinen Augen gesehen. Madame Guimard war so alt und so zierlich gebaut. Antoine musste sie nur eine Treppe hinunterstoßen, und schon konnte es mit ihr vorbei sein. Eine zynische Stimme flüsterte ihr ein, dass es gleich war, ob sie an einem gebrochenen Genick oder einem Schnitt durch die Halsschlagader starb, was Kafziel bevorzugen würde.

Sie unterdrückte ein Schluchzen und überquerte die Rue Saint-Jacques, ohne auf den Verkehr zu achten. Hupend zischte ein Auto an ihr vorbei, was ihr nur noch mehr Tränen in die Augen trieb. *Rafe.* Sehnsüchtig zog sie ihr Handy aus der Tasche. Sie mussten sich treffen, mussten gemeinsam überlegen, wie sie diese neue Gefahr abwenden konnte, ohne Jean im Stich zu lassen.

Den Hilferuf zu tippen, hätte weniger Zeit erfordert, wenn sie stehen geblieben wäre, doch die fremden Menschen, die ihre verräterisch verzogene Miene beäugten, trieben sie nach Hause. Sie wollte sich diesen Blicken entziehen, sich in eine Ecke setzen und nichts mehr hören und sehen, bis Rafe für sie Zeit hatte. An der Ecke zur Rue Jean de Beauvais schickte sie die SMS ab, steckte das Handy wieder ein und stieß dabei auf die beiden Bücher, die Alex ihr gegeben hatte. Vielleicht sollte sie sich damit ablenken, sobald sie heimgekommen war. Jean wollte, dass sie den Schlüssel fanden, und wenn sie auf diese Art wenigstens Kafziel loswurde, wäre schon viel gewonnen.

Während sie die Treppen hinaufstieg, überlegte sie, was sie Madame Guimard erzählen sollte. Sie hatte sich so weit beruhigt, dass es in ihrem Gesicht nicht mehr verdächtig zuckte, aber wenn von der Ohrfeige ein rotes Mal zurückgeblieben war ...

Ein Mann schien auf den Stufen zum fünften Stock gewartet zu haben und erhob sich, als Sophie vor der Wohnungstür ankam. Sie sah seine dunkle Gestalt aus dem Augenwinkel, als er auch schon neben sie trat und sie auf diese Art von der Treppe nach unten abschnitt. Sofort erkannte sie die dunkle Polizeiuniform.

»Mademoiselle Bachmann?«, erkundigte er sich und klopfte gleichzeitig an die Tür.

»Ja, was ...« Von innen näherten sich schnelle Schritte, die unmöglich von Madame Guimard stammen konnten.

»Brigadier Dupont. Ich muss Sie bitten ...« Er brach ab, als die Tür aufgerissen wurde.

Brigadier Gonod sah sie kopfschüttelnd an. »Ah, die Ausreißerin. Was haben Sie sich nur dabei gedacht? Der Commissaire will Sie sprechen. Sofort.«

»Man sollte meinen, dass Sie genug von diesem Kram haben«, merkte Gonod an, als die Sicherheitsbeamten im Justizpalast Sophies Tasche durchsuchten und dabei die Dämonologiebücher zum Vorschein brachten.

Sie konnte nur bitter nicken. Da sie nichts Gefährliches bei sich trug, wurde ihr alles zurückgegeben, und der Brigadier führte sie in ein weiteres Vernehmungszimmer. Dafür, dass er während der Fahrt nicht weiter in sie gedrungen war, war sie ihm dankbar. Sie hätte ohnehin nicht gewusst, was sie sagen sollte. Im Nachhinein war ihr klar, dass dem oder den Ermittlern, die sie beschatteten, nicht entgehen konnte, wenn sie überraschend in ein Auto stieg, doch während Antoine und Linot sie in ihrer Gewalt gehabt hatten, war es ihr völlig entfallen.

Gournay hielt sich ein Handy ans Ohr, als er den Raum betrat. »*Bon* – gut. Halten Sie mich auf dem Laufenden«, sagte er ins Nichts und unterbrach die Verbindung. »Mademoiselle Bachmann.« Er nickte ihr mit einem süffisanten Lächeln zu. »Ich bin höchst gespannt auf Ihre Erklärung der heutigen Vorgänge. Nachdem ich Sie gebeten habe, die Stadt nicht zu verlassen, waren wir etwas beunruhigt, als Sie so fluchtartig in dieses Auto gestiegen und davongefahren sind. Sie müssen zugeben, dass es sich merkwürdig ausnimmt, wenn Sie zunächst im Hinterzimmer eines einschlägigen Treffpunkts verschwinden und dann von einem Wagen abgeholt werden, sobald Sie das Gebäude verlassen.«

Aus dieser Perspektive hatte sie es noch gar nicht betrachtet. *Aber das ist Unsinn! Ich wurde entführt!* Die Worte erstarben ihr auf der Zunge. Wenn sie dem Patron Gournay auf den Hals hetzte, konnte sie Madame Guimard auch gleich selbst mit Betonschuhen in die Seine stoßen. Sie sah ihn nur ratlos an und senkte den Blick wieder.

»Sie haben dazu nichts zu sagen? Das kann ich nicht akzeptieren, Mademoiselle. Mit wem haben Sie sich in diesem Laden getroffen?«

»Mit niemandem«, beteuerte sie. »Ich habe nur mit dem Buchhändler gesprochen, der sich am besten auskennt. Darf ich mich nicht beraten lassen, wenn ich einkaufen gehe?«

Gournay zuckte die Achseln. »Dagegen ist nichts einzuwenden, aber finden solche Gespräche nicht üblicherweise im Verkaufsraum statt?«

»Er machte gerade Pause, aber die Frau an der Kasse hatte nichts dagegen, dass ich zu ihm gehe. So musste ich ihn nicht aufscheuchen.«

»In ihrer Tasche befinden sich tatsächlich zwei deutschsprachige Bücher über Dämonologie«, warf Gonod ein.

Der Commissaire nahm es mit einem Brummen zur Kenntnis. »Ihnen ist hoffentlich klar, dass wir herausfinden, falls Sie von dieser Buchhandlung aus telefoniert haben.«

»Das habe ich nicht.« Ihre Gedanken kreisten noch immer um die Frage, was sie ihm über ihre Entführung erzählen sollte. Sie konnte doch nicht einfach nichts sagen. Er würde nicht lockerlassen, bis sie ihm irgendetwas auftischte. Doch ihre Gedanken versandeten im Chaos ihrer Gefühle. *Das ist alles so unfair.* Wieder stiegen ihr Tränen in die Augen, die sie zurückblinzelte.

Wenn Gournay es sah, ließ er sich nichts anmerken. »Dann wurde die Verabredung bezüglich des Wagens also schon vorher getroffen?«

»Es gab keine Verabredung«, erklärte sie tonlos.

»Ach!«

Hatte sie wirklich ausgesehen, als ob sie freiwillig in dieses Auto gestiegen sei? Nur weil Antoine sie aufgefordert hatte zu lächeln? *Das ist egal. Ich kann es ihm nicht sagen.* Doch das Schweigen zerrte an ihr, während Gournay offenbar darauf wartete, dass sie die Geduld verlor, denn er beobachtete sie, ohne weitere Fragen zu stellen. Der Patron hatte ihr eine Botschaft aufgetragen. Am besten brachte sie es jetzt hinter sich. Das würde den Commissaire vielleicht ablenken.

»Ich möchte meine Aussage zurückziehen.«

Die beiden Ermittler starrten sie verblüfft an.

»Zumindest den Teil, der sich auf Charles Arnaud bezieht. Monsieur Arnaud befand sich an jenem Abend nicht unter den Anwesenden. Ich habe das nur erfunden, um mich an ihm zu rächen.«

Aber wofür? Wofür schwärzte man jemanden bei der Polizei an? Sie wäre niemals auf die Idee gekommen, und auch jetzt fiel ihr kein Grund dafür ein.

Gournay wechselte einen undeutbaren Blick mit dem Brigadier.

»Sie wollen eine unterschriebene Aussage zurückziehen?«, vergewisserte er sich.

Er will wissen, ob mir klar ist, welche Konsequenzen das hat. Sie konnte nur nicken. Wieder wurden ihre Augen feucht, und dieses Mal konnte sie nicht verhindern, dass eine Träne ihren Weg über ihre Wange fand.

Gonod scharrte nervös mit den Füßen. Seine Augen richteten sich mehrmals auf sie, nur um jedes Mal rasch wieder wegzusehen. Der Commissaire dagegen blickte sie unverwandt an. »Muss ich annehmen, dass Sie diese neue Aussage machen, um Monsieur Arnaud zu schützen?«

Sie hätte es bejahen müssen, hätte erklären müssen, dass es doch berechtigt war, einen Unschuldigen vor den Folgen einer Falschaussage zu bewahren. Aber die weiteren Lügen kamen ihr nicht über die Lippen. Hatte sie nicht ihre Schuldigkeit getan? Der Patron konnte ihr nichts mehr vorwerfen. Sie schwieg.

Gournay ging einige Schritte im Zimmer auf und ab, bevor er sich schließlich auf den Stuhl setzte, den er bislang verschmäht hatte. »Mademoiselle, Sie wollen, dass ich den einzigen weiteren Zeugen, den Sie namentlich genannt haben, wieder ignoriere. Ihnen ist sicher bewusst, was für ein Licht das auf Ihre weiteren Aussagen wirft, und ich habe nicht den Eindruck, dass Sie zu dumm sind, um zu begreifen, welchen Schaden Sie damit Ihrer Sache – und der Mérics – zufügen.«

Erneut nickte sie.

»Wofür wollten Sie sich rächen?«

Ja, wofür ... Die Frage schuf in ihrem Kopf nichts als ein Vakuum.

»Wofür wollten Sie sich rächen?«, wiederholte Gournay schärfer.

»Ich, äh ...«

Er sprang auf und brüllte: »Wofür?«

Vor Schreck zuckte sie zusammen und brach in Tränen aus. *Was soll ich denn tun?* Sie barg ihr Gesicht in den Händen. Konnten sie sie nicht endlich alle in Ruhe lassen?

»Merde!«, entfuhr es Gournay. »Was stehen Sie da herum? Besorgen Sie gefälligst Taschentücher, Gonod!«

Das Geräusch der sich öffnenden und schließenden Tür verriet ihr, dass der Brigadier davoneilte. Der Commissaire stapfte wieder auf und ab, während sie ihr Schluchzen mit den Händen dämpfte. Schon begann ihre Nase zu laufen. Schniefend versuchte sie, mit dem Weinen aufzuhören, bevor sie vollends gedemütigt war. Gonod kehrte zurück, zerrte ein Tuch aus der knisternden Plastikpackung und reichte es ihr. »Bitte, nehmen Sie.«

Sie riss es ihm förmlich aus den Fingern, um sich rasch die Nase zu putzen. Zögernd legte er die Packung vor ihr auf den Tisch und zog sich auf seinen Platz neben der Tür zurück.

Als ob er auf dieses Signal, die Pause zu beenden, gewartet hätte, nahm Gournay wieder auf seinem Stuhl Platz. Sein Blick war eindringlicher denn je.

»Was Sie da tun, ist sinnlos.«

Überrascht sah sie auf, wischte sich jedoch weiter die Tränen aus dem Gesicht. Ihr Atem ging schwer. Die Muskeln, die sich beim Schluchzen von selbst zusammenzogen, weigerten sich immer noch, völlig Ruhe zu geben.

»Bevor ich in dieses Zimmer kam, hat man mich davon in Kenntnis gesetzt, dass der Halter des Wagens, mit dem Sie gefahren sind, für einen gewissen Monsieur Jaussin arbeitet. Und dieser Monsieur Jaussin ist ganz zufällig der Schwager von Charles Arnaud. Seltsam, nicht wahr? Was haben Sie mit dem ›Patron‹ zu schaffen, Mademoiselle?«

»Nichts!« Das Wort war ihr entschlüpft, bevor sie darüber nachdenken konnte. »Ich habe ihn nie zuvor gesehen.«

»Sie waren also heute bei ihm?«

Hatte es noch Sinn zu leugnen?

»Was hat Jaussin mit dem Tod von Monsieur Caradec zu tun?«

»Nichts, soweit ich weiß. Es geht ihm nur um …« Sie verstummte, wusste jedoch, dass Gournay ihr Schweigen nicht hinnehmen würde. »Er hat mich bedroht. Bitte! Sie dürfen nicht weiter gegen Arnaud ermitteln, sonst wird er mir oder Madame Guimard etwas antun.«

»Dieses Schwein!«, zischte Gonod.

Der Commissaire warf ihm einen missbilligenden Blick zu und lehnte sich auf seinem Stuhl zurück. »Und warum sollte ich Ihnen nun diese Geschichte glauben?«

»Weil sie wahr ist!«, fuhr Sophie auf. »Ich weiß nicht, was Ihre Spitzel gesehen haben wollen, aber dieser Gorilla hat mich gezwungen einzusteigen. Das war eine Entführung – vor den Augen der Polizei!« Dass Gournay lächelte, fachte ihre Empörung weiter an. »Sie haben gut lachen, ich hatte Angst! Ich hatte keine Ahnung, was vor sich ging, und sie wollten es mir nicht sagen. Sie faselten nur etwas von diesem ›Patron‹, der ein Hühnchen mit mir zu rupfen hätte. Auf das Schiff von Arnaud haben sie mich gebracht. Das schwitzende Schwein hat zugesehen, wie sein Schwager mich bedroht und geschlagen hat. Sieht man es meiner Wange nicht an?« Sie drehte ihm die entsprechende Seite zu und deutete darauf, wartete aber nicht auf eine Antwort. »Ich hätte die größte Lust, diesen Mistkerl anzuzeigen, und stattdessen muss ich Sie anflehen, Arnaud in Ruhe zu lassen. Sie haben keine Ahnung, wie ich mich fühle.« Erschöpft sank sie auf ihrem Stuhl zusammen. Jetzt war alles vorbei. Sie hatte sich hinreißen lassen, ihm alles zu gestehen. Nun würde er auch noch gegen den Patron selbst ermitteln. Vielleicht sollte sie Kafziel einfach sein Werk tun lassen. Dann gab es wenigstens keinen Grund mehr, Madame Guimards Leben zu bedrohen.

»Es ... ist nicht besonders fair von Ihnen, auf meine Mitarbeiter zu schimpfen«, befand Gournay. »Sie konnten nicht eindeutig erkennen, ob Sie freiwillig eingestiegen sind oder nicht, obwohl wir Letzteres vermutet haben. Und mit einer Autoverfolgungsjagd konnte niemand rechnen. Aber ich glaube Ihnen. Ich hatte gerade zum ersten Mal das Gefühl, die uneingeschränkte Wahrheit von Ihnen zu hören.«

Sophie verzog nur das Gesicht. Protest würde ohnehin nichts nützen.

»Arnaud war also vergangenen Samstagabend in diesem Mausoleum?«

»Haben Sie nicht gehört, was ich gesagt habe? Ich riskiere zwei Leben, wenn ich das nicht leugne!«

»O doch, das habe ich gehört. Und ich verstehe, dass Sie Angst haben. Mit Jaussin ist nicht zu spaßen. Was glauben Sie, wie viele Jahre wir schon hinter ihm her sind? Aber da es auch dieses Mal keinen Zeugen gibt, der Ihre Geschichte vor einem Richter bestätigen wird, während Jaussins Leute zweifellos die schönsten Märchen für ihn vorbereitet haben, sind mir wieder einmal die Hände gebunden. Ich werde Ihre Aussage korrigieren lassen, wie Sie es wünschen, aber ich will, dass Sie *mir* sagen, wie es wirklich war.«

»Ja, aber was nutzt das denn?«

»Arnaud hat kein Rückgrat. Geben Sie mir die Informationen, die ich will, und ich werde ihm einen Handel vorschlagen.«

Das Fenster war klein und so weit oben, dass sich Jean nur mit einem Klimmzug hätte hochziehen können, um hinauszusehen. Da es seiner verletzten Hand geschadet hätte, verzichtete er darauf. Was sollte es auch zu sehen geben? Ein Stück Himmel bot sich seinen Augen auch von der harten Pritsche aus, auf der er lag und seinen Gedanken nachhing. In der Isolationshaft gab es nichts anderes zu tun, als zu grübeln und auf das Essen zu warten. Von einer Disziplinarmaßnahme hatte der Anstaltsleiter gesprochen. Irgendwie müsse man ja Häftlinge maßregeln, die glaubten, sich hier wie auf der Straße prügeln zu können.

Ja, vielleicht muss man das. Jean schloss die Augen und sah seine dumme Entgleisung wieder vor sich. Warum hatte er sich dazu hinreißen lassen, auf den Idioten einzuschlagen? Es war nur ein gottverdammtes Handy gewesen. Womöglich hatte ihn der Nikotinentzug so gereizt gemacht. Und dann noch die ständige Nähe der beiden Dauerstreithähne. Er lebte schon zu lange allein, um dieses Gezänk rund um die Uhr zu ertragen. *Trotzdem hätte ich ihn nicht schlagen dürfen.* Das Großmaul mochte sich für einen harten Kerl halten, aber gegen Jeans jahrelanges Nahkampftraining, zu dem er sich regelmäßig mit Leuten wie Brigadier Tiévant im Jardin du Luxembourg traf, hatte es keine Chance gehabt.

Dass er nun für einige Tage in einer abgeschiedenen, grau

in grau gehaltenen Zelle saß, störte ihn kaum. Hier hatte er wenigstens seine Ruhe. Doch er fürchtete das Licht, das der Vorfall aus Sicht des Haftrichters auf ihn werfen würde. Eine Entlassung aus der Untersuchungshaft rückte bei solchem Betragen endgültig in unerreichbare Ferne. Und auch auf den späteren Prozess konnte es sich ungünstig auswirken, wenn die Justiz den Eindruck gewann, er sei ein notorischer Schläger. Von den Folgen für seinen weiteren Aufenthalt in diesem Knast ganz zu schweigen. Wenn die Schwarzen hier die Weißen schon hassten, hatten sie ihn jetzt erst recht auf der Abschussliste.

»Du kannst schon froh sein, dass die Wärter das Handy nicht gefunden haben, als sie die Zelle stürmten.«

Geneviève? Jean riss die Augen auf. Sie stand zwei Schritte von der Pritsche entfernt und sah mit einem hauchfeinen Lächeln auf ihn herab. Rasch erhob er sich und lugte dabei wie von selbst kurz zu der massiven Stahltür, als ob sie sich für den Engel geöffnet hätte. »Das ... war nicht mein Verdienst. Ich habe nur noch aus dem Augenwinkel gesehen, wie Driss es vom Boden geklaubt hat.«

»Er hat es auf seine Art verschwinden lassen. Trotzdem ist dir klar, dass du meine Arbeit nicht leichter gemacht hast.«

»Es tut mir leid. Ich ...«

»Nein, mir tut es leid.« Ihr Blick drückte Bedauern und Mitgefühl aus. »Ich weiß, dass du darunter leidest, hier eingesperrt zu sein, und ich kann nicht einmal erwirken, dass sie dich stattdessen in deiner eigenen Wohnung unter Arrest stellen.«

»So etwas gibt es?«

»Die rechtliche Möglichkeit besteht. Aber Gournay und der Staatsanwalt haben es verstanden, dem Haftrichter den

Eindruck zu vermitteln, dass man dir damit nur Gelegenheit geben würde, Spuren zu verwischen und Zeugen zu beeinflussen. Gournay hat so lange darauf gewartet – er setzt jetzt alles daran, dass du hinter Gittern bleibst, und der Ermittlungsrichter vertraut ihm in dieser Sache blind.«

Es kam Jean vor, als werde die Luft in der Zelle dünner. »Dann komme ich also wirklich nicht mehr hier raus? Wie lange? Zwei Jahre, drei?«

»Wenn wir die Zeit bis zum Prozess einrechnen, ja, dann könnten drei Jahre realistisch sein. Ich werde dem Richter auf meine Art Milde nahe legen, das weißt du. Aber ich kann seinen freien Willen nicht beugen.«

Jean nickte. Als Engel würde sie dem Mann oder der Frau gute Gründe einflüstern, weshalb er ein nachsichtiges Urteil verdiente, doch sie konnte ihm nicht einfach die Konsequenzen seines Handelns ersparen. Die irdische Gerechtigkeit musste ihren Lauf nehmen. Am Schmerz, der plötzlich durch seine Hand zog, merkte er, dass er die Fäuste ballte. Die Ärztin hatte sich die Schnitte nach der Prügelei noch einmal angesehen und nur den Kopf geschüttelt. Die eitrige Entzündung war zwar abgeklungen, aber im Kampf waren einige Stellen wieder aufgerissen, sodass sie neu genäht werden mussten. Spätestens jetzt würde er Narben zurückbehalten, hatte sie prophezeit. *Als ob ich keine anderen Sorgen hätte ...*

»Warum bist du hier?«, wollte er wissen. »Lässt man dich auf normalem Weg schon nicht mehr zu mir?«

»Es ist in der Tat schwierig«, gab sie zu. »Solange sich keine neuen Umstände ergeben, hält man ein weiteres Anwaltsgespräch für unnötig. Gournay hat sich für strenge Auflagen eingesetzt, weil ich bei Sophie war.«

Der Name belebte und verbitterte ihn zugleich. »Wie geht

es ihr? Ich wollte sie anrufen, aber ...« Ein Geräusch ließ ihn verstummen. Näherte sich etwa ein Aufseher?

»Keine Sorge, sie können mich nicht hören oder sehen«, behauptete Geneviève. »Sophie steckt in Schwierigkeiten – in mehrfacher Hinsicht. Der Dämon trachtet mehr denn je nach ihrem Leben. Sie muss den Schlüssel finden, wie du schon festgestellt hast. Ihre anderen Probleme sind weltlicher Natur, und es ist besser, wenn du nichts darüber weißt, denn falls dir eine falsche Bemerkung entschlüpft, wird man sich fragen, wo du dein Wissen herhast.«

Alles andere ist weltlicher Art? Falsche Bemerkung? Hatte Sophie etwa auch Ärger mit Gournay, obwohl sie das Opfer war?

»Von Gaillard soll ich dir ausrichten, dass Lilyth vermisst wird. Sie ist aus dem Krankenhaus geflohen, nachdem sie erfahren hat, dass sie bei Faucheux in stationäre Behandlung soll.«

Jean erschrak. Das Mädchen war auf der Flucht? Besessen, allein und in Panik vor einer Einweisung in eine geschlossene Anstalt? Kafziel würde Sophie töten und Lilyth sich selbst. »Verflucht, Geneviève! Ich muss hier raus!«

8

»Du willst arbeiten – am Sonntag?« Madame Guimard sah sie über die Zeitung hinweg an, die ihr auf den Schoß gesunken war, als Sophie ihren Entschluss verkündet hatte, in den Laden zu gehen.

»Nur ein paar Sachen ausmessen.« Demonstrativ winkte Sophie mit dem Zollstock, um ihn dann in ihre Tasche zu stecken.

»Nach der ganzen Aufregung gestern? Du solltest dir mehr Ruhe gönnen.«

»Ich weiß. Aber mir fällt die Decke auf den Kopf.« Zumindest hatte sie den halben Vormittag dieses Gefühl gehabt, weil sich ihre Gedanken ständig im Kreis drehten und kein noch so spannendes Buch sie abzulenken vermochte. Zu viel war am Vortag geschehen, und sie brannte darauf, mit Rafe darüber zu sprechen. Er hatte zwar abends auf ihre SMS geantwortet und noch ein Treffen vorgeschlagen, doch sie war zu erschöpft gewesen, um die Wohnung wieder zu verlassen. Allmählich wünschte sie, Madame Guimard wäre doch abgereist. Was Rafe anging, hätte es vieles einfacher gemacht.

»Hoffentlich hat die Polizei dieses Mal ein wachsameres Auge auf dich«, meinte die alte Dame bissig. Es hatte sie sehr empört, dass ihr Schützling vor der Nase der Ermittler gekidnappt worden war, und Sophie hatte gehört, wie sie Gonod deshalb am Telefon beschimpft hatte, der so unvorsichtig gewesen war, ihr seine Nummer zu geben.

Sophie lächelte schief. »Ich glaube, so etwas lassen sie nicht zwei Mal auf sich sitzen. Außerdem hat dieser Mann jetzt keinen Grund mehr, mich zu bedrohen.« Dass auch Madame Guimard in sein Visier geraten war, hatte sie ihr lieber verschwiegen, denn wenn Gournay sein Versprechen einhielt, sollte die Gefahr ausgestanden sein.

Obwohl sie recht sicher war, vorerst keinen weiteren Übergriff durch Jaussins Handlanger befürchten zu müssen, drehte sie sich unterwegs nach jedem Auto um, dessen Motorengeräusch an ihr Ohr drang. Sie kniff die Augen zusammen, um die Fahrer zu erkennen, musterte jeden Passanten, der aus der Ferne Ähnlichkeit mit Antoine oder Linot hatte. Manchmal glaubte sie, in einem der Fußgänger oder Radfahrer einen Ermittler vor sich zu haben, doch der Weg war zu kurz, als dass sie es mit Gewissheit hätte sagen können. Unbehelligt erreichte sie den Laden und schloss sich ein.

Die Geräusche des Schlüsselbunds, das Knistern der Plastikfolie, ja selbst ihr Atem schien in dem leeren Raum widerzuhallen. Wie sicher konnte sie sein, dass die SMS dieses Mal von Rafe gekommen war? Womöglich konnte Kafziel ihre Nachrichten abfangen. Bei der Erinnerung an seinen Hinterhalt schlug ihr Herz rascher. Dass sie Gänsehaut bekam, lag nicht nur an der kühleren, dumpfen Luft. Warum musste es in diesem Laden immer so unnatürlich still sein? Wohnte niemand nebenan oder im Stockwerk darüber? Oder waren die Wände des alten Hauses so dick?

»Rafe?« Sie wagte nicht, die Stimme zu heben. Ein Verfolger konnte direkt neben dem Schaufenster stehen und lauschen. Zögernd tappte sie über die farbgesprenkelte Folie auf das Hinterzimmer zu. »Rafe, bist du da?«

Eine Hand tauchte kurz im Durchgang auf und bedeutete ihr, näher zu kommen. »Du wirst beobachtet«, flüsterte jemand so leise, dass sie die Stimme nicht erkennen konnte.

Ohne darüber nachzudenken, sah sie sich um. Von der anderen Straßenseite blickte eine Politesse herüber, obwohl sie vorgab, sich mehr für ein geparktes Auto zu interessieren, hinter dessen Windschutzscheibe sie gerade einen Zettel klemmte. Schnell drehte sich Sophie wieder um. *Unauffällig bleiben!*, ermahnte sie sich und atmete tief durch. Am besten spielte sie der Fremden erst einmal Theater vor, um jeden Verdacht zu zerstreuen. Innerlich seufzend stellte sie ihre Tasche auf dem Tresen ab und holte Zollstock, Papier und Bleistift hervor. Eine Weile beschäftigte sie sich damit, den Raum und das Fenster auszumessen, doch stets war ihr dabei die offene Tür in ihrem Rücken bewusst, hinter der Rafe – oder Kafziel – sie erwartete. Sie glaubte, einen Blick auf sich zu spüren, obwohl es durch die Wand nicht möglich war.

Endlich schlenderte die Politesse weiter. Für den Fall, dass sie zurückkam und aus der Nähe hereinlugte, ließ Sophie Tasche und Inhalt auf der Theke liegen, als sei sie nur rasch nach hinten gegangen, um etwas zu holen. Noch immer zauderte sie, durch die Tür zu gehen. Angespannt beugte sie sich vor, spähte um die Ecke und erschrak.

Jemand stand so dicht neben dem Türrahmen, dass sie

im ersten Moment nur die breite Brust im weißen T-Shirt vor sich sah. Aus Reflex zuckte sie zurück, obwohl ein Teil von ihr Rafe bereits erkannte. Erleichtert hob sie den Blick zu seinem vertrauten Gesicht. Von selbst fand ihre Hand die seine, die er nach ihr ausgestreckt hatte, um sie lächelnd weiter von der Tür wegzuführen. In seiner Umarmung floss die Macht des Engels in sie über und löste die Angst, die ihr seit Tagen in den Knochen saß. Sie versuchte, nicht zu denken, ihre Zweifel an seiner Liebe zu vergessen und sich fallen zu lassen. Er war hier und hielt sie. War das nicht alles, was zählte? Sie barg die Nase an seinem Hals, nahm den Geruch seiner Haut in sich auf, der die Erinnerung an frühere Umarmungen wachrief. Wie von selbst suchten ihre Hände sein Haar, um sich darin zu vergraben. Sein Körper fühlte sich warm an, stark und lebendig, und weckte den Wunsch, ihm noch näher zu sein.

Als seine Lippen ihre Schläfe streiften, hob sie den Kopf, um ihn anzusehen. Was fühlte er? In seiner Umarmung spürte sie kein Begehren. Aus seinem Blick sprach eine so zärtliche Liebe, dass sie glaubte, ihr Herz müsse schmelzen. Behutsam, fragend küsste sie ihn. Er erwiderte den Kuss beinahe ebenso tastend. Sie forderte mehr, er gab nach, doch es lag keine Leidenschaft darin.

Enttäuscht löste sie sich von ihm. Noch nie hatte sie sich ihm aufdrängen müssen. Rasch überspielte sie die aufkeimende Scham mit dem erstbesten Satz, der ihr einfiel. »Der Patron vermisst dich.«

Rafe schüttelte den Kopf. »Er vermisst einen Mann, den es immer nur in seiner Einbildung gegeben hat. Ich ... *Gadreel* war gut darin, die geheimen Wünsche der Menschen zu bedienen. Ein anderer wird seinen Platz einnehmen.«

Ein anderer Dämon. Sie nickte stumm und wusste nicht,

warum sie es erwähnt hatte. Wenn es nach ihr gegangen wäre, hätte dem Patron noch einiges mehr fehlen dürfen – inklusive der Hand, mit der er sie geschlagen hatte.

Rafe streichelte die Wange, auf der keine Spur zurückgeblieben war. »Es tut mir leid, dass mir nicht vergönnt war, dich vor dieser Erfahrung zu bewahren. Schließlich habe *ich* dich in diese Kreise gezogen. Aber Rachsucht und schlechte Gedanken machen es nicht ungeschehen und binden dich nur enger an diese Leute.«

War das so? Er musste es wissen. »Ich hoffe, dass ich sie jetzt für immer los bin. Gournay hat mir nicht verraten, was für einen Handel er Arnaud vorschlagen will, aber ich hatte den Eindruck, dass er alles unterlassen wird, was mich in Gefahr bringen würde.«

»Du kannst ja auch nicht erwarten, dass er dir auf die Nase bindet, wenn er womöglich etwas vom legalen Ermittlungspfad abweicht«, meinte Rafe schmunzelnd.

»Nein, wohl kaum. Trotzdem würde ich gern wissen, was er im Sinn hat. Ich fürchte neue unangenehme Überraschungen.«

»Leider gehört es nicht zu meinen Gaben, in die Zukunft zu blicken.«

»Aber man muss nicht hellsehen können, um zu wissen, welche Folgen mein Rückzieher für Jean haben wird.« Sie merkte, wie ihre Stimme zittrig wurde, und wunderte sich. Doch sie fühlte sich so hilflos und schuldig. Ganz gleich, was sie versucht hatte, es gelang ihr nicht, Jean zu entlasten. »Nachdem Arnaud ausfällt, wird es keinen Zeugen geben, der meine Aussagen bestätigen kann. Von den anderen habe ich höchstens Vornamen nennen können. Die Polizei wird sie niemals finden!«

»Ich weiß. Du solltest die Hoffnung aber nicht aufgeben,

denn du unterschätzt ihre Möglichkeiten. Trotzdem sieht es nicht gut für ihn aus, und das ist auch meine Schuld, weil ich mich Gadreels Verantwortung bislang nicht gestellt habe.«

»Was meinst du damit?«

»Jean hat mich lediglich zu dem Paktierer geführt. Alles, was danach geschah, war mein Werk. Ich habe die Tür geöffnet und die Frau aus dem Weg gestoßen und eingeschlossen. Die Blutergüsse, die die Obduktion ergeben hat, sind entstanden, als ich Caradec mit seinen eigenen Büchern steinigte. *Ich* habe ihn gequält, bis er gegen seinen Pakt verstieß. Nur deshalb hat Kafziel ihn getötet.«

Sophie versuchte, sich vorzustellen, wie er all dies tat. Es gelang ihr nicht, und doch glaubte sie, dass er die Wahrheit sagte. Dankbarkeit mischte sich in ihr Entsetzen. Dankbarkeit für ihre Rettung – und dafür, endlich zu wissen, welcher Preis dafür gezahlt worden war. »Das hast nicht du getan, sondern Gadreel.«

»Die Frage, die mich umtreibt, ist, was *ich* getan hätte. Aber mir fehlt deine menschliche Fähigkeit, darüber nachzusinnen. Ich kann nicht grübeln und abwägen und zweifeln. Ich bin nur verwirrt und weiß nicht, ob ich je wieder so klar sehen werde wie vor meinem Fall.«

Wie konnte man nicht ständig zweifeln und über die Wendungen des Schicksals rätseln? Sich diesen Zustand vorzustellen, überforderte sie, sodass sie nichts zu erwidern wusste.

»Wie dem auch sei.« Entschlossenheit trat in Rafes Züge. »Es ist nicht gerecht, wenn Jean für Taten bestraft wird, die ein anderer begangen hat. Es gibt nur einen Weg, das zu ändern. Ich muss mich der Polizei stellen.«

Ein breites Lächeln stahl sich auf Sophies Gesicht, als auf dem Bildschirm vor ihr eine Kollektion von schwarz-weißen Fotografien erschien. *Wer auch immer mich gerade observiert, glaubt bestimmt, ich hätte eine Mail von Rafe bekommen.* Sie ging ganz selbstverständlich davon aus, dass sie selbst hier im Internetcafé beschattet wurde. Vielleicht würde es bald damit vorbei sein, wenn Rafe erst verhaftet worden war. Ob er sich schon im Justizpalast befand? Gournay und seine Leute würde es vermutlich umhauen, dass er einfach so in ihr Hauptquartier spazierte. Sie war selbst wie vor den Kopf geschlagen gewesen, als er ihr sein Vorhaben eröffnet hatte. Vor Überraschung und Sorge hatte sie nicht gewusst, was sie davon halten sollte.

»Äh, wenn Sie den Platz nicht mehr brauchen ...«

»Was?« Erstaunt sah sie zu einem jungen Mann auf, dessen großer, vollgestopfter Rucksack ihn als Tourist auswies. »Oh, nein, tut mir leid, es dauert noch einen Moment.« Schuldbewusst richtete sie ihre Aufmerksamkeit wieder auf die Fotos von Louise Brooks. Mit ihrem Bubikopf und den langen Perlenketten war die Schauspielerin der Inbegriff des Stils der wilden 20er-Jahre. Auf jedem der Bilder sah sie perfekt aus, eine wahre Ikone ihrer Zeit – und damit genau, was Sophie gesucht hatte. Die ausgeblichenen alten Aufnahmen, die in Madame Guimards Laden gehangen hatten, mussten dringend durch neue, am besten gerahmte Poster ersetzt werden, um die Mode der Roaring Twenties und der 30er-Jahre angemessen in Szene zu setzen. Sie hatte bereits zwei Fotos von Errol Flynn und Maurice Chevalier in den virtuellen Warenkorb geworfen, auf denen die Herren nicht nur sehr attraktiv aussahen, sondern auch ihre geschmackvolle Kleidung gut zur Geltung kam, und für die Damenmode der 20er-Jahre gab es kein besseres Motiv als Louise Brooks. Doch wer sollte die 30er repräsentieren?

Während sie sich durch die zahllosen Bilder klickte, drifteten ihre Gedanken zu Rafe zurück. Natürlich hatte er recht damit, dass sie sich um ihn keine Sorgen machen musste. Kein irdisches Gefängnis vermochte einen Engel länger festzuhalten, als es ihm gefiel. Die paar Unannehmlichkeiten standen in keinem Verhältnis zu Jeans hoffnungsloser Lage. Sie war Rafe sehr dankbar, dass er versuchte, den Großteil der Schuld auf sich zu nehmen. Es änderte nichts daran, dass Jean als Mittäter verurteilt werden würde, aber …

Da! Bette Davis im Jahr 1933. Sie trug ein Abendkleid mit extravagantem Ausschnitt und sah hinreißend aus. Oder doch lieber *die* Diva schlechthin? Der Glockenhut stand Greta Garbo ausgezeichnet, aber vielleicht war er doch zu sehr 20er, obwohl die Aufnahme aus dem Jahr 1931 stammte. Sophie beschloss, beide zu nehmen, wenn sie nichts Überzeugenderes mehr fand, und klickte weiter. Im Internet zu surfen, war eine angenehme Abwechslung zu Egon von Petersdorffs »Dämonologie«, in der sie den ganzen Vormittag gelesen hatte. Das umständliche Geschwafel des Autors hatte sie bald nicht mehr ertragen. Alles Unheil führte er auf dämonisches Wirken zurück, jede nicht-katholische Religion war für ihn durch Dämonen verfälschte Offenbarung. Wenn jemals der Begriff »besessen« auf jemanden zugetroffen hatte, dann auf diesen deutschen Offizier, der mit preußischer Gründlichkeit die gesamte Weltgeschichte umdeutete. Und über einen Schlüssel hatte sie bis jetzt nicht einmal eine Andeutung entdecken können.

In ihrer Tasche klingelte das Handy. Hastig wühlte sie es hervor und warf dem jungen Reisenden, der noch immer auf einen freien Platz wartete, einen entschuldigenden Blick zu. »Lara? Hi! Du, kann ich dich gleich zurückrufen? Ich muss hier schnell noch eine Bestellung abschließen.«

»Äh, ja, okay. Aber meine Mittagspause ist nicht ewig.«

»Dauert wirklich nicht lang. Bis gleich!« Sie ignorierte, dass der Akku schon wieder halb leer war, und konzentrierte sich erneut auf die Fotos. Irgendwann musste sie sich endlich ein neues Handy kaufen, bevor der Akku völlig den Geist aufgab, aber jetzt waren erst mal die Poster für den Laden dran. Sie entschloss sich, es für die Dreißiger bei Greta Garbo und Bette Davis zu belassen, und schickte die Bestellung ab. Madame Guimard würde große Augen machen, wenn die Bilder geliefert wurden. Wahrscheinlich hatte sie noch nie eine Internetseite gesehen. Sie hatte ja nicht einmal einen Computer.

Bis Sophie eine ruhige Straßenecke zum Telefonieren gefunden hatte, waren seit Laras Anruf zehn Minuten vergangen.

»Mensch, das hat gedauert! Ich dachte schon, das wird nichts mehr.«

»Was gibt's denn so Dringendes?«

»Ach, dringend ist es eigentlich nicht. Ich hab nur seit gestern Abend über was nachgedacht.«

»Geht's um deine Reisepläne?«, riet Sophie, obwohl Lara dafür zu ernst klang. »Schieß los!«

»Nein, ich ...«

Ein Moped knatterte vorüber und übertönte jedes andere Geräusch. *So viel zur ruhigen Ecke.* »Lara? Hast du den Krach gehört? Ich hab gerade kein Wort verstanden.« Sie schlenderte im Schatten der hohen alten Häuser weiter und hielt nach einer Grünanlage Ausschau.

»Ich sagte, Stefan benimmt sich so komisch.«

»Wie meinst du das? Ist er sauer, weil du wegen Paris nicht lockerlässt?«

»Ach, ich bohr doch gar nicht mehr. Der Käse ist gegessen. Ich komm allein. Hab ich doch schon gesagt.«

Der bedrückte Unterton gefiel Sophie nicht. Lara war immer so fröhlich und voll Begeisterung. »Liegt's vielleicht daran? Will er dich nicht fahren lassen?«

»Ich weiß nicht. Keine Ahnung. Dann könnte er das doch sagen, oder? Ich hab nicht das Gefühl, dass er mich unbedingt hier behalten will. Das ist es ja gerade!«

»Wie jetzt? Du willst, dass er deshalb Theater macht, aber er nimmt's locker, und das stört dich?«

Lara seufzte. »Nein. Du verstehst das alles falsch.«

Erst jetzt bemerkte Sophie ihre eigene Ungeduld. Das Thema Stefan hatte sie von Anfang an genervt, weil Lara nur von ihm geplappert hatte, während sie in der Trauer um Rafe gefangen gewesen war. Offenbar wirkte der Name immer noch wie ein rotes Tuch, von dem sie eigentlich nichts hören wollte. »Okay, sorry, ich bin jetzt ganz Ohr.«

»Er ist so anders, irgendwie abwesend. Verstehst du, was ich meine? Er starrt mit leerem Blick vor sich hin, und wenn ich ihn dann anspreche, sieht er so … so ernst aus.«

»Hat er irgendwelche Probleme im Job, die ihm zu schaffen machen?«

Sie konnte fast hören, wie Lara den Kopf schüttelte. »Wenn ich ihn frage, was los ist, behauptet er, es sei alles okay. Aber ich bin doch nicht blöd! Er sieht mich dann an wie ein Fremder. Nicht kritisch oder ablehnend, aber so kalt. Als ob er nichts für mich empfinden würde. Und im nächsten Moment lächelt er wieder und nimmt mich in den Arm.«

Einen Augenblick lang herrschte Schweigen. Sophie wartete, ob noch etwas kam, doch Lara war verstummt. »Also für mich klingt es, als ob er wirklich ein Problem hat, das ihn sehr beschäftigt. Vielleicht will er es dir nicht sagen, bevor er eine Lösung gefunden hat, weil er dich nicht damit belasten will.«

»Aber das ist doch Blödsinn! Ich liebe ihn doch. Wenn er sich mir nicht anvertrauen kann, wem denn dann?«

»Ich weiß nicht. Wie lange seid ihr jetzt zusammen? Drei Monate? Vielleicht ist das für ihn noch nicht lang genug, und er spricht lieber mit einem alten Kumpel darüber oder so.«

Lara schnaubte abfällig, doch im nächsten Moment seufzte sie wieder. »Das würde auch erklären, warum er in den letzten Tagen weniger Zeit für mich hatte.«

Weniger Zeit? Stefan, der wochenlang kaum einen Abend ohne Lara verbracht hatte? Vom Handballtraining abgesehen hatte sie den Eindruck gehabt, dass es in seinem Leben wenig anderes als seine Freundin gab. »Könnte es sein, dass dir das nur so vorkommt, weil er seinem Bruder auf der Baustelle hilft?«

Lara zögerte mit der Antwort. »Nein. Das macht es natürlich nicht besser, aber er war auch abends zwei, drei Mal ohne mich unterwegs.«

»Zum Training.«

»Angeblich auch mit Kollegen.«

»Angeblich?«

»Na ja, was weiß ich denn, was er wirklich macht? Ich wollte nicht so penetrant nachfragen. Du weißt, dass sie das nicht leiden können.«

Und du weißt, dass er es dir von sich aus genauer erzählen würde, wenn es nicht schon ein Problem in eurer Beziehung gäbe. »Frag ihn. Nicht, was er da macht, sondern warum er plötzlich weniger Zeit für dich hat.«

»Mhm.«

Sie wird nicht fragen. Lara hatte immer zu viel Angst, alles falsch zu machen.

»Jetzt ist meine Mittagspause gleich vorbei, und ich hab nicht mal gefragt, wie's *dir* eigentlich geht. Dabei hast du viel größere Probleme.«

»Och, ich bin am Samstag bloß entführt worden und Raphaël will sich der Polizei stellen, aber ansonsten ist alles bestens.« Am liebsten hätte sie sich auf die Lippe gebissen. Es war nicht fair, Lara ein so schlechtes Gewissen zu machen.

»WAS? Das ist ja alles schrecklich! Und ich labere dich mit meinen kleinlichen Verdächtigungen voll.«

»Nein, nein, ist schon gut! Es kann sich nicht immer alles um mich drehen. Ich komm schon klar. Und ich drück dir fest die Daumen, dass mit Stefan alles harmloser ist, als du glaubst.«

»Ich fühl mich trotzdem wie die schlechteste Freundin der Welt. Aber Frau Michels kommt vielleicht am Mittwoch wieder ins Büro. Dann könnte ich am Donnerstag hier abhauen.«

»Das wäre echt toll.«

»Du, ich muss Schluss machen, aber ich ruf dich heute Abend noch mal an. Pass auf dich auf!«

Laras Abschiedsworte hallten in ihr nach, als sie den Weg nach Hause einschlug. Zunächst verstand sie nicht, weshalb ihr der Satz so nachging. Es war nur eine Floskel, auch wenn sich ihre Freundin tatsächlich um sie sorgte. Doch dann dämmerte es ihr. Rafe ließ sich von der B. C. einsperren. Sie würden ihn ausgiebig verhören, und das nicht nur einmal. Selbst wenn er in der Zelle war, würden Wachleute und andere Häftlinge rund um die Uhr in seiner Nähe sein. Engel oder nicht – solange er unerkannt bleiben wollte, konnte er nicht einfach kommen und gehen, wie es ihm gerade einfiel. Egal, was geschah, sie war jetzt auf sich gestellt.

Der Vollmond leuchtete so hell durch das Fenster, dass die Möbel tiefschwarze Schatten warfen. Im Haus war es still, still wie der Tod. Jean wusste, dass etwas Schreckliches geschehen war. Die Zikaden im Garten, die Mäuse auf dem Dachboden, die Deckenbalken und Dielen, die sonst knackten und knallten, wenn die Hitze nachließ, alle hielten den Atem an. Er konnte das Böse spüren. Es war ganz in der Nähe. Nicht in seinem Zimmer, aber im Haus. Dunkel und bedrohlich hing es über ihm. Er wusste es so sicher, wie er sein Herz an die Rippen klopfen fühlte.

Sein Atem stieg als Reifwolke auf, mitten im Sommer, und doch dachte er sich nichts dabei. Seine Gedanken standen so still wie das Haus. Fröstelnd schlug er die Decke zurück und setzte sich auf. Wie ein Schlafwandler stellte er die nackten Füße auf die abgenutzten Dielen, die keinen Laut von sich gaben, als er sich erhob. Nicht einmal die Tür knarrte. Auch auf dem Flur rührte sich nichts. Ein weißliches Viereck, das sich auf dem Boden wiederholte, verriet, dass die Tür seiner Schwester offen stand. Ohne hineinzusehen, wusste er, dass sie fort war. Sie war *nicht mehr hier. Niemand* befand sich mehr hier außer ihm – und dem Tod.

Wie an einer Schnur gezogen, ging er den Flur entlang. Ob er die Füße auf Dielen oder Läufer setzte, alles war kalt. Er spürte das Böse in den Ecken lauern, bereit, sich auf ihn zu stürzen und in ihn zu fahren, sobald er die kleinste Schwäche zeigte. Es war stark. Stärker als je zuvor. Selbst in jenen Momenten, da der Wahnsinn in Marie-Claires Augen gelodert hatte, wenn sie getobt und geschrien und den Priester verflucht hatte, selbst dann war es nicht so mächtig gewesen wie jetzt. Es hatte geerntet und gierte nach mehr.

Die Tür zum Schlafzimmer seiner Eltern war geschlossen. So massiv ballte sich das Böse dahinter, dass ihm das Holz zugleich lächerlich dünn und wie eine steinerne Mauer erschien. Und doch musste er hindurch, musste den Ursprung des Grauens sehen, das seine Gedanken lähmte. Langsam drückte er die eisig kalte Klinke hinab, öffnete die Tür, trat ein. Der Boden fühlte sich mit einem Mal klebrig und warm an. Er sah hinunter.

Auf Marie-Claires hellem Nachthemd prangten dunkle Flecken, die das Licht aufsaugten. Sie lag auf dem Bauch. Im Zwielicht verschmolzen die Strähnen ihres langen Haars mit den seltsam dunklen Dielen. Die Finger umklammerten etwas Glänzendes.

Er tappte um sie herum zum Bett. Keine kratzige Wolldecke in der lauen Sommernacht, nur ein weißes Laken, zerfetzt und von denselben lichtfressenden Flecken bedeckt. Zwei Körper zeichneten sich darunter ab. Hier ragte ein Bein hervor, dort ein Arm und ein Kopf. Der schwarze Mondschatten des Fensterladens verbarg das Gesicht, ließ nur einen hellen Streifen aufgeschlitzter Haut erkennen.

Sie waren fort. Alle. Nur der Tod war noch hier ...

Mit einem Griff an seine Brust schreckte Jean aus dem Schlaf auf. Unter dem Stoff der Hemdtasche ertasteten seine Finger die vertrauten Kanten. Selbst hier im Gefängnis hatten sie ihm das zerknitterte Marienbild gelassen, auf dem die Blutspritzer seiner Mutter allmählich verblassten. Es bei sich zu wissen, beruhigte ihn, doch im gleichen Augenblick traf ihn die Erkenntnis, dass nicht der Albtraum ihn geweckt hatte. Das Vollmondlicht, das durch das kleine Fenster auf die Pritsche fiel, blendete ihn. Wie einst im Haus seiner Eltern spürte er das Böse, denn seit jener Nacht hatte ihn der erwachte Instinkt nicht mehr verlassen, der ihn vor der Nähe der Dämonen warnte. Je stärker sie durch einen Menschen wirkten, desto düsterer nahm er dessen Ausstrahlung wahr, und in dieser Anstalt gab es etliche verwirrte Geister, die ihnen als Kanäle dienten. Er spürte sie, aber sie waren weit weg. Doch eine Regung im Schatten verriet ihm, dass er nicht allein war. Sein Körper spannte sich. »Wer ist da?«

»Er fand Raphaël, einen Engel; er wusste es aber nicht.«

Diese Stimme ... Jean sprang bereits auf, als die Gestalt ins Licht trat. Das Zitat aus Tobias, Kapitel 5, Vers 4 verwirrte ihn. Wollte Gadreel andeuten, dass ... »Das ist unmöglich!«

Der gefallene Engel lächelte. Spöttisch? »Sollte ich sagen: Fürchte dich nicht?«

Jean straffte die Schultern. Sie mochten ihm die besten Waffen genommen haben, doch er besaß immer noch seine Stimme und seinen unbeugsamen Willen. »Ich habe keine Angst vor dir. Ich halte es nur mit Hiob 15, 15: ›Siehe, selbst seinen Heiligen traut Gott nicht.‹«

»Sind sie denn nicht alle dienstbare Geister?«

Stammte das nicht aus dem Hebräerbrief? »Mag sein. Doch selbst der Satan verstellt sich zum Engel des Lichts.«

Gadreels Lächeln vertiefte sich. »Zweiter Korintherbrief, Kapitel 11, Vers 14. Du kennst die Schrift gut, und dein Argwohn ist verständlich. Aber sieh her und befrage dein Herz, ob es Lüge und Hinterlist wittert.«

Licht blitzte auf, heller und wärmer als das kalte Leuchten des Mondes. Die Konturen des Körpers vor ihm verschwammen darin. Er blinzelte hinein, während das Licht auch auf ihn traf, ihn gleichsam durchströmte, und jene liebende

Kraft an seinen inneren Dämmen zerrte, die ihn stets vor Geneviève zurückweichen ließ. Weiße Schwingen, zu groß für die enge Zelle, wölbten sich über der strahlenden Aureole, in der sich die menschliche Erscheinung des Engels auflöste und doch erahnbar blieb.

Das Licht verschwand im gleichen Moment, da Jean die Wahrheit anerkannte. Es dauerte eine Weile, bis sich seine Augen wieder an den Mondschein gewöhnt hatten. Er hatte es nicht glauben wollen, doch Geneviève hatte gesagt, dass es möglich sei, wenn der gefallene Engel entgegen der schlechten Mittel, die ihm nur zur Verfügung standen, dennoch willentlich etwas Gutes erreichte. Gadreel hatte Sophies Leben gerettet und Kafziels Plan vereitelt – vorerst. Offenbar war er dadurch wieder zu Raphael geworden, dem Engel, der er vor seinem Sturz gewesen war. Sophie musste überglücklich sein.

»Ich bin hier, um dich vor eine Wahl zu stellen.«

Jean wachte aus seinem entrückten Zustand auf. *Klar.* Ein Engel kam nicht einfach vorbei, um sich für seine Hilfe zu bedanken oder so etwas. »Worum geht es?«

»Um dich. Dein Leben. Darum, wie deine Zukunft aussehen soll.«

Er verzog das Gesicht. »Kann es irgendwelche Zweifel daran geben, wie meine Zukunft aussieht?« Sie umfasste einen triumphierenden Gournay, vergitterte Fenster, Rache für die Schläge, die er David verpasst hatte, und wenn er Letztere überlebte, kam er in zwei, drei Jahren vielleicht wieder frei.

»Das ist die eine Variante, die du wählen kannst, und ich fürchte, dass die andere nur oberflächlich betrachtet freundlicher aussieht«, gab Raphael zu. »Aber ich stehe in deiner Schuld, und ich kann dir nichts Besseres anbieten, da mich die Gesetze binden, denen wir alle unterliegen.«

Der Engel erkannte an, ihm etwas schuldig zu sein? Jean betrachtete Raphael mit neuen Augen. »Welche Alternative sollte das sein?« Geneviève hatte ihm ausführlich genug erklärt, warum sie ihm nicht mal eben mit himmlischer Macht einen Freispruch verschaffen konnte. Ganz abgesehen davon, dass der Staatsanwalt gegen ein solches Urteil sofort Berufung eingelegt hätte. Dafür würde ein wutschnaubender Gournay schon sorgen.

»Du hast recht. Es gibt keinen legalen Weg, wie ich dir die baldige Freiheit verschaffen kann. Ich habe mich der Polizei gestellt und dich mit meinen Aussagen so gut entlastet, wie ich konnte. Aber wenn du diesen Weg wählst, wird es dir trotzdem nur einige Monate weniger Haft erkaufen. Ich vermag die Zukunft nicht zu sehen, doch vielleicht wird man meine Aussagen sogar anzweifeln, weil ich nicht lange im Gefängnis bleiben und sie vor Gericht bekräftigen kann.«

Jean kam vor Überraschung kaum mit. Raphael hatte sich für ihn verhaften lassen und zu seinen Gunsten ausgesagt? Und dann würde er auf wundersame Weise wieder aus dem Knast verschwinden. Für einen Engel war die Welt wirklich einfach.

»Ich biete dir dieselbe Möglichkeit an. Wenn es das ist, was du wirklich willst – eingedenk aller Konsequenzen! –, dann verhelfe ich dir zur Flucht.«

9

Alexandre Delamair sah bleich und kränklich aus, als hätte er auch die vergangenen drei Nächte kaum geschlafen. Selbst jetzt an der Kasse des *L'Occultisme* hing er mit der Nase über einem aufgeschlagenen Buch, sah widerwillig auf und dann wieder auf das Buch, bis offenbar in seinem Verstand angekommen war, *wer* gerade den Laden betreten hatte. Rasch richtete er sich auf und die Augen wieder auf sie. »Oh, du schon wieder. Salut! Bist du mit dem Petersdorff durch?«

Kunststück! Ich hab ja auch gestern fast den ganzen Tag gelesen und darauf gewartet, dass sich Gournay meldet, weil Rafe sich gestellt hat. Was denkbar sinnlos gewesen war, wie sie mittlerweile eingesehen hatte. Warum sollte der Commissaire sie deshalb anrufen? Aus seiner Sicht ging es sie wenig an, auch wenn sie die Geliebte dieses Raphaël war, und er hatte mit der Vernehmung weitaus Wichtigeres zu tun, als ihr den neuesten Stand der Ermittlungen zu verraten.

»Ja, ich hab mich durchgequält, aber ...« Unwillkürlich sah sie über die Schulter zur Tür und ärgerte sich sogleich über sich selbst. »Jeden Moment wird irgendein Spitzel von der B. C. hier reinkommen. Wir dürfen keinen Verdacht erregen! Die haben mich schon nach dem letzten Besuch gelöchert, was ich mit dir im Hinterzimmer wollte.«

Alex' blasse Wangen röteten sich, und er grinste nervös. Als Sophie begriff, spürte sie die Hitze in ihre eigenen Wangen steigen. »Nicht das, was du denkst! Sie dachten, wir hätten heimlich mit jemandem telefoniert, weil ... Ach, vergiss es.« Sie hatte keine Lust, die Geschichte ihrer Entführung und der folgenden Verwicklungen in Sachen Zeugenaussagen vor ihm auszubreiten, wenn jeden Moment ein Ermittler hereinplatzen konnte.

»Ich versteh schon. Sie suchen Verbindungen, Hinweise, einen Vorwand, um hier herumzuschnüffeln, ob wir doch mehr über Jean wissen, als wir zugeben.«

»Genau. Und deshalb können wir nicht ...« Sie brach ab, als sich hinter ihr die Tür öffnete.

»Ich bedaure, Mademoiselle Bachmann, aber dieses Buch ist beim Verlag nicht mehr lieferbar«, sagte Alex in unverbindlichem Tonfall. »Die einzige Möglichkeit wäre, es gebraucht zu beschaffen, falls Sie interessiert sind.«

»Äh.« Welche Antwort mochte er erwarten? »Ja, doch. Ich möchte es eigentlich unbedingt haben, wenn es irgendwie geht. Oder können Sie mir etwas Vergleichbares empfehlen?«

»Nein, das ist ein Standardwerk. Es gibt keinen anderen Autor, der sich so intensiv mit dem Thema befasst hat. Kommen Sie bitte!« Er bedeutete ihr, ihm zu folgen. »Wir sehen mal in den Antiquariatskatalogen nach, ob Ihnen etwas zusagt.«

Wow. So viel Geistesgegenwart hatte sie ihm nicht zugetraut. Ihm war zwar Schweiß auf die Stirn getreten, aber das musste ihrem Verfolger nicht aufgefallen sein. Er ging voran durch das Labyrinth der Regale, wo sie sich um eine Leiter herumschlängeln mussten, auf der ein älterer Mann stand und Bücher einsortierte.

»Papa, kannst du die Kasse übernehmen?«, bat Alex.

Monsieur Delamair sah sie über den Rand seiner Lesebrille hinweg forschend an, bevor er wortlos nickte. In zwanzig Jahren mochte Alex aussehen wie eine Kopie seines Vaters, denn ihm fehlten nur noch der sich lichtende Haaransatz und ein paar Falten.

Auf den Tischen der Bibliothek stapelten sich noch mehr Bücher als sonst, etliche davon aufgeschlagen, aber wenigstens lagen keine leeren Flaschen und Pizzakartons mehr herum. Zum ersten Mal fand sie ein offenes Fenster vor, weshalb die Luft nicht so abgestanden war und weniger nach alten Büchern roch als sonst.

»Hat sich Jean noch mal gemeldet?«, fragte sie, sobald sie die Tür hinter sich zugezogen hatte.

Schweigend durchquerte Alex das Zimmer, um das Fenster zu schließen. »Nein, bei mir nicht. Demnach hast du auch nichts von ihm gehört? Hoffentlich haben sie ihm nicht das Handy abgenommen. Er hat schon genug Ärger.«

Sophie nickte nur. War es ein schlechtes Zeichen, dass er nicht mehr angerufen hatte? Gründe konnte es viele geben. Er musste vorsichtig sein. Sie gab auf, darüber zu grübeln. Welchen Sinn hatte es, sich noch mehr Sorgen zu machen, solange sie nicht Genaueres wusste? Ihr wurde bewusst, dass Alex sie nachdenklich musterte. Als sich ihre Blicke trafen, sah er rasch weg.

»Irgendetwas Interessantes im Petersdorff entdeckt?«, erkundigte er sich und blätterte beiläufig in einem aufgeschlagenen Buch.

»Leider absolut nichts zu einem Schlüssel. Aber ...« Sie holte die beiden Bände aus ihrer Tasche, um sie ihm zurückzugeben. »Ich weiß nicht, wie du dazu stehst. Du kennst dich besser aus als ich, aber ... Er schreibt, dass man Dämonen nicht mit Magie bekämpfen kann, weil Magie an sich dämonisch sei. Das hat jetzt natürlich nichts mit dem Schlüssel zu tun, und wenn wir den fänden, könnte mir die Frage vielleicht egal sein, aber glaubst du, dass da etwas dran ist?«

Er machte ein zweifelndes Gesicht und kratzte sich an der Schläfe. »Puh, das ist eine wirklich schwierige Frage. Könnte sein, dass Jean gerade deshalb nicht mit Magie arbeitet. Ich selbst hab ja keine Erfahrung damit. Er ist Batman. Ich bin bloß Alfred, der Butler, wenn du verstehst, was ich meine.«

Der Vergleich brachte sie zum Grinsen. Bei ihrer ersten Begegnung hatte Jean tatsächlich etwas von einem mysteriösen Superhelden gehabt. Und Alex war trotz seines Alters eher der Butler als ein draufgängerischer junger Robin.

»Jetzt aber mal ernsthaft«, ermahnte sie sich ebenso wie ihn. »Ich finde, dass es Sinn ergibt. Im Buch Henoch steht, dass die gefallenen Engel die Menschen die Zauberei gelehrt hätten. Wenn die Magie also an sich ein dämonisches Werkzeug ist, dann kann man ihr nicht trauen. Es könnte dann sein, dass sie einem Erfolge nur vorgaukelt, während in Wahrheit die Dämonen die Fäden ziehen.«

»Eine sehr pessimistische Magietheorie. Aber wenn ich darüber nachdenke ... Es gibt erstaunlich viele Geschichten über Zauberer, die am Ende von den Kräften überwältigt wurden, die sie zu kontrollieren glaubten. Von anderen Magiern wird es natürlich immer so hingestellt, als habe man eben einen Fehler gemacht, wenn es nicht funktioniert. Hier wurde eine wichtige Paraphernalie vergessen …«

»Eine was?«

»Eine Zauberzutat. Oder es unterlief ein Fehler bei der Berechnung des richtigen Zeitpunkts, oder … na, jedenfalls könnte man sich auch fragen, ob das in Wahrheit Unsinn ist und einzig die Pläne des Dämons darüber entscheiden, ob der Beschwörer Erfolg hat oder nicht. Ich kenne da eine witzige Diskussionsrunde im Schwarzen Forum, die werden …«

»Ähm, Alex?«

»Oh, ja, tut mir leid. Also, was ich sagen wollte, war, dass ich die Idee gar nicht so abwegig finde. Vielleicht solltest du dich wirklich nicht auf diese Art von Schutz verlassen.«

»Aber dann bleibt nur das, was Jean benutzt, oder?«

Er schien noch zu überlegen, nickte jedoch schon bedächtig.

»Und was genau wäre das?«, hakte sie nach.

»Na, die Mittel der Kirche: Segen, Weihwasser, Exorzismen, Kruzifixe, Chrisam …«

»Was ist denn Chrisam?«

»Geweihtes Öl. In der Bibel werden doch ständig Leute gesalbt.«

»Oh, verstehe.« Konnte sie sich mit solchen Mitteln gegen Kafziel zur Wehr setzen? Dass sie kein Priester war, schien kein Problem zu sein. Schließlich hatte sie auch Rafe mit einem Exorzismus gezwungen, ihr sein wahres Gesicht als Gadreel zu zeigen. Aber Jean hatte ihr damals genau erklärt, was sie tun musste, und sie die wenigen nötigen lateinischen Sätze auswendig lernen lassen.

»Weißt du, wie man diese Dinge anwendet?«

»Ich? Nein! Gott bewahre!«, lachte er. »Ich rühre das Zeug nicht an. Wenn du willst, kann ich dir aber ein paar Bücher von Exorzisten mitgeben.« Er ging zu einem der Regale, hinter denen die beiden langen Wände komplett verschwunden waren. »Oder gleich die Anleitung, die der Vatikan herausgegeben hat. Jean sagt allerdings, dass da nicht alles drin steht.«

Achselzuckend steckte sie das dünne Taschenbuch ein. »Ich fürchte, ich muss nehmen, was ich kriegen kann.« Ihr fiel auf, dass dies erst recht für die benötigten Gegenstände galt. »Ein Kreuz oder Kruzifix finde ich vermutlich in jedem Kaufhaus, aber hast du eine Ahnung, wo ich Weihwasser oder gar dieses Christam …«

»Chrisam!«

»… dieses Chrisam herbekommen soll? Ich kann doch keine Flasche aus diesen Becken abfüllen, in die man am Kircheneingang die Finger tunkt, um sich zu bekreuzigen.« Nicht nur, dass es ausgesprochen peinlich gewesen wäre, sie hatte diese Becken auch zu flach in Erinnerung, um nennenswert viel Wasser daraus schöpfen zu können.

Wieder kratzte sich Alex mit ratlosem Blick an der Schläfe. »Tja, also, Jean bekommt es immer von … Ah!« Er schoss förmlich zu einem anderen Regal und bückte sich, um eine Schachtel von der Größe eines Schuhkartons darunter hervorzuziehen. Triumphierend hielt er sie ihr entgegen. »Jeans Erste-Hilfe-Kasten, wenn du so willst. Den hat er mal hier deponiert, nachdem ein Besessener unten im Laden randaliert hat und wir ohne ihn etwas aufgeschmissen waren. Ist seitdem aber nie wieder vorgekommen. Nimm dir, was du brauchst.«

»Super! Vielen Dank!« Erleichtert nahm sie ihm den eingestaubten Karton ab, stellte ihn auf einen der Tische und musste bei dem Gedanken schmunzeln, ob es für die Wirkung geweihter Flüssigkeiten ein Mindesthaltbarkeitsdatum gab. Neugierig hob sie den Deckel. Zuoberst lag ein Zettel, auf dem sie Jeans Handschrift erkannte. Sie überflog die ersten Zeilen und verstand nur wenige Wörter. »Wahrscheinlich ein lateinischer Exorzismus, den du im Bedarfsfall ablesen sollst.«

»Ich will dich wirklich nicht rauswerfen«, betonte Alex. »Aber wir sollten uns beeilen. Es wird auffallen, wenn wir zu lange hier oben verschwunden sind.«

Sophie erschrak. Wie hatte sie das nur vergessen können? »Ja, natürlich!« Hastig klaubte sie den Zettel, ein schlichtes Holzkreuz und eine kleine Glasflasche mit klarer Flüssigkeit aus dem polsternden Stoff, der die Schachtel auskleidete, und stopfte sie in ihre Tasche. »Soll ich noch irgendwelche Texte wegen des Schlüssels lesen? Hast du etwas über ihn rausgefunden?«

Er machte eine vage Geste. »Ich habe da so eine Idee. Nachdem ich sonst nirgends etwas gefunden habe, bin ich in den Schriften von Mathers' Golden Dawn Bewegung auf die Schlüssel der Henochischen Magie gestoßen.«

»Wessen was? Pardon, ich komme gerade nicht mit.«

»Aleister Crowley? Kein Begriff?«

»Nein, wer soll das sein? Eine Art Sektenführer?«

»So kann man es auch nennen. Er war Schwarzmagier, Okkultist, Satanist – was dir lieber ist. Hat ziemlich viel mit Zauberei, Spiritismus und Drogen herumexperimentiert und magische Zirkel gegründet. Ich kann dir jetzt nicht seine Lebensgeschichte erzählen, sonst stehen wir morgen noch hier, aber er war jedenfalls *die* schillernde Gestalt der Szene Anfang des letzten Jahrhunderts.«

»Und der hatte den Schlüssel gefunden?«

»Nein. Oder vielleicht doch. Ich weiß noch nicht, was ich davon halten soll, aber er arbeitete auch mit einem System, das ein Dr. John Dee im Mittelalter aufgeschrieben hat und Henochische Magie genannt hat. Es ist ziemlich komplizierte Materie, weil alles in Buchstabenfeldern kodiert ist und angeblich die Sprache der Engel beinhaltet. Auf jeden Fall gibt es darin auch irgendwelche Schlüssel, die Tore zu Engelsphären öffnen sollen.«

Überrascht sah sie ihn an. »Das klingt gut! Das muss ich Rafe erzählen, wenn ich ihn wieder treffe. Die Sprache der Engel zu lesen, sollte für ihn doch kein Problem sein.«

»Wenn es denn tatsächlich die echte Sprache der Engel ist und nicht irgendeine Erfindung. Es gibt nämlich durchaus Zweifel am Zustandekommen dieser Tafeln, weil der Assistent von Doktor ...« Er brach ab, als Sophies Handy piepte und sie es rasch aus der Tasche fischte. Falls die SMS von Rafe kam, musste sie ihm sofort von Alex' heißer Spur berichten. Hastig las sie die Nachricht. Ungläubige Freude wallte in ihr auf, doch auch Sorge und leises Misstrauen. Sie las die Worte noch einmal. *Das ist zu verrückt. Es kann nicht wahr sein.*

»Was ist los?«, wollte Alex wissen.

Sophie holte die Absenderdaten auf das Display. Kein Name, nur Zahlen. »Ist das die Nummer, mit der Jean angerufen hat?«

Er zog sein Handy aus der Hosentasche, drückte ein paar Tasten und hielt es neben Sophies Telefon. Vor Aufregung begann ihre Hand zu zittern. Die Nummern waren identisch.

Das ist Wahnsinn. Sophie schüttelte den Kopf, wofür sie einen neugierigen Blick eines Mannes am Nebentisch erntete. Der war dann vermutlich kein Polizist, denn die Leute, die sie beschatteten, taten sicher besonders desinteressiert. Verstohlen ließ sie den Blick über die anderen Gäste schweifen, die unter der braunen Markise des *Le Lutétia* an kleinen Cafétischen saßen und der schwülen Hitze mit einem sündhaft teuren Eis von Berthillon trotzten. Es roch nach Kaffee und Früchten und einem Hauch Likör. Über den Türmen des Hôtels de Ville, des alten Rathauses, das auf der anderen Seineseite über den Uferbäumen aufragte, verhießen weißgraue Wolkengebirge ein abkühlendes Gewitter. Sophie fiel auf, dass mehr Touristen über die Pont Louis Philippe mit ihren weißen Steingeländern flaniert kamen als noch zwei Wochen zuvor. Dennoch ging es auf der Île Saint-Louis wie immer beschaulich zu. Nur selten rappelte ein Auto auf der gepflasterten Straße vorüber.

Wer von den Menschen um sie herum mochte ihr Verfolger sein? Vielleicht die blonde Frau, die so auffällig lange die Auslagen in den Schaufenstern der Buchhandlung gegenüber betrachtete? Oder der Straßenfeger in der neongelben Warnweste, der den Rinnstein vor dem Café kehrte? Wenn man Gournay bereits darüber informiert hatte, dass Jean geflohen war – und sie hatte keinen Grund anzunehmen, dass er es nicht als Erster erfuhr –, dann wurde sie nun garantiert noch schärfer beobachtet als zuvor. Sie hatte ihm eine eindringliche Warnung geschickt, doch keine Antwort mehr erhalten. Sich ausgerechnet in seiner Wohnung treffen zu wollen, war das Ungeschickteste, das sie sich vorstellen konnte. Es lag auf der Hand, dass die Polizei nach einer Flucht gerade jene Orte überwachte, an die es ihn wahrscheinlich am meisten zog. Auch Alex hielt die Idee für völligen Irrsinn und hatte Jean per SMS angeboten, ihm von dort zu besorgen, was auch immer er brauchen mochte. Selbst das war im Grunde ein zu hohes Risiko, aber immer noch besser, als wenn er selbst hinging. Doch auch Alex hatte keine Antwort bekommen, sonst hätte er sich sofort bei ihr gemeldet.

Sophie versuchte, so unauffällig wie möglich auf die Uhr zu sehen. Die Ermittler sollten nicht merken, dass sie eine Verabredung hatte. Früher oder später würden sie erkennen, *wo* sie sich hinbegab, doch dann konnten sie immer noch glauben, sie wolle nur etwas holen.

Es wurde Zeit zu gehen. Sie bat den Kellner um die Rechnung und zahlte. Niemand schien davon Notiz zu nehmen, als sie aufbrach, doch sie wusste es besser. Ohne sich umzusehen, bog sie in die Rue Saint-Louis en l'Île mit ihren vielen winzig kleinen Läden ab. Den ganzen Weg bis zu dem unscheinbaren Tor malte sie sich aus, wie die B. C. Jean bereits erwartete und festnahm oder wie sie ihn in Handschellen an ihr vorbeiführen würden, sobald sie den Hof betrat. Warum musste es ausgerechnet seine Wohnung sein? Die Frage ging ihr einfach nicht aus dem Kopf. Vielleicht lockte Kafziel sie in einen Hinterhalt, aber da sie nicht sicher war, musste sie es darauf ankommen lassen.

Doch vor dem Tor stand weder ein Aufgebot an Einsatzkräften noch eine Armada von blau-weißen Autos und Motorrädern, sondern lediglich ein Pritschenwagen, auf dessen Ladefläche allerhand Werkzeug, Koffer und Kartons herumlagen. Der Handwerker, der sich am Tor zu schaffen machte, war offenbar dabei, eine der modernen Sicherheitsanlagen einzubauen, wie Sophie sie bereits an vielen Pariser Hauseingängen gesehen hatte. Ob Jean davon wusste? Denn sobald eine solche Anlage in Betrieb ging, konnte die dazugehörige Tür nur noch mit einem Code geöffnet werden, den man auf einem Tastenfeld eintippte.

»Bonjour«, grüßte sie lächelnd und ging so zielstrebig durch das Tor, dass dem Mann hoffentlich nichts darüber einfiel. So einfach würde sie es also von nun an nie wieder haben, auf den Innenhof des alten Gebäudes zu kommen. Hatte sich Jean vielleicht deshalb diesen waghalsigen Plan ausgedacht? Weil sie das Schreiben der Hausverwaltung mit dem Zugangscode holen mussten, bevor er nicht mehr in seine eigene Wohnung kam?

An jeder passenden Stelle – sei es hinter der Eingangstür oder auf einem der Treppenabsätze – erwartete sie, von Gonod oder einem anderen Brigadier aufgehalten zu werden, doch ihr begegnete nur eine sehr junge Frau, die die Treppen heruntergepoltert kam und im Vorübereilen ein fröhliches »Salut!« rief. Wenn das Haus tatsächlich observiert wurde, konnte es dafür nur zwei Erklärungen geben. Entweder hatten sie Jean bereits verhaftet und weggebracht, oder er war noch nicht hier. Beide Vorstellungen verkrampften ihren Magen. Ihr blieb nur zu hoffen, dass wie durch ein Wunder keine zutraf.

Atemlos erklomm sie die letzten Stufen in den sechsten Stock und erschrak. Jeans Tür stand einen fingerbreiten Spalt offen. *Sie haben ihn schon erwischt!* Und dann hatten sie in der Eile die Tür nicht weiter beachtet.

Sophies Herz sank. Unschlüssig harrte sie auf dem Treppenabsatz aus und versuchte ihre Gedanken zu ordnen, während sie wieder zu Atem kam. Es war ebenso gut möglich, dass die Ermittler in der Woche zuvor vergessen hatten, die Tür zu schließen, nachdem sie die Wohnung durchsucht hatten. Auf der Suche nach Indizien oder Beweisen für Jeans vermeintliche weitere Verbrechen waren sie sicher hier eingedrungen und hatten alles auf den Kopf gestellt.

Für den Fall, dass ihr im Straßenlärm eine Nachricht entgangen war, warf sie einen Blick auf das Handy, doch es zeigte nichts an. War Jean bereits hier und hatte die Tür für sie offen gelassen? Sie scheute davor zurück, unaufgefordert seine Wohnung zu betreten, doch wenn sie wissen wollte, woran sie war, musste es sein.

Zögerlich drückte sie die Tür weiter auf, bis der Spalt breit genug war, um hindurchzuschlüpfen. »Jean?«, fragte sie leise in die Stille. Statt einer Antwort knarrte nur die Schwelle unter ihren Füßen. Der Flur erstreckte sich unverändert vor ihr. Eine Regenjacke hing an der Garderobe, darunter standen ein Paar Joggingschuhe und eingestaubte Pantoffeln.

»Jean?«, versuchte sie es ein wenig lauter, wagte sich weiter vor und zog die Tür hinter sich zu. Nun konnte sie wenigstens kein Polizist mehr von hinten überraschen. Etwas ermutigt näherte sie sich dem Durchgang zum Wohnzimmer und spähte hinein. Einige der Vorhänge neben den bodentiefen Fenstern, die mit verschnörkelten Eisengeländern gesichert waren, hingen nicht mehr glatt herab. Die Türen und Schubladen der dunklen Möbel standen zum Teil offen, aber immerhin war der Inhalt nicht auf dem Orientteppich verstreut. Oder lag es nur daran, dass sie nichts enthielten als ein paar in Papier eingeschlagene Gegenstände? Wieder verwirrte sie, dass Jean weder einen Fernseher noch eine Stereoanlage besaß und es im ganzen Zimmer nichts Persönliches gab. Der Raum wirkte beinahe noch leerer und ungenutzter als in aufgeräumtem Zustand.

Sie wandte sich ab, um einen Blick in die Küche zu werfen. »Jean?« Wie hätte sie sich gefühlt, wenn sie nach Hause gekommen wäre und ihre Sachen durchwühlt vorgefunden hätte? Es fiel ihr schwer, es sich überzeugend vorzustellen.

Vom Aschenbecher auf dem Küchentisch wehte der Geruch kalten Zigarettenrauchs herüber, und in der Hitze hatten die Abfälle im Mülleimer begonnen zu gären. In dem Durcheinander aus schmutzigem Geschirr, angebrochenen Lebensmitteln, Handtüchern und ungeöffneter Post war kaum zu erkennen, ob sich alles noch im selben Zustand wie vor Jeans Verhaftung befand. Fest stand nur, dass niemand hier war. Rasch flüchtete Sophie vor dem Gestank.

Sie glaubte nicht mehr daran, dass Jean bereits vor ihr hergekommen war, doch sie brachte es auch nicht über sich, sich in das unbehagliche Wohnzimmer zu setzen und auf ihn zu warten, ohne in den anderen Räumen nachgesehen zu haben. Wieder einmal ging ihre Phantasie mit ihr durch. Vielleicht hatte er sich angeschossen bis hierher geschleppt und war bewusstlos irgendwo zusammengebrochen. Ihr Gewissen mahnte, dass die Idee nur ein hanebüchener Vorwand war, um ihrer Neugier nachzugeben. *Aber wenn doch?* Auf den dunkel gemusterten Läufern im Flur konnte man getrocknete Blutflecken leicht übersehen.

Sie näherte sich den beiden Türen, die sich am Ende des Flurs gegenüberlagen. Auf der linken, der Seine zugewandten Seite befand sich Jeans Bibliothek, wie sie wusste, also musste auf der anderen das Schlafzimmer sein. Vorausgesetzt, er schlief nicht auf dem Sofa. So zerknittert, wie seine Kleidung oft aussah, traute sie ihm in dieser Hinsicht seltsame Angewohnheiten zu. Die Tür zu dem einzigen Raum, den sie noch nicht kannte, war geschlossen. Als sie die Klinke bereits in der Hand hatte, überlegte sie es sich anders und klopfte. Alles blieb still.

Zaghaft öffnete sie das Zimmer und trat ein. Durch die geschlossenen Fensterläden drang gerade genug Licht, dass es ihr vorkam, als fände sie sich in einem Schwarz-Weiß-Film wieder. Der Eindruck wurde durch zwei gerahmte Poster noch unterstrichen. Sophie stutzte. *Greta Garbo als Kameliendame.* Und eine zweite Schauspielerin aus jener Zeit, deren Name ihr gerade nicht einfiel. Konnte das Zufall sein? Aber welche Erklärung sollte es sonst dafür geben? Verwundert sah sie sich um. Ein dunkler Schrank, eine niedrige Kommode und ein ungemachtes Futonbett waren die einzigen Möbel. Die abgestandene Luft roch nach Bettwäsche. Auch hier waren Schubladen durchwühlt worden, von denen einige noch offen standen, aber Socken und ein zerknäultes Hemd mochten bereits zuvor auf dem Parkettboden gelegen haben, den ansonsten nur zwei Bettvorleger bedeckten.

»Ich sollte deinem Freund unbedingt erzählen, dass ich vor ihm mit dir in seinem Schlafzimmer war.«

Vor Schreck blieb Sophie fast das Herz stehen. Sie fuhr herum und starrte Kafziel an, der durch seine schiere Anwesenheit die Tür versperrte. Vor dem helleren Flur wirkte er noch düsterer als bei ihrer letzten Begegnung. Sie brachte kein Wort heraus.

»Ich sagte dir bereits, dass du naiv bist. Aus dem Gefängnis geflohen ...« Er schüttelte den Kopf. »Wie hätte er denn entkommen sollen? Du glaubst wirklich alles, was man dir erzählt.«

Warum hatte sie nicht auf ihre Zweifel gehört? War sie denn dazu verdammt, immer wieder auf ihn hereinzufallen? Aber die Handynummer hatte gestimmt. Sie konnte doch nicht anfangen, hinter jeder Nachricht eine Falle zu wittern.

»Es wird keine Nachrichten mehr geben«, meinte der Dämon. In seiner Hand glänzte Stahl auf, doch dieses Mal war es kein Spielzeug. »Ich weiß, dass dein Beschützer gerade sehr beschäftigt ist. Seien wir doch ehrlich. Du hast das Spielchen ebenfalls satt. Die ständige Angst um deine Freunde und Familie. Die Furcht vor mir. Die Vergeblichkeit, mit der du an diesem Engel hängst. Wach auf, Schätzchen! Der Mann, den du suchst, ist tot.«

Es war die Wahrheit in seinen Worten, die ihr die Tränen in die Augen trieb.

»Siehst du? Du weißt es. Ziehen wir einen Schlussstrich unter diese ganze Sinnlosigkeit. Ich stelle dich ein letztes Mal vor die Wahl. Du kannst jetzt brav mit mir kommen und als Teil des Rituals einen sanften, schmerzfreien Tod haben. Oder …« In seinen Augen flackerte Bösartigkeit auf, die ihr einen Schauer über den Rücken jagte. »… ich hinterlasse deinen aufgeschlitzten Körper als blutige Botschaft auf diesem Bett.«

Sofort sah sie sich dort liegen, ein fahler, zerschnittener Leichnam. Das Bild schnürte ihr die Kehle noch fester zu, doch in ihrem Kopf tobte es. *Das kann er nicht. Er kann es nicht.* Als Rafe noch Gadreel gewesen war, hatte er gesagt, er könne ihr nichts gegen ihren Willen antun. Doch hatte der Mann in der Rue des Barres sterben wollen? *Er muss es nicht tun. Er setzt mir so lange zu, bis ich es selbst mache, damit die Qual aufhört.*

Kafziel lächelte nur. Seine Finger spielten mit der Klinge.

Lauf weg! Wehr dich! Tu irgendwas! Panisch sah sie sich nach einem Fluchtweg um, den es nicht gab. War es Rafes Stimme, die sie plötzlich hörte?

»Wie lange willst du noch davonlaufen?«

Sie sah Kafziel an und doch durch ihn hindurch. *Ja. Wie*

lange eigentlich? Hier stand sie in der Wohnung des Mannes, der sein Leben der Dämonenjagd gewidmet hatte, und ließ sich schon wieder durch Worte und Gesten von diesem Teufel einschüchtern. Wie oft mochte Jean solchen und schlimmeren Angriffen widerstanden haben? *Aber er hat auch nie Blut für einen von ihnen vergossen.*

»Ganz recht. Du bist durch Blut an mich gebunden. Dein Leben ist längst verwirkt.«

Aber ... Der Gedanke traf sie wie ein Blitz. »Das stimmt überhaupt nicht! Ich habe mein Blut nicht für dich vergossen, sondern für Rafe. Ihm galt mein Opfer, nicht dir. Du bist nichts als ein Lügner!«

»Du verstehst nichts von Magie!«, gab der Dämon wütend zurück und deutete mit dem Messer auf sie. »Es war meine Klinge, mein Ritual, mein Tempel ...«

Sie hörte nicht mehr zu, griff stattdessen in ihre Tasche, tastete blindlings herum, schloss die Finger krampfhaft um das Kreuz und den Zettel, um sie hastig herauszuziehen. »Weiche!«, schrie sie und hielt beides dem Dämon entgegen, der auf sie zukam.

Er lächelte spöttisch, blieb jedoch stehen. »Das ändert gar nichts.«

Er lügt, er lügt, er lügt! »Ist mir egal, was deine Zauberregeln besagen! Magie ist nichts als Dämonenwerk! Du hast die Regeln gemacht, also kannst du sie auch brechen. Gib mich frei!«

»Was willst du tun? Mich mit dem Kreuz verprügeln? Mach dich nicht lächerlich, Mädchen.«

Eine seltsame Ruhe überkam Sophie. Was sie gelesen hatte, half ihr, endlich zu verstehen. »Du hast nur Macht über jene, die sie dir geben. Ich entziehe sie dir. Verschwinde!«

»Wirklich gut«, lachte der Dämon, nur um sogleich wieder sein Raubtierlächeln aufzusetzen. »Aber ich glaube dir nicht. Du glaubst selbst nicht, was du da sagst. Du *hast* Angst. Und du bist verzweifelt. Das ist es, was mir Macht über dich verleiht.«

Sie zuckte zurück, als die Hand mit dem Messer vorschnellte. Eine Ecke des Zettels fiel kreiselnd zu Boden. *Er kann mir nichts tun.* Mit der Linken riss sie das Blatt aus der Rechten, die sie Kafziel erneut mit dem Kreuz entgegenstreckte. Sie sah ihn nicht mehr an, richtete die Augen starr auf Jeans Schrift. »Exi ergo, impie, exi, scelerate, exi cum omni fallacia tua ...«, las sie, ohne ein Wort zu verstehen, doch sie glaubte, glaubte an Jean und daran, dass er wusste, was das Richtige war. »Sed quid diutius moraris hic? Da honorem Deo Patri omnipotenti ...«

Der Dämon fauchte und knurrte.

Sie unterdrückte den Drang aufzublicken, las weiter. »Da locum Domino Iesu Christo, qui pro homine sanguinem suum sacratissimum fudit. Da locum Spiritui Sancto ...«

Die schrecklichen Laute zerrten an ihr. Sie ahnte mehr, als dass sie sah, wie Kafziels Gestalt flackerte, doch sie blickte nicht auf. Fast schien es ihr, als sei alles an ihr gelähmt bis auf ihre Zunge. »...qui te in mago Elyma per Apostolum suum Paulum caecitatis caligine perdidit ...«

Blitzend fuhr die Klinge durch die Luft. Sie sah es aus dem Augenwinkel, war aber zu erstarrt, um auch nur zu zucken. Es war, als streife ein kalter Hauch ihren Arm. Mehr spürte sie nicht. »... Discede ergo nunc, discede, seductor. Tibi eremus ...«

Der Dämon heulte zornig auf. Sein Umriss schwoll an und ab. Gliedmaßen schlugen wütend um sich.

»... humiliare et prosternere. Iam non est differende tempus. Amen.«

Es gab einen Knall, so laut, dass er Sophie durch Mark und Bein fuhr. Sie sah auf. Rauch schwelte an einer Stelle des Türrahmens. Kafziel war fort. Im Flur ertönte ein Krachen, dann schlug eine Tür gegen eine Wand.

»Polizei! Werfen Sie die Waffe weg und kommen Sie mit erhobenen Händen raus!«

10

»Wie haben Sie das gemacht?« Ungläubig betrachtete Capitaine Lacour den Türrahmen. Das abkühlende Holz knisterte noch immer, wenn auch mittlerweile fast unhörbar. Im Schlafzimmer, dessen Fenster und Läden Gonod gerade öffnete, um den Rauch abziehen zu lassen, roch es nach erloschenem Lagerfeuer und einem Hauch Schwefel. Die Polizistin in Zivil, die Sophie beschattet hatte und nach dem Knall in die Wohnung geeilt war, schüttelte fassungslos den Kopf. Auch im hellen Sonnenlicht, das nun hereinfiel, war nicht mehr zu erkennen als der Abdruck einer Hand – eingetieft, als hätte der Dämon die Finger in nassen Gips gelegt, an den Rändern verkohlt wie von einem Brandeisen.

»Das war ich nicht«, wiederholte Sophie, was sie bereits Lacours Kollegin versichert hatte, bevor er eingetroffen war. »Wie sollte ich denn so etwas bewerkstelligen?« Sie konnte den Blick kaum von dem seltsamen Mal lösen. Im Buch von

Petersdorff hatte sie zwei Schwarz-Weiß-Aufnahmen ähnlicher Abdrücke gesehen, die im Detail voneinander abwichen, und auch Kafziels unterschied sich von ihnen durch das verkohlte Holz. Das wirklich Merkwürdige war jedoch nicht, dass die Hand eine ungewöhnliche Anatomie aufwies – der Daumen war zu lang und zu weit oben angesetzt –, sondern wie es Kafziel überhaupt gelungen war, die Finger ins Holz zu pressen. Aus Erfahrung wusste sie, dass selbst ein Schlag mit einem Hammer kaum mehr als eine flache Delle hinterließ. Falls sie noch einen Beweis für die Kräfte des Dämons gebraucht hätte, wäre kaum ein besserer denkbar gewesen. Bei dem Gedanken, dass sie dieser Macht so furchtlos getrotzt hatte, wurde ihr übel. Rasch wandte sie sich ab.

»Es muss irgendwie mit Sprengstoff gemacht worden sein, sonst hätte ich keine Detonation gehört«, vermutete die Ermittlerin.

»Sprengstoff? So präzise?«, zweifelte Gonod.

»Und wer würde einen solchen Aufwand betreiben, um jemanden zu erschrecken? *Falls* das der Sinn der Sache war«, fügte Lacour mit einem Seitenblick auf Sophie hinzu. »Wie dem auch sei – ein Fall für die Spurensicherung. Fordern Sie ein Team an, Gonod! Ich will wissen, wer sich mit welchen Mitteln in der Wohnung eines Mordverdächtigen zu schaffen gemacht hat. Das ganze Haus hätte abbrennen können. Kommen Sie, Mademoiselle!«, wandte er sich an Sophie. »Wie Sie sich denken können, habe ich noch ein paar Fragen.«

Gehorsam ließ sie sich von ihm ins Wohnzimmer und auf den am weitesten von der Tür entfernten Sessel dirigieren. Wie war er so schnell hergekommen? Die Ermittlerin musste ihn schon lange vor dem Knall darüber informiert haben, dass sie in Jeans Wohnung gegangen war.

»Fangen wir ganz von vorn an«, beschloss der Capitaine und nahm ebenfalls auf einem der altmodischen Sessel Platz. »Was haben Sie in Mérics Wohnung zu suchen? Ich weiß, dass Sie mit ihm befreundet sind, aber ersparen Sie mir das Märchen, er habe Sie gebeten, seine Blumen zu gießen.«

Was schon deshalb sinnlos wäre, weil es hier keine einzige Pflanze gibt, stellte sie im Stillen fest und seufzte. Lacour mochte freundlicher sein als Gournay, doch es änderte nichts daran, dass sie wieder einmal nicht wusste, was sie sagen sollte. Um keinen Preis durfte sie die SMS erwähnen, sonst würde er so lange bohren, bis aufflog, dass Jean ein Handy benutzt hatte. »Ich bin nicht in seinem Auftrag hier, aber er hat mir gestattet, seine Bibliothek zu benutzen. Ich wollte nach einem Buch suchen, das man mir bei Delamairs nicht besorgen konnte.«

»Aha.«

Wenn er mich jetzt fragt, wie ich reingekommen bin, bin ich geliefert. Sie hatte keinen Schlüssel vorzuweisen und wusste nicht einmal, ob zufällig einer an der Garderobe lag.

»Sie sind also nicht hier, um irgendwelche Beweise zu beseitigen oder Unterlagen für seine Anwältin zu holen?« Er schmunzelte im Bewusstsein, dass sie wohl kaum wahrheitsgemäß antworten würde, falls es so war.

»Nein! Was für Beweise sollten das denn sein? Für eine Verschwörung gegen diesen Caradec? Die gab es nicht.«

»Wir haben hier eine Sammlung äußerst hässlicher Fotos gefunden, die zumindest verraten, dass sich Ihr Freund erstaunlich oft in der Nähe bestimmter Gewaltverbrechen befunden hat. Das kann kein Zufall sein.«

Nein, das wohl nicht. Er musste einen Riecher dafür haben, doch das würde Lacour als Erklärung nicht reichen.

»Ich kann Ihnen nur versichern, dass er auf der richtigen Seite des Gesetzes steht.«

»Möglicherweise betrachtet er sich zu sehr als außerhalb des Gesetzes stehend.«

Das konnte auch sie sich vorstellen, doch sie wollte es nicht kommentieren. Sie zwang sich zur Aufmerksamkeit, aber es fiel ihr schwer, sich auf das Gespräch zu konzentrieren. Immer wieder hörte sie innerlich das Wüten des Dämons und den Knall, roch den schwefeligen Qualm, der dem Handabdruck entstiegen war. Was war nur über sie gekommen, ihn zu ignorieren? Zum wiederholten Mal schielte sie auf ihren unversehrten Arm und glaubte, ein kurzes Prickeln zu spüren, wo die Klinge sie hätte schneiden müssen.

»Geben Sie zu, dass Sie hier waren, um jemanden zu treffen!«

Ertappt sah sie auf. »Nein! Wen denn? Jean ist doch in Haft, und Raphaël hat sich auch gestellt.«

»Ach, das wissen Sie?«

»Er hat mir mitgeteilt, dass er es tun wird.«

»Und wie?«

»Per SMS.« Sie würde ihm nicht sagen, dass es ihr gelungen war, ihn vor den Augen der ahnungslosen Ermittler zu treffen. Ihre Verbindungsdaten wurden dagegen sicher ohnehin schon unter die Lupe genommen. Was sie wohl besagten, wo Rafes Nachrichten herkamen?

»Sie tragen es mit Fassung, wie mir scheint.«

»C'est la vie, n'est-pas? Früher oder später hätten Sie ihn gefunden.« *Gott, klingt das abgebrüht. Wenn ich nicht wüsste, dass sie ihn nicht festhalten können, würde ich ganz anders hier sitzen.* Lacour schien es zu wissen, woher auch immer, doch welchen Reim würde er sich darauf machen?

»Sie behaupten also, Sie seien allein hier gewesen?«, hakte er nach.

Gonod erschien in der Tür und lehnte sich vorgeblich lässig an den Rahmen, aber seine unruhigen Augen verrieten, dass er aufgewühlt war. »Die Spurensicherung wird gleich hier sein.«

»Gut«, sagte Lacour sichtlich gereizt ob der Störung. »Massignon, gehen Sie für heute nach Hause! Nachdem Sie Bekanntschaft mit Mademoiselle Bachmann gemacht haben, werden Sie uns hier nicht mehr helfen können.«

»Oui, Capitaine«, rief die Polizistin aus dem Flur.

»Jetzt zurück zu Ihnen«, wandte er sich wieder Sophie zu. »Sie waren nicht allein hier. Brigadier Massignon hat gehört, wie Sie sich mit einem Mann gestritten haben.«

Sie konnte sich ein zynisches Lächeln nicht verkneifen. Auf diese Anklage gab es keine sinnvolle Antwort. »Und wo ist dieser Mann dann jetzt? Ihre Kollegin hat doch die Tür gesichert, bis Sie kamen, um alle Zimmer zu durchsuchen.« *Und in jeden Schrank und hinter jeden Vorhang zu sehen.* Als hätte sie einen weiteren Liebhaber versteckt.

»Ich hatte gehofft, dass Sie uns diese Frage beantworten können.«

»Tut mir leid, aber das kann ich nicht. Meines Wissens hat sich niemand aus einem Fenster abgeseilt oder sich in den Tod gestürzt. Welche Möglichkeiten, aus dieser Wohnung zu entkommen, fallen Ihnen noch ein?«

Er zuckte die Achseln. »Habe ich eine kriminelle Phantasie? Fakt ist, dass eine sehr glaubwürdige Zeugin die Stimme eines Mannes gehört hat – mehrfach! Das kann ich nicht einfach unter den Tisch fallen lassen. Was ist denn aus Ihrer Sicht in den Minuten vor ... ›dem Knall‹ geschehen?«

»Ein Dämon hat mich bedroht, und ich habe ihm gesagt, er soll sich zum Teufel scheren.«

Gonod bekam einen Hustenanfall, doch bis Sophie den Blick auf ihn gerichtet hatte, ließ sich nicht mehr sagen, ob er damit ein Lachen überspielte. Er hielt die Hand vor den Mund und die Augen auf den Boden gerichtet.

Sein Vorgesetzter sah sie an, als hätte er nicht die leiseste Ahnung, ob sie ihn auf den Arm nahm oder einfach nur verrückt war. »Sie, äh, sollten vielleicht weniger von diesen Büchern lesen.«

Schritte auf der Treppe kündigten das Eintreffen der Spurensicherung an.

»Nun gut. Hier werden Sie jedenfalls nichts von diesem Schund mitnehmen«, stellte Lacour fest. »Ich erkläre diese Wohnung zum Tatort, und wenn es nur für Brandstiftung ist, und damit wird sie versiegelt.«

Wetterleuchten flackerte über den kleinen Ausschnitt des Himmels, den Jean durch sein vergittertes Fenster sehen konnte. Irgendwo ging ein schweres Gewitter nieder, doch es war zu weit entfernt, um den Donner zu hören. Obwohl es nachts für gewöhnlich abkühlte, war es immer noch schwül in der Zelle. Auf der Suche nach Kälte lehnte er sich gegen die Betonwand, die ebenso zu schwitzen schien wie er. Vergeblich hatte er versucht zu schlafen. Raphael würde bald kommen, um zu fragen, wie er sich entschieden hatte, und er kannte die Antwort immer noch nicht.

In der vergangenen Nacht war ihm die Wahl einfach erschienen. Wer hätte nicht aus dem Knast gewollt? Sein Leben war hier in Gefahr, aber selbst wenn es nicht ganz so dramatisch kam, würde ihn ein ständiges Spießrutenlaufen durch Provokationen, Schläge und vielleicht Schlimmeres erwarten. Diese Anstalt atmete Gewalt und Verrohung, angeheizt durch Dämonen, die mit den Labilen und Frustrierten ihre Spielchen trieben.

Dass Raphael ihm die Chance bot zu entfliehen, war das Mindeste, was er für ihn tun konnte. *Er hat alles bekommen, und ich nur die Strafe.* Der Engel war erlöst worden, und für Sophie gab es keinen Grund mehr, sich von ihm fernzuhalten. Jean ließ den Hinterkopf gegen die Wand kippen. Der Schmerz des Aufpralls war ihm willkommen. Er musste endlich aufhören, sich damit zu quälen, dass er niemals so heldenhaft und makellos sein und Sophie ihn deshalb niemals in Betracht ziehen würde.

Es gab genug andere Gründe, aus dem Gefängnis zu fliehen. Nicht nur *sein* Leben war in Gefahr. Er musste auch an Lilyth denken und nicht zuletzt Kafziels Pläne durchkreuzen. War es so etwas wie Schicksal oder Vorsehung, dass der Engel ihn vor die Wahl stellte? Gab es keinen anderen, der Lilyth helfen und nebenbei die Welt vor der Rückkehr der Wächter retten konnte? *Hybris!*, mahnte ihn eine innere Stimme. *Wer bin ich, dass ich wage, mich für unersetzlich zu halten?* Er erinnerte sich daran, dass *er* es gewesen war, der Sophies Leben aus Eifersucht aufs Spiel gesetzt hatte. So kompromisslos, wie er stets geglaubt hatte, stand er wohl doch nicht auf der Seite des Guten.

Ich bin einfach schon zu lange allein. Was unterschied sein Leben denn vom Zölibat, den er so verteufelt hatte? Der gelegentliche One-Night-Stand ohne schlechtes Gewissen – für mehr hatte es nie gereicht. Zu seltsam kamen den meisten Frauen seine Ansichten vor, zu unzumutbar war das Leben, das er führte. Manchmal auch zu gefährlich. Und wäre es jetzt nicht furchtbar, eine verzweifelte Frau zu Hause zu wissen? Es war besser, dass er allein war, und wenn er jetzt ausbrach ...

Hin- und hergerissen stieß er sich von der Wand ab und stapfte von einem Ende der Zelle zum anderen. Die Konsequenzen, von denen Raphael gesprochen hatte, standen ihm lebhaft vor Augen. Wenn er seine Strafe brav verbüßte, konnte er sein Leben danach wieder aufnehmen, soweit es je einem Exhäftling möglich gewesen war. Doch wenn er floh, würde nichts mehr so sein wie vorher. Er würde untertauchen und sein Aussehen verändern müssen. Nie wieder würde er in seine Wohnung zurückkehren oder mit seinen Freunden im Jardin du Luxembourg Sport treiben können, ohne erkannt zu werden. Nie wieder würde er sich von der Polizei bei der Dämonenjagd erwischen lassen dürfen, sonst saß er für sehr viel längere Zeit ein. Einsamkeit, Vorsicht, Rastlosigkeit und Misstrauen würden sein Leben noch viel mehr bestimmen, als sie es bisher schon getan hatten.

Aber hatte er wirklich eine Wahl? Es mochte Hochmut sein zu glauben, dass nur er Lilyth vor dem Schlimmsten bewahren konnte, doch Gaillard traute er es nicht zu, und wer blieb dann noch? Der alte Mann konnte exorzieren, aber er würde keinen entlaufenen Teenager aufspüren. Und Kafziel? Sophie und Alex stand zwar ein Engel zur Seite, aber jener hatte schon einmal seine Hilfe gebraucht, um Sophie zu retten. Konnte er hier ruhigen Gewissens im Knast sitzen bleiben, während die Menschen, die ihm – ob er es nun gewollt hatte oder nicht – nahestanden, in Gefahr waren?

»Deine Entscheidung ist getroffen?«

Es war so selbstverständlich, in diesem Augenblick diese Stimme zu hören, dass Jean nur gelassen aufblickte. »Ja.«

Raphael reichte ihm eine zusammengelegte Uniform, wie die Aufseher sie trugen. »Ich kann sie nicht alle mit Blindheit und Taubheit schlagen, aber ich kann dafür sorgen, dass sie weniger aufmerksam und argwöhnisch sind. Geh einfach ruhig deines Weges.«

Das sagt sich so leicht. Rasch zog Jean die fremden Sachen über. Wo sie herkamen, war ihm gleich. Aber würden sie reichen, um aus der Nähe jemanden zu täuschen? Wäre es nicht besser, auch das Gesicht jetzt schon zu verändern? Raphael nickte nur.

Das ist verrückt, vollkommen verrückt, dachte Jean, während er sich im lodernden Halbdunkel des Wetterleuchtens den Dreitagebart abrasierte. Er kannte sich in dieser riesigen, verwinkelten Anlage nicht gut genug aus. Wie sollte er den nächstgelegenen Ausgang finden? Wie viele gab es, und welchen benutzten die Wärter dieses Trakts?

»Lass das meine Sorge sein. Geh jetzt! Ich muss bald zurück in meiner Zelle sein.«

Die Frage, ob sie ihn in der gleichen Haftanstalt eingesperrt hatten, lag Jean auf der Zunge, doch er sah dem Engel an, dass ihr Gespräch beendet war. Schloss und Riegel der schweren Stahltür klackten und ruckten, dann öffnete sie sich wie von Geisterhand. Ein Vers aus der Apostelgeschichte fiel ihm ein: »Der Engel des Herrn tat in der Nacht die Türen des Gefängnisses auf.« *Hybris!,* warnte ihn die Stimme erneut. War es sein Gewissen oder nur ein verkümmerter Rest des früheren Priesterschülers, der es unangemessen fand, sich mit Petrus zu vergleichen?

Als er sich noch einmal nach Raphael umdrehte, war der Raum leer. Er sammelte sich, atmete tief ein und trat auf den Flur. Da alle anderen Türen geschlossen waren, zog er seine wieder zu. Im ersten Moment wollte er es hastig tun, doch er besann sich eines Besseren. Kein Aufseher würde es damit eilig haben. »Geh ruhig deines Weges«, hatte der Engel gesagt. Es kostete Jean Überwindung, den Rat zu befolgen. Bei jedem Schritt war er sich der Überwachungskamera bewusst, die in einer Ecke über der Tür hing und die ganze Länge des hell erleuchteten Gangs erfasste. Vom Toben des fernen Gewitters oder dem Licht des Vollmonds war hier nichts zu merken, ebenso gut hätte er sich auf einer Raumstation oder tief unter der Erde befinden können.

Erzwungen langsam, aber doch zügig genug, um nicht orientierungslos zu wirken, ging Jean an den anderen Zellen vorbei und näherte sich dem Ausgang des Isolationstrakts. Es gab keinen Wächter, keine Schleuse. Von den Patrouillengängen der Nachtschicht abgesehen, wurde das Innere der Anstalt offenbar von zentraler Stelle aus an Monitoren überwacht. *Tu wenigstens so, als müsstest du aufschließen!*, sagte er sich und drehte die Hand vor dem Schloss, in dessen Innern er den Mechanismus klicken hörte. Wenn sie nach seiner Flucht die Videobänder ansahen, würden sie ihn entweder für einen begnadet raffinierten Einbrecher oder eine Art Houdini halten.

Noch während er die Tür durchschritt, *wusste* er plötzlich, in welche Richtung er sich dahinter wenden musste. Es war, als breite sich in seinem Kopf ein Lageplan des Gefängnisses aus, und die Anordnung der vielen Flügel des sternförmigen, von einer Mauer und Stacheldraht umgebenen Gebäudes, die ihm bis dahin ein Rätsel geblieben war, ergab auf einmal Sinn. Die Flucht erschien ihm nun realer, machbarer als zuvor. Unwillkürlich beschleunigte er seine Schritte. *Ruhe bewahren!*

In nächtliches Dämmerlicht getaucht, öffnete sich vor ihm eine der hohen, langgezogenen Hallen, die zu einer

Seite von Fenstern, zur anderen von einem mehrstöckigen Zellentrakt begrenzt wurde. Die einzelnen Etagen waren zur Halle hin offen. Nur eine Balustrade säumte den Gang, der jeweils vor den Zellentüren entlangführte. Schnarchen und schweres Atmen, das Rascheln von Decken und Laken, vereinzelte leise Stimmen und das Rauschen einer Toilettenspülung vermengten sich mit Jeans hallenden Schritten. Hoch über ihm schlenderte ein Aufseher hinter einem der Geländer, die Augen auf das Innere der Zellen gerichtet. Rasch senkte Jean wieder den Blick, sah geradeaus und bemühte sich auszusehen, als ginge er einer wichtigen Aufgabe nach.

Erst als er hinter dem Ausgang angekommen war, merkte er, dass er den Atem angehalten hatte. Was würde er sagen, wenn ihn ein vermeintlicher Kollege ansprach? Grüßen, kurzer Blickkontakt, aber nicht zu hastig wegsehen, den Eindruck erwecken, man sei gerade in eiligem Auftrag unterwegs. Irgendwie so musste es gehen.

Er trat durch eine weitere, sich auf wundersame Weise öffnende Tür, folgte dem nächsten Gang, bog um die Ecke, wie sein neuer innerer Plan es vorgab. Dann lag sie vor ihm, eine der Sicherheitsschleusen. Raphael konnte ihn nicht einfach vor den Augen des Wachpersonals hindurchlassen. Zwei Männer und eine Frau, die wohl nicht alle hier Dienst hatten, sondern nur zu einem Plausch im engen Räumchen des Pförtners hängen geblieben waren, unterhielten sich angeregt hinter der Drahtglasscheibe.

Mit trockener Kehle näherte sich Jean der Gittertür und drückte auf den Knopf, mit dem die Öffnung angefordert wurde. Neugierige Blicke wandten sich ihm zu. Er nickte grüßend und rang sich ein kleines Lächeln ab. Seine Züge kamen ihm widerspenstig, wie verhärtet vor. Die Frau und einer der Männer schenkten ihm keine weitere Beachtung, doch der Pförtner runzelte die Stirn. Seine Hand schien eine Ewigkeit über der Öffnen-Taste zu schweben. Kannte er jeden einzelnen Mitarbeiter? Wunderte er sich, dass ihm dieses Gesicht nicht bekannt vorkam?

Gerade als Jean einfiel, dass ein echter Wärter nun bereits ungeduldig aussehen würde, summte der Mechanismus, der die Tür in Bewegung setzte. Er ging hindurch – hinter ihm schloss sich das Gitter wieder – und trat mit unbewegter Miene vor die zweite Tür der Schleuse. Wie beiläufig wandte er sich erneut zur Glasscheibe um. Der Pförtner starrte ihn immer noch an.

Sophie hielt vor dem Haus inne und überlegte, ob sie in den nächsten Supermarkt gehen oder zu den Marktständen in der Rue Mouffetard pilgern sollte. Für Madame Guimard und sich Lebensmittel einzukaufen und vier Stockwerke hochzuschleppen, gehörte zwar nicht zu ihren Lieblingsbeschäftigungen, doch nach den letzten Tagen freute sie sich, einmal etwas völlig Normales tun zu dürfen. Der Himmel war bewölkt, und es sah nach Regen aus, aber es war wenigstens nicht mehr so heiß. Lara hatte ihr eine SMS geschickt, dass Frau Michels noch mindestens zwei Tage fehlen würde. Vor dem Wochenende war demnach nicht mit ihr zu rechnen. Zum Glück hatte Madame Guimard nichts dagegen, auch Lara bei sich aufzunehmen. Sie erwog sogar, endlich zu ihrer Familie aufs Land zu fahren, wenn eine Freundin zu Besuch kam, die Sophie an ihrer Stelle beistehen konnte.

Auf der gegenüberliegenden Straßenseite stand eine Frau und starrte zu ihr herüber. Mit dem aufgesteckten roten

Haar, ihren üppigen Kurven, die das luftige Sommerkleid zu sehr ausfüllten, und der großen Sonnenbrille, hinter der sie ihr Gesicht versteckte, hätte sie ebenso gut Einheimische wie Touristin sein können, aber warum hätte sie dann so gaffen sollen? *Die ist ja total unauffällig,* dachte Sophie ironisch. Wenn die B. C. keine dezenteren Ermittlerinnen mehr aufzubieten hatte …

Sie erkannte die Frau im gleichen Augenblick, da sich jene in Bewegung setzte und auf sie zukam. Vor Überraschung konnte sie sich nicht rühren, fragte sich verwirrt, ob sie einen Angriff zu befürchten hatte und weglaufen oder besser mit ihr sprechen sollte. Auf die Schnelle konnte sie keine Waffe entdecken, also straffte sie sich, um der Situation die Stirn zu bieten.

»Mademoiselle, bitte, ich muss mit Ihnen reden«, flehte die Rothaarige. »Lassen Sie sich von mir auf einen Kaffee einladen.«

»Äh.« Nun war sie endgültig verblüfft. Was wollte die Frau von ihr? Konnte es ihr schaden, unter den Augen der Polizei mit einer Frau zu sprechen, die sie beschuldigt hatte, sie umbringen zu wollen? Es würde zweifellos seltsam wirken, aber es musste ja nicht wie ein freundliches Zusammentreffen aussehen. Bewusst setzte sie eine kühlere Miene auf. »Worum geht es?«

Auch die Züge ihres Gegenübers verhärteten sich, obwohl die Stimme noch immer einen bettelnden Unterton hatte. »Darum, dass ich Ihnen nichts getan habe.«

Shit. Daran hatte sie nach dem Zwischenfall mit Arnaud gar nicht mehr gedacht. *Shit. Shit. Shit.* Sie hatte die Frau in Schwierigkeiten gebracht, um Jean zu helfen, deshalb war sie ihr dieses Gespräch schuldig. Doch Geneviève hatte gesagt, dass niemand aus Caradecs Zirkel ein Unschuldslamm war. Womöglich hatte sie bei anderen Ritualen Menschen gequält oder gar umgebracht. *Aber ich weiß es nicht sicher. Heißt es nicht: Im Zweifel für den Angeklagten?* So oder so, es ging nicht darum, Freundschaft zu schließen oder ihr zu vertrauen. Und sicher war es besser, herauszufinden, was die Satanistin von ihr wollte, als sie sich endgültig zum Feind zu machen. »Also gut, gehen wir.«

Sie ließ die Rothaarige zum Café an der Ecke vorangehen. Wieder fragte sie sich, wie die Szene auf die Ermittler wirken musste, sobald sie ahnten, *wer* sie angesprochen hatte. Um es nicht nach einer geheimen Beratung aussehen zu lassen, bestand sie darauf, sich an einen der kleinen Tische auf dem Bürgersteig zu setzen. *Seht her! Ich habe nichts zu verbergen.*

Die Schwarzmagierin bestellte zwei Kaffee und schwieg dann, bis die Kellnerin außer Hörweite war. »Arnaud hat mich angerufen und gewarnt, dass die Polizei nach mir sucht«, eröffnete sie Sophie. »Oder zumindest nach jemandem, auf den meine Beschreibung passt. Bis jetzt hat sie noch keine Spur zu mir geführt, aber ich will kein Risiko eingehen.«

Sophie schluckte. *Zu spät. In diesem Moment haben sie dich gefunden.* Wie konnte die Frau so dumm sein? Aber wie sollte sie andererseits ahnen, dass der Commissaire sie observieren ließ? Jeder aus dem Zirkel musste glauben, dass sie in diesem Fall als das Opfer des Verbrechens feststand.

»Ich ... weiß, dass ich nicht die Mittel wie Arnaud habe, um Sie dazu zu bringen, Ihre Aussage gegen mich zurückzunehmen.« Sie nahm die Sonnenbrille ab, sodass Sophie ihr in die grünbraunen, wie von Heuschnupfen leicht verquollenen Augen sehen konnte. »Aber ich appelliere an Ihr Gewissen!« Wieder schwankte ihre Stimme zwischen Flehen und Härte. »Ich habe Ihnen nichts getan.«

Sie unterbrach sich, bis die Bedienung die duftenden, dampfenden Tassen abgestellt hatte und wieder fort war. »Mir wurde gesagt, Sie seien freiwillig gekommen, um sich für den großen Plan zu opfern. Ich fand das mutig und bewundernswert, aber auch ein bisschen ... gutgläubig. Wenn man Dämonen anruft, weiß man nie, ob man wirklich bekommt, was sie einem versprechen. Aber das tut jetzt nichts zur Sache. Jedenfalls konnte ich nicht wissen, dass Sie vielleicht doch nicht aus freien Stücken bei uns waren. Alles sah danach aus. Vielleicht wussten Sie auch nicht, was Sie erwartete. Julien – Caradec – kann Ihnen sonst was erzählt haben. So war er. Trotzdem hat das nichts mit mir zu tun. Was werfen Sie mir vor, dass Sie mir die Polizei auf den Hals hetzen?«

Sophie rührte verlegen in ihrer Tasse. »Ich ... glaubte, Sie seien in den Betrug eingeweiht.«

»Dann hat er Ihnen also etwas vorgemacht? Lernen Sie daraus! Männern kann man nicht trauen. Und einem wie Caradec schon gar nicht. Ich war seine Geliebte, und nicht einmal mir hat er die Wahrheit gesagt.«

»Aber es war ...« Sie schluckte den Rest des Satzes hinunter und nippte am Kaffee. Es hatte wenig Sinn, den Irrtum aufzuklären.

»Bitte, Sie müssen mir glauben, dass ich nichts davon wusste! Ich schwöre Ihnen, als ich hörte, dass er tatsächlich tot ist, habe ich der schwarzen Magie entsagt. Ich weiß nicht, was an diesem Abend schiefgelaufen ist, aber ich will damit nichts mehr zu tun haben. Diese Dinge sind unberechenbar. Ich bin fertig damit.«

Zu spät, dachte Sophie erneut, doch sie spürte kein Bedauern. Wenn Geneviève recht hatte – und das war bei einem Engel anzunehmen –, war ein scharfes Verhör das

Mindeste, was diese Leute verdienten. In ihrer Aussage hatte sie nicht behauptet, dass die Rothaarige sie ermorden wollte. Sie hatte nur wiedergegeben, was gesprochen worden war. Darauf, was Gournay daraus machte, hatte sie keinen Einfluss mehr, es sei denn, sie begann wieder zu lügen. Aber das würde sie für eine Fremde, an deren Händen womöglich Blut klebte, gewiss nicht tun.

Die Frau sah sie erwartungsvoll und streng zugleich an. Sympathie zu wecken, gehörte offensichtlich nicht zu ihren Stärken. Sophie rutschte unbehaglich auf ihrem Stuhl herum. Die Kälte, die sie unter der trügerisch weichen Oberfläche dieses Körpers spürte, stieß sie ab. »Ich … ähm …« Eine Eingebung ließ sie verstummen. Hatten die Zirkelmitglieder gewusst, worum es Kafziel bei dem Ritual gegangen war, oder hatte er sie ebenso getäuscht wie sie? Konnte ihr die Rothaarige mehr über den Schlüssel verraten? Doch sie musste vorsichtig sein. Die Frau mochte behaupten, mit dem Satanskult gebrochen zu haben, aber es war besser, keine schlafenden Hunde zu wecken. »Vielleicht könnte ich in meiner Aussage noch einmal betonen, dass Sie eigentlich freundlich zu mir waren und mich in keiner Weise bedrohten, wenn Sie mir dafür auch weiterhelfen.«

»Wobei?« Die Gier, das Angebot anzunehmen, stand ihrem Gegenüber ins Gesicht geschrieben, doch in Blick und Stimme schwang unverkennbar Argwohn mit.

»Mich … beschäftigt die Frage, wofür ich tatsächlich geopfert werden sollte. Sehen Sie, Kaf… äh, Caradec redete mir ein, ich könne durch mein Leben meinen verstorbenen Verlobten aus der Hölle freikaufen und im Himmel mit ihm vereint sein. Mir ist jetzt klar, dass es ihm niemals darum ging, aber worum dann?«

Die Rothaarige kämpfte sichtlich mit einem Lachen.

»Ja, es war naiv von mir«, gab Sophie gereizt zu. »Kommen Sie zur Sache, wenn Sie sich lange genug über mich amüsiert haben.« War sie wirklich so gutgläubig, wie ihr ständig alle zu verstehen gaben? *Es sind nur die verderbten Seelen, die mir das einreden wollen.* Andererseits musste sie tatsächlich vorsichtiger werden.

»Tut mir leid«, behauptete die Rothaarige wenig überzeugend. »Es ist einfach ... Ach, lassen wir das. Sie wollen Informationen von mir und ich Gerechtigkeit von Ihnen. Natürlich ging es Caradec nicht darum, Ihnen irgendetwas Gutes zu tun. Er hat immer nur an sich gedacht. Daran, wie er noch mehr Macht erlangen kann. Nun ja, darum geht es bei der schwarzen Magie ja schließlich auch. Da er jetzt tot ist, muss ich wohl auch nichts mehr verbergen. Er ... hatte einen Pakt mit einem Dämon geschlossen.« Sie sah Sophie an, als sei ihr bewusst, dass jene sie nun für verrückt halten würde, und verzog kurz spöttisch die Lippen, bevor sie weitersprach. »Wenn Sie es also wissen wollen, Sie waren als Gabe für diesen Dämon bestimmt.«

Das sollte alles sein? »Hm, ehrlich gesagt habe ich einen Freund, der sich mit solchen Dingen auskennt, und so viel konnte er mir auch schon sagen. Ich hatte mir erhofft, etwas mehr darüber zu erfahren, welche Ziele Caradec damit verfolgte.«

»Über die Mehrung seiner Macht hinaus?« Die Rothaarige lehnte sich auf ihrem Stuhl zurück.

»Nun, es gab ... aus gewissen Kreisen ... Hinweise darauf, dass es ihm darum gehe, irgendwelche mysteriösen Wächter zu befreien.«

Die Überraschung auf dem Gesicht der Frau wirkte echt. »Dann wissen diese Leute mehr über seinen Plan als ich. Aber ich gebe zu, dass ich mich für die Hintergründe nie besonders interessiert habe. Mir genügte, dass uns die Sache Einfluss und Reichtum verschaffen sollte. Deshalb war auch Sylvaine Caradecs Stellvertreterin, nicht ich.«

»Er hat also nie etwas über diese Wächter gesagt?«

»Möglicherweise hat er sie erwähnt, und ich habe dem keine Beachtung geschenkt. In den Beschwörungen kommen immer wieder Wächter vor, unglaublich viel kryptisches Zeug. Das geht bei mir zum einen Ohr rein und zum anderen wieder raus. Alles, was ich weiß, ist, dass er sich in letzter Zeit sehr mit dem Louvre beschäftigt hat.«

11

Er drehte sich um und versuchte, sich noch einmal halbwegs bequem hinzulegen, doch der Teppich in der Bibliothek des *L'Occultisme* polsterte den Boden kaum ab. Auch die zusammengeknüllte Jacke eignete sich nur mäßig als Kopfkissen, aber das alles war immerhin besser, als sich mit den Clochards um die Bänke an der Seine zu streiten. Jean war oft genug durch die nächtliche Stadt gestreift, um zu wissen, dass jeder einigermaßen einladende Schlafplatz heiß begehrt und umkämpft war. Es gab zu viele Obdachlose in Paris. Etliche schliefen auf blankem Asphalt, Glücklichere verkrochen sich unter Sträuchern. *Das kann mir auch noch blühen,* fürchtete er, doch er wollte nicht zu weit vorausschauen. Für den Augenblick hatte er ein Dach über dem Kopf und – dem laternenverfälschten Dämmerlicht vor den Fenstern nach zu urteilen – noch ein paar Stunden Zeit, bevor Monsieur Delamair auftauchen und ihn höchstwahrscheinlich rauswerfen würde.

Übermüdet schloss er die Augen. Verglichen mit dem Gefängnis war es hier gespenstisch still. Er konnte es noch nicht ganz glauben, dass er tatsächlich durch alle Sicherheitsvorkehrungen spaziert war, als gingen sie ihn nichts an. Den misstrauischen Pförtner hatten schon bald seine Freunde abgelenkt, und am nächtlichen Haupteingang war er sogar noch in einen kurzen Wortwechsel über eine Prügelei verwickelt worden, die sich am Vortag auf dem Hof ereignet hatte. Bis zu ihm in die Isolationshaft war diese Nachricht zwar nicht vorgedrungen, doch für einen oberflächlichen Kommentar hatte er zum Glück keine Details wissen müssen. Sobald die Überwachungsbänder ausgewertet waren, würden einige Leute gewaltigen Ärger bekommen ...

»Jean!«

Überrascht riss er die Augen auf. Durch die Jalousien fiel taghelles Licht in den Raum. Wenn er nicht bald wieder eingefangen werden wollte, musste er sich dringend einen leichteren Schlaf angewöhnen.

»Bist du verletzt?« Alex legte seine Laptop-Tasche hastig auf dem erstbesten Tisch ab und eilte zu ihm.

Abwehrend wedelte Jean mit den Händen, während er sich aufsetzte. »Nein, alles okay. Nur ein bisschen gerädert. Der Boden ist verdammt hart.«

Sein Freund reichte ihm eine Hand, um ihm aufzuhelfen. »Mann, du Teufelskerl! Wie bist du hier reingekommen? Warst du wirklich in deiner Wohnung? Ich hab von Sophie nichts mehr gehört.«

»In meiner Wohnung?«, wunderte er sich beim Aufstehen. »Ich bin doch nicht bescheuert. Dort suchen sie mich doch als Erstes.«

»Das haben wir auch gedacht, als deine Nachricht kam.«

»Eine Nachricht? Von mir?«

»Na, die SMS, dass du Sophie in deiner Wohnung treffen willst.«

»Aber ich hab doch gar keine ...« Er verstummte über den schlimmen Befürchtungen, die seine Phantasie sofort ausmalte.

»Die war nicht von dir?«, begriff auch Alex endlich. »Aber sie kam von derselben Nummer, von der aus du *mich* angerufen hattest.«

Von einem Handy, das zertreten und womöglich eine Toilette hinuntergespült worden war? Und selbst wenn es Driss gelungen wäre, die SIM-Karte zu retten, hätte niemand im Gefängnis überhaupt gewusst, dass es Sophie gab. Das ließ nur einen Schluss zu. »Merde! Sie ist hingegangen und hat sich nicht mehr gemeldet?« Er eilte zur Tür.

»Jean, bleib hier! Wenn du in diesem Aufzug auf die Straße rennst, haben sie dich sofort! Dann kannst du ihr erst recht nicht mehr helfen.«

Verdammt! Er hielt inne und schlug mit zusammengebissenen Zähnen die Faust gegen den Türrahmen. »Warum musst du immer recht haben?«

»Hab ich das? Na ja, jedenfalls hat sie nicht mit mir vereinbart, sich noch mal zu melden, also muss das nichts heißen.«

»Aber die Nachricht kann nur von diesem verfluchten Dämon gekommen sein!«

In Alex' Miene spiegelte sich Besorgnis. »Dämonen, die SMS verschicken, klingen irgendwie seltsam, aber in diesem Fall logisch. Soll ich sie anrufen?«

»Fängst du jetzt auch schon an, alle unsere Sicherheitsregeln über Bord zu werfen? Wenn die Polizei das mithört, bist du geliefert.«

»Glaubst du, dass sie *mein* Handy angezapft haben? Das ist eine unregistrierte Karte.«

»Stell dich nicht dumm! Sie hören Sophie ab. Für die Flics geht es schließlich um Mordverdacht.«

Alex wischte sich mit der Hand den Schweiß von der Stirn. »Natürlich! Ich ... ich muss erst mal wieder runterkommen. Du machst mich ganz hektisch. *Das alles* macht mich hektisch. Was glaubst du, was mein Vater mir erzählt, wenn er dich hier findet?«

»Tut mir leid. Ich will nicht lange bleiben. Das wäre auch nicht sicher genug. Aber jetzt will ich als Erstes wissen, was mit Sophie passiert ist.«

»Was heißt, du willst nicht lange bleiben? Wo willst du denn hin? Und in diesen Klamotten kommst du sowieso nicht weit. Kein normaler – wie nennt sich das? – Strafvollzugsbeamter läuft in seiner Uniform durch die Pariser Innenstadt.«

»Ja, ja, ich hab's verstanden.« Ungeduldig begann Jean, in der Bibliothek auf und ab zu gehen.

»Bist du auch sicher, dass dich niemand beim Reingehen gesehen hat? Falls die Bullen die Nachbarn befragen, will ich ...«

»Mich hat keiner gesehen. Ich bin durch den Hinterhof und hab mich im Schatten gehalten. Da sind nachts nur Ratten und Katzen unterwegs.«

»Du bist durch die Hintertür? Aber du hast doch gar keinen Schlüssel.«

»Es lag genug Draht in dem ganzen Unrat herum, der sich in so einem Innenhof sammelt, und das Schloss ist nicht gerade Hightech.« Was Jean noch für eine Untertreibung hielt, denn es stammte wohl aus der Zeit vor dem letzten Krieg.

»Gut, dass kein normaler Mensch hier einbrechen will«, meinte Alex und beschloss wahrscheinlich gerade, es auszutauschen. »Okay, nehmen wir an, dass dich niemand bemerkt hat. Dann solltest du auf dem gleichen Weg auch wieder verschwinden. Das ist wirklich der sicherste. Aber erst mal muss ich dir was anderes zum Anziehen besorgen. Oh, du hast den Möchtegernbart abgenommen. Ich hab mich schon die ganze Zeit gefragt, was mit deinem Gesicht nicht stimmt. Glaubst du, das reicht? Soll ich dir noch eine Perücke kaufen oder so?«

Jean versuchte, sich sich selbst mit einer Perücke vorzustellen, doch das Bild geriet stets zu etwas Albernem. »Nein, aber vielleicht sollte ich mir die Haare dunkel färben und eine Sonnenbrille aufsetzen.«

»Kann ich dir alles besorgen, aber wo wirst du unterkommen?«

»Ich dachte an Florence.«

»Wer war das noch gleich? Ach, *die* Florence?« Alex' Skepsis war unüberhörbar.

»Warum nicht? Sie schuldet mir Geld, und sie beherbergt ständig die Illegalen, die in ihrem Laden schuften.«

»Aber du kannst ihr nicht trauen. Gerade *weil* sie ständig an der Pleite entlangschrammt.«

»Mag sein. Aber wenn man selbst Dreck am Stecken hat, rennt man nicht so schnell zur Polizei.«

»Trotzdem. Das gefällt mir nicht. Sollen wir dich nicht lieber unter falschem Namen in einem Hotel einmieten?«

»Dazu bräuchte ich erst mal einen falschen Pass.«

»Auch wieder wahr.«

Jean unterbrach sein Auf und Ab und setzte sich. Langfristig würde er um einen gefälschten Ausweis nicht herumkommen, doch es gab Dringenderes. Er brauchte ein unregistriertes Handy oder – noch besser – mehrere unregistrierte SIM-Karten zum Austauschen, was in gewissen Läden kein Problem war, und er musste sich Gedanken darüber machen, wie er an Geld kam.

»Also wenn dir sonst nichts mehr einfällt, dann mach ich mich jetzt auf die Socken«, verkündete Alex.

»Ja, danke, du bist ein echter Freund.« Er sah ihm nach, wie er zur Tür ging. »Ach ja, Alex? Hast du irgendetwas über diesen Schlüssel herausgefunden, das ich mir ansehen könnte, wenn ich schon hier bin?«

»Meine heißeste Spur sind die Henochischen Schlüssel des Golden Dawn. Damit sollen doch angeblich jenseitige Ebenen geöffnet werden.«

In denen Engel oder nach Lovecrafts Visionen wohl eher Dämonen hausen sollen – auch wenn er sie anders genannt haben mag.

Als Sophie mit ihren Einkäufen beladen aus der Rue Mouffetard zurückkehrte, erwartete ein Teil von ihr, die Rothaarige noch immer im Café an der Ecke sitzen zu sehen. Stattdessen hatte ein Pärchen ihre Plätze eingenommen und unterhielt sich angeregt über Teller mit *pain au chocolat* hinweg. Ob der Ermittler, der sie heute observierte, Verstärkung angefordert hatte, damit jemand die gesuchte Tatverdächtige verfolgte? Oder hatte er bei seinem Vorgesetzten nachgefragt, welche Person dringender im Auge behalten werden musste? Sie stellte fest, dass sie zu wenig über Polizeiarbeit wusste, um solche Fragen zu beantworten. Waren die Ermittler in Krimis nicht immer zu zweit? Aber sie konnte sich nicht vorstellen, wichtig genug zu sein, dass man gleich zwei Leute für ihre Überwachung abstellte.

So oder so hatte die Rothaarige die B. C. durch das Treffen mit ihr erst auf sich aufmerksam gemacht und würde sicher bald Besuch von Capitaine Lacour bekommen. Darüber, dass sie Caradecs Geliebte gewesen war, konnte Sophie nur den Kopf schütteln. Hatte Gournay nicht eine Ehefrau erwähnt? Aber für Satanisten gehörte Ehebruch wahrscheinlich noch zu den harmloseren Sünden. Ob Caradecs Frau mehr über sein offenbar neues Interesse am Louvre wusste? Es kam darauf an, ob sie überhaupt in seine Machenschaften eingeweiht war. Sophie konnte es nicht recht einschätzen. Für sie war es das Selbstverständlichste der Welt, dass man alle Geheimnisse mit dem Menschen teilte, den man liebte. Aber wenn Caradec seine Frau betrogen hatte, galt es an diese Beziehung wohl andere Maßstäbe anzulegen. *Was soll's? Ich kann schlecht bei ihr klingeln und fragen. Wenn sie hört, wer ich bin, schmeißt sie mich hochkant raus.*

Sie erreichte den Hauseingang und kam sich mit den vollen Taschen und Tüten wie ein ungeschickter Jongleur vor, als sie den Schlüssel hervorzauberte und öffnete. Mit dem Fuß schob sie die Tür wieder hinter sich zu. Erst jetzt merkte sie, dass es trotz der Wolkendecke draußen wieder schwül geworden war, denn im dämmerigen Vorraum am Fuß der Treppe legte sich angenehm kühlere Luft auf ihre Haut. Neben den Briefkästen lehnte ein schlanker Mann an der Wand, der trotz des warmen Wetters eine Sweatjacke trug und die Kapuze so weit ins Gesicht gezogen hatte, dass es weitgehend im Schatten verborgen blieb. Auf den ersten flüchtigen Blick erinnerte er mit seinen abgewetzten Jeans und ausgeleierten Turnschuhen an einen Clochard.

Unwillkürlich regte sich Misstrauen in ihr. Was hatte er

hier zu suchen? *Wenn er im Haus wohnen würde, stünde er wohl kaum hier herum.* Rasch sah sie weg und ging an ihm vorbei auf das Treppenhaus zu. Sie glaubte zu spüren, dass er sie beobachtete. Als sie hörte, dass er sich hinter ihr bewegte, stockte ihr Herz.

»Folgen sie dir auch ins Haus?«

Jean? Sie wirbelte herum, sah in das Gesicht, auf das nun mehr Licht fiel. Die Kapuze verdeckte das Haar, und die Wangen waren ohne Stoppeln ungewohnt hell, doch an den Augen erkannte sie ihn, obwohl er nicht so freundlich blickte wie sonst, sondern geradezu grimmig. Der verbitterte, harte Zug, der sich manchmal um seinen Mund angedeutet hatte, trat deutlicher hervor denn je. Kein Wunder, wenn er damit rechnete, dass jeden Moment die Polizei hereinstürmte.

»Jean! Nein, ich glaube nicht, dass sie reinkommen. Sie behalten nur die Tür im Auge.« Noch immer musste sie ihn ansehen. Es war so unwirklich, dass er plötzlich vor ihr stand. Vor Freude wäre sie ihm am liebsten um den Hals gefallen, stellte hastig die Tüten ab, doch dann traute sie sich nicht, hob nur ein wenig die Arme, breitete sie zaghaft aus, woraufhin er ihr den letzten Schritt entgegenkam und sie an sich zog. Für einen Augenblick schloss sie die Lider und nahm nichts anderes wahr als ihn. Sein Geruch hatte sich verändert. Das dezente Rasierwasser war einem angenehm herben Deo gewichen. Keine Spur von Zigarettenqualm mehr, dafür kam der Duft seiner Haut besser zur Geltung. Es tat ihr gut, seine Arme um sie zu spüren. Sie mochte die Art, wie seine Hände über ihren Rücken strichen. Hatte hinter seinen Versuchen, sie von ihrer gefährlichen Zuneigung für den gefallenen Engel abzubringen, doch mehr gesteckt als nur der Wunsch, sie vor Unheil zu bewahren?

Beim Gedanken an Rafe versteifte sie sich, und Jean gab sie sofort frei. Was sollte Rafe von ihrem Gerede von unsterblicher Liebe halten, wenn sie sich ständig dabei ertappte, sich zu Jean hingezogen zu fühlen? Immerhin war er ein Engel. *Selbst wenn ich es wollte, könnte ich nichts vor ihm verbergen.*

»Geht es dir gut?« Die Sorge machte seinen Blick weicher, aber nicht weniger angespannt. »Warst du in meiner Wohnung? Die Nachricht kam nicht von mir.«

»Woher ...«

»Alex hat es mir erzählt.«

Drei Antworten drängten zugleich darauf, ausgesprochen zu werden, sodass sie die Worte zu einem Buchstabensalat verhaspelte. *Durchatmen!*, ermahnte sie sich und versuchte, ihre Gedanken zu ordnen. Sollten sie wirklich hier stehen bleiben, wo jede Sekunde jemand herein- oder die Treppe herabkommen konnte? »Es geht mir gut, aber lass uns doch oben weiterreden. Ist es hier unten nicht zu gefährlich?«

Jean sah aus, als sei er kurz in Versuchung, den Vorschlag anzunehmen, doch dann schüttelte er den Kopf. »Nein. Wenn ich mit in deine Wohnung gehe und sie dann plötzlich vor der Tür stehen, sitze ich in der Falle. Hier kann ich immer noch durch die Hintertür abhauen.«

Das war nicht von der Hand zu weisen. »Die Nachricht stammte von Kafziel. Er ... hat Gefallen daran gefunden, mich unter falschem Namen in Hinterhalte zu locken.«

»In meinem Namen in meine Wohnung ...« War es Hass, der in seinen Augen aufflackerte? Der Ausdruck verschwand zu schnell, um ihn zu deuten. »Hat er dich angegriffen? Was wollte er?«

Instinktiv beschloss sie, ihm nicht zu erzählen, womit der Dämon gedroht hatte. Auf der Flucht vor der Polizei hatte

Jean genug Sorgen. Es war unnötig, ihnen die Vorstellung ihrer Leiche auf seinem Bett hinzuzufügen. »Er wollte mir einreden, dass ich zu Ende führen muss, was auf dem Père Lachaise begonnen wurde, weil ich es mit Blut besiegelt habe. Aber ich …« Trotz allem musste sie schmunzeln. »Ich hatte deine Notfallausrüstung aus dem *L'Occultisme* dabei und hab ihn zum Teufel geschickt.«

Jean grinste. »Zum Teufel geschickt, ja? Wenn du so weitermachst, ernennt der Papst dich noch zur Ehrenexorzistin.«

»Ich fürchte nur, dass deine Wohnung etwas darunter gelitten hat«, gestand sie zerknirscht. »Er hat einen Handabdruck auf einem der Türrahmen hinterlassen.«

Der Ernst kehrte in seine Miene zurück. »Ist mir gleich. Ich werde sie ohnehin nicht wiedersehen. Hauptsache, dir ist nichts passiert. Geneviève sagte, du wärst beinahe gestorben.« Vage deutete er auf ihre Unterarme.

Wie von selbst hob sie das Handgelenk, das Kafziel verletzt hatte, und drehte die Unterseite nach oben. Seit gestern trug sie nicht einmal mehr ein Pflaster. Wenn die wundersame Heilung so weiterging, würde man bald nichts mehr von dem Schnitt sehen.

Jean umfasste ihren Arm und strich mit dem Daumen behutsam über die Narbe. »Es tut mir leid, dass es so weit gekommen ist. Ich habe Raphael nur aufgehalten.«

»Unsinn«, befand sie und entzog ihm widerstrebend ihr Handgelenk. »Es ist nicht deine Schuld, dass ich so dumm war, auf einen Dämon reinzufallen.«

»Trotzdem hätte es nicht so weit kommen müssen.«

»Ich will jetzt nicht hier im Hausflur darüber diskutieren, aber hör auf, dir Vorwürfe zu machen. Ohne dich wäre ich vielleicht tot.«

Als wolle er widersprechen, öffnete er den Mund, nur um ihn doch wieder zu schließen. Er zuckte die Achseln. »Du hast recht. Es ist weder die richtige Zeit noch der passende Ort, um sich zu streiten. Ich wollte nur wissen, ob es dir gut geht.«

»Ich komme schon klar, aber was ist mit dir? Kann ich dir irgendwie helfen? Was wirst du denn jetzt tun?«

»Erst einmal werde ich einen Unterschlupf suchen und mir ein paar Verkleidungen zulegen. Fürs Erste reicht das hier.« Demonstrativ zog er eine Sonnenbrille aus der Jackentasche. »Und dann muss ich Kafziel aufhalten. Selbst wenn du ihm widerstehen kannst, wird er nicht aufgeben, sondern sich ein anderes Opfer suchen.«

»Du meinst, dass du den Schlüssel finden musst.«

»Du hast mit Alex darüber gesprochen?«

»Ja, er erwähnte irgendwelche magischen Formeln, die mit Henoch zu tun haben, aber ...«

»Nicht überzeugend.«

Sophie, die dabei an ihr Gespräch mit der Rothaarigen gedacht hatte, sah ihn überrascht an. »Du weißt es schon?«

»Was soll ich wissen? Dass es die Bücher mit den Schlüsseln überall zu kaufen gibt? Wenn man mit ihnen tatsächlich das Gefängnis der Wächter öffnen könnte, hätte es irgendein Größenwahnsinniger längst getan. Und Kafziel bräuchte weiß Gott kein Menschenopfer, um an diese Formeln zu kommen.« Er schüttelte den Kopf. »Nein, ich glaube nicht mehr, dass er sein Wissen aus irgendeiner allgemein zugänglichen Quelle hat, deshalb werden wir in keiner bekannten Schrift etwas dazu finden.«

Seine Argumente bestärkten sie darin, wie wichtig die Information war, die sie beisteuern konnte. »Klingt logisch. Und ich finde, es passt zu etwas, das ich heute Morgen erfahren habe. Die Mitglieder von Caradecs Zirkel werden alle nervös, weil die Polizei nach ihnen sucht, deshalb hat mich eine von ihnen angesprochen. Sie sagte, sie wisse nicht viel über seine Pläne, aber er sei in letzter Zeit sehr am Louvre interessiert gewesen.«

»Am Louvre?«, wiederholte er verblüfft.

»Ja. Sie meinte, man hätte glauben können, er wolle dort einbrechen, aber das sei ja nicht so sein Metier gewesen.«

Nachdenklich furchte er die Stirn. »Das ist in der Tat seltsam – und gut zu wissen!«

Das unausgesprochene Lob freute sie so sehr, dass es ihr peinlich war. Verschämt lächelte sie. »Hilft uns das denn weiter?«

»Noch weiß ich nicht, wie, aber es ist der einzige konkrete Hinweis, den wir haben. Ich werde mir Gedanken darüber machen, sobald ich irgendwo untergekommen bin.«

»Werde ich dich erreichen können?«

»Nein.«

Das Wort traf sie unerwartet hart.

»Du musst sehr vorsichtig sein. Dein Handy wird mit Sicherheit abgehört.«

Sophie erschrak. *Das geht?* Sie hatte gedacht, so etwas funktioniere nur im Festnetz.

Ihre Enttäuschung musste ihr ins Gesicht geschrieben stehen, denn er sah sie mitfühlend an. »Ich werde schon einen Weg finden, um mit dir in Kontakt zu bleiben.«

»Weiß deine Anwältin, dass du ausgebrochen bist?«, erkundigte sie sich in der Hoffnung, er werde ihr wieder Geneviève vorbeischicken, wenn es sonst keine Möglichkeit gab. Aber vielleicht hatte er auch gegen ihren Rat gehandelt.

»Ich bin sicher, dass sie bereits davon erfahren hat«, erwiderte er lächelnd. »Schließlich war es ein Engel, der ...« Er brach ab, als aus einem der oberen Stockwerke Schritte herabhallten.

Hastig raffte Sophie ihre Tüten und Taschen zusammen. Wer auch immer die Treppe herunterkam, sollte sie nicht im trauten Gespräch mit einer so verdächtigen Gestalt sehen. »Viel Glück, Jean! Lass dich nur nicht erwischen!«

»Pass auf dich auf!«, murmelte er und beugte sich vor, um rasch ihre Wange zu küssen, bevor er zur Tür eilte.

Das letzte Mal, als er an der Station Anvers ausgestiegen war, hatte Sophie ihn begleitet. Warum war danach alles schiefgegangen? Hätte er darauf bestanden, dass sie zu dem Gespräch mit Schwester Adelaide mitkam, wäre das ganze Elend nicht geschehen. Er hätte ahnen müssen, dass ihre fadenscheinigen Argumente vorgeschoben gewesen waren und in Wahrheit etwas ganz anderes abgelaufen war. Doch er hatte die leisen Zweifel ignoriert und ihr vertraut. Einer Frau, die unter dem Einfluss eines Dämons stand. *Selbst schuld.*

Er ließ sich mit dem Strom der Touristen aus der Métrostation und in die Rue de Steinkerque hinauftreiben, die steil den ewig weißen Kuppeln Sacré-Cœurs entgegenführte. Selbst an einem trüben Tag wie diesem hob sich das Wahrzeichen Montmartres hell gegen die Wolken ab, als sei es gerade erst erbaut oder frisch gestrichen worden. Trotz der Wolken war es so warm, dass Jean unter seiner Kapuze immer mehr schwitzte. Gereizt streifte er sie vom Kopf. In den heruntergekommenen Sachen, die Alex in einem Secondhandshop und dem eigenen Kleiderschrank zusammengesucht hatte, ging er in diesem Viertel mühelos als Einheimischer durch, doch würde er dadurch nicht umso mehr auffallen, sobald er Gaillards Kirche betrat? Nachdem sich der Abbé als sein Beichtvater aufgespielt hatte, gehörte Gaillard mit Sicherheit zu den Personen, von denen die Polizei erwartete, dass er bei ihnen auftauchte. Zumal ihnen dazu außer Gaillard und Sophie kaum jemand einfallen dürfte, da sie hoffentlich immer noch keine konkrete Spur zu Alex führte.

Noch einmal ließ er den Blick über die Touristen schweifen, die eine ebenso bunte Menge bildeten wie die Händler zu beiden Seiten der Straße. Souvenirläden und kleine Lokale reihten sich dicht an dicht und beschallten sich gegenseitig mit Musik, als ob die vielen Menschen mit ihrem Plappern, Lachen und Rufen nicht laut genug gewesen wären. Er beschloss, sich anzupassen, und erstand in einem der besser sortierten Geschäfte eine Bermudashorts und ein T-Shirt mit dem Aufdruck »I love Paris«. Während die asiatische Verkäuferin ihm in akzentgefärbtem Französisch versicherte, dass er umwerfend aussehe, musterte er sich im einzigen Spiegel. Die am Waschbecken der Toilette im *L'Occultisme* schwarz gefärbten Haare hatten in Kombination mit der Rasur und der Sonnenbrille bereits eine beachtliche Veränderung ergeben. Die Touristenkluft verwandelte ihn nun endgültig in einen beliebigen Reisenden, der beinahe überall herstammen konnte. Zufrieden stopfte er Jeans und Jacke in einen halbwegs dezenten Rucksack und bezahlte mit einem Teil des Geldes, das Alex ihm geliehen hatte. Wann und wie er es wohl zurückgeben würde? Hastig verscheuchte er den Gedanken. *Ein Schritt nach dem anderen!*

Es fiel ihm nun viel leichter, sich wie selbstverständlich unter die Leute zu mischen. Sogar die fliegenden Händler auf den Stufen, die sich die begrünte Anhöhe zur Kirche hinaufwanden, fielen auf sein Outfit herein und boten ihm ihre Miniatur-Eiffeltürme an. Lächelnd winkte er ab. In der Hochsaison war das Gedränge auf dem Vorplatz besonders schlimm, doch heute wusste er es zu schätzen.

Oben angekommen wandte er sich nach links, um zum Eingang der kleineren Kirche Saint-Pierre zu gelangen, die neben der den ganzen Hügel dominierenden weißen Basilika auf den ersten Blick unscheinbar wirkte. Dass der Großteil der Touristen sie überhaupt nicht wahrzunehmen schien, wunderte ihn nicht, aber einige folgten doch den Empfehlungen ihrer Reiseführer und schlugen denselben Weg ein wie er. Das strenge, von klassischen, eckigen Formen und Pfeilern beherrschte Portal stand in merkwürdigem Gegensatz zu den gotischen Gewölben und Spitzbögen im weitgehend schmucklosen Inneren. Jean mochte die schlichte Schönheit, die ohne goldenen Prunk und überladene Wandgemälde auskam. Nur das Licht, das durch die bunten Fenster hereinfiel, verlieh dem Gotteshaus seine sanften Farben.

Die Reihen der Kirchenbänke waren weitgehend leer. Direkt vor dem Altarraum saß jemand, und auf der Höhe der beiden Beichtstühle knieten zwei reuige Sünder, um Rosenkränze zu beten oder was auch immer die Priester ihnen aufgetragen haben mochten. Ein älterer Mann schien noch darauf zu warten, dass er Gelegenheit zur Beichte erhielt. Jean wusste, dass Gaillard diesen Dienst an jedem Mittwoch- und Samstagnachmittag verrichtete. Viele Geistliche, die sich selbst nicht näher mit Exorzismen befassen wollten, schickten ihm Menschen, die Hilfe gegen dämonische Umtriebe suchten. Die Beichte war aus Sicht der Kirche der geeignete Einstieg für alles Weitere, das nötig werden mochte.

Wie die meisten Touristen mied Jean den Mittelgang und schlenderte unter den niedrigeren Gewölben der Seitenschiffe umher, wo er die vereinzelten Heiligenstatuen an den Wänden betrachtete, bis er die Beichtstühle erreichte. Die Sonnenbrille mochte im Innern einer Kirche seltsam anmuten, doch er stellte fest, dass er zwar eine Seltenheit, aber zum Glück nicht der einzige Idiot war, der sie aufbehielt.

Er blieb stehen und sah nachdenklich zwischen den Kirchgängern und den wie übergroße, von einem Kreuz gekrönte Kleiderschränke aussehenden Beichtstühlen hin und her, als begreife er gerade, was die Leute hier taten. Falls ihn jemand beobachtete, sollte es so aussehen, als sei es ein spontaner Entschluss, dass er sich dazusetzte.

Da die Kirche unter Priestermangel litt und für die wenigen beichtwilligen Gemeindemitglieder nur einen Geistlichen aufbieten konnte, musste er warten, bis dem älteren Herrn, der vor ihm gekommen war, die Absolution erteilt wurde. Erst dann durfte er in das Zwielicht hinter dem schweren, dunklen Vorhang eintreten, wo er die Sonnenbrille nun doch absetzen musste, um überhaupt noch etwas zu sehen. Erleichtert, es bis zu Gaillard geschafft zu haben, ließ er sich nieder. »Vergib mir, Vater, denn ich bin nicht gekommen, um zu beichten.«

Einen Augenblick herrschte Stille. Nur die hallenden, schlurfenden Schritte der Touristen drangen herein.

»Méric?«, flüsterte der Abbé durch das Gitter. »Großer Gott, hoffentlich hört die pietätlose Bande nicht den Beichtstuhl ab!«

»Dann sind Sie bereits informiert?«

»Himmel, ja! Heute Morgen standen sie bei mir vor der Tür und behaupteten, mich davor warnen zu wollen, dass Sie ausgebrochen sind und bei mir auftauchen könnten. In diesem Fall solle ich natürlich sofort diesen Capitaine Lacour anrufen.«

»Werden Sie das tun?« Im Grunde glaubte er nicht daran, aber konnte er sich wirklich sicher sein? Bislang hatte er nie ernsthaft mit dem Gesetz in Konflikt gestanden.

»Sie mögen einen anderen Eindruck haben, aber ich weiß, dass wir letztlich auf derselben Seite stehen«, behauptete Gaillard. »Es gibt nicht viele aufrechte Streiter gegen die Legion der Dämonen, und auch wenn ich Sie der Sünde des Hochmuts für schuldig halte, gehören Sie zu den wenigen, die es ernst meinen. Was Sie getan haben, war gerecht. Justitia ist blind, wie wir wissen, aber in diesem Fall wäre es besser, sie könnte sehen, was tatsächlich in der Waagschale liegt.«

Jean schwieg beeindruckt. Dass der Abbé ihn trotz ihrer Differenzen so sehr schätzte, hatte er nicht erwartet.

»Wollen Sie nicht doch endlich dem Hochmut entsagen, die Beichte ablegen und einen neuen Anfang als Diener Gottes wagen? Ich bin sicher, dass es Wege gäbe, Sie außer Landes zu schmuggeln und in einem Orden zu verstecken, wo Sie Ihre Priesterweihe nachholen könnten.«

War das die Lösung seiner Probleme? Bot ausgerechnet die Kirche ihm einen gangbaren Ausweg an?

»Sie müssen es ja nicht sofort entscheiden«, sagte Gaillard leise. »Denken Sie in Ruhe darüber nach.«

»Das werde ich, denn ich weiß Ihre Loyalität zu schätzen.«

»Wenn es nicht das war, weshalb Sie riskiert haben, zu mir zu kommen, was dann?«

»Ich will wissen, ob es etwas Neues von Lilyth, pardon, Céline gibt. Hat man sie gefunden?«

»Nein. Bedauerlicherweise sucht die Polizei immer noch nach ihr. Von ihren Schulfreunden will niemand sie gesehen haben. Ich kenne mich in technischen Dingen nicht aus, aber ihr Handy, über das man sie angeblich leicht finden sollte, ist offenbar nicht zu orten.«

Ein Teenager ohne sein Handy? Hoffentlich bedeutete das nichts Schlimmes. »Danke, dann werde ich mich nach ihr umsehen.«

»Das ist es, was ich an Ihnen schätze, Méric. Selbst jetzt, da Sie selbst ein Kreuz zu tragen haben, wollen Sie anderen das ihre erleichtern.«

»Wünschen Sie mir Glück, Gaillard.«

»Das Glück ist wankelmütig. Möge der Segen des Herrn Sie begleiten!«

12

Als Sophie mit ihren Einkäufen in der Wohnung angekommen war, hatte es sie viel Selbstbeherrschung gekostet, nicht alles fallen zu lassen und zum nächsten Fenster zu rennen, um nachzusehen, ob Jean gerade vor dem Haus abgefangen wurde. Einsilbig hatte sie Madame Guimards Fragen nach ihrem Vormittag und den Marktständen beantwortet, während sie im Stillen um Jean gebangt und auf Polizeisirenen gelauscht hatte, bis er zu weit weg sein musste, als dass sie noch etwas von seiner Verhaftung hätte wahrnehmen können. Stunden später saß sie in ihrem Zimmer und versuchte, sich zur Abwechslung auf einen Liebesroman zu konzentrieren, doch ihre Gedanken schweiften immer wieder ab.

Ich sollte aufhören, mir so viele Sorgen zu machen. Indem sie sich mit Hirngespinsten seiner Festnahme quälte, half sie ihm schließlich auch nicht. Schuldbewusst merkte sie, dass sie den ganzen Tag noch nicht an Rafe gedacht hatte. Er war nun bereits den dritten Tag in Haft, aber in der ganzen Aufregung hatte sie kaum Zeit gehabt, ihn zu vermissen. *Um einen Engel muss man sich auch nicht sorgen, oder?* Schlimmstenfalls langweilte er sich in seiner Zelle. Was hatte Jean wohl über einen Engel sagen wollen, bevor sie unterbrochen worden waren? Dass bei seinem Ausbruch ein Schutzengel über ihn gewacht hatte? Vielleicht war Geneviève an seiner Seite gewesen.

Ob die B. C. wohl vorbeikommen und sie zu Jeans Flucht befragen würde? Einerseits lag es nahe, sie aushorchen zu wollen, da sie als vermeintlich enge Freundin möglicherweise sein Versteck kannte. Andererseits musste ihnen klar sein, dass sie ihn niemals verraten würde. Auf keinen Fall durfte sie sich anmerken lassen, dass sie bereits Bescheid wusste. Mit welcher Reaktion konnte sie wohl am glaubwürdigsten Überraschung heucheln?

Sie steigerte sich so sehr in dieses fiktive Gespräch, dass sie vor Schreck vom Bett sprang, als es an der Tür klingelte. Angespannt horchte sie auf Madame Guimards Schritte zur Tür, die das alte Parkett wie stets unüberhörbar machte. *O mein Gott.* Es war so weit. *Capitaine Lacours Stimme.* Sie wartete nicht, bis man sie rief, sondern ging den beiden Männern entgegen. »Bonjour, Messieurs.«

Gonod nickte ihr freundlich zu, während sein Vorgesetzter eine ernste Miene machte.

»Bonjour, Mademoiselle. Dürfte ich Ihnen ein paar weitere Fragen stellen?«

Als ob ich eine Wahl hätte. »Selbstverständlich.«

»Bitte, Messieurs, setzen Sie sich in meinen Salon«, lud Madame Guimard sie höflich ein. Ihr Gesicht verriet nicht, was sie wirklich von diesem neuerlichen Überfall hielt.

»Danke, Madame, aber machen Sie sich keine Umstände.«

Die alte Dame lächelte unverbindlich, doch dann warf sie Sophie einen Blick zu, in dem deutlich zu lesen stand: »Für die? Hatte ich nicht vor.«

Sophie unterdrückte ein Grinsen. Madame Guimard hielt sonst so viel auf gute Umgangsformen, dass die Polizisten sie schon sehr enttäuscht haben mussten, um keinen Kaffee zu bekommen. Sie hatte ihnen wohl noch nicht verziehen, dass sie Sophies Opferrolle anzweifelten und ihre Entführung nicht verhindert hatten.

Lacour und Gonod blieben stehen, bis Sophie auf einem der Sessel Platz genommen hatte. Ob es Höflichkeit war oder eine eventuelle Flucht verhindern sollte, vermochte sie nicht zu entscheiden. »Worum geht es heute?«, erkundigte sie sich in bewusst neutralem Ton.

»Können Sie sich das nicht denken?«, fragte Lacour zurück.

»Äh …« Sollte das eine Falle sein? Dann war sie nicht besonders geschickt gestellt. »Nein.«

»Dann muss ich Ihnen wohl auf die Sprünge helfen. Warum haben Sie uns verschwiegen, dass Sie Kontakt zu einer Zeugin haben, von der Sie behaupten, sie nicht zu kennen?«

»Ach so!« Daran hatte sie gar nicht mehr gedacht. »Ich kenne diese Frau ja auch nicht. Sie hat sich mir immer noch nicht vorgestellt. Außerdem hatte ich vor heute Morgen nicht mehr mit ihr gesprochen, seit das alles passiert ist.«

»Sie waren also nicht mit ihr verabredet?«

»Nein! Glauben Sie denn, ich wäre so blöd, mich ganz öffentlich mit ihr zu treffen, wenn es anders wäre? Sie hat mir aufgelauert. Wahrscheinlich hat Arnaud ihr meine Adresse gegeben. Sein Bruder hat mich ja hinreichend ausspionieren lassen.«

»Sie könnten das auch sagen, weil es glaubhaft klingt, und

in Wahrheit doch Kontakt haben. Was glauben Sie, was für ein Theater uns die Leute so vorspielen«, erwiderte Lacour unbeeindruckt.

Sophie verzog das Gesicht. »Ich weiß, dass Sie nur Ihre Arbeit machen, aber es weckt nicht gerade Sympathien bei mir, dass Sie mich ständig verdächtigen. Mit diesen Satanisten habe ich nichts zu tun!«

Der Capitaine machte eine Geste, die sich als »Wenn Sie das sagen« interpretieren ließ. Dass er ihr wirklich glaubte, schien unwahrscheinlich. Er schoss Gonod, der nervös mit dem Fuß wippte, einen gereizten Blick zu. »Und was wollte die Frau dann von Ihnen?«

»Dasselbe, was auch Arnaud will: Dass ich meine Aussage zu ihren Gunsten ändere.«

»Sie meinen, sie hat Sie auch bedroht?«, platzte Gonod heraus.

»Nein, eher angefleht – obwohl es ihr schwerfiel. Sie … sagte, dass sie von Caradec in dem Glauben gehalten wurde, ich sei dort, um mich freiwillig opfern zu lassen.«

»Interessanterweise hat Monsieur Arnaud das ebenfalls gesagt«, stellte Lacour fest. »Allerdings können sie sich natürlich abgesprochen haben, da sie miteinander bekannt sind. Wir haben von Arnaud die Namen der anderen bereits erhalten, sodass wir Madame … Wie war der Name doch gleich?«

Netter Versuch. »Ich kenne ihn nicht.«

»Ach so, ja. Und? Werden Sie Ihre Aussage ändern?«

»Dazu sehe ich keine Veranlassung. Ich habe wahrheitsgemäß wiedergegeben, was an jenem Abend gesprochen wurde. Daraus konnte ich nur den Schluss ziehen, dass alle darin eingeweiht waren, dass ich umgebracht werden sollte. Ob sie geglaubt haben, dass ich aus freien Stücken sterben will … Möglich. Getan haben sie mir schließlich nichts, da sie ja alle geflohen sind, als dieser andere Mann auftauchte.«

»Hat sie Ihnen sonst noch etwas erzählt, was für diesen Fall von Bedeutung sein könnte?«

»Nur, dass sie das Ganze bedaure und sich zukünftig von diesen Kreisen fernhalten wolle, weil man Männern wie Caradec nicht trauen kann. Sie behauptet auch, seine Geliebte gewesen zu sein. Vielleicht ist das für Sie eine nützlichere Information als für mich.«

Die beiden Ermittler wechselten einen Blick. »Das wirft in der Tat ein neues Licht auf die Geschichte«, befand Lacour.

Es fiel Sophie auf, dass er nicht weiter ins Detail ging, aber weshalb hätte er seine Überlegungen auch mit ihr teilen sollen?

»Falls Ihnen noch mehr einfällt, wissen Sie ja, wie Sie uns erreichen können. Haben Sie schon von Ihrem Freund gehört?«

»Von welchem?« Dass er sich auf Jean bezog und versucht hatte, sie zu überrumpeln, dämmerte ihr erst, während sie die Frage stellte.

»Dem, der ausgebrochen ist.«

»*Jean?*« Es lag ihr schon auf der Zunge, doch in letzter Sekunde biss sie sich auf die Lippe. »Ausgebrochen? Wer?«, erkundigte sie sich so aufgeregt wie möglich, wenn man zugleich kühlen Kopf bewahren wollte.

»Méric. Das ist nicht zufällig der Grund, weshalb Sie in seiner Wohnung waren? Um ein paar Sachen für ihn zu holen?«

Jean hatte gesagt, dass sie ihr Handy abhören konnten. Lasen sie auch ihre Nachrichten? Hatte Kafziels SMS überhaupt den üblichen Weg über das Funknetz genommen?

Egal. Da stand nicht, dass ich ihm etwas holen soll. Er hatte sich mit ihr treffen wollen, obwohl er zu jenem Zeitpunkt noch im Gefängnis war. Sollte sich die Polizei ihren eigenen Reim darauf machen. »Nein. Ich wusste doch gar nichts davon. Wie ... konnte er denn überhaupt entkommen?«

Gonod schnaubte. »Das ist eine gute Frage.«

»Wir stellen sie uns alle«, stimmte Lacour ihm zu. »Falls Sie ihn sehen, sagen Sie ihm, dass es besser für ihn wäre, freiwillig zurückzukommen. Wenn wir ihn einfangen müssen, sehen Sie ihn erst zu Ihrem 30. wieder.«

Pizzeria, Bar, Brasserie ... Über dem Namen des kleinen Ecklokals standen so viele Bezeichnungen zur Auswahl, dass sich jeder hungrige oder durstige Passant angesprochen fühlen durfte. Jean ging zunächst auf der gegenüberliegenden Straßenseite vorüber, um sich einen Eindruck der Lage zu verschaffen. Es gab etliche Gäste, was nicht immer selbstverständlich gewesen war. Auf den Aufstellern mit den Spezialitäten des Tages und den Angeboten kompletter Menüs prangten ein paar neue Gerichte, ansonsten hatte sich seit seinem letzten Besuch nicht viel verändert. Die Renovierung, die Florence so gut wie in den Ruin getrieben hatte, stand dem *La Martinique* noch immer gut zu Gesicht, auch wenn nicht mehr alles brandneu aussah. Durch die weit geöffneten Türen wucherten Stühle und kleine Tische auf den Bürgersteig, und Blumenkübel verliehen dem Ganzen eine freundliche Note, obwohl die Pflanzen offenbar einen grünen Daumen vermissten. Es hätte Jean auch erstaunt, wenn Florence ein Händchen für Blumen gehabt hätte. Wahrscheinlich waren die Einzigen, die in ihrer Obhut nie eingingen, solche aus Plastik. Er schätzte, dass die Kübel eine Idee ihrer Tochter gewesen waren, die die meiste Zeit des Jahres beim Vater auf der Karibikinsel Martinique verbrachte, wo auch Florence einige Jahre gelebt hatte. Alles in allem sah das *La Martinique* nach einem harmlosen, einladenden Lokal aus. *Das ideale Versteck.* Oder zumindest wäre es das gewesen, wenn Florence in ihren Geldnöten nicht immer wieder nach »kreativen« Lösungen gesucht hätte.

Er überquerte die Straße, überflog zum Schein noch einmal die Angebote des Tages und trat ein. Die von Balken durchzogene Decke war so niedrig, dass er instinktiv den Kopf einzog, obwohl es nicht nötig war. Durch allerlei Zierrat und Lampen, die von dort herabhingen, wurde der Eindruck noch verstärkt. Dass der kleine Gastraum dennoch nicht wie eine Höhle wirkte, war den vielen Spiegeln und den offenen Türen zu verdanken. Der Geruch nach Pizza und gebratenem Fleisch ließ Jeans leeren Magen rumoren. Er hatte seit dem späten Frühstück, das Alex ihm mitgebracht hatte, nichts mehr gegessen. Ein großer, dunkelhäutiger Kellner nickte ihm zu und balancierte volle Teller an ihm vorbei nach draußen. Dahinter tauchte eine geschäftige Kollegin auf, die Jean bekannt vorkam, doch ihm fiel kein Name zu dem rundlichen, sommersprossigen Gesicht ein.

»Bonjour, Monsieur. Wünschen Sie zu speisen?«

Für einen Absacker an der Bar wäre es nun wirklich früh, dachte er und machte eine abwehrende Geste, während sein Blick nach Florence suchte. »Nein, ich …« Er entdeckte ihre schlanke Gestalt hinter dem Tresen, der zur Linken fast die komplette Wand einnahm. »Ich will nur die Chefin sprechen.«

Angesichts seines Aufzugs sah die Kellnerin ihn seltsam an, gab jedoch den Weg frei, als er auf Florence zuhielt. *Ganz die Alte.* Ihr einen Ton zu grelles Top, das farblich zum Nagellack passte, enthüllte reichlich solariumgebräunte Haut. Das mittlerweile wohl gefärbte, von blonden Strähnen durchzogene Haar hatte sie aufgesteckt, und um den Hals trug sie noch immer die Kette mit dem auffälligen goldenen Kreuz.

»Bonsoir, Monsieur. Darf's ein Drink sein?«

Er merkte, wie sie ihn hinter der unverbindlichen Miene taxierte. »Wenn er aufs Haus geht.«

Ihr erstauntes Gesicht verriet, dass sie ihn nicht erkannt hatte. Sie öffnete den Mund zu einer vermutlich schlagfertigen Antwort, denn er wusste, dass sie nie um eine Erwiderung verlegen war, doch er ließ ihr keine Zeit.

»Können wir reden?«, fragte er und zog die Sonnenbrille dabei so weit hinunter, dass sie seine Augen sehen konnte. »Allein?«

»Ach, du bist das! Wie läufst du denn rum, sag mal?« Kopfschüttelnd musterte sie ihn.

Rasch schob er die Brille wieder nach oben und sah sich nervös um. »Könntest du ein bisschen mehr Diskretion walten lassen? Ich darf nicht erkannt werden.«

»So? Na, du musst es wissen. Komm mit raus, dann mach ich eben Zigarettenpause.«

»Geht es auch privater als auf der Straße?«, drängte er, noch bevor sie hinter dem Tresen hervorkam. »Ich möchte *wirklich* nicht gesehen werden.«

Sie hob die Brauen und schien allmählich zu verstehen. »Also schön, gehen wir nach unten.«

Er folgte ihr die Kellertreppe hinab, wo nicht nur die Toiletten des Lokals, sondern auch einige weitere Türen von einem engen Gang abzweigten. Das von außen eher schmal und unscheinbar wirkende Haus barg in seinem Innern ein wahres Labyrinth, das zahllose Umbaumaßnahmen vergangener Zeiten hinterlassen hatten. Wie Jean von seiner Arbeit für Florence wusste, war es so verwinkelt, dass man sich verlaufen konnte, und es hätte ihn nicht gewundert, wenn eine der Türen in den Keller des Nachbarhauses oder zu einer Treppe in den Untergrund geführt hätte.

Stattdessen ging Florence in ein Zimmer voran, das offenbar als Aufenthaltsraum für die Belegschaft diente. Ein Fenster gab es nicht, aber einen vergitterten Lüftungsschacht. Dennoch roch es muffig und nach kaltem Rauch. Die vergilbten Tapeten lösten sich allmählich von den feuchten Wänden. Ein alter Kühlschrank brummte vor sich hin. Jacken und Taschen lagen auf den Stühlen um einen Holztisch, auf dem Gläser, eine angebrochene Wasserflasche und ein voller Aschenbecher standen.

»Abgeschiedener geht's kaum.« Florence nahm eine angebrochene Schachtel vom Tisch, fingerte eine Zigarette heraus, die sie sich in den Mundwinkel steckte, und bot ihm ebenfalls eine an.

Jean zögerte. Er hatte seit über einer Woche keine mehr angerührt und gerade erst angefangen, nicht mehr ständig daran zu denken. Doch der Anblick löste eine solche Gier aus, dass er zugriff, bevor er es bewusst entschieden hatte. *Einmal ist keinmal.* Und außerdem hatte er ohnehin kein Geld, um sich Nachschub zu kaufen.

Aus der Nähe betrachtet fiel auf, dass selbst das Make-up nicht verdecken konnte, wie sehr Sonnenstudio und Rauch Florences Haut gegerbt hatten. Sie ließ sich auf dem abgewetzten Sofa nieder, das die Einrichtung vervollständigte. »Also? Was hast du ausgefressen?«

Er wollte schon zu einer barschen Erwiderung ansetzen, als der erste Zug seine verblüffende Wirkung entfaltete. Es war ihm gar nicht mehr aufgefallen, dass der Entzug ihn noch immer gereizt gemacht hatte, doch die Gelassenheit, die ihn plötzlich überkam, ließ sich nicht leugnen. »Du weißt, was ich tue. Leider musste ich dabei das Gesetz übertreten, um das Leben einer Frau zu retten. Ich halte es für besser, wenn du nicht mehr weißt.«

»Es sind also wirklich die Flics, die nach dir suchen. Üble Sache.«

Warte, bis du morgen mein Fahndungsfoto in der Zeitung siehst. »Allerdings. Ich kann nicht mehr nach Hause, meine Konten dürften jetzt auch gesperrt sein …« *Und selbst wenn nicht, werde ich mein neues Gesicht nicht in die Überwachungskamera einer Bank halten.* »… und bei meinen Freunden lauern schon die Bullen auf mich. Glaub mir, dass ich dich nicht gern mit meinen Problemen belästige, aber ich muss untertauchen.«

Ihre Augen verengten sich, während sie an ihrer Zigarette sog. »Wenn du Geld willst, tut es mir leid. Ich habe keins«, behauptete sie kühl.

»Das erzählst du mir jetzt seit anderthalb Jahren.«

Ihre ruhige Fassade bröckelte. »Weil es wahr ist!«

»Schön, nehmen wir an, es ist wahr. Denn wenn ich glauben müsste, dass du mich auf den Arm nimmst, weil ich dir keinen Gerichtsvollzieher auf den Hals hetzen kann, könnte ich auf die Idee kommen, meine Arbeit hier ungeschehen zu machen.«

Erschrocken griff sie nach dem Kreuz auf ihrem Dekolleté. »Das kannst du?«

»Natürlich. Um einen Fluch aufzuheben, muss man erst einmal wissen, wie er bewerkstelligt wird.«

In ihrer Miene kämpften Angst und Schläue um die Vorherrschaft. »Das würdest du nicht tun. Du bist einer von den Guten. Dein Gewissen verbietet es dir. Gott verbietet es dir!«

»Was Gott will, interessiert mich nicht. Ich bin auf der Flucht, Florence. Wer jetzt nicht auf meiner Seite ist, ist gegen mich.«

»Ich bin auf deiner Seite, aber ich hab das verdammte Geld nicht!«

Jean zuckte die Achseln, obwohl er ihr glaubte. »Dann hast du jetzt Gelegenheit, deine Schulden auf andere Art zu begleichen.«

Sogleich schlich sich Misstrauen in ihren Blick. »Und die wäre?«

»Du versteckst mich eine Weile. Kost und Logis, wenn du so willst.«

»Pfff.« Sie blies eine besonders große Rauchwolke aus. »Weißt du, was du da verlangst? Wenn sie dich bei mir finden, bin ich auch dran.«

Seine Gelassenheit schwand. »Jetzt komm mir nicht so! Du lässt hier seit Jahren deine illegalen Küchensklaven hausen, also wirst du mich ja wohl auch noch unterbringen können.«

»Das ist was ganz anderes!«, empörte sie sich. »Ohne die hätt ich schon vor Jahren dichtmachen müssen.«

»Trotzdem könnte es dich in Teufels Küche bringen, und du tust es dennoch.«

»Weil ich muss.«

»Weißt du, ich könnte jetzt sagen, dass du das hier auch musst, weil ich sonst den Bann dieses Fluchs wieder aufhebe, den dir dein Faible für Afrikaner eingebracht hat. Aber mir wäre lieber, du würdest einsehen, dass du für deine Schulden irgendwann geradestehen musst.«

Sie nahm einen letzten Zug, stand auf und drückte die

Zigarette im Aschenbecher aus, bevor sie ihn wieder ansah. »Ich könnt mich heute noch dafür in den Hintern beißen, dass ich auf diesen Buschzauberer reingefallen bin. Aber wenn ich deinetwegen auffliege, marschier ich bis in den Dschungel und hetz ihn *dir* auf den Hals!«

Das Dach war aus weißem Stein gefügt, geschuppt wie die Haut eines Drachen. Kantiger, massiver als gewöhnliche Dachziegel türmten sich die in der Sonne leuchtenden Steinplatten zu einer flachen Kuppel, auf deren höchstem Punkt ein in milchiges Plastik gehülltes Gebilde emporragte. Sophie stand auf dem ebenso weißen Gang, der um das Dach führte. Über ihr wölbte sich der blaue Sommerhimmel, doch sie spürte weder Hitze noch die übliche Brise auf Sacré-Cœur. Nichts trennte sie von einem Sturz in die Tiefe als eine niedrige weiße Mauer. Jenseits des runden Dachs erhob sich der mächtige Hauptturm der Basilika, doch sie konnte den Blick nicht von dem verhüllten Gerüst abwenden. Aus dem Augenwinkel erahnte sie Jean, der an ihrer Seite stand und den Kopf schüttelte.

»Das bringt nichts. Es ist nur eine Statue.«

Die Worte weckten nur Trotz. Was auch immer das Gerüst und die Folie verbargen, es zog sie magisch an. Sie musste es sehen – um jeden Preis. Wie auf einer Treppe stieg sie Schicht um Schicht der steinernen Schuppen nach oben, bis sie sich direkt vor ihrem Ziel befand.

Doch auch aus der Nähe blieb das Plastik zu undurchsichtig. Mehr als ein bläulich grüner Schimmer drang nicht aus dem Innern. Ohne nachzudenken, griff sie nach dem Ende eines der breiten Klebebänder, die die Folie an ihrem

Platz halten sollten. Sie zog, und es löste sich mit hässlichem Krachen, bot dann doch Widerstand, löste sich ein Stück weiter, hielt wieder fest. Entschlossen zerrte sie stärker. Das Plastik dehnte sich, riss. Das plötzliche Nachgeben raubte ihr den Halt. Sie schwankte, warf sich nach vorn, krallte sich mit den Fingernägeln in die dicke Folie.

»Lass es sein! Es führt zu nichts«, rief Jean.

Und ob es das tut! Immerhin hatte sie schon einen kleinen Teil des Gerüsts freigelegt. Unbeirrbar pulte sie das Ende eines weiteren Klebebands ab, bis es lang genug war, um daran zu ziehen, kämpfte sich gegen die widerspenstige Verschmelzung von Klebstoff und Folie in einen Rausch. Jeder Fetzen, den sie löste, jeder Handbreit Plastik, der sich zur Seite zerren ließ, stachelte sie umso mehr an. Was sich darunter verbarg, schien unter ihren Anstrengungen zu schrumpfen. Eben noch hatte es sie weit überragt, nun reichte es kaum noch über ihren Kopf hinaus. Verwundert sah sie sich nach Jean um, der das Interesse an ihrem Treiben verloren zu haben schien und nun gedankenversunken auf der schmalen Umrandung des Dachs entlangspazierte, als sei es die Champs-Élysées.

Noch verwirrter wandte sie sich wieder der Gestalt zu, die sie aus der Folie geschält hatte. Kein Baugerüst mehr weit und breit, nur noch diese kupferne Skulptur eines Engels, die zu hellem Türkis verwittert war. Mit ausgebreiteten Flügeln reckte die Figur ein Banner gen Himmel, während unter ihrem Fuß ein Ungeheuer lag, dem das Schwert noch aus dem Nacken ragte. Macht und Triumph sprachen aus der Haltung des Engels, doch seine grünspanblauen Augen blickten tot ins Leere. Der Anblick berührte ihr Innerstes. Mit einem Mal sah sie das Gesicht klarer. *Rafe!* Es waren eindeutig seine Züge, seine Augen, die über sie hinweg gen

Himmel starrten. Er war irgendwo dort drin, gefangen in diesem kupfernen Körper, versteinert für die Ewigkeit. Hörte sie ihn nicht schreien? War es nicht seine Stimme, die zur Unverständlichkeit gedämpft durch das Metall drang? Sie musste ihn befreien! Aber wie?

Mit bloßen Fäusten trommelte sie auf die Brust der Statue ein, kratzte mit den Nägeln winzige Krümel oxidierten Kupfers ab, während ihr Tränen über die Wangen liefen. Feine Risse sprangen in der harten Schale auf. Ein Strick war plötzlich um die Stange des Banners geknotet, doch sie beachtete ihn nicht, schlug die Finger in die sich öffnenden Spalten, um sie zu weiten. Wie alte Farbe blätterte das marode Metall von der Gestalt ab, die sich darunter regte.

Lachend vor Glück wich Sophie einen Schritt zurück, stieg eine Stufe tiefer, um Rafael Raum zu geben, damit er die letzten Bruchstücke seines Panzers abschütteln konnte. Als sie zu seinem Gesicht aufsah, versiegte ihr Lachen. In seinen Augen funkelte ein unheiliges Licht. Dunkle, zerrupfte Federn bedeckten die Schwingen. Mit einem Triumphschrei warf er die Fahne aus der krallenbewehrten Hand. Sophies Blick folgte dem Seil, das daran festgebunden war. In der Ferne balancierte Jean darauf über den Abgrund.

»Nein!«

Schweißgebadet fand sie sich in ihrem Bett wieder. Ihr Herz raste so schnell, dass sie die einzelnen Schläge nicht mehr unterscheiden konnte. Keuchend rang sie nach Luft, strampelte das feuchte Laken von sich, um sich aufsetzen und freier atmen zu können. *Es war nur ein Traum. Ein blöder, bescheuerter Albtraum.* Rafe war kein gefallener Engel mehr, und ganz sicher wünschte er Jean nichts Schlechtes. Dieser Traum ergab überhaupt keinen Sinn. Es verhielt sich doch genau andersherum. Er war ein Monster gewesen, und sie hatte ihn erlöst – oder er sich selbst, so sicher war sie da nicht. Für ihn war jedenfalls alles gut ausgegangen. Warum spann sich ihr Gehirn nur so einen Mist zusammen?

Obwohl das mit Jean nicht ganz von der Hand zu weisen war. Schuldbewusst fuhr sie sich durch das wirre Haar. Ob es ihm wohl gut ging? Hatte er einen sicheren Unterschlupf für die Nacht gefunden? Sie konnte es nur hoffen. *Mein Gott, was hab ich ihm angetan?*

Eine in Samt und Seide gekleidete Vampirdame, zu groß und breitschultrig, um eine Frau zu sein, fauchte ihn spielerisch an, als er sie mit einer abwehrenden Geste auf Distanz hielt. Die verlängerten Eckzähne blitzten im Laserflimmern des ansonsten düster gehaltenen Clubs, dessen Wände und Decken bei Tag vielleicht nach Pappmaché ausgesehen hätten, doch in diesem Dämmerlicht wirkte das Gewölbe beinahe echt. Künstliches Moos und Flechten, Fledermausattrappen und Spinnweben wie aus der Geisterbahn erhöhten den Spaß der Gäste, die selbst aussahen wie dem Videoclip einer Gothic-Band entsprungen.

Jean schob sich durch die Menge weiß geschminkter Gestalten zur Bar. Kajalumrandete Augen, manche so umschattet, dass es krank oder gar leichenhaft aussah, musterten ihn. *So müde, wie ich bin, kann ich mit meinem Teint gar nicht auffallen.* Er brauchte dringend Koffein. In seinem Verschlag über dem *La Martinique*, den Florence ihm zugewiesen hatte, war er nach dem Abendessen eingenickt, und nur die Sorge um Lilyth hatte ihn noch einmal auf die Beine getrieben.

»Irgendwas, das richtig wach macht«, brüllte er dem Barkeeper über stampfenden Beat und das Dröhnen harter Gitarrenriffs zu. Der Mann kannte sich mit den neuesten Aufputschcocktails der Getränkeindustrie sicher besser aus als er.

»Cooles Outfit«, rief ihm der mit kniehohen Plateaustiefeln und barockem Gehrock aus schwarzem Samt bekleidete Typ neben ihm ins Ohr. Der bleichen Miene mit Lippen, die kaum mehr als dunkle Striche waren, konnte Jean nicht entnehmen, ob das Kompliment ironisch gemeint war, aber etwas anderes konnte er sich nicht vorstellen.

»Der letzte Schrei aus Tokio«, gab er grinsend zurück und schüttete die widerlich süße Kaffeelimonade hinunter, die der Barkeeper vor ihm auf den Tresen gestellt hatte. Aus der Nähe betrachtet war wohl unübersehbar, dass er das schwarze T-Shirt mit der Innenseite nach außen trug, um den peinlichen »I love Paris«-Aufdruck samt Eiffelturm zu verbergen. Immerhin hatte er das Größenetikett vorsorglich abgeschnitten, aber die Nähte verrieten ihn. Wenigstens gab es an der schwarzen Hose nichts auszusetzen, die Alex ihm gekauft hatte.

»Ach, so neu ist das mit den Nähten nicht mehr«, gab der Fremde zurück. »Hab ich letztes Jahr schon gesehen. Ich find die Spiegelschrift geil.«

Überrascht sah Jean in den Spiegel hinter der Theke. Je nach Lichteinfall des Lasers konnte man tatsächlich Buchstaben erkennen, da der dicke Aufdruck den Stoff versteifte.

»Man muss zu seiner Stadt stehen. Vor allem zu dieser.«

»C'est vrai – das ist wahr«, meinte der Plateausohlen-Mozart und prostete ihm zu.

»Kennst du zufällig eine Lilyth?«

»Lilyth? Nein, nie gehört.«

»Trotzdem danke.« Jean ließ die Horde, die die Bar belagerte, hinter sich und reihte sich wieder in den Strom der Gäste ein, der in gemächlichem Tempo um die Tanzflächen herum von dunkler Nische zu dunkler Nische floss, wo man in kleinen Grüppchen beisammensaß, um sich gegenseitig ins Ohr zu schreien. Es war nun schon der dritte Club, den er nach Lilyth absuchte. Auf diese Art würde ihm bald das Geld ausgehen, aber – untergetaucht oder nicht – Lilyth war ein Teenager und deshalb am ehesten dort zu finden, wo sich ihre Szene traf.

Mit der Zeit fiel es schwer, sich auf die einzelnen Gesichter zu konzentrieren. Sie verschwammen immer mehr zu einer Masse weißen Make-ups und blitzender Piercings, umrahmt von schwarzer Spitze und dunkelrotem Samt. Er konnte nur hoffen, dass die Polizei weniger Elan an den Tag legte als er und sich kein verdeckter Ermittler hier herumtrieb, denn die Sonnenbrille hatte er abnehmen müssen, um in diesem Dämmerlicht überhaupt jemanden zu erkennen.

Verdammt, das ist doch alles sinnlos! Lilyth konnte mittlerweile in einem der anderen Clubs sein, die er zuvor besucht hatte, und er würde es niemals erfahren. Ebenso gut konnte sie unter irgendeiner Brücke liegen oder tot in einem Müllcontainer. Wie sollte er sie in dieser riesigen Stadt jemals finden? Sie konnte Paris sogar verlassen haben, zu irgendeiner Bekannten, der sie vertraute, aufs Land gefahren sein. Erschöpft rieb er sich die Augen. *Ich bin einfach nur müde.*

Er würde sie schon auftreiben. Wenn nicht heute, dann morgen. Fürs Erste musste er zurück ins Marais, sonst würde die Sonne aufgehen, bevor er das *La Martinique* erreichte.

Vor dem Eingang des Clubs zog er das T-Shirt aus, wendete es und setzte gerade die Sonnenbrille auf, als eine Handvoll angeheiterter junger Leute auf die Tür zuhielt. Pflichtbewusst ließ er den Blick über die schwarz gekleideten Gestalten wandern, deren Kichern und Johlen so wenig zu ihrem düsteren Aussehen passen wollte. Die Kerle ignorierten ihn, während eins der Mädels ihm etwas zurief, das der Alkohol zu unverständlichem Lallen entstellte. Die anderen lachten. Lilyth war nicht bei ihnen, doch eine der jungen Frauen kam ihm bekannt vor. Hatte er sie nicht schon einmal unter den Mitgliedern ihres Zirkels gesehen, als er sie unbemerkt bei ihrem Unfug auf dem Friedhof beobachtet hatte?

»Du!« Er trat ihr in den Weg, sodass sie ihn verblüfft ansah. »Entschuldige, aber bist du nicht mit Lilyth befreundet?«

Ihr Teint hatte eine natürliche Farbe, doch ihre Augen umgab eine Kajalwolke, als hätte sie geweint und sich dabei über die Lider gerieben – was vermutlich nicht stimmte, aber womöglich ein beabsichtigter Effekt war. »Lilyth? Klar, ich kenn sie. Warum?«

»Weil sie wollte, dass ich ihr bei etwas helfe, aber ich erreich sie schon seit Tagen nicht mehr auf ihrem Handy. Hast du sie vielleicht gesehen?«

»O ja, das hab ich.« Ihre Miene verhieß nichts Gutes. »Mit Maurice, diesem Arsch. Deshalb hab ich auch nicht viel mit ihr geredet, obwohl sie echt übel aussah.«

»Du bist Madeleine, oder?«, riet er ins Blaue. Maurice war ein Typ, den alle Mädchen entweder toll fanden oder einen Arsch nannten, aber Lilyth hatte ihm erzählt, wie Maurice Madeleine gegen eine Säule gestoßen hatte. Vielleicht verbarg sich in der üppigen Mähne seines Gegenübers eine gar nicht so alte Narbe.

»Woher weißt du das?«, wollte ein anderes Mädchen erstaunt wissen. »Bist du'n Hellseher oder so was?«

Ob sie die Frage auch in nüchternem Zustand gestellt hätte? Jean schüttelte den Kopf. »Nein. Bloß ein Freund, der sich Sorgen um Lilyth macht.«

»Wenn sie was mit Maurice hat, kann sie Hilfe brauchen«, meinte Madeleine. »Wenn du mich fragst, sah sie echt fertig aus. Irgendwie seltsam, als ob sie Drogen intus hätte.«

Es ist also noch viel schlimmer, als ich dachte. »Hast du eine Ahnung, wo ich sie finden kann?«

Sie zuckte die trotz der kühlen Nacht nackten Schultern, die ihr Korsagenkleid und die Spitzenhandschuhe unbedeckt ließen. »Weiß nicht. Maurice hängt oft im Untergrund ab. Versuch's doch bei *L'Inconnue*.«

L'Inconnue. Jean sah das geheimnisvolle Lächeln des toten Mädchens vor sich, das über hundert Jahre zuvor aus der Seine gefischt worden war, und schauderte.

13

»Seltsam, dass ich früher einmal jeden Morgen gesehen haben soll, wie du aufwachst.«

Sophie lächelte verschlafen, ohne die Augen zu öffnen. Seine Finger spielten mit ihrem Haar, und sie wollte nicht riskieren, dass er aufhörte. Wie lange war es her, dass er sie wachgeküsst oder auch nur – so wie jetzt – auf ihrer Bettkante gesessen hatte? Es mussten bald fünf Monate zurückliegen.

»Meistens hast du's nicht gesehen«, murmelte sie. »Du warst nämlich ein Langschläfer.«

»Tatsächlich? Na ja, warum auch nicht? Ich weiß es ja nur nicht mehr.«

»Schlafen Engel eigentlich nie?«

Er lachte leise. »Nein. Warum sollten sie?«

»Das muss komisch sein. Ich kann mir gar nicht vorstellen, nie zu schlafen. Es ist eigentlich schön. Und man kann sich mal eine Pause gönnen, weil alle es tun.«

»Das Bedürfnis nach Pausen entsteht aus dem Körper,

der sich erholen muss. Er lenkt die Energien, die du den ganzen Tag für alles Mögliche brauchst, dann ins Immunsystem, und so etwas haben Engel nicht.«

Sie warf ihm einen Blick zu, rührte sich jedoch immer noch nicht, um ihn nicht vom Streicheln abzuhalten. »Ist es nicht das Gehirn, das den Schlaf braucht, um sich zu sortieren?«

»Es ist etwas komplizierter, als ihr Menschen glaubt, aber im Prinzip hast du nicht unrecht. Ihr grübelt viel und versucht ständig, Schlüsse aus allem zu ziehen, um die Welt besser zu verstehen. Aber wenn ihr dabei stecken bleibt, kommt ihr über Nacht dann oft zu neuen Erkenntnissen. Wie ich schon sagte, Engel tun das nicht. Wir wissen um die Dinge – oder wir wissen nicht. Es verwirrt mich immer noch, dass du und diese ganze Geschichte auch mich zum Grübeln bringt, obwohl ich es nicht richtig kann.«

»Ich bin jedenfalls froh, dass du wieder bei mir bist. In den letzten Tagen ist einiges passiert. Jean ist aus dem Gefängnis entkommen, und ...«

»Ich weiß. Ich war es schließlich, der ihm die Türen geöffnet hat.«

»Du?« Nun setzte sie sich doch auf, um ihn fragend anzusehen.

»Weshalb verwundert dich das so?«

»Na ja.« Sie hoffte, dass sie den Gedanken an die Konkurrenz zwischen den beiden schnell genug unterdrückt hatte, um sie nicht bloßzustellen. »Ein Engel als Fluchthelfer – das ist nicht gerade das, was man von euch erwartet.«

»Ist es das nicht? Du darfst irdische Gerechtigkeit nicht mit göttlicher verwechseln. Und außerdem hat die Befreiung aus einem Gefängnis biblische Tradition. Du solltest die Apostelgeschichte lesen«, riet er schmunzelnd.

»Wenn ich irgendwann mal wieder Zeit haben sollte«, wich sie aus. »Aber du bist der Engel. Du wirst schon wissen, was du tust.«

Ein Schatten huschte über sein Gesicht, als hätte er an etwas Unangenehmes gedacht, doch im nächsten Moment sah er sie wieder liebevoll an. »Ich bin jedenfalls hier, um dich zu warnen. Da ich heute Morgen auch nicht mehr in meiner Zelle zu finden bin, könnte Gournay ungehalten werden und überreagieren.«

»Was wird er tun?«

»Du weißt, dass ich nicht in die Zukunft blicken kann. Mach dir keine Sorgen! Vermutlich wird er nur seine Leute anbrüllen und auf den Tisch hauen. Ich wollte nur, dass du dich nicht wunderst, falls er dich schon wieder zum Verhör zitiert oder die Wohnung durchsuchen lässt.«

Sophie seufzte. Es würde dem Commissaire ähnlich sehen, seine Laune an ihr auszulassen, doch dass er Madame Guimards Wohnung antastete, blieb ihnen hoffentlich erspart. »Warum sollte er das tun? Sie überwachen doch Tag und Nacht den Eingang. Aus ihrer Sicht kannst du gar nicht hier sein.«

»Er könnte aber aus Ratlosigkeit und Frust trotzdem nach irgendwelchen Hinweisen auf meinen – oder Jeans – Verbleib suchen lassen. Bist du sicher, dass sie in einem solchen Fall nichts finden, das dich belasten kann? Wenn sie dir nachweisen können, dass du einem entflohenen Sträfling hilfst, werden sie dich verhaften.«

Beunruhigt ging sie in Gedanken alles durch, doch außer der Nachricht von Kafziel, die mit *Jean* unterzeichnet war, fiel ihr nichts ein, also nahm sie das Handy vom Nachttisch und löschte die SMS. »Ich wüsste nicht, was mich sonst noch reinreiten könnte.«

»Gut.« Er beugte sich vor, um sie zu küssen, und sie spürte, dass es ein Abschiedskuss war.

»Nein, warte!«, rief sie und hielt sogleich den Atem an. Hoffentlich hatte Madame Guimard sie nicht gehört. Im Rest der Wohnung war noch alles still, doch es drang bereits Licht durch die Ritzen der Fensterläden. Lang würde es nicht mehr dauern, bis Madame Guimard aufstand.

»Was hat die Frau dir erzählt?« Rafe musste das Bild der Rothaarigen in ihren alarmierten Gedanken gesehen haben.

»Dass sich Caradec vor seinem Tod auffallend für den Louvre interessiert hat. Es könnte natürlich gar nichts mit Kafziels Plänen zu tun haben, aber das glaube ich nicht. Sicher kannte er sie und wusste, wofür ihm das Ritual so wichtig war.«

»Du vermutest den Schlüssel im Louvre«, stellte er nüchtern fest.

»Ja, ist das so dumm?«

»Nein, nein, überhaupt nicht. Ich weiß es einfach nicht, und das irritiert mich. Im Grunde kann ich dir jedes Exponat aufzählen, das sie dort haben, und dir seine Geschichte erzählen, aber ob sich dieser Schlüssel darunter befindet oder nicht …« Ratlos schüttelte er den Kopf.

»Wie viele Ausstellungsstücke gibt es im Louvre?« Wenn sie jedes überprüfen mussten, um der Sache auf den Grund zu gehen, blieb ihnen wohl nichts anderes übrig.

»35 000, und in den Archiven liegt noch einmal das Zehnfache.«

»350 000?« Sophies Mut sank. Selbst mit Fleiß und gutem Willen war es unmöglich, sich mal eben heimlich nachts durch eine solche Masse zu arbeiten. Ebenso gut hätte sie einen der Mitarbeiter fragen können, ob sich unter den

Schätzen des Museums zufällig auch der Schlüssel zur Hölle befand.

»Es handelt sich nicht um *die* Hölle, sondern das Gefängnis der Wächter. Für die Eingesperrten mag es kein großer Unterschied sein, aber wir müssen präzise bleiben, wenn wir etwas finden wollen. Ich werde mich umhören. Vielleicht weiß jemand mehr als ich.«

»Du willst andere Engel fragen?«, staunte sie, doch er war ganz plötzlich verschwunden. Im Flur klackte eine Türklinke, dann knarrte das Parkett. Madame Guimard auf ihrem morgendlichen Weg ins Bad.

Wow, für L'Occultisme *ist das ja eine ewig lange Schlange,* dachte Sophie beim Anblick der beiden Kunden, die vor der Kasse warteten.

Alex quittierte gerade einem Paketboten den Erhalt eines Stapels Kartons und bekam einen annähernd panischen Gesichtsausdruck, als er sie bemerkte. »Ich muss nur schnell ...« Nervös gestikulierte er in Richtung der Kasse.

»Ja, natürlich. Ich kann warten«, versicherte sie ihm rasch, damit er sich wieder beruhigte. Glaubte er, sie hätte kein Verständnis dafür, dass echte Kundschaft vorging? Zum Schein blätterte sie in den Büchern über das »andere«, das okkulte Paris, die auf einem Tisch neben der Theke auslagen. Ihre Schultern schmerzten vom schweren Tragen, denn sie hatte den Vormittag damit verbracht, mit Madame Guimard und deren Nichte Sandrine die Regale und Vitrinen wieder im Laden aufzubauen. Was die weitere Gestaltung betraf, hatte sie nun freie Hand, obwohl Sandrine von der Idee wenig begeistert zu sein schien. Sie konnte die Gefühle der Frau verstehen. Schließlich war sie für sie eine Fremde, während Madame Guimard nicht müde wurde zu betonen, dass sie in dieser Aufgabe eine wunderbare Ablenkung von den schrecklichen Ereignissen der letzten Zeit sah. Vielleicht fühlte sich die alte Dame sogar ein wenig schuldig, weil Sophie ausgerechnet in *ihrer* Stadt so etwas geschehen war.

Nach dem Mittagessen war Sophie bald wieder die Decke auf den Kopf gefallen. Sie hatte keine Lust mehr gehabt herumzusitzen, sich um Jean zu sorgen und darauf zu warten, ob Gournay oder Kafziel einen nächsten Zug machten. Womöglich hatte sich Jean wieder bei Alex gemeldet, daher hatte sie sich entschlossen, zuerst in die Buchhandlung zu gehen.

Der zweite Kunde bezahlte und packte seine Bücher ein. Sichtlich ungeduldig sah Alex ihm zu, bis der Mann den Laden verlassen hatte. Sophie vergewisserte sich mit einem raschen Blick durch die Regale, dass ihnen niemand mehr lauschen konnte, und merkte, dass Alex dasselbe tat. »Hast du heute schon von Jean gehört?«, erkundigte sie sich hastig. Jeden Moment konnte hereinkommen, wer auch immer sie heute observierte.

»Naain.«

Was hatte diese gedehnte Antwort nun wieder zu bedeuten? *Oh!* »Ich weiß, dass er draußen ist. Er war gestern bei mir.«

Alex griff sich an den Kopf. »Also doch. Dieser Irre! Ich hab ihn bekniet, es bleiben zu lassen.«

Er mochte recht haben, trotzdem fühlte sie einen Stich. Es hatte ihr viel bedeutet, Jean zu sehen. Wenn er nun auf seinen Freund gehört hätte ... »Scheint ja noch mal gut gegangen zu sein. Jedenfalls habe ich nichts davon mitbekommen, dass sie ihn erwischt hätten.«

»Wollen wir's hoffen«, brummte Alex, bevor sich ein drückendes Schweigen ausbreitete.

Ich sollte gehen, solange es noch nach einem gewöhnlichen Gespräch zwischen Verkäufer und Kunde aussieht. »Na ja, dann ... Oh, jetzt hätte ich's fast vergessen! Es gibt eine neue Spur, was den Schlüssel angeht. Wahrscheinlich wird er im Louvre aufbewahrt.«

Er sah sie ebenso verblüfft an wie Jean und Rafe zuvor. »Dann ist es also doch ein Gegenstand? Keine magische Formel?«

»Äh, ich weiß nicht. Theoretisch könnte es wohl immer noch eine sein, wenn sie in irgendeinem Buch oder einer Schriftrolle oder so etwas steht, die zur Sammlung gehört.« Der Gedanke war ihr noch nicht gekommen, aber warum nicht? Ausschließen konnten sie vorerst nichts.

»Puh, der Louvre.« Alex kratzte sich an der Schläfe. »Für unsereins natürlich gesichert wie Fort Knox, aber weshalb sollte ein Dämon Schwierigkeiten haben, sich dort etwas zu holen?«

Auch wieder wahr. »Es muss noch andere Sicherheitsmechanismen geben, aber die Frage für uns ist doch, wie wir überhaupt herausfinden sollen, welches der abertausend Stücke der Schlüssel ist. Wir wissen ja nicht einmal, was dort alles in den Archiven liegt.«

»Mhm«, machte er nickend. »Ob die einen zentralen Datenspeicher haben, in dem die komplette Sammlung gelistet ist?« Sein Blick schweifte ins Leere. »Ich werd mich mal umhören.«

Wollte er sich in die Computer des Museums hacken? Das würde sie vielleicht einen Schritt weiter bringen, aber jetzt musste sie gehen, bevor es zu auffällig wurde. Vor dem Fenster schlenderte ein junger Mann vorbei, der einen kleinen weißen Terrier ausführte. Hatte sie ihn nicht auf dem Weg hierher schon einmal gesehen?

»Also vielen Dank!«, rief sie und ging rasch zur Tür. »Au revoir, Monsieur!«

Alex' Abschiedsgruß ging im Geräusch eines vorbeibrausenden Motorrads unter. Ideenlos, was sie stattdessen tun sollte, schlug sie den Weg zum Internetcafé ein und verkniff sich, sich nach dem Typ mit dem Hund umzusehen. *Immer schön unschuldig und unbedarft wirken ...* Was gar nicht so einfach war, wenn man die Röte der Aufregung auf den eigenen Wangen fühlen konnte. Sie versuchte, sich das Gefühl, ertappt worden zu sein, von der Seele zu laufen, indem sie flott ausschritt. Im Grunde waren sie alle ein gutes Team, oder nicht? Sie hatte die Information beschafft – auch wenn sie es nicht geplant hatte –, und nun konnte jeder auf seine Art dazu beitragen, das Rätsel zu lösen. Vielleicht fiel ihr sogar etwas auf, wenn sie nach den Stichwörtern »Schlüssel« und »Louvre« googelte. Unwahrscheinlich, aber da sie nun schon einmal hier war ...

Zwei Stunden, einen Milchkaffee und eine Frust-Waffel später gab sie auf. Ihre Augen schmerzten vom Starren auf den Bildschirm, und die Texte verschwammen allmählich zu Buchstabenbrei. Sie hatte nichts gefunden, das auch nur annähernd in die richtige Richtung deutete. Nicht einmal spannende E-Mails waren in ihrem Postfach eingetroffen, doch das hatte sie erwartet, da sie seit dem Krankenhaus keine Bewerbungen mehr geschrieben hatte.

Erschöpft verließ sie das Café und trottete den Boulevard Saint-Michel entlang. Sie hatte wenig Lust, nach Hause zu gehen, doch die Aussicht, allein zwischen den vielen Touristen herumzulaufen, die entweder der Seine und Notre-Dame oder dem Jardin du Luxembourg zustrebten, gefiel ihr noch weniger. *Hoffentlich schafft es Lara, am Wochenende wirklich herzukommen,* wünschte sie und blieb mit dem Rest des Menschenstroms an einer roten Ampel stehen.

Als sie sich bei Grün mechanisch wieder in Bewegung setzte, stieß im Gedränge jemand von hinten gegen ihre Schulter und eilte weiter, ohne sich umzusehen. Sophie starrte der großen, schlanken Gestalt in schwarzem T-Shirt und Shorts nach. *Jean?* Sie konnte den verräterischen Ruf gerade noch runterschlucken. Täuschte sie sich auch nicht? Dem dunklen Haar nach hätte es irgendein Fremder sein können, der mit eiligen Schritten vor ihr in der Menge verschwand, aber trotz oder gerade wegen der Sonnenbrille war sie sicher, dass er es gewesen war. Warum hatte er sie angerempelt? Weder das noch dass sie sich überhaupt begegnet waren, konnte ein Zufall sein. Hatte er etwa …

Der restliche Heimweg konnte ihr nicht mehr schnell genug gehen. Sie musste sich zwingen, langsamer zu laufen und nicht in ihre Tasche zu sehen. Falls der Polizist in ihrem Kielwasser den Zusammenstoß beobachtet hatte, hegte er vielleicht schon einen Verdacht. Erst als sie die Haustür erreichte, gönnte sie sich den Blick in die Tasche und tat, als müsse sie nach ihrem Schlüssel kramen. Tatsächlich! Ein zusammengefalteter Zettel. Das Herz schlug ihr bis zum Hals.

Der Pizzaboden war etwas zäh, doch der ungewöhnliche, angeblich nach afrikanischer Art gewürzte Belag mit gegrillten Hähnchenstücken und Okraschoten schmeckte lecker. Angesichts der farbigen Kellner fiel es leicht zu glauben, dass ihn tatsächlich ein afrikanischer Koch kreiert hatte. Sie wünschte nur, sie hätte sich nicht so beobachtet gefühlt.

Beim Essen von Fremden beobachtet zu werden, hatte sie noch nie leiden können, aber die B. C. beeindruckte das sicher herzlich wenig. Und das, wo sie ohnehin schon so nervös war. Vor Aufregung rebellierte auch noch ihr Magen.

Hoffentlich hat sich Jean das alles gut überlegt. Sorgfältig hatte sie sich an seine Anweisungen gehalten und das Handy zu Hause gelassen, damit die Polizei nicht nachvollziehen konnte, wo sie sich wie lange aufhielt, sobald sie aus dem Blickfeld ihrer Verfolger verschwand. Wie er Letzteres bewerkstelligen wollte, konnte sie sich nicht vorstellen, aber offenbar hatte er einen Plan. Warum es ausgerechnet dieses Lokal sein musste, wusste auch nur er, aber sie war brav durch das Marais-Viertel flaniert wie eine gewöhnliche Touristin und hatte die Speisekarten mehrerer Restaurants studiert, bevor sie sich vermeintlich spontan für das *La Martinique* entschieden hatte. Um die Illusion perfekt zu machen, war sie sogar über seine Anweisungen hinausgegangen, indem sie unter den schattigen Arkaden eine Runde um den Place des Vosges gedreht hatte und in den riesigen durchsichtigen Röhren des Centre Pompidou mit der Rolltreppe bis zur Galerie auf dem Dach gefahren war, die eine schöne Aussicht auf die Stadt bot. Im Erdgeschoss war sie durch den Designershop geschlendert, der seltsam gestaltete Alltagsgegenstände zu horrenden Preisen anbot, aber sie hatte es nicht über sich gebracht, etwas zu kaufen, nur damit ihr Ausflug harmlos wirkte.

Wie realistisch war es, dass sich eine junge Frau allein zum Abendessen in ein Restaurant setzte? In diesem Lokal war sie jedenfalls die Einzige. *Wenn Lara endlich hier wäre ...* Doch dann würde sie mit ganz anderen Problemen zu kämpfen haben. Sie wusste noch immer nicht, wie sie ihrer Freundin die Sache mit Rafe erklären sollte. Konnte sie ihn vor ihr geheim halten, indem sie sich darauf hinausredete, dass der ominöse Raphael auf der Flucht und deshalb untergetaucht war?

Zukunftsmusik! Besser, sie konzentrierte sich darauf, heute Abend nichts falsch zu machen. Sosehr sie die Pizza mochte, ihr nervöser Magen signalisierte mit leichter Übelkeit, dass sie den Rest besser auf dem Teller ließ. Sie nahm einen Schluck Rotwein und behielt das Glas unschlüssig in der Hand. Wenn sie nichts mehr essen wollte, wurde es Zeit, den nächsten Schritt zu wagen. Bei dem Gedanken nippte sie gleich noch einmal, doch dann stellte sie das Glas ab und stand auf, um die gewundene Treppe neben dem Tresen hinunterzugehen, über der ein Schild samt Pfeil darauf hinwies, dass sich die Toiletten im Keller befanden.

Der Gang am Fuß der Stufen war dunkel gestrichen, wodurch er noch enger wirkte. Die schwache Glühbirne hinter schmuddeligem Lampenglas war kaum geeignet, diesen Eindruck zu ändern. In beiden Richtungen zweigten mehr Türen von dem Gang ab, als Sophie bei seiner Kürze angemessen erschienen. Der Pfeil mit dem Piktogramm-Pärchen, das für die Toiletten stand, schickte sie nach rechts, wo auf der ersten Tür zur Linken dasselbe Symbol prangte. Mit klopfendem Herzen davorzustehen und zu zögern, kam Sophie surreal vor, doch hier fiel die Entscheidung. Wenn sie jetzt der Mut verließ und sie wieder nach oben ging, gab es kein Zurück mehr, denn es wäre kaum glaubwürdig, dass sie bald wieder zur Toilette musste. Trat sie jedoch ein und traf sich mit Jean, würde die Polizei vielleicht doch seine Spur aufnehmen. Auf jeden Fall würden sie ihr ein paar unangenehme Fragen stellen und ihr mehr denn je misstrauen.

Als sich die Tür öffnete und eine adrett gekleidete Dame

herauskam, schreckte sie auf. *Steh nicht dämlich vorm Klo!* Verlegen lächelnd nahm sie der Frau die freundlich aufgehaltene Tür ab und ging hinein, was aufgrund der Enge nicht einfach war. Der Raum war kaum groß genug, um die Tür zu öffnen. Zur Rechten ging es weiter in die Damentoilette, geradeaus zu den Herren. Sophie musste sich wie eine Bauchtänzerin um die Tür winden, um sie hinter sich schließen zu können, doch nur so kam eine weitere Tür zur Linken zum Vorschein. Nichts deutete darauf hin, was sich dahinter befand. Für gewöhnlich hätte sie angenommen, dass es eine Abstellkammer für die Utensilien der Putzfrau war, und tatsächlich fand sie Eimer, Schrubber und eine Sammlung bunter Plastikflaschen. Doch jenseits davon wartete eine weitere Tür – genau wie Jeans Notizen es beschrieben hatten.

Sie suchte nach dem Lichtschalter, knipste die Lampe an und machte rasch hinter sich zu, bevor sie womöglich ein anderer Gast oder das Personal erwischte.

Auch hier war es so eng, dass nur schlanke, bewegliche Menschen eine Chance hatten weiterzukommen, denn die Tür schwang Sophie entgegen, anstatt sich in den nächsten Raum hinein zu öffnen. Doch zumindest hatte jemand die Gerätschaften so angeordnet, dass man beim Hindurchgehen nicht auch noch alles umwarf. Offenbar wurde der verborgene Durchgang öfter benutzt, als sie zunächst vermutet hatte. Wo man ein weiteres Zimmer erwartete, prallte der Blick förmlich gegen eine schmale, gemauerte Wendeltreppe. Von der Schwelle ging es direkt auf die erste Stufe.

Sophie zögerte. Sollte sie das Licht ausmachen und die Tür hinter sich schließen? Doch an der Treppe waren weder ein Schalter noch eine Lampe zu sehen. Sie würde im Stockfinsteren hinaufsteigen müssen. Draußen wurde eine Tür aufgerissen. *Mist!* Hastig löschte sie das Licht und fand sich in völliger Schwärze wieder. *Na toll.* Hätte Jean ihr nicht auch noch aufschreiben können, dass sie eine Taschenlampe brauchte? Nicht einmal das Handy hatte sie, dessen Display ihr nachts schon öfter als Lichtquelle gedient hatte.

Vorsichtig streckte sie die Hände nach der Wand auf der einen und dem gewundenen Mittelpunkt der Treppe auf der anderen Seite aus und tastete sich mit den Füßen von Stufe zu Stufe. Von oben drang gedämpft der Lärm des Gastraums herab, der mit jedem Schritt lauter wurde, bis sie einen Treppenabsatz erreichte. Ihre Finger ertasteten eine Tür, die jedoch so dicht war, dass nur ein schwacher Schimmer durch die Ritzen drang. Dem Geräusch nach zu urteilen, musste sie sich direkt hinter der Wand befinden, vor der sie gesessen und gegessen hatte. Ganz sicher wollte Jean nicht, dass sie diese Tür nahm. Mit Händen und Füßen die Dunkelheit erkundend, schob sie sich weiter, bis sie wieder auf eine Stufe stieß. Die Treppe war so eng, dass sie die Wand mit der Schulter streifte, obwohl sie sich in der Mitte hielt.

Plötzlich geisterte ihr von oben ein Lichtschein entgegen.

»Sophie?«

»Ja«, gab sie leise zurück.

»Komm rauf!«

Dank der Taschenlampe, mit der Jean ihr leuchtete, kam sie nun schneller voran. Er stand in einer offenen Tür, die allerdings nicht Richtung Gastraum, sondern eher Richtung Nachbarhaus wies.

»Tut mir leid. Ich wollte dich eigentlich abholen, aber du warst so leise, dass ich dich nicht gehört habe. Nicht, dass das schlecht wäre!«, fügte er rasch hinzu und gab ihr den Weg in eine fensterlose Kammer frei, deren vergilbte Tapete dem Zimmer eine noch trostlosere Stimmung verlieh. Ein Stuhl, über dem allerhand Kleidung hing, und zwei Matratzen auf dem Fußboden waren die einzige Einrichtung. Kopfkissen, Laken und abgestandener Schweißgeruch deuteten darauf hin, dass hier jemand hauste.

»Du kannst schon weitergehen. Das übernächste Zimmer ist es. Ich muss nur schnell unten wieder abschließen – falls neugierige Flics herumschnüffeln.«

Bevor sie etwas erwidern konnte, war er bereits verschwunden. Durch die Tür in den Raum nebenan fiel Licht, sodass sie nicht im Dunkeln zurückblieb. Sie ging hinüber, nur um dort ein ähnliches Bild vorzufinden. Der einzige Unterschied bestand darin, dass es hier anstelle der Treppe einen Wandschrank gab und eine der Matratzen unbenutzt schien. Das Licht kam jedoch aus der dritten, beinahe identischen Kammer. Sie enthielt nur eine Matratze und nicht einmal einen Stuhl, dafür gab es eine geschlossene Tür, die entweder zu einer weiteren Treppe oder einem Zimmer führen mochte, aber auf jeden Fall wies die Ausrichtung zu der ruhigeren Straße, an die das Haus mit einer Seite grenzte. Die Shorts, die Jean am Nachmittag getragen hatte, lagen nebst einigen Zetteln und einem Bleistift auf dem Boden, und in einer Ecke erkannte sie seinen Rucksack wieder. Benutztes Geschirr deutete darauf hin, dass er ebenfalls ein Abendessen aus dem *La Martinique* bekommen hatte. Eine halbleere Flasche Wasser und eine angebrochene Packung Kekse standen neben der Matratze. Mehr schien er im Augenblick nicht zu besitzen. Sophies schlechtes Gewissen wuchs mit jeder Sekunde, die sie auf diese kläglichen Habseligkeiten starrte.

»Tja, nicht schön, aber vorläufig sicher«, sagte er, als er zurückkam und die Tür hinter sich zuzog.

Sofort kam ihr der Raum noch enger, stickiger und würdeloser vor. Jean mochte aus dem Gefängnis entkommen sein, aber war das hier wirklich so viel besser? »Es ... tut mir so leid! Das ist alles meine Schuld ...«

Mit gerunzelter Stirn winkte er ab. »Ist es nicht. Eher die dieses Dämons.«

»Auf den *ich* reingefallen bin! Ich war so blöd! Sieh doch, was ich dir eingebrockt habe! Du kannst nie wieder nach Hause, die Polizei wird für immer hinter dir her sein ...« *Ich habe sein Leben zerstört!* Die Erkenntnis trieb ihr die Tränen in die Augen. *Das kann ich nie wiedergutmachen.* »Ich hab dein Leben zerstört«, schniefte sie, blinzelte vergeblich gegen die Tränen an und wandte sich ab, als ob er es dann nicht merken würde. *Reiß dich am Riemen! Anstatt ihm zu helfen, heul ich ihm auch noch etwas vor!* Aber der Punkt war, dass sie ihm nicht helfen *konnte*. Als er einen Arm um sie legte und mit dem Daumen über ihre Schulter strich, verkrampfte sie sich noch mehr.

»Hey. Du kannst nicht wirklich etwas dafür.« Er drehte sich ein wenig, um sie ganz in die Arme schließen zu können, und zog sie an sich.

Wie konnte er sie immer noch trösten wollen? »Du musst mich doch zum Teufel wünschen.«

»Ja, sicher«, spottete er. »Die Hölle ist das Mindeste, was du verdient hast.«

»Aber es stimmt!« Sie wollte nicht, weil sie fürchtete, dann erst recht zu weinen, doch sie spürte sich in der Wärme nachgeben, mit der er sie umfing. Ein Zittern ging durch ihren Körper, als sie ein Schluchzen unterdrückte.

»Komm schon. Sieh mich an.« Er entließ sie halb aus der Umarmung, um mit dem Rücken des Zeigefingers die Tränen abzufangen, die über ihre Wange liefen.

Widerstrebend blickte sie auf, denn sie wollte nicht, dass er ihr vergab, aber zugleich verlangte es sie danach, in seine Augen zu sehen.

»Ich will nicht, dass du dir Vorwürfe machst. Für mein Leben bin ich immer noch selbst verantwortlich.«

»Aber ...«

»Kein Aber.«

Die Worte, die sie eben noch sagen wollte, entglitten ihr unter seinem eindringlichen Blick. Selbst dass seine Finger ihre Wange streichelten, nahm sie nur beiläufig wahr. Die Zeit stand still. Es war, als blicke sie durch diese grünbraunen Augen direkt in sein Herz, das ihr alles entgegenbrachte, wonach sie sich so sehr sehnte.

Er senkte die Lider erst im letzten Moment, bevor seine Lippen die ihren berührten, und wie von selbst ahmte sie es nach, schloss die Welt aus, um sich dem Kuss hinzugeben. Ihre Hände fanden auch blind den Weg in seinen Nacken und sein Haar. Sie erwiderte den Kuss, zärtlich und doch voll verhaltener Leidenschaft, vorsichtig zunächst, dann kühner. Kein Gedanke störte das Fühlen, Tasten, Schmecken, die überwältigende Freude, die sie erfüllte, und das Sehnen nach mehr, das in ihr wuchs. Der Moment ... nein, *er* sollte niemals aufhören, der Kuss niemals enden, die Luft, die sie atmete, für immer sein Atem sein.

Seine Arme umfassten sie fester, zogen sie näher, und ihr Körper gab willig nach. Wie sehr sie doch bei Rafe vermisste, begehrt zu werden. *Rafe!* Wie von einem Blitz getroffen, versteifte sie sich, drängte dann rückwärts, fort von Jean und dem Verrat, den sie gerade beging. Wie konnte sie nur? Rafe liebte sie.

Jean gab sie sofort frei, obwohl Widerstreben in seiner Bewegung und Bedauern in seinem Blick lagen. »Entschuldige. Ich hätte das nicht tun dürfen. Du ... hast viel durchgemacht in letzter Zeit.«

Sie war noch dabei, ihre aufgewühlten Gefühle zu beruhigen, und konnte ihn nicht richtig ansehen. War das der Grund für ihre Schwäche, für diese innere Zerrissenheit? Dass seit Rafes Tod zu viel auf sie eingestürmt war, um noch klar denken und fühlen zu können? »Vielleicht, ja, ich ... stehe etwas neben mir.« Auf jeden Fall war jetzt nicht der richtige Zeitpunkt, sich hinzusetzen und ihre Gefühle zu sortieren. Unten im Gastraum wartete vermutlich ein Brigadier in Zivil und würde sich irgendwann fragen, warum sie nicht von der Toilette zurückkam. »Das ... das eben war sicher nicht der Grund, warum du mich hergebeten hast«, wechselte sie rasch das Thema.

»Nein, natürlich nicht!« Er klang beinahe beleidigt. »Es geht darum, wie wir diesen Schlüssel finden. Wir müssen Kafziel zuvorkommen. Nachdem du ihm so entschieden getrotzt hast, fürchte ich, dass er sich ein anderes Opfer suchen wird, ohne dass wir etwas davon mitbekommen. Für dich ist das gut«, beeilte er sich zu versichern. »Ich wäre froh, dich endgültig außer Gefahr zu wissen.«

»Ist schon gut. Ich weiß, was du sagen willst.« Allmählich legte sich der Aufruhr in ihrem Innern, doch sie hielt lieber Abstand, um der leisen Sehnsucht, die sich tief in ihr noch regte, keine Nahrung zu geben. »Hast du etwa schon einen Plan?«

»Nicht direkt. Ich habe mir nur Gedanken darüber gemacht, wie wir die Suche eingrenzen können, und ich glaube, dass meine Überlegungen schlüssig sind.«

»Du meinst, damit wir nicht jedes Objekt von diesen Abertausend durchgehen müssen?« Nun war sie wirklich gespannt.

Er nickte. »Genau. Also Folgendes: Theoretisch ist es möglich, dass dieser Schlüssel eine spätere Erfindung ist und nur dazu dient, das Gefängnis der Wächter zu öffnen. Aber das glaube ich nicht, und zwar aus zwei Gründen. Erstens haben sich bereits so viele besessene Magier mit sämtlichen Schriften zur Dämonenbeschwörung beschäftigt, dass sich irgendwann irgendwer damit gebrüstet hätte, wenn er auf eine so mächtige Formel gestoßen wäre. Ich habe mich mit dem Wissen vieler Geheimlogen auseinandergesetzt, und niemand hat dort etwas in dieser Richtung vorzuweisen. Und zweitens bin ich sicher, dass es so ist, weil andernfalls längst irgendein Dämon die Chance ergriffen und dieses Tor geöffnet hätte. Nein, was wir suchen, muss so alt sein, dass es selbst unter den ältesten Dämonen nur noch ein Gerücht ist.«

Es klang einleuchtend, doch ihr war bewusst, dass sie zu wenig von der Materie verstand, um es auch nur annähernd beurteilen zu können.

»Alex könnte trotzdem immer noch recht damit haben, dass es sich nicht um ein Artefakt, sondern eine magische Formel handeln könnte. Aber selbst wenn das stimmt, muss sie irgendwo aufgezeichnet sein, wo seit Jahrhunderten niemand darüber gestolpert ist. Auch das schließt alle neueren Schriftstücke aus, die womöglich im Archiv liegen. Wenn es also ein Zauberspruch ist, muss er in einer Schrift oder einer Bildsprache geschrieben sein, die erst kürzlich oder noch gar nicht entschlüsselt wurde.«

»Du meinst so etwas wie diese Tonscheibe, die ich auf Kreta im Museum gesehen habe? Die Schriftzeichen darauf hat noch niemand lesen können.«

»Der Diskos von Phaistos? Ja, wenn der im Louvre wäre, würde ich ihn als Erstes unter die Lupe nehmen. Aber das, was wir suchen, muss sich nicht so offensichtlich als Schrift erkennen lassen. Es könnte auch ein Gegenstand mit Symbolen darauf sein. Oder es gibt keine Formel, und man muss ihn einfach nur auf die richtige Art anwenden.«

»Und was hast du jetzt vor?«

»Ich war noch nicht fertig«, erklärte er schmunzelnd.

»Oh. Du kannst es noch mehr eingrenzen?«

»Na ja, natürlich sind das alles nur Theorien. Ich kann auch völlig daneben liegen. Aber das glaube ich nicht. Ich glaube, dass wir davon ausgehen sollten, dass der Schlüssel aus der Zeit stammt, die das Buch Henoch beschreibt, oder zumindest nicht allzu viel jünger ist. Entweder wurde er erschaffen, als die Wächter eingesperrt wurden, oder er transportiert zumindest das magische Wissen aus jener Zeit, denn später hat es keinen Magier mehr gegeben, der sich darauf bezog, ohne dass wir davon wüssten.«

»Hm.« Sie zögerte mit ihrer Frage, weil er sie dann sicher wieder für dumm hielt.

»Was ist? Hast du Einwände?«

»Was? Nein! Das hört sich alles überzeugend an. Ich … äh … bin nur nicht sicher, über welche Zeit wir jetzt reden. Für die meisten Menschen ist das mit den Wächtern doch nur eine Legende. Wann soll der Sturz denn gewesen sein?«

»Unmittelbar vor der Sintflut«, meinte Jean grinsend.

»Na prima. Und wann war die Sintflut?«

»So genau weiß man das natürlich nicht. Immerhin berichten nur Mythen und Legenden davon«, erwiderte er amüsiert.

»Ja, ja, Engel und Dämonen sind auch nur Fabelwesen. Ich hab's kapiert. Hör auf, mich auf den Arm zu nehmen!«, beschwerte sie sich, doch sein Lächeln war ansteckend.

»Dann also ernsthaft. Es gab natürlich schon oft Versuche,

anhand der biblischen Angaben auszurechnen, wann die Sintflut gewesen sein muss. Die Ergebnisse dieser Bemühungen schwanken zwischen dem Ende des vierten Jahrtausends vor Christus und der Mitte des dritten.«

3000 vor Christus? Vor 5000 Jahren? »Das war ja fast noch in der Steinzeit, noch vor den Pyramiden. Gibt es dazu im Louvre überhaupt Funde?« Sie konnte sich nicht erinnern, dort Faustkeile gesehen zu haben.

»Allerdings«, behauptete Jean. »In der Altorientalischen Abteilung. Dort, wo die Funde aus Mesopotamien gezeigt werden. Und passenderweise kannten schon die Sumerer den Sintflutmythos. Etana, laut sumerischer Königsliste der erste König von Kisch, soll der erste König nach der Sintflut gewesen sein. Die Schriften über ihn sind erst unter späteren Königen entstanden, aber seine Regierungszeit – wenn es ihn denn gab – wird von Altorientalisten auf ca. 3000 vor Christus geschätzt. Ist das nicht ein wunderbarer Zufall?«

Beeindruckt nickte sie. Es mochte eine grobe Datierung sein, doch dass die Auslegung der Bibel und die Überlieferung der Sumerer ungefähr dieselbe Zeit ergaben …

»Natürlich kann dazu beigetragen haben, dass die jüdischen Schriftgelehrten babylonische Überlieferungen kannten, die wiederum Mythen wie das Gilgamesch-Epos aus sumerischer Zeit aufgriffen. Aber selbst wenn dadurch die sumerischen Quellen zur einzigen, also zum Ursprung des Sintflutmythos werden, ändert es nichts daran, dass wir keine ältere haben, die womöglich auf eine andere Kultur verweisen würde. Und drittens kommt noch hinzu, dass die Mesopotamier offenbar ein sehr umfangreiches Wissen über Dämonen hatten. Sie führten fast alles Schlechte – zum Beispiel auch Krankheiten – auf Dämonen zurück und kannten zahlreiche Beschwörungen.«

»Also glaubst du, dass die Sumerer noch wussten, was vor der Sintflut war, oder dass sie sogar noch Gegenstände aus dieser Zeit aufbewahrt haben.«

»So könnte man es sagen. Der springende Punkt ist, dass es in Mesopotamien eine starke Kontinuität gab. Wenn alle späteren Kulturen – die Babylonier, Akkadier und so weiter – stets Elemente ihrer Vorgänger bewahrten, warum sollte dann das sumerische Wissen nicht von seinen Vorläufern beeinflusst sein? Vor der dynastischen Zeit, die mit Etana begann, also aus mythischer Sicht vor der Sintflut, blühte dort immerhin bereits die Kultur von Uruk. Und es waren ja unter anderem die Zauberkünste, die die abtrünnigen Engel die Menschen gelehrt haben sollen. Das würde erklären, warum Magie gerade hier eine so große Rolle spielte, dass sie schließlich auch andere Kulturen beeinflusste. Die Sumerer waren übrigens auch die ersten, die geflügelte Gestalten darstellten, aus denen wahrscheinlich die späteren Vorstellungen geflügelter Engel – und Dämonen – hervorgingen.«

»Oh, diese bärtigen Männer mit Flügeln kenne ich! Die habe ich gesehen, als ich mit Rafe im Louvre war.« Die Erinnerung an den fernen glücklichen Tag legte sich wie eine Wolke über ihr Gemüt.

»Na, dann weißt du ja schon, wo ich dich hinschicke.«

»Du willst, dass ich mir die Mesopotamien-Abteilung anschaue und dabei nach dem Schlüssel Ausschau halte? Aber worauf soll ich denn dabei achten?«

»Ehrlich gesagt weiß ich das auch nicht so genau. Mir würde vielleicht an der einen oder anderen Symbolik etwas auffallen, aber ich bin kein Altorientalistik-Experte, also ist dein Urteil ebenso gut wie meines. Glaub mir, ich würde sofort mitgehen, aber ich kann nicht mit Sonnenbrille durch den Louvre laufen. Und ohne ist es zu heikel. Kaum ein Ort wird so gut überwacht.«

»Ja, keine Sorge, das verstehe ich. Ich will auf keinen Fall, dass sie dich schnappen!«

Er lächelte – über ihren Eifer? »Ich habe ohnehin eine bessere Idee. Wenn er einverstanden ist, nimm Raphael mit. Falls es unter den Exponaten irgendetwas gibt, das eine magische Aura hat, kann er es besser spüren als du oder ich.«

14

*L*ass dich nicht erwischen.«

Jean nickte. Im Halbdunkel des Flurs wirkten Sophies graue Augen beinahe schwarz. Ihr eindringlicher Blick weckte in ihm das Verlangen, eine verirrte Strähne aus ihrer Stirn zu streifen, doch der Gedanke an den Engel, den sie liebte, hielt ihn davon ab. »Mach dir keine Sorgen um mich. Sieh lieber zu, dass *dir* nichts passiert!« Widerstrebend löste er den Blick von ihren Augen und beugte sich vor, um sie zum Abschied auf die Wangen zu küssen. Wenn nur ihre Lippen nicht so einladend ausgesehen hätten … Rasch sah er weg und zwang sich zu den vier flüchtigen Küssen, die das Pariser Ritual ihm gestattete. Ihr so nah zu sein, die weiche Haut und den Duft ihres Haars wahrzunehmen und sie sofort wieder loslassen zu müssen, war Freude und Folter zugleich. *Sei vernünftig! Die Bullen suchen sicher schon nach ihr.*

Rasch öffnete er die Tür einen Spalt und spähte auf den

verlassen daliegenden Hinterhof. Das Licht aus Fenstern höherer Stockwerke war die einzige spärliche Beleuchtung. Durch eine Toreinfahrt hallten vorübergehende Schritte. Ferner Straßenlärm und das gedämpfte Plärren eines Fernsehers vertieften nur die Stille zwischen den Häusern. In der lauen Nachtluft mischte sich der Bratendunst aus der Küche des *La Martinique* mit fauligem Geruch aus den Müllcontainern und zog Katzen an, die lautlos um die Tonnen strichen. Kein Mensch war zu sehen. Sophie würde dennoch vorsichtig sein müssen, damit kein Polizist sie aus dem Hof kommen sah, doch wenn sie den Ausgang zur hinteren Straße nahm, hielt er die Gefahr für gering. So leise wie die Katzen zog er sich zurück und bedeutete Sophie, durch die Tür zu gehen. »Niemand da.«

»Okay.« Sie nickte, aber sie bewegte sich zögerlich, sah ihn noch einmal wie fragend an, dann wandte sie sich ab, um hinauszuschleichen, wobei sie sich wachsam umblickte. Er konnte die Spannung ihres Körpers förmlich spüren, der bereit schien, jeden Augenblick zurück in Deckung zu springen. Unwillkürlich streckte er die Hand aus, um sie noch einmal zu berühren, legte die Handfläche auf ihren Rücken, als müsse er sie leiten, und lauschte erneut auf verdächtige Geräusche. Alles blieb ruhig – nur sein Herz pochte ungewohnt laut.

Mit einem kurzen Blick zurück trat Sophie endgültig auf den Hof. Seine Hand blieb kalt und leer zurück. *Halt sie nicht länger auf, du Idiot!* Hastig senkte er die Lider und zog die Tür zu, doch er konnte nicht einfach wieder nach oben gehen. Durch ein schmales, halb blindes Fenster, vor dem eine vergessene Vase mit Trockenblumen verstaubte, starrte er hinaus, bis sich Sophies Gestalt in den Schatten der gegenüberliegenden Toreinfahrt verlor. Erinnerungen an den Kuss, an ihren Körper, der sich an ihn schmiegte, bedrängten ihn. Sie war so unverstellt, so unverdorben. Selbst für die Suche nach dem Schlüssel konnte sie sich allen Ängsten zum Trotz begeistern. Es in ihren Augen zu sehen, hatte ihn sofort angesteckt, als ob es keine Dämonen und keine Polizei gäbe, die ihnen im Nacken saßen. Warum musste er sich ausgerechnet jetzt und in sie verlieben? Sie hatte ihr Leben für Raphael geben wollen! Offensichtlicher konnte sie ihm kaum vor Augen führen, wen sie liebte. Dass sie einen Augenblick schwach geworden war, hatte nichts zu heißen. Sie war nur verwirrt, weil sie sich ihm gegenüber schuldig fühlte. Als wäre sie seinetwegen nicht beinahe draufgegangen! *Sie schuldet mir nichts, und ich nutze es trotzdem aus.* Er hätte sich dafür ohrfeigen können.

Mit einem Knurren wandte er sich von dem Fenster ab, hinter dem der Blick längst nur noch Schatten und Mauern fand. Es gab Wichtigeres zu tun, als sinnlosen Träumen nachzuhängen. Lilyth war irgendwo dort draußen und kämpfte allein gegen Dämonen an, denen ihre geschundene Seele nichts entgegenzusetzen haben konnte. Womöglich war es Kafziel selbst, der von ihr Besitz ergriffen hatte, doch selbst wenn es sich um einen seiner Diener handelte, taumelte sie im wahrsten Sinne des Wortes auf Messers Schneide entlang. Noch mochte der Dämon auf Sophie fixiert sein, weil sie im Gegensatz zu Lilyth freiwillig hatte sterben wollen, doch wenn sie sich als geläutert erwies, würde er sich bald genug auf das labile Mädchen besinnen, das sich bereits unter seinem Einfluss befand.

Ich muss sie finden. Entschlossen ging Jean in Florences enges Büro und hielt in dem Durcheinander auf dem Schreibtisch nach dem Telefon Ausschau. Den Gedanken, dass er sie zuerst hätte fragen müssen, bevor er es benutzte, wischte er gereizt beiseite. Sie hatte sicher nichts dagegen, aber sie arbeitete um diese Zeit hinter der Theke und er durfte mit dem Anruf nicht länger warten, denn *L'Inconnue* konnte bereits heute stattfinden.

Gerade wollte er nach dem Hörer greifen, als ihm einfiel, dass er Didier nicht anrufen konnte. »Merde!« Der Fluch des Handys mit seinen gespeicherten Nummern. Der Geruch ausgedrückter Zigaretten aus dem Aschenbecher trug nicht dazu bei, seine Laune zu heben. Eine hervorlugende Ecke des Pads ließ ihn unter ungeöffneten Briefumschlägen die Maus finden. Schon eine kleine Bewegung genügte, um Florences Computerbildschirm aus dem Stand-by zu wecken. Rasch orientierte er sich, öffnete das Internet und tippte Didiers Namen in die Suchmaske einer Handyauskunft. *Treffer.* Zum Glück gehörte der stets in Schwarz gekleidete Student zu jenen, die überall im Netz ihre Daten hinterließen, weil sie es liebten, für jedermann erreichbar zu sein. Jean hatte schon öfter den Verdacht gehegt, dass sich Didier umso wohler fühlte, je öfter sein Handy klingelte oder sein Laptop eine neue E-Mail verkündete. Kein Wunder, dass er in der Szene bekannt war wie ein bunter Hund, Kontakte vermittelte und stets wusste, was in Paris in Sachen Gothic angesagt war.

Der Rufton hatte kaum eingesetzt, als auch schon »Hallo?« aus dem Hörer drang.

»Didier? Hier ist Jean. Wie geht's dir so?«

»Jean! Das ist ja 'ne Überraschung. Mir geht's gut. Und dir?«

»Ganz prima«, log er und verzog dabei das Gesicht. Er hasste es, nicht die Wahrheit zu sagen, aber einer Plaudertasche wie Didier konnte er beim besten Willen nicht von seinen Schwierigkeiten erzählen, ohne sich in Teufels Küche zu bringen. »Sag mal, hast du in letzter Zeit Lilyth gesehen?«

»Lilyth? Wer war … ach ja, ich erinnere mich. Eine von den Spinnerinnen, die dieses Schwarze-Magie-Ding ernst nehmen. Aber die geht ja noch zur Schule, da ist's bestimmt nur so 'ne Phase. Du solltest lieber ein Auge auf diesen Maurice haben, den ich dir …«

»Der Punkt ist, dass sie wahrscheinlich genau mit diesem Typen rumhängt. Hast du eine Ahnung, wo ich ihn finden könnte?«

»Na ja, du weißt ja, dass ich von den Satansfreaks nicht viel halte, deshalb …«

»Jemand hat mir den Tipp gegeben, beim *L'Inconnue* vorbeizuschauen. Weißt du, wann und wo die nächste Party steigt?«

»Na, morgen natürlich! Könnte es einen besseren Termin geben, als Freitag den 13.?«

Jean verdrehte die Augen. »Wohl kaum.«

Unbedarft aussehen!, ermahnte sich Sophie und versuchte, so entspannt wie möglich über die Pont Saint-Louis zu schlendern. *Ich habe nur einen abendlichen Bummel durchs Marais gemacht. Wenn die Polizei mich dabei aus den Augen verliert, ist es nicht meine Schuld …* Jean hatte sicher recht damit, dass diese simple Geschichte das Glaubwürdigste war, was sie vorbringen konnte, wenn man sie befragte. Trotzdem flatterten ihre Nerven. Hatte sich bereits wieder ein Ermittler an ihre Fersen geheftet und ignorierte ihr kurzzeitiges Verschwinden, um sie in dem Glauben zu wiegen, sie sei noch immer unbeobachtet? Oder würden jeden Augenblick bewaffnete Flics auftauchen, um sie zu verhaften, weil sie sich vermutlich mit einem der Flüchtigen getroffen hatte? Da Rafe aus Gournays Sicht nun auch aus dem Gefängnis entkommen war, verstand der Commissaire bestimmt noch weniger Spaß als zuvor.

Im Schatten der Notre-Dame ging es so spät am Abend einsam zu, doch vereinzelte Spaziergänger flanierten auch jetzt noch an der Seine entlang, und in den Gassen des Quartier Latin zogen vergnügte Touristen durch die Bars und Restaurants. Sophie fühlte sich wie ein Alien, als sie sich durch den Rummel schlängelte. Alle diese Menschen führten normale Leben, wie sie es bis vor Kurzem auch getan hatte, aber nun war auf einmal alles anders. Gab es in der Menge irgendjemanden außer ihr, der mit Engeln und Dämonen sprach, die nicht nur in seiner Phantasie existierten, der magische Schlüssel suchte, um sein Leben fürchten musste und von der Polizei verfolgt wurde? Sie wünschte plötzlich, sie könnte wieder eine ganz gewöhnliche junge Frau sein, die in Paris auf Jobsuche war.

Sobald sie die ruhigere Rue Jean de Beauvais betrat, kam sie sich wie eine Verräterin vor. Hätte sie Rafe wirklich niemals wiederfinden, Jean nie kennenlernen wollen? *Nein.* Sicher war sie einfach nur müde. Morgen früh würde die Welt wieder anders aussehen.

Als sie die schlanke, schwarz gekleidete Gestalt vor dem Eingang entdeckte, machte ihr Herz einen Sprung. *Jean?* Doch auf den zweiten Blick erkannte sie, dass der Mann, der sich gerade etwas ans Ohr hielt, kleiner war und eine Uniform trug.

»Oui, d'accord«, hörte sie Gonod sagen, bevor er das Handy zusammenklappte und in seine Hosentasche schob.

Der Brigadier sah ihr mit unbewegter Miene entgegen, bis sie unmittelbar vor ihm stand.

»Bonsoir, Monsieur«, grüßte sie gespielt überrascht. »So spät noch im Dienst?«

Er verzog das Gesicht. »Ich wäre längst zu Hause, wenn ich nicht einen Anruf bekommen hätte, dass Sie verschwunden sind. Was haben Sie sich dabei gedacht?«

»Wobei?« Sie spürte sich erröten und hoffte, dass er es im verfälschenden Licht der Straßenlaternen nicht bemerkte. »Ich habe doch nur einen Ausflug ins Marais gemacht und dort zu Abend gegessen.«

»Und danach?«

»Bin ich gemütlich nach Hause gegangen«, behauptete sie achselzuckend. »Wieso wissen Sie das nicht? Ich dachte, ich werde ständig überwacht.«

Gonod schüttelte den Kopf, doch sie hatte nicht den Eindruck, dass es ihr galt. »Ich habe keine Ahnung, wie mein Kollege Sie aus den Augen verlieren konnte, aber Sie haben Glück, dass Sie so schnell wieder aufgetaucht sind. Gournay ist kurz davor, Sie einzusperren, um zu testen, ob er die beiden Ausbrecher damit aus ihren Löchern locken kann. Geben Sie ihm um Himmels willen keinen Vorwand!«

Nun sah sie ihn mit echter Überraschung an. »Äh ... vielen Dank für die Warnung. Das ... ist wirklich sehr nett von Ihnen. Bekommen Sie denn keinen Ärger, wenn Sie mir das erzählen?«

»Nicht, solange Sie mich nicht verpfeifen«, erwiderte er ernster, als seine Wortwahl nahe legte. »Hören Sie, ich bin auf Ihrer Seite. Wenn das Leben *meiner* Freundin in Gefahr gewesen wäre, hätte ich auch alles getan, um sie zu retten. Als Polizist weiß ich, dass es gegen das Gesetz ist, aber wenn es hart auf hart kommt ... Jedenfalls wünsche ich Ihren

Freunden nichts Schlechtes. Ich versuche, alles zu finden, was sie von den schlimmsten Vorwürfen entlastet. Das müssen Sie mir glauben, aber ...«

War das ein Versuch, sich ihr Vertrauen zu erschleichen?

»Na ja, ich weiß nicht, *wie* Ihre Freunde es geschafft haben, aus dem Knast auszubrechen, aber ihnen sollte klar sein, dass sie damit alles nur schlimmer gemacht haben – sollte man sie jemals fassen.«

Sophie nickte bedächtig. »Das ist ihnen sicher bewusst, aber sie haben ihre Gründe – gute Gründe.« Unsicher sah sie ihn an. Durfte sie ihm trauen? Auch wenn er Verständnis für ihre Lage aufbrachte, blieb er Polizist und würde Jean gewiss wieder verhaften, wenn sich die Gelegenheit bot.

»Einen besseren Grund als den Wunsch, frei zu sein?«, zweifelte Gonod.

»Ja.« Wie sollte sie es erklären, ohne Jeans Vorhaben zu verraten? Sie musste es bei Andeutungen belassen, die im Grunde nichtssagend waren, doch sie brachte es nicht über sich, einfach zu schweigen. »Sie sind beide nicht sehr eigennützig und haben mehr das Wohl anderer im Auge.«

»Wie darf ich das denn verstehen? Sind Sie noch immer in Gefahr? Warum erzählen Sie das nicht uns?«

Weil Sie mir niemals glauben würden. »Es ... geht nicht nur um mich.« Ihr fiel nichts ein, was sie sonst hätte sagen können, ohne Nachfragen geradezu herauszufordern.

Gonod schien noch einen Augenblick zu warten, ob sie fortfahren würde. Er bewegte sich beinahe unmerklich, aber doch ständig auf der Stelle, und Sophie merkte, wie seine unterschwellige Ungeduld sie allmählich ansteckte. Nervös spielte sie mit dem Schlüssel in ihrer Jackentasche. Als sie stumm blieb, ergriff der Brigadier wieder das Wort.

»Ich bin nicht blind, Mademoiselle. Es liegt auf der Hand,

dass hier etwas Seltsames vor sich geht. Lacour mag das alles für Hirngespinste halten. Er ist so sehr Materialist, dass er die Sache mit dem Handabdruck schon wieder verdrängt hat, nur weil die Spurensicherung keine natürliche Erklärung dafür findet. Aber *ich* will wissen, was wirklich dahintersteckt.«

»Oh.« Erneut musterte sie ihn mit neuen Augen. Er schien tatsächlich aufgeschlossen zu sein, doch änderte es etwas daran, dass sie in Bezug auf Jean und Rafe auf unterschiedlichen Seiten standen? Vielleicht war es auch nur ein weiterer Versuch, um sie einzuwickeln. Gab es im Film nicht immer diese Verhörspielchen »guter Cop – böser Cop«? Alles, was sie ihm sagte, konnte er am Ende gegen sie verwenden. »Was glauben *Sie*, was in Jeans Wohnung geschehen ist?«

Er machte eine unentschiedene Geste. »Es ist schwierig, etwas zu glauben, das man nicht mit eigenen Augen gesehen hat.« Fragend sah er sie an, doch er rechnete wohl nicht mit einer Antwort, sonst hätte er länger geschwiegen. »Aber bei der Recherche habe ich nirgends etwas Vergleichbares gefunden, also bin ich zu einem Priester gegangen, den wir im Auge haben, weil er Exorzismen durchführt. Nicht, dass wir ihn wirklich für gefährlich halten würden«, rechtfertigte er sich hastig. »Es ist nur eine Vorsichtsmaßnahme, weil schon Menschen dabei zu Schaden gekommen sein sollen. Unsere Mediziner sagen, die Leute, die dort hingehen, müssten eigentlich zum Psychiater. Na, egal, darum geht es ja nun nicht. Ich bin also mit den Fotos vom Tatort zu ihm gegangen und war ziemlich verblüfft, als er sofort ein Buch aus seiner Bibliothek holte, in dem ganz ähnliche Abdrücke abgebildet sind. Hat ihn sehr beeindruckt, dass Sie gesagt haben, das Ding sei nach dem Streit mit einem Dämon zurückgeblieben. Am liebsten würde er wohl mit Ihnen darüber sprechen, aber ich habe die Angelegenheit natürlich vertraulich behandelt.«

Ob Jean diesen Priester kannte? Vermutlich. Trotzdem hätte sie nicht gewollt, dass er mit ihr Kontakt aufnahm. Sie musste endlich auf Lara hören und sich nicht noch mehr in diese Kreise hineinziehen lassen. Wie sollte sie sonst je wieder ein normales Leben führen?

Erst jetzt merkte sie, dass Gonod sie erwartungsvoll ansah. »Ich ... kann dazu nicht viel mehr sagen, als ich schon ausgesagt habe. Woher soll ich wissen, dass Sie mich nicht in die Psychiatrie stecken, wenn ich noch mehr von Dämonen und Exorzismen erzähle?«

»Das würde ich niemals ...«, begann er empört, verstummte dann jedoch und schien die Sache zu überdenken. »Sie haben recht. Ich kann nicht von Ihnen erwarten, dass Sie mir vertrauen. Aber ich hoffe, dass ich das ändern kann. Gute Nacht, Mademoiselle.«

Würde es uns weiterhelfen, wenn ich Gonod davon überzeugen könnte, dass es Dämonen gibt und Caradec von Kafziel getötet wurde?, fragte sich Sophie, als sie auf Socken vom Bad in ihr Zimmer tappte. Madame Guimard hatte sich bereits ins Bett zurückgezogen, weil sie sich unwohl fühlte. Sophie hoffte, dass es nichts mit der Wunde durch das Brotmesser zu tun hatte, die im Gegensatz zu ihrem eigenen Schnitt nur schlecht verheilte. Noch so ein Punkt, den ihr der Brigadier wohl kaum abnehmen würde. Schließlich fiel es ihr selbst schwer zu glauben, dass ein Spielzeugauto über das Leben ihrer Eltern entscheiden sollte oder eine Klinge durch dämonischen Einfluss abglitt, wo auch Unachtsamkeit und Zufall als Erklärung taugten.

Nein. Leise schloss sie die Tür und ging zum Kleiderschrank. Selbst wenn sie Gonod dazu brachte, in diesem Fall übersinnliche Hintergründe anzunehmen, galt das längst nicht für Lacour oder Gournay. Und sogar dann wären alle Anklagepunkte bis auf Mord bestehen geblieben. Kopfschüttelnd öffnete sie den Schrank und begann, ihre Bluse aufzuknöpfen. Auf Wunder vonseiten der Polizei zu warten, war zwecklos. Anstatt sich Gedanken über Gonods Vorstoß zu machen, sollte sie lieber Rafe eine Nachricht schicken, dass sie mit ihm in den Louvre musste. Die anderen Besucher würden sie zwar für wunderlich halten, wenn sie sich mit einem Unsichtbaren unterhielt, aber … Nein, das ging nicht! Immerhin wurde sie nach wie vor observiert. Über Nacht mit Selbstgesprächen anzufangen, würde die Ermittler sofort misstrauisch machen. Nachdenklich streifte sie die Bluse ab, hängte sie in den Schrank und zog den BH aus. Sie musste wohl auf seine Fähigkeit zurückgreifen, ihre Gedanken zu lesen und für andere unhörbar in ihrem Kopf zu sprechen.

»*Wann habe ich dir zuletzt gesagt, wie schön du bist?*«

Die Stimme war so laut und deutlich, dass sie sich wie von selbst umdrehte, und doch zuckte sie bei seinem Anblick zusammen, schlug sogar die Hände vor die nackte Brust, bevor ihr bewusst wurde, wie albern es war. Hatte er ihren Busen vor … *all dem* nicht oft genug gesehen? »Rafe! Hast du mir einen Schreck eingejagt. Es ist nicht fair, wenn du plötzlich hinter mir stehst, ohne mich vorzuwarnen.«

Lächelnd legte er einen Finger auf ihre Lippen. »*Schschsch, du wirst noch Madame Guimard wecken. Bitte entschuldige. Ich sollte daran denken, dass du Grund hast, schreckhaft zu sein.*«

Allerdings. Genauso gut hätte Kafziel hinter ihr auftauchen können, ohne dass sie es merkte.

»*Deshalb bin ich hier. Er sinnt auf Rache und war bereits auf dem Weg hierher. Meine Anwesenheit wird ihn für heute Nacht fernhalten.*«

Nur für heute. Sophie schluckte.

»*Hab keine Angst.*« Er zog sie an sich und streichelte ihren Nacken. »*Du weißt, dass es ihm die Türen öffnet. Du hast das nicht nötig. Du bist stark.*«

Sie spürte die mächtige Liebe des Engels in sich überfließen und die Furcht auslöschen. Dankbar erwiderte sie seine Umarmung. Der Stoff des T-Shirts, der sich unter ihren Fingern weich anfühlte, schien ihren Brustwarzen beinahe rau. Die Nacht im Jardin du Luxembourg, in der er sie hatte verführen wollen und es ihm fast gelungen war, fiel ihr wieder ein. Die Leidenschaft, mit der er sie berührt hatte. Schreck fuhr ihr in die Glieder, als auch die Erinnerung an Jeans Kuss aufflackerte. Unwillkürlich klammerte sie sich an Rafe, drängte panisch die Bilder und Gefühle zurück. Hoffentlich hatte er sie nicht bemerkt! Beschämt blickte sie zu ihm auf. Der Blick der tief blauen Augen war unergründlich. Sollte sie etwas sagen? Sich rechtfertigen?

Doch er neigte den Kopf, senkte ihn, um sie zu küssen. Erleichtert und doch von Unruhe erfüllt, kam sie ihm entgegen, öffnete die Lippen, erwiderte den Kuss so innig, dass es an Verzweiflung grenzte. Würde er sie je wieder so berühren wie in jener Nacht? Sie an sich ziehen, als ob er sich nach ihr verzehrte?

Als er die Arme fester um sie schloss, seine Hände nachdrücklicher über ihren Rücken strichen, durchströmte sie ein solches Glücksgefühl, dass sie seufzte. Widerstrebend gab sie ihn wieder frei, doch er löste sich nur von ihr, um mit den Fingern die Kurven ihrer Brüste nachzufahren und sie dabei mit einer Ernsthaftigkeit zu betrachten, die in seltsamem Gegensatz zur Zartheit seiner Berührung stand. Er streichelte sie, ließ die Hände über ihre Taille hinab- und wieder hinaufwandern. Keine Eile lag darin, kein Nachdruck. Seine Finger bewegten sich nicht mit der Fiebrigkeit, mit der die ihren eben noch wie suchend über seine Schultern gefahren waren. Begehrte er sie nach so langer Zeit denn überhaupt nicht, auch wenn er sie nicht …

O mein Gott, was tue ich hier eigentlich! Ihr war, als hätte sich ein Schwall kalten Wassers über sie ergossen. Sie wich zurück, und er hielt sie nicht auf.

»Es tut mir leid, dass ich dich nicht glücklich machen kann. Jedenfalls nicht auf diese Weise.« Er lächelte.

Es war ein bedauerndes Lächeln, aber sie empfand es dennoch als Hohn. *Ich habe es nicht besser verdient.* Was hatte sie nur geglaubt? Im Buch Henoch stand alles vorgezeichnet. Er durfte sie niemals auf diese Art lieben, sonst würde er wieder fallen – und alles begann von vorn.

Obwohl der Himmel milchig war und der Dunstschleier das Licht hätte dämpfen sollen, hatte Sophie auf dem Weg zur Métro den Eindruck, die Sonne gleiße besonders stechend auf sie herab. Die Strahlen brannten auf der Haut – und das am frühen Vormittag. Freitag der 13. versprach mit einem Gewitter zu enden, wenn diese Hitze anhielt. Sie wischte sich den Schweiß von der Stirn und tauchte dankbar in den Schatten einer neuen Häuserzeile ein. Eigentlich hielt sie sich nicht für abergläubisch, doch sie musste sich eingestehen, dass ihr mulmig geworden war, als sie das Datum auf

Madame Guimards Küchenkalender entdeckt hatte. Wenn es Dämonen gab, war womöglich auch an anderen Legenden etwas Wahres.

Das ist totaler Unfug! Es ist nur die Angst vor Kafziel, die mich nervös macht. Instinktiv zog sie die Tasche enger an sich, in der sie das Weihwasser und den Zettel mit dem Exorzismus bei sich trug. *Ich habe ihn einmal besiegt, und ich werde ihn wieder besiegen!* Sie verstand noch immer nicht, weshalb seine Klinge das Papier geschnitten hatte, sie jedoch unversehrt geblieben war. Dasselbe Messer, mit dem er sie zuvor beinahe umgebracht hatte, auch wenn davon nun nicht mehr als eine haarfeine rote Narbe zu sehen war. Irgendetwas musste in jenem Augenblick mit ihr geschehen sein. Sie war nicht anmaßend genug, um zu glauben, dass Gott an ihr ein Wunder vollbracht haben könnte. Dazu hätte sie auch erst einmal sicher sein müssen, dass es einen Gott gab. Aber wenn sie genauer darüber nachdachte, war es nur ein weiteres Indiz dafür, dass sie immer tiefer in eine Welt geriet, die jenseits des Gewohnten lag.

Bilde ich mir diese Dinge vielleicht nur ein? Panik stieg in ihr auf. Was wäre, wenn sie übergeschnappt war und alles nur in ihrer Phantasie existierte, weil sie sich Rafe so sehr zurückgewünscht hatte? Abrupt blieb sie stehen und sah sich nach jemandem um, der sie observieren mochte, doch niemand schenkte ihr mehr als beiläufige Beachtung.

Natürlich nicht. Es ist ihr Job, nicht bemerkt zu werden. Legten sich Verrückte nicht auch stets sehr plausible Erklärungen zurecht, warum ihre Hirngespinste real waren? Wenn sie die Ermittler wirklich auf den Plan rufen wollte, musste sie etwas Kriminelles tun, das sie nicht ignorieren konnten. Doch wenn sie das tat, würde Gournay sie wahrscheinlich endgültig einsperren, was sie weder wollte noch durfte, denn sie mussten endlich diesen Schlüssel finden. *Na wunderbar!* Falls sie sich tatsächlich alles nur einbildete, hatte sie sich erfolgreich in ihrer eigenen Logik gefangen. Und nun würde sie auch noch mit einem unsichtbaren Rafe – *nein, Raphael* – in den Louvre gehen.

Sogleich stand ihr die Szene der vergangenen Nacht wieder vor Augen. Raphael hatte betont, dass es seine Schuld sei, aber sie hatte ihn nicht ausreden lassen und rasch die Pyjamajacke übergezogen, um eine Barriere zwischen ihnen zu errichten. In jenem Augenblick war ihr bewusst geworden, dass sie endlich aufhören musste, Rafe in diesem Engel zu sehen. Sosehr er sich auch wieder wie ihr Rafael benehmen mochte, er war kein Mensch mehr, sondern ein Wesen aus einer anderen Sphäre geworden. Die Erlebnisse und Erinnerungen, die Rafe zu dem Mann gemacht hatten, den sie liebte, waren unwiederbringlich verloren, der Körper nur eine verwirrte Hülle, die der Engel überstreifte, um in dieser Welt zu bewirken, was ihm ohne Körper nicht möglich gewesen wäre. Aus einem Grund, der ihnen verborgen war, fühlte er sich ihr auf eine Art verbunden, die nichts mit körperlicher Anziehung zu tun hatte, aber über die gewissermaßen übliche Liebe der Engel zu den Menschen hinausging. Er hatte es ihr oft genug gesagt, und seine Zärtlichkeit war über jeden Zweifel erhaben. *Die Frage ist, ob ich einen Engel lieben kann.*

Ihr wurde bewusst, dass sie noch immer verloren zwischen Bäumen, Passanten und einem Kiosk auf dem breiten Bürgersteig des Boulevard Saint-Michel herumstand, und ging hastig weiter. Ihre Beobachter von der B. C. mussten sie allmählich ernsthaft für wunderlich halten. Während sie die Treppe zur Métro hinablief, flackerten erneut die Zweifel auf, ob sie noch bei Verstand war. Die Stufen unter ihren

Füßen waren ganz sicher echt, ebenso wie das schrille Kreischen der Bremsen und die Menschen, die sie anrempelten, als sie bedächtig wie eine Tagträumerin einstieg. Da sie nur zwei Stationen mitfahren wollte, blieb sie bei der Tür stehen und hielt sich an einer Stange fest. Rappelnd setzte sich der Zug in Bewegung und ließ sie schwanken. Für einen Moment schloss sie die Augen. *Bitte, falls es irgendjemanden gibt, der zuhört: Ich will nicht verrückt sein! Wenn ich mir das alles einbilde, dann soll Raphael nie wieder auftauchen!* Wollte sie das wirklich? Verwundert lauschte sie in sich hinein. Ja – sosehr sie Rafe auch geliebt hatte. Wenn dieser Engel nur ein Produkt ihrer Sehnsucht sein sollte, wollte sie ihn niemals wiedersehen.

Entschlossen richtete sie sich auf und stieg in Châtelet mit einem neuen, schwer greifbaren Gefühl in die Linie 1 um, die sie zum Louvre bringen würde. Sie hätte nicht sagen können, weshalb sie plötzlich eine solche Gewissheit empfand, dass ihr seltsames Gebet erhört worden war – und von wem –, aber sie verlieh ihr eine innere Ruhe, wie sie ihr seit Tagen nicht mehr gegönnt gewesen war. Erwartungsvoll und doch gelassen folgte sie der Touristenschar, die an der weiß gekachelten Station ausstieg und durch die unterirdischen, von Antiquitäten- und Kunsthandlungen gesäumten Gänge zum Museum strebte. Rafe – *Raphael!* – hatte versprochen, hinter dem Eingang zu ihr zu stoßen, also kaufte sie zunächst eine Eintrittskarte und ließ die Sicherheitskontrollen über sich ergehen, die jedem Flughafen zur Ehre gereicht hätten. Wie schon bei ihrem ersten Besuch kam sie sich klein vor, als sie aus dem schmalen Zugang in die Halle unter der weltberühmten Glaspyramide trat. Hoch über ihr bildete die Konstruktion aus Glas und Stahl ein lichtdurchflutetes Dach, aus dem eine großzügig geschwungene Wendeltreppe wie aus dem Himmel herabführte. Die Balustrade, die den gesamten ersten Stock umlief, trug ebenso zum Eindruck von Weite bei wie die breiten Treppenaufgänge und das leuchtende Weiß der Wände und Böden. Besucher umlagerten den Informationsschalter in der Mitte, studierten Lagepläne oder strebten den verschiedenen Ausstellungen zu. Ihre Stimmen hallten im Saal wider und vermischten sich zu einem Lärm, der kaum zu einem Museum zu passen schien. An den Rolltreppen vor dem mit »Denon« überschriebenen Aufgang herrschte sogar Gedränge, denn in jener Richtung lockte die Mona Lisa.

Sophie drehte sich um sich selbst und hielt dabei nach Raphael Ausschau. Da sie mit Sicherheit auch hier beschattet wurde, wusste sie, dass er nicht für jedermann sichtbar erscheinen durfte, aber es war trotzdem seltsam, als er plötzlich neben ihr stand und die Handtasche einer vorübergehenden älteren Dame einfach durch seinen Arm glitt, anstatt hängenzubleiben. *Als wäre er Luft.*

»*Für alle anderen hier* bin *ich Luft*«, erinnerte er sie lächelnd.

Es gelang ihr gerade noch, die Worte, die ihr schon auf der Zunge lagen, wieder hinunterzuschlucken. *Das wird hart. Mir rutscht im schlechtesten Moment bestimmt doch noch eine Antwort raus.*

»*Es wird schon alles gut gehen. Mach dir keine Sorgen. Wo willst du hin?*«

Erneut musste sie sich beherrschen, um nicht laut herauszuplatzen. *In die orientalische Sammlung.*

Raphael nickte und marschierte so zielstrebig davon, dass ihr keine Zeit blieb, sich zu orientieren. Offenbar kannte er den Weg, was entschieden besser war als die Odyssee bei ihrem ersten Besuch. Damals hatten sie feststellen müssen, dass sich jede Sammlung zwar exakt dort befand, wo sie im Lageplan eingezeichnet war, doch wie man hineinkam, ging aus der Skizze leider nicht immer hervor. Einige Male hatten sie vor verschlossenen Türen oder gar einer Mauer gestanden und ratlos eine neue Route ausprobieren müssen.

»*Ein Engel zu sein, hat seine Vorteile.*«

Sie verkniff sich eine Erwiderung, da ihr nichts Sinnvolles einfiel, und folgte ihm eine Treppe hinauf und einen glasüberdachten Innenhof entlang, der steinerne und bronzene Statuen beherbergte. Die Motive entstammten zwar meist der Antike, doch schon der gute Zustand verriet das deutlich geringere Alter dieser Werke.

Was ... Raphael hatte so überraschend innegehalten, dass sie im wahrsten Sinne des Wortes in ihn hineinlief, bevor sie ebenfalls stehen bleiben konnte. Das Ausbleiben des erwarteten Aufpralls verwirrte ihre Instinkte, während sich ihr Verstand bereits nach dem Grund für das plötzliche Anhalten fragte.

»*Hier stimmt etwas nicht.*«

Vor ihnen auf dem Gang konnte Sophie nichts Ungewöhnliches entdecken. Zur Linken lag hinter weißen Arkaden der Hof, zur Rechten zweigten ein paar Türen ab, und am Ende gewährte eine Glaswand Blick in einen weiteren Saal oder Hof, ganz genau ließ es sich noch nicht ausmachen. Auch die wenigen Besucher, die denselben Weg eingeschlagen hatten, sahen von hinten weder verdächtig aus, noch benahmen sie sich seltsam.

Im Gegensatz zu mir, dachte sie, als sie zu Raphael aufblickte, der wieder außerhalb ihres Körpers stand. *Was ist los?* Mit einem Mal fiel ihr wieder ein, dass auch Kafziel den Schlüssel in seinen Besitz bringen wollte. Lauerte er etwa hier auf sie? Alarmiert sah sie sich noch einmal um.

Raphael ging weiter, ohne auf ihre Gedanken einzugehen. Sein Blick war konzentriert nach vorn gerichtet. Mit einem mulmigen Gefühl im Bauch folgte sie ihm, hielt sich bereit, sofort wieder zurückzuweichen, falls er erneut so unvermittelt stehen blieb. Schon erstarrte er wieder. Aus seiner Miene sprach ernstes Staunen.

Was? Was ist denn? Ängstlich blickte sie zwischen ihm und dem mittlerweile leeren Gang hin und her. Es gab nur noch eine Tür.

»Ich kann diese Räume nicht betreten.« Endlich sah er sie wieder an. »*Es tut mir leid. Du musst allein weitergehen.*«

»Aber ...« Sobald ihr das Wort entschlüpft war, merkte sie, wie auffällig sie sich benahm. Sie zwang sich, ihn nicht mehr anzusehen, versuchte stattdessen, den Eingang zum nächsten Raum im Augenwinkel zu behalten, während sie vermeintlich eine nahe Skulptur im Hof betrachtete. *Wieso kannst du nicht mitkommen? Wie soll ich denn ohne dich den Schlüssel erkennen?*

»*Das weiß ich nicht, aber wenn ich weitergehe, werden seine Wächter mich auslöschen. Sie verteidigen ihn gegen Engel wie gegen Dämonen – ohne Unterschied.*« Seine Stimme bekam einen ironischen Klang. »*Siehe, selbst seinen Heiligen traut Gott nicht.*«

Weil sie eigene Entscheidungen treffen und stürzen können, begriff Sophie. In ihrer Kehle bildete sich ein Kloß. Wenn diese Hüter Engel und Dämonen vernichten konnten, was würden sie mit Menschen tun, die nach dem Schlüssel trachteten?

»*Tust du das denn?*«

Was?

»*Nach dem Schlüssel trachten.*«

Eigentlich nicht. Sie wollte nur verhindern, dass er Kafziel in die Hände fiel, weil Jean dann das Schlimmste befürchtete.

»Habt ihr dann nicht das gleiche Ziel?«

Aber du willst doch auch nichts anderes und gehst trotzdem nicht weiter!

»Vielleicht werden sie auch dich aufhalten. Du weißt, dass ich die Zukunft nicht sehe, und das Wesen der Kerubim entzieht sich zu einem gewissen Grad dem Verständnis niederer Engel. Ich darf mich ihnen nicht weiter nähern.«

Sophie wollte tief durchatmen, um ihren Mut zusammenzunehmen, doch ihr Hals war wie zugeschnürt. Oder war es die Brust, die sich nicht weiten wollte? Ihre Knie fühlten sich zu nachgiebig an, ihr Magen flau. Aber durfte sie einfach umdrehen, solange sie kein unmissverständliches Zeichen bekommen hatte, dass sie unerwünscht war? Jean würde enttäuscht von ihr sein, wenn sie nicht probierte, mehr zu erfahren. Wie sollten sie sonst einen Weg finden, Kafziel aufzuhalten?

Sie gab sich einen Ruck und näherte sich der offenen Tür.

15

Bereits von der Pont de la Tournelle hinab musterte Jean die Menschen, die sich am Seineufer gegenüber der Île Saint-Louis aufhielten. Das helle Gestein, aus dem Brücke und Kaianlagen errichtet worden waren, leuchtete in der Mittagssonne so grell, dass die Sonnenbrille mehr als nur Teil seiner Tarnung war, doch durch die getönten Gläser konnte er noch schlechter erkennen, wer sich im Schatten der Bäume aufhielt. Wie erwartet war um diese Tageszeit nicht viel los. Die meisten Touristen saßen vermutlich beim Essen, und viele Einheimische, die sonst ihre Mittagspause am Fluss verbrachten, blieben aus, weil sie in den Ferien waren. Angesichts der Hitze beschränkten sich die Jogger auf die Morgen- und Abendstunden, wie er aus eigener Erfahrung wusste. Er trabte die Treppe hinab und hielt weiter nach verdächtigen Gestalten Ausschau, obwohl er nicht glaubte, dass Alex beschattet wurde, sonst hätte er sich nicht an einem öffentlichen Ort mit ihm verabredet. Dennoch wollte er nicht leichtsinnig sein. Zu viel stand für ihn – und die anderen! – auf dem Spiel.

Während er am Ufer entlangschlenderte, fuhr gelegentlich ein Radfahrer vorbei, und drei Clochards belagerten mit ihren vollgestopften Plastiktüten zwei Bänke im Schatten. Hinter ihm näherte sich das Tuckern eines großen Dieselmotors, dann schob sich auch schon ein moderner Lastkahn in Sicht, der für die gewundene Durchfahrt zwischen den beiden Inseln viel zu lang wirkte und dennoch hindurchpasste. Wellen klatschten ans steinerne Ufer, bis sich das Wasser wieder beruhigt hatte. Einige schwitzende Spaziergänger und der Blick auf Notre-Dame vervollständigten das Bild. Ein kleines Mädchen an der Hand der Mutter schielte neugierig auf Jeans Verband, unter dem die neu genähten Wunden endlich gut verheilten. Bald würde er jemanden brauchen, der ihm half, die Fäden zu ziehen. Ob nun Gaillards Segen oder das Antibiotikum die Wende gebracht hatte, wagte er nach wie vor nicht zu entscheiden.

Allmählich beschlich ihn Unruhe. War Alex doch nicht gekommen? Mit gerunzelten Brauen spähte er zu den Bänken unter den Bäumen hinüber. Auf jeder von ihnen saß mindestens eine Person – was sie für ihre Zwecke unbrauchbar machte, denn sie wollten keine Zuhörer –, doch Alex befand sich nicht darunter.

Vor ihm lockte bereits der schattige Bogen unter der nächsten Brücke, als er die zusammengesunkene Gestalt in kariertem Kurzarmhemd auf einer Bank in der prallen Sonne entdeckte. Erleichtert hielt er auf seinen Freund zu. Alex blinzelte gegen das grelle Licht an, das vom Glitzern des Wassers noch verstärkt wurde. Neben ihm zerflossen Mayonnaisereste in einer offenen, leeren Sandwich-Schachtel.

Schweiß perlte auf seiner Stirn und lief über das Gesicht nach unten, wo ihm das Hemd bereits am Leib klebte.

»So viel Sonne könnte deinem milchigen Teint schaden«, meinte Jean und ließ sich – nicht zu nah – neben ihm nieder, ohne ihn lange anzusehen. Die steinerne Sitzfläche war so aufgeheizt, dass er das Gefühl hatte, sich auf einen Ofen zu setzen.

»Bin ich froh, dass du deinen Humor nicht verloren hast«, gab Alex mit geröteter Miene zurück, wobei er auf den Fluss starrte, als rede er mit sich selbst. »Mir macht mehr Sorge, dass ich schmelzen könnte.«

»Vampire schmelzen nicht, sie zerfallen zu Staub.«

»Ich wollte es dir nie sagen, aber ich bin kein Vampir, sondern ein Pinguin.«

»Die haben aber schwarze Gesichter.«

»Pedant!«

Grinsend verkniff sich Jean das Lachen, das an seinen Muskeln zog. Es sollte schließlich von Weitem so aussehen, als ob sie überhaupt nicht miteinander sprachen.

»Wirklich alles klar bei dir?«, wollte Alex wissen.

»Ja, alles okay.«

»Dann hat Florence dich also aufgenommen?«

»Sie war nicht gerade erfreut, aber ich hatte die besseren Argumente.«

Der Laut, den Alex von sich gab, verriet, dass auch er nicht sonderlich erfreut war, doch er sagte nichts.

»Vorläufig vertraue ich ihr«, schränkte Jean ein. *Wir werden sehen, wie lange.*

»Sophie war gestern im Laden und hat mir von dieser Spur in den Louvre erzählt. Das ist die Suche nach der Nadel im Heuhaufen. Wie …«

»Darüber können wir uns Gedanken machen, wenn sie

nichts findet. Ich hab sie mit diesem Engel in die Mesopotamien-Sammlung geschickt. Wenn irgendjemand den Schlüssel erkennen kann, dann er.« Aus dem Augenwinkel sah er, wie Alex nachdenklich nickte. »Der Schlüssel ist nicht der Grund, warum ich dich hergebeten habe.«

»Sondern?«

»Erinnerst du dich an den Toten in der Rue des Barres?«

»Ja, danke, das Foto, das du mir gezeigt hast, war unvergesslich. Vor allem in Kombination mit der Tatsache, dass der Typ ein paar Stunden vorher noch bei uns im Laden war.«

»Viel wichtiger ist, dass er Mitglied in Caradecs Zirkel war.«

»Worauf willst du hinaus?«

»Er hat versucht mich davor zu warnen, was sie vorhaben. Ohne ihn hätte ich niemals geahnt, dass Caradec mit Sophies Verschwinden zu tun haben könnte oder dass Kafziel plant, die Wächter zu befreien.«

»Und er hat's mit seinem Leben bezahlt«, murmelte Alex.

Ja und? Natürlich wünschte Jean niemandem ein solches Ende, aber was hatte das jetzt mit ihnen zu tun? »Der Punkt ist, dass sie immer noch da sind. Wer sagt uns, dass sie ohne Caradec nicht weitermachen? Vielleicht hat Kafziel dieser Schwarzhaarigen längst einen neuen Pakt angeboten.«

»Würde das für uns etwas ändern?«

Kapierte Alex denn nicht? Sie hatten keinen Informanten mehr. Der Zirkel konnte das Ritual jederzeit mit einem anderen Opfer aufs Neue versuchen, und sie würden erst davon erfahren, wenn es zu spät war. »Lilyth ist verschwunden. Ich fürchte, dass Kafziel sie als Ersatz für Sophie benutzen wird, und ich kann es nicht verhindern, wenn ich sie nicht finde.«

»Du willst den Zirkel überwachen.«

»Es könnte der einzige Weg sein, sie zu retten, aber ich habe nur ein paar Vornamen. Ist außer Caradec jemand von ihnen in eurer Kundenkartei?«

»Keine Ahnung. Woran hätte ich sie denn erkennen sollen?«

»Hat Caradec nie jemanden mitgebracht?«

»Hm.« Alex versank eine Weile in Schweigen. »Da war eine Schwarzhaarige. Ist schon zwei, drei Jahre her, dass er sie angeschleppt hat, aber eine Weile hat sie echt viel gekauft. Sehr schlank, schon älter.«

»Sylvaine. Ich brauch ihre Adresse.«

Sophie betrat den Eingang und hielt sofort inne. Zwei bärtige Gesichter ragten über ihr auf, zwei weitere blickten ihr von der anderen Seite des Raums entgegen. Sie glaubte, die Blicke auf sich zu spüren, obwohl ihr Verstand protestierte. Oder sahen sie über sie hinweg, als sei sie ihrer Aufmerksamkeit nicht würdig? *Das ist albern! Sie können nicht die Wächter sein, die Raphael meinte. Es sind nur Statuen!*

Nervös schielte sie zu den rätselhaften Mienen hinauf, die zu beiden Seiten des Eingangs in den Raum starrten. Sie musste den Kopf in den Nacken legen, um Details zu erkennen. Die grauen Augen waren tot, so steinern und leblos wie die Hüte, die an zinnenbewehrte Türme erinnerten, die seltsam tropfenförmigen Zöpfe und die ebenso akkurat wie aufwendig geflochtenen Bärte. Alles wirkte so echt wie gerade erst erstarrt, dass die armlosen Schultern darunter umso mehr erstaunten. Doch das Merkwürdigste waren die gespaltenen Klauen, auf denen die kräftigen Beine ruhten.

Verwundert wagte sich Sophie weiter vor, umrundete die

Brust der Skulptur zu ihrer Rechten, um den Rest des Körpers zu entdecken, der als Hochrelief einen Teil der Wand bedeckte. Ausgebreitete Schwingen wuchsen aus einem wuchtigen Stierleib empor. Nur wenige Schritte weiter wachte ein fünftes Mensch-Stier-Adlerwesen an einem Treppenaufgang. *Ich phantasiere schon wieder. Es sind nur Statuen!* Statuen, die von Museumsmitarbeitern an ihre Plätze gestellt worden waren. Wahrscheinlich dort, wo sie am besten zur Geltung kamen.

Neu-assyrisch, Regierungszeit Sargons II. (721–705 v. Chr.), Khorsabad, Irak, las sie auf dem Schild zu Füßen des geflügelten Stiermenschen. Irak, das Land an Euphrat und Tigris, den biblischen Flüssen. Sie sah sich genauer um und merkte erst jetzt, dass sie sich in einem weiteren, wenn auch deutlich kleineren Innenhof befand. Schon das etwas zu grobe Pflaster hätte sie stutzig machen können, aber das gläserne Dach hoch über ihr schloss den Hof so hermetisch ab, dass kein Geräusch und kein Luftzug hereindrang. Unten hatte man glatte, weiße Wände errichtet, an denen noch etliche, wenn auch flachere Reliefs ausgestellt waren, doch darüber wurden zwei Stockwerke der klassizistischen Fassade mit ihren großen Sprossenfenstern sichtbar.

Sophie versuchte das Gefühl, von den geflügelten Wächtern beobachtet zu werden, abzuschütteln und wandte sich gerade den übrigen Kunstwerken zu, als sich Schritte dem Eingang näherten. Rasch tat sie in die Betrachtung des Reliefs versunken, um in Wahrheit aus dem Augenwinkel den Mann zu mustern, der hereinkam. Konnte dieser ergraute Herr in Hemd und Anzughose der Ermittler sein, der sie observierte? Sie hatte sich jüngere, sportlichere Menschen vorgestellt, aber er musste es sein, denn gewiss ließ man sie nicht so lange aus den Augen. *Das spielt jetzt keine Rolle!* Für die Polizei war sie hier ganz die Touristin, die ein Museum besuchte. Sie musste den Mann ignorieren und sich auf ihre Aufgabe konzentrieren.

Aufmerksam sah sie sich einige Reliefs an, auf denen Szenen aus Assyrien dargestellt waren. Vielleicht hielt einer der Priester, Höflinge und Krieger eine Art Schlüssel in der Hand. Aber waren diese Fundstücke überhaupt alt genug? Jean hatte von Sumerern gesprochen, von der Zeit um 3000 vor ...

Erstaunt blieb sie vor der überlebensgroßen Abbildung eines Mannes mit Flügeln stehen. Gesicht und Hut, Haare und Bart glichen jenen der Stierwesen, doch er hatte eindeutig einen Menschenkörper, trug Kleidung und einen kleinen Eimer, während seine andere Hand mit einer Art Tannenzapfen auf etwas zeigte. Hatten auch die Assyrer an Engel geglaubt? An Engel mit vier Flügeln, von denen zwei nach oben und zwei nach unten wiesen? Das Schild des Museums nannte die Figur einen *genie*. *Ein Geist oder gar Dschinn?* Aber sie konnte sich nicht erinnern, je von Geistern oder Dschinnen mit Flügeln gehört zu haben. Vielleicht war es, wie Jean vermutete. Vielleicht gaben die Menschen in Mesopotamien über die Jahrtausende Erinnerungen an etwas weiter, das sie nicht mehr verstanden, und sie hatte doch die Abbildung eines Engels vor sich, wie er den Assyrern von ihren Ahnen überliefert worden war. Auch die geflügelten Stiere mochten etwas verkörpern, das sie nur nicht einordnen konnte, weil sie die Bibel nicht gut genug kannte. Der Gedanke gab ihr die Gewissheit zurück, dass sie hier richtig war. Sie musste nur die Ausstellungsstücke aus der richtigen Zeit finden.

Da alles in diesem Raum aus Sargons Palast stammte, ging sie schließlich mit gemischten Gefühlen zwischen den beiden Wächtern hindurch, die den Eingang zum nächsten Abschnitt des Hofs flankierten, doch die mächtigen Wesen rührten sich nicht. Auch hinter ihnen fanden sich nur Reliefe aus Khorsabad. So beeindruckend sie auch sein mochten, Sophie betrachtete sie immer kürzer und lief schließlich vorüber, ohne innezuhalten. Im angrenzenden Ausstellungsraum erwartete sie ein vielversprechenderes Bild. Hier herrschten Vitrinen vor, in denen kleinere Fundstücke aus ganz Mesopotamien präsentiert wurden. Als sie die Jahresangaben las, schlug ihr Herz schneller. Drittes bis zweites Jahrtausend vor Christus, mal eher vage, dann wieder recht genau datiert. Neugierig musterte sie Figurinen, Fragmente von Keilschrifttafeln und selbst Scherben, ohne darüber die größeren Skulpturen dazwischen zu vergessen. Sie waren in einem anderen, manchmal kindlicher wirkenden Stil gehalten, der dennoch Gemeinsamkeiten mit den späteren Werken aus Khorsabad aufwies. Einige der kleinen Plastiken in den Schaukästen stellten sogar geflügelte Dämonen dar. War eine von ihnen der Schlüssel? Auf jeden Fall hatten die Menschen schon in Uruk überirdische Wesen mit Flügeln dargestellt. *Kontinuität*, wiederholte sie sich. Trotz aller Umbrüche war seit dieser Zeit ein bestimmtes Wissen weitergegeben worden.

Beim Betrachten der unzähligen, nur wenige Zentimeter großen Rollsiegel spürte sie ihre Aufmerksamkeit allmählich erlahmen. In jeden dieser meist aus hellem Gestein bestehenden Zylinder war eine Abbildung hineingeschnitten worden, die – in weichem Ton abgerollt – ein individuelles Siegel ergab, doch die wenigsten dieser erstaunlich aufwendigen Szenen wurden vom Museum als Abdruck gezeigt. Stattdessen musste Sophie die Augen zusammenkneifen, um die winzigen Figuren und Symbole zu erkennen, soweit sie denn alle Seiten der kleinen Rollen sehen konnte. Was, wenn ausgerechnet auf einem dieser Siegel ein Schlüssel abgebildet war? Kannten die Sumerer überhaupt bereits Schlösser? Wahrscheinlich nicht. *O Gott, ich werd dran vorbeilaufen, weil ich keine Ahnung hab, wie er aussehen soll ...*

Seufzend ließ sie den müden Blick weiter über die durchsichtigen Regale mit den Siegeln schweifen. Vieles war so klein, dass sich mit bloßem Auge kaum ein Mann von einer Frau oder ein Stern von einer Blume unterscheiden ließ. Der ältere Herr, den sie für einen Ermittler hielt, musste sie insgeheim schon verfluchen, weil sie vor etlichen Vitrinen so lange ausharrte. Andere Besucher, die erst nach ihnen den Saal betreten hatten, waren längst weitergezogen. Er konnte sich denken, dass er sich durch das lange Herumlungern im selben Raum verriet.

Wie viele von diesen Siegeln gibt es denn noch? Gerade wollte sie zum nächsten Schaukasten weitergehen, da blieb ihr Blick an einem der größeren, kaum fingerlangen Zylinder hängen, den sie nur noch flüchtig hatte mustern wollen. Er stand im untersten Regal, sodass sie sich bücken musste, um ihn genauer zu betrachten, und recht weit hinten, was es unmöglich machte, viel von der auf ihm dargestellten Szene zu erkennen. Nichts unterschied ihn von den anderen, und doch erfasste sie bei seinem Anblick unterschwellige Aufregung. Konnte das der Schlüssel sein? Insgeheim hatte sie sich ein beeindruckenderes, womöglich goldenes oder juwelenbesetztes Artefakt vorgestellt. Immerhin verbarg sich eine gewaltige Macht darin, wenn es eine Hölle zu öffnen vermochte.

Aber da stand nun dieses unscheinbare, im Grunde mickrige Ding, zu dem ihr Blick wie magisch angezogen ständig wieder zurückkehrte. Mit jeder Sekunde, die sie es ansah, wuchs ihre Unruhe und der Eindruck, dass irgendetwas von diesem Gegenstand ausging, das die Nervosität verursachte. Es musste der Schlüssel sein. Doch wie sollten sie ihn vor Kafziel in Sicherheit bringen, solange er hier im Louvre war?

»Lenoir« stand in Blockbuchstaben auf dem Klingelschild. Hier wohnte also Sylvaine. Neugierig sah Jean an dem Gebäude hinauf: ein typisches Pariser Haus mit fünf Stockwerken und Mansarden, aus hellen Steinblöcken gefügt und vor den bodentiefen Fenstern mit schwarzen, schmiedeeisernen Geländern versehen. Die alten Wohnungen mussten jedoch kürzlich renoviert worden sein, denn die Fensterrahmen leuchteten noch weiß, die Gitter wiesen keinen Rost auf, und auf drei Etagen ragte ein vornehmlich aus Glas bestehender Erker aus der Fassade, der zu neu und glatt aussah. Lebte die Schwarzmagierin in einer dieser vermutlich teureren Wohnungen, oder hatte die Zauberei ihr bislang keinen Wohlstand eingebracht?

Man muss nicht reich sein, um eine teure Wohnung zu besitzen. Jahr für Jahr kämpfte er darum, die Steuern für sein Heim auf der Île Saint-Louis aufzubringen. Es wäre einfacher gewesen, die Wohnung zu Geld zu machen und in einen weniger noblen Stadtteil zu ziehen, aber er liebte die Aussicht auf die Seine, die ruhige Atmosphäre der Insel – und außerdem hätte Tante Diane ihm nie verziehen, wenn er sein Erbe verkauft hätte.

Und nun? War der Jäger zum Gejagten geworden, der nie wieder in seine Wohnung zurückkehren konnte. »Merde!« Gereizt schob er den Gedanken beiseite. Er hatte keine Ahnung, wie er das Problem lösen sollte, und es gab Wichtigeres zu tun. Der Drang nach einer Zigarette überkam ihn mit solcher Macht, dass er sich unwillkürlich nach einem Kiosk oder Tabakladen umsah, doch außer einem kleinen asiatischen Restaurant und einem Jazz-Plattenladen hatte die Rue de Navarre keine Geschäfte zu bieten. Auf der anderen Straßenseite gab es nicht einmal Häuser, nur den Zaun einer Grünanlage, die im Wesentlichen aus einem hohen, von Bäumen und Gesträuch überwucherten Wall bestand. Dahinter verbarg sich die römische Arena des einstigen Lutetia. Jean hatte sie vor Jahren besichtigt und war seitdem nicht mehr in der Gegend gewesen. Ein schmaler, wie eine Klamm wirkender Durchbruch, in den gerade ein paar Jugendliche mit einem Fußball verschwanden, führte in die Arena, während auf dieser Seite des Walls nur ein paar eingewachsene Mauern und dezente Schautafeln erahnen ließen, dass es mehr mit diesem Park auf sich hatte.

In der untergehenden Sonne warfen die Bäume immer längere Schatten. Sicher würde die Anlage über Nacht geschlossen werden, damit keine Obdachlosen auf den Zuschauerrängen der Arena kampierten, aber noch stand das Tor offen, und ein Clochard hockte auf einer der Mauern. *Mit bestem Blick auf Sylvaines Haustür,* stellte Jean fest und beschloss, ebenfalls dort herumzulungern, bis ihn jemand hinauswerfen oder Sylvaine auftauchen würde.

Als er sich dem graubärtigen Mann näherte, der einen unförmigen Hut, ausgeleierte Hosen und ein fadenscheiniges Hemd über einem T-Shirt trug, nickte er ihm zu, ohne ihn weiter zu beachten. Die meisten Pariser ignorierten Clochards, doch Jean bemühte sich, ihnen einen Rest Würde zuzugestehen, da er bei seinen nächtlichen Streifzügen bereits einige interessante Bekanntschaften unter ihnen gemacht hatte.

»Jean?« Die Stimme des Alten klang erstaunt, überraschend jung und kam ihm bekannt vor. War das nicht ...

»Tiévant?« Er fuhr herum, obwohl er wusste, dass er hätte fliehen müssen.

Der Brigadier starrte ihn ebenso ungläubig an wie er ihn. Aus der Nähe betrachtet erkannte Jean, dass der Bart nur angeklebt war und keine einzige Falte das Gesicht darüber furchte. Stattdessen funkelten ihm Tiévants dunkle Augen entgegen, denen selten etwas entging. Daran konnten offenbar nicht einmal gefärbte Haare und eine Sonnenbrille etwas ändern.

»Merde, Méric, du stehst auf der Fahndungsliste! Was zum Teufel suchst du hier?«

»Vermutlich dasselbe wie du«, antwortete er, während er registrierte, dass der Brigadier nicht sofort die Handschellen oder gar die Dienstwaffe gezückt hatte. »Sylvaine Lenoir.«

»Mein Gott! Was geht dich diese Frau an? Ist dir nicht klar, in was für Schwierigkeiten du steckst?«

»Ich weiß, dass du mich eigentlich verhaften müsstest, aber ...«

»Verdammt richtig!«, fiel Tiévant ihm ins Wort. »Und genau das werde ich auch tun, wenn du nicht von selbst Vernunft annimmst. Komm mit mir aufs Revier und stell dich, bevor alles noch schlimmer wird!«

»Das kann ich nicht.«

»Na toll. Monsieur ist zu beschäftigt, oder was? Willst du jetzt auch noch Lenoir umbringen?«

Jeans Herz verhärtete sich. Er konnte nicht guten Gewissens behaupten, dass er nicht fähig wäre, jemanden zu töten, denn wenn es nötig gewesen wäre, um Sophie zu retten, hätte er es wohl getan. Dennoch traf ihn Tiévants Unterstellung wie ein Schlag ins Gesicht. »Ich habe Caradec nicht angerührt. Wenn du mir nicht glaubst, kann ich das kaum ändern, aber ich hab wirklich Besseres zu tun, als mir diesen Mist anzuhören.« Aus dem Augenwinkel nahm er eine Bewegung wahr und warf einen Seitenblick zur Straße. Ein Taxi näherte sich auffallend langsam.

»Ein Toter, bei dem du zur Tatzeit in der Wohnung gesehen wurdest, ist also Mist? Verkauf mich nicht für blöd, Jean! Ich weiß, dass du diesen Leuten das Handwerk legen willst, und jetzt hatten sie auch noch diese Freundin von dir in ihrer Gewalt. Da kann jeder mal durchdrehen.« Sichtlich irritiert folgte Tiévant dem Blick zum Taxi, das mitten auf der Straße hielt.

»Glaub, was du willst«, schnaubte Jean. »Ich weiß nicht, warum *du* hinter Lenoir her bist, *ich* hoffe nur, dass sie mich zu dem verschwundenen Mädchen – Céline Regis – führt.«

»Céline Regis? Was hat die Lenoir mit ihr zu tun?«

Der Taxifahrer hupte im gleichen Moment, da sich die Tür von Sylvaines Haus öffnete. Eine hagere Gestalt mit schwarzen Haaren klapperte auf hohen Absätzen zum Wagen hinüber.

»Verdammt!« *Das ist sie!* Obwohl es sinnlos war, sah sich Jean hastig nach irgendeinem Gefährt um, mit dem er dem Taxi folgen könnte.

»Merde!«, entfuhr es Tiévant, während Sylvaine einstieg, ohne auch nur einen Blick auf die beiden Streithähne im Park gegenüber zu werfen. Er schnappte sich die zerknitterte Papiertüte, die neben ihm auf der Mauer gestanden hatte, nur um dann doch stehen zu bleiben. Mit gequälter Miene sah er zwischen Jean und dem anfahrenden Taxi hin und her.

»Und jetzt? Lässt du sie einfach so abhauen?« Jean lief

zum Tor, um die Verfolgung zu Fuß aufzunehmen, solange es ging.

»Ich weiß nicht, ob ich *dich* einfach so abhauen lassen kann, du Idiot! Bleib stehen ... oder ich schieße!«

Halbherzig sah er sich nach dem Brigadier um und hielt sofort inne. Das Taxi verschwand um eine scharfe Kurve der Rue Navarre, während Tiévant mit einem Revolver auf ihn zielte.

»Ich bin unschuldig! Sieh lieber ...«

»Halt die Klappe! Mach, dass du zu dem blauen Peugeot da drüben kommst!« Tiévant deutete mit der Waffe die Richtung an und kam rasch auf ihn zu.

Jean begriff. Gemeinsam hetzten sie über die Straße auf den Wagen zu, dessen Blinker kurz aufblitzten, als Tiévant die Fernbedienung betätigte. Atemlos rannte Jean um das Auto herum, riss die Beifahrertür auf und zog sie bereits wieder zu, während er sich auf den Sitz fallen ließ. Tiévant hielt mit einer Hand Revolver und Lenkrad, mit der anderen rammte er den Schlüssel ins Schloss.

»Leg die Waffe weg! Konzentrier dich lieber aufs Fahren!«, drängte Jean, als der Brigadier umständlich aus der Parklücke rangierte. »Wir dürfen sie nicht verlieren!«

»Weiß ich!«, knurrte Tiévant und gab endlich Gas. Viel zu schnell schoss er um die Kurve und ans Ende der kurzen Straße, wo kein Taxi mehr zu sehen war. »Sie sind nach rechts gefahren.«

»Wieso?« Jean sah sich hektisch in die andere Richtung um, als Tiévant schon abbog.

»Weil das 'ne Einbahnstraße ist.«

»Natürlich!« *Durchatmen, Jean! Er ist Polizist, er macht das wahrscheinlich nicht zum ersten Mal.*

Sie brausten durch die enge Straße bis zur Kreuzung mit

der breiten Rue Monge. Gegenüber führte die Rue Lacépède schnurgerade weiter, doch dort war kein Taxi zu sehen. Sobald er um die Bäckerei an der Ecke spähen konnte, blickte Jean nach rechts. »Nichts!«

»Da!« Tiévant trat wieder aufs Gaspedal und schnitt einem alten Mann den Weg ab, der gerade den Zebrastreifen betrat. »Merde! Das war knapp.«

Besorgt sah sich Jean kurz nach dem Alten um, der ihnen gestikulierend etwas nachrief – vermutlich ein paar derbe Flüche. Rasch drehte er sich wieder um und hielt nach dem Taxi Ausschau. Nur drei Autos vor ihnen entdeckte er das Schild auf dem Dach der silberfarbenen Limousine.

»Jetzt noch mal zum Mitschreiben«, verlangte Tiévant. Endlich legte er die Waffe im Seitenfach ab, wobei er die Straße nicht aus den Augen ließ. »Was hat Lenoir mit dem Verschwinden dieses Mädchens zu tun?«

»Vielleicht nichts«, gab Jean zu. »Aber ich habe Grund zu der Annahme, dass sie jetzt Lil… *Céline* an Sophies Stelle opfern wollen.«

»Du meinst das ernst? Du glaubst wirklich, dass sie bei ihrem Hokuspokus Menschen umbringen?«

»Schon mal von Charles Manson gehört?«, gab Jean säuerlich zurück.

»Ist das dieser Rockstar, der wie ein Toter rumläuft?«

Jean verdrehte die Augen. Da aus Tiévants Kopfhörer beim Joggen stets Hip Hop dröhnte, wusste er es wohl nicht besser. »Nein. Aber du solltest den Namen mal googlen, wenn du verstehen willst, wovon ich rede. Diese Leute betreiben schwarze Magie nicht als harmlosen Party-Gag. Die beschwören Dämonen oder den Teufel selbst und glauben, dass er ihnen zu umso mehr Macht und Reichtum verhilft, je blutiger ihre Opfer sind. Mit Hühnern fängt das an, aber die drehen immer mehr ab.« Es hatte keinen Sinn, einem Ungläubigen erklären zu wollen, dass die Dämonen ihre Anhänger immer tiefer in Wahnvorstellungen trieben. »Wie das endet, kannst du an dem Toten aus der Rue des Barres besichtigen.«

Tiévant verzog das Gesicht. »Der sah echt übel aus. Und du hast damals schon gesagt, dass er zu Caradecs Zirkel gehörte. Schätze, Gournay hat das nicht gerade als heiße Spur betrachtet.«

Wahrscheinlich nicht. »Jedenfalls weiß ich, dass Céline zu einem eher harmlosen Zirkel gehörte. Kinderkram, wenn du so willst.« Jean verstummte, als eine rote Ampel sie zum Anhalten zwang. Das Taxi entfernte sich. Noch verlief die Straße geradeaus, sodass er es im Auge behalten konnte, doch wenn sie länger warten mussten …

Der Brigadier murmelte einen Fluch und schielte angespannt zur Ampel hinauf. »Na endlich!« Er gab Gas, musste jedoch sofort wieder abbremsen, da der Wagen vor ihnen nur langsam in Fahrt kam. Die einsetzende Dämmerung verwischte in der Ferne bereits Konturen und Farben. Jean musste die Sonnenbrille abziehen. Bald würden sie nur noch rote und weiße Lichter sehen, wenn sie nicht näher an das Taxi herankamen.

»Scheiß drauf«, knurrte Tiévant, scherte aus und überholte, indem er den Gegenverkehr mit seinem waghalsigen Manöver und der Lichthupe zur Seite jagte. Das wilde Hupen der anderen blieb rasch hinter ihnen zurück.

»Kannst du sie noch sehen?« Vergeblich lehnte sich Jean zum Fenster. Ein Kastenwagen war vor ihnen aus einer Seitenstraße gebogen und versperrte ihm die Sicht.

»Ja, sie sind noch da. Erzähl, was es mit diesem Mädchen auf sich hat. Die Eltern sagen, sie ist abgehauen.«

»Ist sie wohl auch.« Wieder reckte sich Jean auf seinem

Sitz. Musste dieser verfluchte Lieferwagen ausgerechnet jetzt auftauchen? »Mich beunruhigt, dass Caradec einen jungen Kerl aus ihrem Zirkel angeworben hatte, dem ich alles zutraue. Und genau bei ihm soll sie sich aufhalten.«

»Und warum folgst du dann Lenoir und lauerst nicht diesem Kerl auf?«

»Weil ich nur seinen verdammten Vornamen kenne, aber sie wird mich hoffentlich zu ihm führen.«

»Lass mich raten! Der Typ heißt Maurice.«

Er wollte antworten, doch der Verkehr lenkte ihn ab. Vor ihnen trafen sechs Straßen sternförmig aufeinander. Der Lieferwagen bog nach rechts ab, und hinter ihm kam das Taxi wieder in Sicht, das sich links hielt.

»Avenue des Gobelins«, stellte Tiévant fest. »Irgendeine Ahnung, wo sie hinwollen könnte?«

Jean schüttelte den Kopf. »Vermutlich weiß ich weniger über sie als du. Sie könnte einfach unterwegs zu einem Rendezvous sein oder ihre kranke alte Mutter besuchen.«

»Wenigstens wird sie um diese Zeit kaum zum Friseur fahren.«

Tiévant nutzte die hinzugekommene zweite Fahrspur, um sich durch ein paar rücksichtslose Überholmanöver dem Taxi zu nähern. Zwischen den Bäumen der Allee gingen die Straßenlaternen an, obwohl es längst noch nicht dunkel war. Vor ihnen kam eine weitere große Kreuzung in Sicht. Gerade als sich Jean wunderte, weshalb ein Taxifahrer freiwillig die rechte Spur benutzte, leuchtete auch schon der Blinker auf. »Pass auf! Es gibt zwei re...«

»Das seh ich!«, schnappte Tiévant und ignorierte die bereits gelbe Ampel, um sich direkt hinter das Taxi zu setzen, das halb rechts in einen weiteren baumgesäumten Boulevard abbog.

Wo führte diese Straße hin? Jean kannte die Métro-Linien in- und auswendig, doch mit einem Auto fuhr er selten. Wenn er den Stadtplan richtig im Kopf hatte, hielten sie auf Montparnasse zu. »Vielleicht will sie zum Friedhof.«

»Wie kommst du ausgerechnet ... ach so! Du meinst, sie treffen sich jetzt auf dem Friedhof von Montparnasse, weil Père Lachaise für sie nicht mehr sicher ist?«

»Na ja. Da Caradec jetzt im Familienmausoleum beigesetzt wird, ist dort mehr los, als ihnen lieb sein kann.«

»Die Richtung stimmt jedenfalls, aber sie könnte auch zum Bahnhof wollen.«

»Ohne Gepäck?«

»Wenn sie ahnt, dass sie observiert wird, wäre sie dumm, mit Koffern abhauen zu wollen.«

Sie hielten vor einer roten Ampel, und Jean merkte, dass Tiévant nicht allzu dicht auffuhr. Rechnete Sylvaine damit, beschattet zu werden? Wenn nicht, bestand kaum Gefahr, dass sie sich umsah und den Clochard aus dem Park gegenüber am Steuer eines Wagens wiedererkannte. »Falls sie einen Verdacht hat, wäre sie dumm, überhaupt am helllichten Tag mit dem Zug fliehen zu wollen.«

»Auch wieder wahr.«

Was gibt es noch in Montparnasse?, grübelte Jean, während sich der Verkehr wieder in Bewegung setzte. Mehrere große Krankenhäuser. Wenn sie Pech hatten, machte sie wirklich nur einen Krankenbesuch. Oder sie stürzte sich ins Nachtleben der Straßencafés, die vom Flair vergangener Tage zehrten, als es die Künstleravantgarde der ganzen Welt in dieses Viertel gezogen hatte. Eine Schwarzmagierin auf den Spuren von Joyce und Hemingway? *Wohl kaum.*

»Da vorn ist der Place Denfert-Rochereau. Wenn sie zum Friedhof will, muss er jetzt halb rechts oder geradeaus«, behauptete Tiévant.

Schon weitete sich der Boulevard und entließ sie in das Gewühl rund um eine gewaltige Löwenskulptur. Mopeds, Busse, Fahrräder, Autos, Laster, alles, was auf Pariser Straßen unterwegs war, schien hier aus mehr als nur vier Himmelsrichtungen zusammenzutreffen und arrangierte sich ohne Fahrbahnmarkierungen irgendwie von selbst, bis gleichsam aus dem Nichts eine durchgezogene Linie quer über den Platz auftauchte. Dass sie zu einer Ampel gehörte, die gerade auf Rot sprang, sah Jean erst, als Tiévant auch schon auf die Bremse trat, sodass sie beide halb aus ihrem Sitz geschleudert wurden. »Mist!« Er richtete sich auf und holte das Anschnallen nach, doch sein Blick blieb auf das Taxi gerichtet, das sich hinter der Löwenstatue links hielt.

»Damit fällt der Friedhof aus«, stellte Tiévant fest. »Und der Bahnhof.«

»Wir verlieren sie.« Jean versuchte, um den Sockel des Löwen zu spähen, doch mittlerweile war es zu dunkel geworden, und einige Fahrzeuge hatten sich zwischen sie und das Taxi geschoben.

»Abwarten«, mahnte Tiévant, obwohl er nicht zuversichtlich klang. Sobald es grün wurde, trat er aufs Gaspedal und raste den Platz entlang, an dem unscheinbaren, dunklen Häuschen vorbei, in dem sich der Eingang zu den Katakomben verbarg. Es fiel Jean auf, weil die Touristen fehlten, die hier tagsüber Schlange standen, aber schon waren sie vorüber und verließen den Place Denfert-Rochereau. Er kniff die Lider zusammen, um im Dämmerlicht besser zu sehen. Die Lampen und Leuchtreklamen der Cafés und Geschäfte blendeten fast genauso wie die Rücklichter der Wagen vor ihnen. »Da sind sie!« Gerade hielt das Taxi an der nächsten Ecke. »Sie steigt aus!«

»Verdammt!« Tiévant schlug mit der Faust aufs Lenkrad. »Das ist eine Einbahnstraße. Ich kann da nicht reinfahren.«

»Dann stell den Wagen eben ab!«

»Auf der Busspur?«, protestierte der Brigadier, doch er hatte den Blinker bereits gesetzt und fuhr mit Schwung auf den hohen Bordstein.

Jean öffnete die Tür, sobald es halbwegs sicher schien, und sprang aus dem Wagen, die Augen auf Sylvaine gerichtet, die in diesem Moment in der Seitenstraße verschwand. Ihr Ziel musste ganz in der Nähe sein. Eilig umrundete er das Café an der Ecke. Außer parkenden Wagen war kein Auto zu sehen, dafür einige Fußgänger, doch längst nicht genug, als dass Sylvaine in der Menge hätte untertauchen können, selbst wenn sie von ihren Verfolgern gewusst hätte. Ihre große, schmale Gestalt mit dem schwarzen Haar war auch von hinten leicht zu erkennen, wenngleich sie in ihrer dunklen Kleidung auch nicht auffiel.

»Hatte ich erwähnt, dass du verhaftet bist?«, schnaufte Tiévant plötzlich neben ihm. »Renn mir bloß nicht noch mal so davon.«

Jean beschloss, die Frage zu ignorieren. »Beweg dich lieber nicht so agil, sonst nimmt dir niemand ab, dass du sechzig bist und auf Parkbänken schläfst.«

»Sehr witzig.«

Schweigend schlenderten sie an geschlossenen Marktständen und Läden vorbei. Während der Öffnungszeiten musste in der engen Straße ziemliches Gedränge herrschen, doch jetzt hallten sogar die Schritte von den Wänden wider. Sylvaine sah im Laufen immer wieder zu den Namensschildern der wenigen Lokale auf. Offenbar suchte sie etwas. Warum hatte sie dem Taxifahrer nicht einfach die Adresse genannt? Er hätte schließlich nur vom anderen Ende her in die Einbahnstraße fahren müssen.

»Wieso hat sie sich nicht bis vor die Haustür bringen lassen?« Offenbar hatte Tiévant gerade das Gleiche gedacht.

»Vielleicht möchte sie keinen Zeugen dafür, wo sie hingeht«, riet Jean ins Blaue. »Oder die Fahrt wurde ihr zu teuer. Oder ...« Es war müßig. Solange sie keinen besseren Hinweis hatten, würden sie ihre wahren Gründe nur vermuten können.

Sie kreuzten eine Querstraße und bald darauf eine weitere. Wusste Sylvaine überhaupt, was sie suchte? Oder dass das, was sie suchte, vorhanden war? Zum Glück fühlte sie sich unbeobachtet, denn sie hatte sich noch kein einziges Mal nach Verfolgern umgesehen. Mittlerweile war es so spät, dass nur noch die Straßenlaternen und die Reklame Licht spendeten. Ihm fiel ein, dass er auch noch zu *L'Inconnue* musste. Diese angesagten *events* begannen zwar nie vor zehn Uhr, und es dauerte noch länger, bis dort viel los war, aber wer konnte wissen, wie lange Sylvaine ihn noch aufhalten würde?

Wieder eine Querstraße. Die Marktstände und Lebensmittelhändler waren Lokalen und kleinen Hotels gewichen, was erklärte, weshalb auch hier einige Touristen herumliefen. Er kannte die Rue Daguerre nicht gut, aber er konnte sich nicht vorstellen, dass sie über den Friedhof hinausragte, zu dem sie parallel verlief, denn dahinter folgten bald der Bahnhof und der Jardin Atlantique. Sie mussten etwa die Hälfte der Straße abgelaufen sein, und noch immer ging Sylvaine weiter.

»Meine Schicht ist bald um«, sagte Tiévant wie zu sich

selbst.« »Ich muss demnächst mal meinen Kollegen informieren, wo ich bin, sonst kann er mich nicht ablösen.«

Erwähnt er das, damit ich mich vorher aus dem Staub machen kann? Aber dann würde er Sylvaine nicht weiter folgen können. *Verfluchter Mist.* Durfte er später wenigstens Kontakt mit Tiévant aufnehmen, um zu erfahren, wo sie hingegangen war? Wie weit reichte ihre Freundschaft?

Etwas zupfte an seiner Aufmerksamkeit, eine Ahnung des Grauens, das die älteren, mächtigeren Dämonen umgab wie eine kalte Aura. Konnte es Zufall sein? Lief Sylvaine direkt in eine Falle oder ... lockte sie *sie* in einen Hinterhalt? Misstrauisch musterte er die Straße vor ihnen. Zur Rechten befand sich ein auf Akkordeons spezialisiertes Geschäft, das längst geschlossen hatte, zur Linken Garagen und Tore eines Wohnhauses. Vor dem Nachbargebäude standen ein paar kleine Tische auf dem Bürgersteig, und der Schriftzug auf dem Seitenteil der dunklen Markise darüber verkündete, dass sie ein Bistro vor sich hatten. Leise Musik und der Geruch von Gebratenem wehten ihnen entgegen. Ein Schatten, den nur seine inneren Augen wahrnahmen, lag über den Gästen, die an der Straße saßen. Der Dämon – oder ein Besessener, der jeden Augenblick die Kontrolle über sich verlieren würde – befand sich unter ihnen. Wer ...

»Sieh mal, so schöne Akkordeons!« Tiévant packte ihn am Arm und zerrte ihn zu den Schaufenstern hinüber.

»Was?« Ein Blick zu Sylvaine, auf die er nicht mehr geachtet hatte, genügte, um das Verhalten seines Freundes verständlich zu machen. Sie war vor dem Bistro stehen geblieben. Rasch wandte er sich ab und tat, als begutachte er die Musikinstrumente hinter der Scheibe. *Zwei Clochards, die sich die Nasen nach einem Akkordeon plattdrücken ... Wie passend.* »Was tut sie?«, fragte er leise, da Tiévant die bessere Position hatte.

»Sie geht zu einem Typen an den Tisch. Das könnte …« Tiévants Gesicht nahm den Ausdruck eines Jägers an, der Beute gewittert hat. »Lass uns weiterschlendern und da vorne um die Ecke verschwinden. Ich muss diesen Kerl genauer sehen. Das könnte der Typ sein, den wir suchen.«

Wir suchen einen Kerl? Meint er Maurice? Verwirrt setzte er sich in Bewegung und ärgerte sich, dass sich Tiévant zu seiner Rechten hielt, sodass jener unauffällig zum Lokal hinüberblicken konnte, während er vermeintlich Jean ansah.

»Das waren noch Zeiten, als ich mit meinem Akkordeon am Place …«

Jean hörte nicht weiter zu. Ihm ging auf, dass der Brigadier mit »wir« wohl die Polizei gemeint hatte. Die Präsenz des Bösen bohrte sich ihm förmlich in den Rücken. Er musste einen Blick riskieren. »Las uns ein' drinken«, lallte er und torkelte vom Bürgersteig auf das Bistro zu.

»Nee!«, rief Tiévant, erwischte ihn am Arm und zog ihn zurück. »Da wolln'se uns doch eh nich'.«

Der Moment hatte genügt. Jean war Kafziel nie begegnet, doch es gab keinen Zweifel, mit wem Sylvaine dort am Tisch saß.

Dieses Mal muss ich ein Buch mitnehmen, sonst fällt es langsam auf, fürchtete Sophie, als sie sich dem *L'Occultisme* näherte. Sie hatte sich gezwungen, nach ihrer Entdeckung nicht sofort aus dem Louvre zu stürmen, und stattdessen in vorgeblicher Ruhe den Rest der Orient-Abteilung besichtigt, um keinen Verdacht zu erregen. Mittlerweile platzte sie fast, weil sie endlich jemandem von ihrem Erfolg erzählen wollte. Dass Raphael verschwunden war, seit sie sich im Museum getrennt hatten, enttäuschte sie, aber eigentlich wollte sie ohnehin lieber Jean davon berichten, der ihre Aufregung teilen und verstehen würde. Die Versuchung, mit der Métro ins Marais weiterzufahren und zum *La Martinique* zu laufen, war groß gewesen. So groß, dass sie erst im letzten Moment aufgesprungen und ausgestiegen war. Doch was hätte sie dort tun sollen? Wieder in den Keller zu gehen und nicht mehr aufzutauchen kam ebenso wenig infrage, wie an die Hintertür zu klopfen. Mit beidem hätte sie nur die B.C. auf Jeans Versteck aufmerksam gemacht. Auszuprobieren, ob sie ihn auf dem Handy erreichte, das er im Gefängnis benutzt hatte, war ebenso undenkbar, also blieb ihr nichts anderes übrig, als wieder einmal zum *L'Occultisme* zu pilgern.

Sie grüßte Alex' Vater, der an der Kasse eine Kundin bediente, und traute sich nicht, ihn dabei mit der Frage nach seinem Sohn zu stören. Vielleicht fand sie Alex weiter hinten beim Auffüllen oder beim Beraten. Während sie die Regale entlangging, hielt sie nach Büchern über die Sumerer und Mesopotamien Ausschau, doch entweder übersah sie etwas oder Delamairs führten nichts zu diesem Thema. Zwei weitere Kunden studierten die Titel oder blätterten in ausliegenden Büchern, nur von Alex war nichts zu sehen. Gerade als sie zurück zur Kasse gehen wollte, um sich nach ihm zu erkundigen, polterten Schritte die Hintertreppe herab, und er erschien im Durchgang.

»Salut, Sophie! Wie geht's?«

Hatte er einen Sonnenbrand? Sein sonst so blasses Gesicht sah ungewohnt rot aus. »Gut, und selbst? Ich hoffe, es gab keine Besuche der ...« Sie senkte die Stimme, um von den Kunden nicht gehört zu werden. »... Polizei mehr.«

»Ich weiß nicht. Ich könnte wetten, dass in den letzten Tagen ein paar Leute hier waren, die nur so getan haben, als ob sie sich für Bücher interessieren, aber ich kann mir das auch einbilden. Jean behauptet ja, ich sei schon immer paranoid, aber allmählich fühle ich mich auch so.« Seine unbewegte Miene verriet nicht, ob er es ironisch meinte.

»Äh, okay.« Sie wusste nicht, was sie sonst erwidern sollte.

»Was Batman angeht ...« Er blickte vielsagend zu dem Kunden hinüber, der eventuell nah genug stand, um etwas aufzuschnappen. »Er jagt hinter den Entführern eines Mädchens her, aber er hat Alfred erzählt, dass sein neuer, ziemlich weiblicher Robin auf der Suche nach dem Schlüssel ist. Kennst du die Geschichte?«

Sophie sah sich in einem hautengen Dress, das Cape um die Schultern, eine venezianisch angehauchte Maske vor dem Gesicht – und musste grinsen. »Ich weiß, wie es weiterging. Robin hat den Schlüssel entdeckt, konnte ihn aber nicht mitnehmen, weil er von menschlichen und übermenschlichen Wächtern gehütet wird.«

Alex' Augen weiteten sich, seine Haut nahm eine noch rotere Farbe an. »Wow. Und wie sieht er aus?«

»Eher unscheinbar. Hast du ein Buch über sumerische Rollsiegel?«

Verwirrt blinzelte er, dann zeichnete sich Begreifen auf seinem Gesicht ab. »Leider nicht, aber ich könnte dir etwas über altorientalische Religionen anbieten.«

Klingt irre spannend. Aber vielleicht erfuhr sie etwas Interessantes über die geflügelten Geister, die wie Engel aussahen. »Na ja, dann nehme ich das mit.« Grübelnd folgte sie ihm zu einem der Regale, aus dem er ein Buch zog. »Um auf Batman zurückzukommen: Der Kontakt zwischen ihm und Robin ist abgebrochen, weil alle hinter ihm her sind. Ich hab mich gefragt, wie Robin ihm jetzt mitteilen soll, was er über den Schlüssel herausgefunden hat.«

»Ähm, das ... Alfred wird das übernehmen. Er kriegt das so hin, dass keine Spur zu ihm führt. Er hat ja die ganze technische Ausrüstung im Keller und so. Brauchst du sonst noch etwas?« Er wedelte mit dem Buch.

»Nein, mehr fällt mir im Moment nicht ein. Danke.«

Gemeinsam gingen sie zur Kasse und begegneten dabei Alex' Vater, der auf die nächste Kundin zusteuerte. Im Vorübergehen lächelte er Sophie zu, und sie hoffte, dass sie sich den gequälten Zug darin nur eingebildet hatte.

Alex reichte ihr das Buch über die Theke. Auf dem Cover war eines dieser seltsamen Stierwesen aus Khorsabad abgebildet, und sie erinnerte sich, was Raphael über sie gesagt hatte.

»Weißt du zufällig, wie Kerubim aussehen?«

»Die Kerubim?« Mit ratloser Miene kratzte er sich an der Schläfe. Gedämpft drang das Klingeln ihres Handys aus Sophies Tasche. »Nein. Aber wir können im Lexikon der Engel nachschlagen«, bot er an, während sie hastig das Telefon hervorzog.

»Warte mal.« Rasch nahm sie das Gespräch an, bevor der Anrufer womöglich wieder auflegte. Wenn Jean ...
»Hallo?«

»Hallo. Kann ich mit dir reden?« Die Stimme war vor Schluchzen kaum wiederzuerkennen.

»Lara? Ja, natürlich. Was ist denn passiert?«

»Stefan ... er hat eine andere.«

O nein.

»Das ist er, oder?«, flüsterte Tiévant, sobald sie um die Ecke außer Sicht waren. »Wir haben kein Fahndungsfoto, aber du musst ihn ja kennen.«

Jean nickte zögernd. Der Brigadier bezog sich wohl darauf, dass Raphael und er Sophie aus Kafziels Händen gerettet hatten, doch alles, was er in der Dunkelheit durch das Fenster des Mausoleums gesehen hatte, waren zwei entstellte, kämpfend ineinander verschlungene Körper gewesen, schlagende Flügel, die gegen die engen Wände stießen, und ein Aufblitzen wie von Zähnen oder Klauen. Hätte ihn nicht die eisige Ausstrahlung gewarnt, der Schatten, den das

Böse auf seine Seele warf, er wäre achtlos an diesem Mann vorübergegangen. »Ja, das ist er.«

»Gut! Gournays Laune dürfte dadurch sehr viel erträglicher werden. Darauf trinken wir.« Tiévant hob zwinkernd die Papiertüte und holte unter lautem Rascheln eine halb leere Weinflasche hervor.

»Fragt sich nur, wo?« Der beste Beobachtungsposten wäre die Straßenecke gegenüber gewesen, doch auch dort befand sich ein Bistro, dessen Besitzer kaum dulden würde, dass sich zwei Obdachlose neben seine Gäste auf den Bürgersteig setzten. »Vielleicht solltest du lieber das Auto holen, und wir parken vor dem Nachbarhaus.«

Sein Freund schüttelte entschieden den Kopf. »Das geht nicht. Ich darf sie nicht aus den Augen lassen. Diese Unterbrechung hier dauert eigentlich schon zu lang!«

»Dann gib den Schlüssel mir, und *ich* hole den Wagen.«

»Ein Polizeifahrzeug – einem gesuchten Verbrecher? Spann den Bogen nicht zu weit, Jean.«

»Was dann?«

Tiévant hob theatralisch die Hände, die noch immer die Weinflasche und die Papiertüte hielten. »Was weiß ich? Ich hab mir das Hirn weggesoffen. Meine Handlungen müssen keinen Sinn ergeben. Gehen wir zurück und setzen uns vor den Akkordeonladen.« Er machte kehrt und schlurfte einigermaßen überzeugend um die Ecke.

Kopfschüttelnd folgte Jean ihm. Der Eingang des Geschäfts wäre immerhin weit genug entfernt, um die Kellner davon abzuhalten, sie zu verscheuchen.

»Gott verdamm mich«, murmelte Tiévant und beschleunigte seine Schritte.

Der Anblick der beiden leeren Stühle ließ Jeans Herz rasen. Sofort schoss sein Blick die Straße entlang. Sylvaine und Kafziel mussten gerade erst losgegangen sein, denn sie befanden sich noch knapp auf der Höhe des Akkordeongeschäfts.

»Beinahe hätten wir sie auch noch verloren!«

»Lass uns mehr Abstand halten als bei ihr. Dieser Mann weiß, dass er gesucht wird«, mahnte Jean, obwohl er in Wahrheit befürchtete, Kafziel, dessen Sinne sehr viel umfassender als die eines Menschen waren, könne auf ihn aufmerksam werden. Tiévant nickte nur und ging langsamer. Sicher brannte er ebenso vor Neugier wie er selbst, doch Jean fragte sich darüber hinaus, ob Sylvaine dem Dämon bereits vor Caradecs Tod leibhaftig begegnet war. Wusste sie überhaupt, wen sie vor sich hatte, oder trieb er auch mit ihr irgendein seltsames Spiel? Würde am Ende sie das freiwillige Opfer sein, das er brauchte, weil er ihr wie Sophie die Erfüllung ihrer geheimsten Wünsche versprach?

Sie folgten dem düsteren Paar – auch Kafziel war schwarz gekleidet – in eine ruhige Seitenstraße und ließen sich noch weiter zurückfallen. Zu laut hallten ihre Schritte, zu auffällig wäre es gewesen, hätten Sylvaine oder Kafziel im Schein einer Straßenlaterne die Clochards wiedererkannt, die eben noch in die entgegengesetzte Richtung am *Bistrot des Pingouins* vorbeigetaumelt waren. *Schon wieder Pinguine.* Das Leben wartete manchmal mit merkwürdigen Zufällen auf.

Jeans Herzschlag hatte sich gerade etwas beruhigt, als sich vor dem Dämon und Sylvaine zwei Gestalten aus den Schatten einer Torfahrt lösten. Den Silhouetten nach zu urteilen, handelte es sich um Männer. Der eine groß und von kräftiger Statur, der andere etwas kleiner und untersetzter, aber nicht weniger breitschultrig. Die beiden ungleichen Paare nickten sich zu, Grüße wurden gemurmelt, bevor es auf einen Wink Kafziels auch schon gemeinsam in die Einfahrt und damit außer Sicht ging. Hatten Tiévant und er im ersten Augenblick innegehalten, ohne sich darüber verständigen zu müssen, gingen sie nun wie auf einen unhörbaren Befehl schneller.

»Wer sind die anderen Kerle? Hast du die schon mal gesehen?«, flüsterte der Brigadier.

»Ich glaube, der Kleinere gehört auch zum Zirkel«, antwortete Jean ebenso leise, doch der andere kam ihm völlig unbekannt vor.

Sein Freund nickte knapp. »Ich verwette meinen Hintern darauf, dass das Arnaud war.«

Der Name sagte Jean nichts, aber er hatte keine Zeit, sich darüber Gedanken zu machen. Wachsam näherten sie sich dem Durchgang. An dem alten, mehrstöckigen Haus, zu dem die Einfahrt gehörte, war nichts Besonderes. Manche Fenster waren erleuchtet, ein Fernseher flimmerte. An einigen Stellen platzte die Farbe vom Putz, und auch das Holztor hätte einen neuen Anstrich verdient. Tiévant drängelte sich vor, um vorsichtig um die Ecke zu lugen, doch da er kleiner war, konnte Jean über ihn hinwegspähen. Durch eine Straßenlaterne an der Wand lag die Einfahrt tief im Schatten. Dahinter ließ sich ein spärlich beleuchteter Innenhof ausmachen. Jean lauschte. Sylvaines klappernde Absätze, die noch ein, zwei Sekunden zu hören waren, bevor sie plötzlich verschluckt wurden, verrieten, dass die Männer und sie den Hof durchquert haben mussten.

Tiévant huschte voraus, Jean folgte ihm. Bevor sie sich auf den Hof hinauswagten, vergewisserten sie sich, dass er tatsächlich leer war. Es gab zu beiden Seiten eine Haustür, doch nur hinter einer brannte gerade Licht. Darüber war das gesamte Treppenhaus beleuchtet, vermutlich ein Zeitschalter. Jean sah hinauf, aber kein Schemen deutete darauf hin, dass jemand nach oben stieg.

»Sie müssen dort reingegangen sein«, stellte Tiévant fest, machte jedoch keine Anstalten, ihnen zu folgen.

»Worauf warten wir dann?«

Der Brigadier sah Jean irritiert an. »Darauf, dass sie wieder rauskommen natürlich. Ich muss Verstärkung anfordern, damit jemand an den Kerlen bleiben kann, wenn sie sich wieder trennen. Gournay hat gehofft, dass die anderen uns zu dem Mann führen, der deine Freundin umbringen wollte. Jetzt müssen wir Beweise sammeln, dass sie tatsächlich zusammen Straftaten planen oder begehen.« Er zog sein Funkgerät aus derselben Papiertüte, aus der zuvor die Weinflasche aufgetaucht war.

So finden wir nie heraus, was sie tun, dachte Jean kopfschüttelnd und ging zur Haustür. Er musste verschwinden, bevor Tiévants Verstärkung eintraf, doch er konnte nicht, ohne mehr erfahren zu haben. Der Brigadier, der hinter ihm leise in sein Funkgerät sprach, mochte glauben, dass Kafziel hier wohnte und sie nun lediglich seine Wohnung überwachen und abhören mussten, um den Machenschaften des Zirkels auf die Schliche zu kommen, aber Tiévant ahnte schließlich nicht, mit wem sie es zu tun hatten.

Wie erwartet war die Tür ohne Schlüssel von außen nicht zu öffnen. Jean drückte wahllos auf mehrere Klingeln.

»Bist du verrückt? Was machst du denn da?« Tiévant rannte die letzten Meter zu Tür.

»Ja?«, tönte es blechern aus dem kleinen Lautsprecher unter den Klingeln.

»Police judiciaire. Uns wurde ein Einbruch gemeldet«, antwortete Jean so nüchtern es ihm möglich war. Prompt ertönte ein Summen, und die Tür ließ sich aufdrücken.

»Bist du völlig wahnsinnig?«, zischte Tiévant, während über ihnen im Treppenhaus jemand rumorte und »Hallo?« rief. Er riss sich den Bart ab und den lächerlichen Schlapphut vom Kopf.

»Du lenkst die Leute ab, ich seh mich mal um.«

»Ich hatte nicht vor, dieses Haus ...« Der Brigadier unterbrach sich, als ein lauteres, misstrauischeres Rufen herabschallte. »Bitte, bleiben Sie oben, Monsieur! Wir wissen nicht, ob die Einbrecher noch hier sind.«

»Ist es bei Lavalles?«, ertönte eine aufgeregte weibliche Stimme. »Die sind doch im Urlaub.«

Jean achtete nicht darauf, was Tiévant erwiderte, sondern ließ den Blick durch den Flur schweifen. Briefkästen, Treppen nach oben und unten, zwei Wohnungstüren. Schon wollte er zu den Türen gehen, als ihm auffiel, dass auch das Licht der Kellertreppe brannte, obwohl es dafür einen eigenen Schalter gab. Ohne zu zögern, lief er die Stufen hinab. Ihm war, als könne er die Präsenz des Dämons noch ganz schwach dort unten spüren.

Am Fuß der Treppe fand er sich auf einem Gang wieder, in dem sich durch Gitter abgetrennte Verschläge aneinanderreihten. Dahinter türmte sich Gerümpel. Es roch nach modrigem Holz, Kartoffeln, vergessenen Ölkanistern und Farbdosen. Staub und Spinnweben dämpften das Licht der einzigen Lampe. Von oben drangen Rufe und Tiévants gereizte Stimme herab, doch hier unten regte sich nichts. Kafziel mochte sich in Luft auflösen können, aber wohin wären dann die anderen verschwunden?

Erst als er sich noch weiter umdrehte, entdeckte er, dass der vergitterte Bereich unter der Treppe keine der Abstellkammern war, sondern hinter einer Tür aus rostenden Eisenstäben weitere Stufen in die Tiefe führten. Ein Vorhängeschloss samt schwerer Kette sollte wohl für gewöhnlich Neugierige abhalten, doch jetzt hing es offen und nutzlos in ein Kettenglied gehakt. Als Jean sie aufzog, knarrte die Tür in den Angeln. Von unten wehte ihm muffige Kälte entgegen. Langsam, in die Stille lauschend, stieg er hinab.

Sophie stand vor der Kasse, das Handy am Ohr, und hätte sich am liebsten nach Hause teleportiert. Alex sah sie fragend an, doch es war nur eine ferne, unwirkliche Wahrnehmung, denn viel deutlicher hatte sie ihre völlig aufgelöste Freundin vor Augen. »Ich ... Warte bitte mal.« Mit einer Hand fingerte sie ihr Portemonnaie hervor und schob es Alex über die Theke, damit er sich das Geld selbst herausnehmen konnte. »Ich bin gerade in einem Laden und muss ...«

Mit einer abwehrenden Geste wich Alex zurück, ohne den Geldbeutel auch nur anzurühren.

»Sorry, wenn ich störe«, schniefte Lara und klang noch unglücklicher. »Soll ...«

»Nein, nein, nein! Du störst überhaupt nicht. Du sollst nicht immer solche Sachen denken.« Sophie suchte Alex' Blick, um ein beinahe unhörbares »Merci!« zu wispern. »Ich muss nur schnell meinen Kram einpacken, dann bin ich hier raus«, versprach sie, stopfte das Portemonnaie in die Tasche und schnappte sich das Buch. »Bon soir, Alex. Siehst du?«, wandte sie sich wieder an Lara, während sie zur Tür ging. Alex eilte an ihr vorbei, um sie ihr aufzuhalten. Sie schenkte ihm noch ein flüchtiges Lächeln. »Schon bin ich draußen und kann reden.«

»Mhimm.« Mehr als diesen Laut zwischen Brummen und Quietschen brachte Lara nicht heraus.

»Also ich ... ich kann das gar nicht glauben.« *Ich will es nicht glauben, würde es wohl besser treffen, aber nach allem, was sie in letzter Zeit erzählt hat ...* »Bist du sicher, dass er eine andere hat?«

»Ja. Er hat es mir selbst gesagt.« Ihre Worte waren kaum zu verstehen. »Als er mit mir Schluss gemacht hat.« Sie schluchzte noch heftiger.

Sophie spürte ihre Kehle eng werden, die Augen feucht. Wie von selbst folgten ihre Füße dem Weg in die Rue Jean de Beauvais, während sie darum rang, nicht ebenfalls in Tränen auszubrechen. Sie spürte Laras Schmerz sich in ihr Herz bohren. »Was für ein Mistkerl«, hauchte sie. Wut regte sich, zuerst nur ganz leise, dann stärker. »Was für ein elender Mistkerl! Wie kann er dir das antun?«

»Ich hab's doch nicht besser verdient«, wimmerte Lara. »Bestimmt ist sie viel interessanter als ich – und nicht so bescheuert anhänglich.«

Sophie wünschte, sie wäre Kafziel und hätte ein Spielzeugauto mit einer Voodoopuppe von Stefan darin, um es kräftig durchzuschütteln. »Das ist totaler Quatsch! Wenn einer von euch beiden ein blöder Langweiler ist, dann ja wohl er! Ich wollt's dir nicht sagen, weil du so verliebt warst, aber ich fand ihn von Anfang an öde.« Das stimmte zwar nicht ganz – sie hatte bei ihrer ersten Begegnung lediglich nicht gewusst, was sie mit ihm reden sollte –, aber bevor sich Lara für dröge hielt, waren auch kleine Notlügen erlaubt.

»Aber es ist doch immer dasselbe«, heulte Lara. »Immer hab ich Angst, dass sie mich verlassen, und dann passiert's auch.«

»Immer? Du tust gerade so, als ob du schon hundert Mal sitzen gelassen worden wärst. Es waren nur zwei Idioten – und das mit Lars war in der siebten Klasse. Das zählt nicht!«

»Aber jetzt war es zweimal hintereinander! Irgendwas mach ich einfach falsch.«

»Blödsinn! Hör auf, *dir* die Schuld zu geben! Sag bloß, dass *er* dir das eingeredet hat.«

»Na ja, er meinte, es sei einfach so passiert. Sie würden eben viel besser zusammenpas...« Das letzte Wort ging wieder in einem Schluchzen unter.

»Da hast du's! Er hat eine gefunden, die so langweilig ist wie er. Du hast was Besseres verdient, Lara! Einen, der witzig ist und intelligent – und der lieber mit dir nach Paris fährt, als daheim auf der Couch zu sitzen.«

»Das sagst du nur, weil du meine Freundin bist.«

Ihr Handy meldete mit einem Piepen eine neue SMS. Raphael? Sie wagte nicht zu hoffen, dass sie von Jean sein könnte, aber von wem sie auch kam, Lara brauchte sie jetzt dringender. »Was soll das heißen? Ich kann das nicht beurteilen, nur weil ich deine Freundin bin?«

»Nein, du ... ach, ich weiß auch nicht. Findest du wirklich, dass ich nicht langweilig bin?«

»Tut mir leid, aber dazu bist du viel zu aufgedreht und unternehmungslustig. Wahrscheinlich konnte er einfach nicht mit deinem Tempo mithalten. Denk nur mal dran, wie du mich nach Rafes Tod immer aufgemuntert hast.«

»Viel geholfen hat's aber nicht.«

»Quark! Okay, ich war trotzdem traurig, aber ohne dich wäre ich gar nicht mehr vor die Tür gegangen. Und ich hätte bestimmt kein einziges Mal gelacht.«

Lara schwieg. Leises Pfeifen ihres Atems verriet, dass ihre Nase zugeschwollen war. »Warte mal, ich muss mich schnäuzen.«

»Ja, klar.« Hoffentlich fiel ihr dabei kein neuer Grund ein, warum sie nicht liebenswert sein könnte. Von wem wohl die

SMS kam? Würde Kafziel ein drittes Mal versuchen, sie in eine Falle zu locken? Sie wusste immer noch nicht, wie sie reagieren sollte, falls sie wieder eine Nachricht bekam, die sie zu irgendeinem Treffpunkt bestellte.

»Bist du noch dran?« Lara klang, als ob sie sich die Nase zuhielt, und dazu ein wenig heiser.

»Natürlich. Aber ich wünschte, ich könnte jetzt bei dir sein, um dich zu trösten. Was machen deine Parispläne? Vergiss den Blödmann! Wir machen uns hier eine schöne Zeit.« *Das sind Versprechungen ...* Sie setzte sich auf die Türschwelle vor Madame Guimards Haus, die letzten Sonnenstrahlen auf dem Gesicht. *Eine schöne Zeit zwischen Verhörzimmern und Schwefelgestank.*

»Ich weiß nicht. Soll ich wirklich kommen? Im Moment bin ich keine große Hilfe, fürchte ich.«

»Unsinn. Du willst dich bloß mit deinem Kummer verkriechen. Rate mal, von wem ich das kenne. Auf den Trick fall ich nicht rein.«

Lara prustete, auch wenn es sich wieder verdächtig nach Schluchzen anhörte. Dann schnaufte sie, als habe das Lachen sie angestrengt. »Aber ausgerechnet Paris. Die Stadt der Liebe.«

»Gerade deshalb!«, rief Sophie enthusiastischer, als sie sich fühlte. »Hier wimmelt es von gutaussehenden Männern. Wetten, dass du dich vor Verehrern kaum retten können wirst?«

»Du meinst jetzt hoffentlich nicht solche Typen, die im Knast sitzen oder auf der Flucht sind.«

Sophie musste lachen. »Das ist ja bloß *mein* verkorkster Geschmack. Für dich hätt ich ein paar schneidige Polizisten im Angebot.«

Lara kicherte, bevor sie wieder ein Schniefen überkam.

»Ach, Soph, ich weiß nicht, ob ich so schnell schon einen draufmachen kann. Du hast doch echt genug Sorgen ohne mich.«

»Du steigst morgen früh in den Zug, verstanden? Ich will keine Widerrede mehr hören! Madame Guimard will endlich in Urlaub fahren, und das kann sie erst, wenn sie weiß, dass ich nicht allein hier hocke.«

»Oh.«

»Ja, oh. Du wirst hier gebraucht. Basta!«

»Ja, schon gut. Ich komme. Ich schau gleich, wann ein Zug fährt.«

»Gib mir Bescheid, wann ich dich am Bahnhof abholen soll.«

»Okay.«

»Wirklich?«

»Ja!«

»Gut.« Erneut musste Sophie lachen. »Bis dann.«

»Bis bald.«

Für den Fall, dass Lara doch noch Zuspruch brauchte, wartete sie, bis ihre Freundin die Verbindung unterbrochen hatte. Erst dann rief sie die neue Nachricht auf.

»Und ich sah einen Engel herabsteigen (...). Er warf ihn (den Satan) in den Abgrund, schloss zu und brachte ein Siegel darüber an. Offenbarung 20, 1–3. Alex«

Jean beugte sich über den Rand des gemauerten Brunnens. In der Tiefe schimmerte ein schwacher Lichtschein, der sich rasch an einen bestimmten Punkt zurückzog und gänzlich verblasste. Geradeso wie die heraufdringenden Stimmen mit jeder Sekunde leiser wurden. Der feuchte Gewölbekeller, an dessen Decke selbst die Spinnweben vermoderten, war nur spärlich beleuchtet, doch es genügte, um die rostigen Sprossen zu erkennen, die aus der Wand des Brunnenschachts ragten. Hastig zerrte Jean die Stirnlampe aus der Jackentasche und zog sie an. Er hatte sie für den Weg zur *L'Inconnue* gekauft, der Untergrundparty im wahrsten Sinne des Wortes. Ob er es überhaupt noch dorthin schaffen würde? Aber vielleicht wäre es bald gar nicht mehr nötig, dort nach Lilyth zu suchen.

Eilends kletterte er die Sprossen hinab, bis er auf der Höhe eines niedrigen Gangs ankam, der vom Schacht abzweigte. Unter ihm erstreckte sich Finsternis. Er schaltete die Stirnlampe ein und sah hinab, aber es waren nichts als Wände zu entdecken, die sich jenseits des Lichtkegels wiederum in Schwärze auflösten. Das flaue Gefühl unbekannter Tiefen machte sich in seinem Magen breit. Je länger er auf einem Fleck verharrte, desto mehr drückte sich die Sprosse, auf der er stand, durch seine Schuhsohlen und das kantige, rostende Eisen, um das sich seine Finger klammerten, in die Haut. Er leuchtete in den Gang. Den stellenweise noch sichtbaren Steinboden bedeckte eine Schicht fast gänzlich getrockneten Schlamms, in dem dünne Absätze Löcher hinterlassen hatten. Vorsichtig hangelte sich Jean hinüber, um den Spuren zu folgen. Die Decke war so niedrig, dass er den Kopf einziehen musste. Von Zeit zu Zeit endeten zu beiden Seiten enge Schächte über ihm, an deren Rändern feuchter Schmutz in Schlieren herablief. Es roch nach Fäulnis, doch gleichzeitig wirkte die Luft weniger abgestanden als jene im Keller. Geduckt lief er den Gang entlang, so schnell es ging. Atem und Schritte hallten so seltsam von den Wänden wider, dass es klang, als säße ihm ein Verfolger im Nacken. Obwohl er den Effekt von früheren Expeditionen in den Untergrund kannte, beschlich ihn die urzeitliche Furcht vor dem Raubtier in seinem Rücken. Der Drang, sich umzudrehen, wurde übermächtig. War es nicht ohnehin besser, wieder innezuhalten, bevor der Dämon und seine Gefolgschaft womöglich seine Schritte hörten?

Er ärgerte sich über sich selbst, als er nicht nur stehen blieb, sondern auch einen Blick über die Schulter warf. Der Schein der Stirnlampe enthüllte nichts. *Natürlich nicht.* Über seinen lauten Herzschlag hinweg ertönten Stimmen. Schnell schaltete er die Lampe aus. Im ersten Augenblick sah er nichts mehr außer Dunkelheit, doch dann merkte er, dass der Gang vor ihm heller war als hinter ihm. Behutsam ging er weiter, tastete sich mit einer Hand an der Wand entlang, die sich kühl, klamm und manchmal etwas schmierig anfühlte. Die Stimmen, mit ihrem Echo zu einem unverständlichen Raunen vermischt, entfernten sich von ihm. Wenn er sie nicht verlieren wollte – und wer konnte wissen, wie viele Abzweigungen es noch geben würde? –, musste er sich beeilen. Ob Tiévant ihm doch noch folgen würde, sobald die Verstärkung eintraf? Oder würde er so tun, als habe es ihre Begegnung nie gegeben, um keinen Ärger zu bekommen? Dann musste er vorschriftsgemäß wieder Position vor dem Haus beziehen und lediglich erzählen, dass die Verdächtigen hineingegangen und noch nicht wieder herausgekommen waren.

Mit einem Mal wurde Jean bewusst, dass sich der Widerhall seiner Schritte verändert hatte. Der Gang endete abrupt vor einem weiteren Schacht, der in Form und Größe eher einem Treppenhaus als einem Brunnen glich. Von unten drang Licht herauf, drei helle Flecken wanderten durch die Dunkelheit und bewegten sich tiefer hinab. Eine rostige Treppe klammerte sich ringsum an die Wände, führte nach

Quittung

Nettobetrag +_____ % MwSt.

Gesamtbetrag Euro: 320,—

von Frau Plan Valentin

Gesamtbetrag Euro in Worten Cent wie oben: Dreihundertzwanzig

für Übernachtungen

dankend erhalten

Ort, Datum: Büsum, 23.69.11

Buchungsvermerke: sichte

Firmenstempel - Unterschrift des Empfängers

HARALD UND KARIN LÜDTKE
ROSENGRUND 16
25761 BÜSUM
TEL 04834/8326

unten und nach oben, wo er nur wenige Meter über sich eine zugemauerte Türöffnung erahnte. Seit die Polizei verstärkt in das weitverzweigte Netz aus Schächten und Stollen vordrang, gab es nur noch wenige offene Zugänge, von denen Jean die meisten zu kennen glaubte. Er wusste, wie gefährlich es war, sich allein in dieses Labyrinth zu begeben, doch solange sich dort Satanisten und Dämonen trafen, würde er ihnen folgen.

Die Schritte Sylvaines und ihrer Begleiter hallten metallisch zu ihm herauf. Wenn sie ihn nicht ebenso hören sollten, musste er die Schuhe ausziehen. Rasch streifte er sie ab und betrat auf Socken die Stufen, deren Gitter sogleich in seine Fußsohlen schnitt. Unwillkürlich ging er schneller, um dem Schmerz davonzulaufen, der auf jeder neuen Stufe wieder auf ihn lauerte. Mit zusammengebissenen Zähnen versuchte er, so großflächig wie möglich aufzutreten, doch es hielt ihn zu sehr auf, verlieh seinen Schritten zudem eine Schwerfälligkeit, unter der die Stufen, auf denen er so plump aufkam, laut protestierten. Bald spürte er kaum noch etwas, konzentrierte sich stattdessen darauf, die Lichter in der Tiefe zu beobachten und leise hinabzuhuschen. Minute um Minute verstrich.

Plötzlich wurde der Schein der drei Taschenlampen nacheinander an derselben Stelle verschluckt. Offenbar hatten Kafziel und seine Anhänger den Schacht verlassen. Jean lauschte kurz über seinen Atem in die Dunkelheit. Kaum hörbare Schritte, die verklangen. Er schaltete die Stirnlampe ein und lief die Treppe so schnell hinab, wie es ohne Lärm möglich war. Wie tief mochten sie jetzt unter der Erde sein? Längst waren die gemauerten Wände jenem hellen Gestein gewichen, aus dem die halbe Stadt errichtet worden war. Der Schacht, an dessen Grund Jean nun einen Durchgang erspähte, gehörte offenbar zu den Steinbrüchen, die sich unter Paris verbargen und bis zu den Römern zurückreichten. Es gab unzählige Kammern, Gänge und sogar regelrechte Säle, etliche davon weit unterhalb der modernen Versorgungsschächte und Métro-Röhren. Jean kannte die Gerüchte, dass es in den tiefsten Abgründen ein Tor zur Hölle geben sollte, aber selbst er hatte es bislang für das Geschwätz von Leuten gehalten, die sich beim Betreten der Katakomben noch ein bisschen mehr gruseln wollten. Steckte doch mehr dahinter? Führte Kafziel diese Verblendeten deshalb hier hinab?

Bevor er den Gang am Boden des Schachts betrat, schaltete er die Lampe wieder ab. Es war unwahrscheinlich, dass sich jemand umdrehte, aber er durfte kein Risiko eingehen. Er hatte so weit hineingeleuchtet, wie es ging, und den Untergrund für sicher befunden, obwohl er mit Pfützen übersät war. Wieder dauerte es eine Weile, bis sich seine Augen an die Dunkelheit gewöhnt hatten, doch dann sah er den schwankenden Schein der Taschenlampen vor sich. Das an den Wänden herabfließende Wasser und die Lachen, in denen es sich sammelte, glänzten im schwachen Licht und verstärkten es. Erneut lief er schneller, stieß sich den Scheitel an der rauen Decke und unterdrückte einen Fluch. Er näherte sich dem Letzten der vier – es schien der Mann zu sein, den auch Tiévant nicht kannte –, bis er dessen Umriss vor dem Lampenschein sehen konnte, dann hielt er sich wieder zurück, denn der Fremde zögerte und schien sich zu bücken, bevor er um eine Ecke verschwand. Als Jean die Stelle erreichte, ging er in die Knie und wagte, kurz das Licht anzuknipsen. Auf einem trockeneren Fleck des Gesteins prangte ein weißer, gebogener Kreidepfeil. Wer auch immer der Kerl war, offenbar wollte er sichergehen, auch ohne Kafziel zurückzufinden. *Umso besser.* Es ersparte ihm, eigene Markierungen anzubringen. Aber wenn dieser Mann dem Dämon nicht vertraute, warum schloss er sich ihm überhaupt an?

»Bist du sicher, dass ich wegfahren kann, chérie? Deine Freundin hat schon einmal abgesagt, weil etwas dazwischenkam.«

»Doch, dieses Mal kommt sie ganz sicher«, erwiderte Sophie, obwohl ein Rest Zweifel blieb. Nach einem solchen Schlag würde sich Lara vielleicht doch lieber noch etwas tiefer in ihren Kissen vergraben und nichts von der Welt hören und sehen wollen.

»Also nicht, dass ich nicht gern zum Geburtstag meiner Schwester schon in Limoges wäre«, gab Madame Guimard zu, »aber du bist immer noch durcheinander und ich kann dich mit diesen unfähigen Polizisten nicht allein lassen. Die sollten sich endlich um die Verbrecher kümmern, anstatt dich zu behelligen. Ich hab diesen Gonod heute wieder angerufen und nachgehakt, aber natürlich sind sie keinen Schritt weiter.« Sie schüttelte den Kopf und verdrehte die Augen.

Sophie konnte sich ein Grinsen kaum verkneifen. Schon damit Madame Guimard Gonods Gutmütigkeit nicht länger strapazierte, musste sie sie davon überzeugen, endlich in die Ferien zu fahren. »Ich glaube, seit der Entführung ist der Commissaire nun doch auf meiner Seite. Und bestimmt gibt es bald wichtigere Fälle, dann wird sich kaum noch jemand für mich interessieren.«

»Da sei dir mal nicht so sicher. Wenn sich ein Mann wie

dieser Gournay an etwas festgebissen hat, lässt er so schnell nicht mehr locker.«

»Geben Sie zu, Sie wollen mich nur nicht unbeaufsichtigt den Laden einrichten lassen«, versuchte sie, das Thema zu wechseln.

»Ha! Was glaubst du? Ich werde meine Spione zweimal täglich vorbeischauen lassen, damit sie mir berichten, was du dort anstellst.« Wie schaffte es Madame Guimard, stets eine solche Pokermiene aufzusetzen, dass man nicht wusste, ob sie es ernst meinte?

»Oh, mon dieu! Was soll ich dann bloß mit der Diskokugel machen, die ich bestellt habe?«

»Die was?«

Ein Piepen ihres Handys enthob Sophie einer Antwort. Wider besseres Wissen hoffte sie, dass die Nachricht von Jean stammte, doch sie kam von Lara. Oder war es ein neuer Versuch Kafziels, sie in eine Falle zu locken? Sie würde morgen Vormittag noch einmal bei Lara anrufen und nachhaken.

»Schlechte Neuigkeiten?«, erkundigte sich Madame Guimard.

»Nein, im Gegenteil.« Sophie schob den Gedanken an den Dämon von sich und schwenkte triumphierend das Handy. »Lara hat gerade im Internet das Ticket gekauft. Sie wird morgen Mittag hier sein.«

»Hm.« Madame Guimard neigte zufrieden den Kopf. »Dann werde ich Aimée anrufen und ihr sagen, dass ich morgen zu ihr komme.« Sie verschwand im Wohnzimmer, das Sophie mittlerweile selbst in Gedanken ganz französisch *salon* nannte. Bald drang ihre gedämpfte Stimme durch die Tür, und Sophie ertappte sich dabei, im Flur auf und ab zu streifen wie eine Raubkatze im Zoo. Rührte ihre

Unruhe von Alex' Nachricht her, oder war sie aufgeregt, weil Lara morgen endlich nach Paris kommen wollte? Sie fürchtete, es könnte mehr dahinterstecken, aber ihr fiel kein plausibler Grund ein. Wie gern hätte sie mit Jean darüber gesprochen, was sie im Louvre gefunden und was Alex' Bibelstelle damit zu tun hatte.

Unvermittelt blieb sie stehen. *Seit wann sehne ich mich nicht mehr nach Raphael?* Schuldbewusst errötete sie. War sie nicht schrecklich unfair? Erst war sie ihm so lange nachgelaufen, hatte ihn mit ihrer Liebe in Verwirrung gestürzt und ihm Vorwürfe gemacht, weil er nicht genug für sie da sei, und nun dachte sie nur noch an Jean. Raphael liebte sie so sehr, dass es sein Engeldasein durcheinanderbrachte. Wie konnte ihr das nicht genug sein? So lange hatte sie darum gefleht, Rafe zurückzubekommen. Dann machte ihr das Schicksal dieses unglaubliche Geschenk, und sie benahm sich so undankbar und selbstsüchtig. Die Bisse des schlechten Gewissens taten zu weh, um länger darüber nachzudenken. Am besten würde sie ganz offen mit ihm darüber reden und ihn um Verzeihung dafür bitten, dass sie einen anderen geküsst hatte. Er würde es verstehen. Er war ein Engel und kannte die Schwäche der Menschen. Vielleicht konnten sie danach noch einmal von vorn beginnen. Eine zärtliche, vertrauensvolle Liebe, so groß, dass sie ohne Sex und Leidenschaft auskam …

17

Im unruhigen Licht der Taschenlampen huschten zahllose Schatten über die sorgfältig aufgeschichteten Knochen. Wie Brennholz hatte man sie bis unter die Decke des niedrigen Gewölbes aufgestapelt, ein schaurig-schöner Schein, denn Jean wusste, dass der Rest der Skelette in einem wirren Haufen hinter dieser Knochenwand lag. Nische für Nische, Raum für Raum waren die Katakomben mit den Gebeinen der Toten angefüllt, unseligen Toten, denen keine Ruhe vergönnt gewesen war. Von Seuchen dahingerafft und auf zu engen Friedhöfen notdürftig verscharrt, hatte ihr Gestank noch mehr Todesopfer gefordert, bis man sie wieder hervorgewühlt und in Einzelteilen in diese Massengräber geworfen hatte. Gerüchte über Geister und den Fluch der so rüde behandelten Toten kursierten unter den Kunden des *L'Occultisme*, verbreiteten sich über düstere Reiseführer und das Internet.

Jean lehnte mit der Schulter am Gestein neben einem

Durchgang und lauschte in das Schweigen der Schädel. Sie sahen ihn von der gegenüberliegenden Wand aus leeren Augenhöhlen an, doch schlimmer waren jene hinter ihm, deren Blicke er auf seinem Rücken zu spüren glaubte wie kalte Fingerspitzen. Es roch nach Moder, nach Nässe und Verfall. Die Jacke, die ihm in der Hitze des Sommertags lästig gewesen war, bewahrte ihn nun davor zu frieren. Durch etliche Kammern, Gänge und Schächte war er Kafziel und seinem Zirkel bis in die Katakomben gefolgt, hatte die Absperrungen der für Besucher freigegebenen Bereiche von der verbotenen Seite aus gesehen und längst die Orientierung verloren. Vermutlich befanden sie sich noch immer unter Montparnasse, aber an welchem Ende? Hätte der Unbekannte keine Markierungen hinterlassen, wäre Jean gezwungen gewesen, selbst welche anzubringen, die ihn später womöglich verraten hätten. *Später ...* Wieder dachte er an die Party der *cataphiles*, die sich lieber im Untergrund herumtrieben, als am gewöhnlichen Nachtleben teilzuhaben. Einige von ihnen nannten sich *L'Inconnues*, die Unbekannten, nach der namenlosen Toten aus der Seine, und lockten mit ihren morbiden Festen Gothicfans wie Lilyth in die dunkle Welt unter der Stadt. Wie spät war es mittlerweile? Wenn er Lilyth nicht verpassen wollte, musste er sich bald auf den Rückweg machen. Er hörte keine Schritte mehr aus dem Nebenraum, nur leises Scharren und Knirschen von Sohlen auf schmutzigem Steinboden. Hatte Kafziel sein Ziel erreicht? Waren sie stehen geblieben und sahen sich um?

»Es ist fast alles hier, was wir brauchen«, behauptete eine dunkle Stimme, die in dieser Umgebung so unbeeindruckt und selbstsicher klang, dass sie nur dem Dämon gehören konnte. Ihm war, als ob ein Raunen durch die Reihen der Totenschädel ging, das mit Kafziels Stimme anhob und sich mit ihr wieder legte. »Ihr wisst, was zu tun ist. Uns bleibt nicht viel Zeit.«

»Merde! Ich hab hier unten natürlich keinen Empfang«, murrte einer der anderen Männer. »Henri, versuch eine Stelle zu finden, wo es klappt!«

»Zur Hölle mit deinem Handy, Arnaud!«, schnappte Sylvaine. »Warum hast du nicht telefoniert, als du noch oben warst, wenn es so dringend ist?«

»Ich *habe* Jaussin angerufen, aber es war nur seine Mailbox dran. Du hast keine Ahnung, wie angepisst er wird, wenn man ihn versetzt. Und jetzt bin ich nicht mal erreichbar. Ich bin Geschäftsmann, Monsieur. Solche kurzfristigen Änderungen passen nicht zu meinem vollen Terminkalender!«

Monsieur? Dieser Arnaud schien keine Ahnung zu haben, wer Kafziel war. Hatte sich der Dämon als Freund und Nachfolger Caradecs vorgestellt?

»Ich bedaure, dass ich Ihnen solche Umstände bereiten muss, aber Sie wären wohl kaum hier, wenn Ihnen das, was wir uns alle davon versprechen, nicht einen gewissen Aufwand wert wäre.« Wieder schienen die Schädel leise zu wispern.

Jemand – vermutlich Arnaud – brummte. »Das mag sein. Trotzdem bin ich kein Laufbursche, den man mal eben herbeipfeift und Kerzen aufstellen lässt. Gibt es für solche Rituale nicht eine besonders günstige Zeit? Deshalb waren wir doch für Sonntag verabredet, oder nicht?«

»Es sind Umstände eingetreten, die uns zum Handeln zwingen«, erklärte Kafziel gereizt. »Ich kann nicht riskieren, dass uns im letzten Augenblick jemand zuvorkommt.«

Jean horchte auf. Hatte Sophie tatsächlich den Schlüssel gefunden?

»Wir haben Konkurrenz?«, staunte Arnaud.

»Ich würde sie eher als Gegenspieler bezeichnen.«
»Aber wer ...«
»Das tut nichts zur Sache.« Der Tonfall erstickte weitere Nachfragen im Keim.
»Hier gibt es nirgends Empfang, Monsieur Arnaud.«
»Verdammt!«
»Scheiß endlich drauf, Arnaud!«, blaffte Sylvaine. »Wenn das hier läuft, ist Jaussin die längste Zeit auf dir herumgetrampelt.«
»Das will ich hoffen.«
»Dann fangen Sie endlich mit den Vorbereitungen an«, forderte Kafziel. »Lenoir und ich müssen das Mädchen herbringen.«
»Ist es nicht mehr bei Maurice?«, erkundigte sich Arnaud hörbar beunruhigt.
»Ich will für ihn hoffen, dass sie ihm nicht abgehauen ist«, erwiderte Sylvaine. »Aber der Schwachkopf hält sich offenbar schon seit Tagen im Untergrund versteckt, und wie du gerade bemerkt hast, konnte ich ihn deshalb nicht erreichen.«
»Wie wollt ihr ihn dann finden?«
»Keine Sorge, ich weiß, wo sie sind«, sagte der Dämon ungeduldig. »Gehen wir!«
Hastig zog sich Jean in einen anderen Durchlass zurück, doch die Schritte entfernten sich. Es musste noch einen weiteren Ausgang geben. Sollte er hier warten, bis Kafziel mit seinem Opfer – es konnte nur Lilyth sein – zurückkam? *Nein, das wäre dumm.* Sich mit dem Dämon zu messen, würde schwierig genug werden, und hier hätte er auch noch zwei kräftige Männer gegen sich. Von Sylvaine und Maurice, den er mager und nicht allzu groß in Erinnerung hatte, erwartete er deutlich weniger Widerstand.

Er wandte sich um. Auch nebenan schimmerte schwach das Licht der Taschenlampen. Offenbar waren alle Räume miteinander verbunden, weil die gemauerten Gewölbe erst nachträglich errichtet worden waren, um die aus dem Fels gehauenen Decken des alten Steinbruchs abzustützen. Sie bildeten ein Labyrinth aus Nischen, Gängen und Kammern, das von aufgeschichteten Knochen gesäumt wurde wie die Wände einer Bibliothek von Büchern und Schriftrollen. Jean huschte von Raum zu Raum und versuchte, Arnaud und Henri zu umgehen. Er hörte sie mit großen Reißverschlüssen hantieren, Stoff raschelte, und Henri stellte irgendeine Frage, auf die Arnaud ungehalten antwortete. Es kostete ihn nicht viel Zeit, auf die andere Seite ihres neuen Ritualraums zu gelangen, doch über den Lärm, den sie veranstalteten, hatte er Mühe, Kafziels Spur aufzunehmen. Erst als er sich aufs Geratewohl von ihnen entfernte, vernahm er ganz leise wieder klappernde Absätze. *Sylvaine.* Sie würde ihn zu Lilyth führen. Entschlossen folgte er dem Geräusch in die schädelgrinsende Finsternis.

Sophie ging in ihr Zimmer und ließ sich aufs Bett fallen, nur um sofort wieder aufzuspringen. Wollte sie wirklich eine Beziehung ohne Sex? Konnte sie es durchhalten, über Jahre, ein Leben, ohne begehrt zu werden, ohne den Rausch der geteilten Leidenschaft und das gemeinsame Vergehen im Höhepunkt? Nachdenklich starrte sie aus dem Fenster, vor dem es mittlerweile dunkel geworden war. *Natürlich kann man das.* Raphael und sie waren nicht das erste Liebespaar, das mit Widerständen zu kämpfen hatte. Romeo und Julia, Tristan und Isolde … Zeichnete sich die wahrhaft große Liebe nicht dadurch aus, dass sie Hindernissen trotzte? Aber Romeo und Julia hatten sich in ihren verzweifelten Versuchen, das Unmögliche möglich zu machen, gegenseitig in den Tod getrieben. Im Tod vereint, weil es ihnen im Leben verwehrt war. Kafziel hatte ihr dasselbe angeboten, und sie hatte es ernsthaft erwogen. Ihr schauderte. Sie war so dumm gewesen. Raphael wollte, dass sie lebte und glücklich war. Aber hatte es je ein keusches Paar gegeben, das gemeinsames Glück gefunden hatte? Fiel ihr überhaupt ein Paar ein, das über Jahre enthaltsam bleiben musste und nicht daran zerbrochen war? Auch wenn es angeblich die Schuld eines Liebestranks war, hatten sich Tristan und Isolde heimlich getroffen, um mehr als zarte Küsse und verliebte Blicke auszutauschen. Lancelot und Ginevra, Abaelard und Heloise, sie alle hatte ein trauriges Schicksal ereilt, weil es ihnen nicht gelungen war, keusch zu bleiben. Weil sich die Liebe zwischen Mann und Frau nun einmal nach körperlicher Erfüllung sehnte.

Gott, bin ich heute melodramatisch! Wenn sie genauer darüber nachdachte, fielen ihr bestimmt Beispiele ein, in denen solche Geschichten gut ausgegangen waren. Aber lag es dann nicht daran, dass die Liebenden in diesen Büchern und Filmen Wege gefunden hatten, ihre Schwierigkeiten zu überwinden und doch noch zu heiraten? Sie raufte sich die Haare. Nein, an ein Paar, das ohne Sex für immer glücklich zusammengelebt hatte, konnte sie sich beim besten Willen nicht erinnern. *Das bedeutet nicht, dass ich es nicht schaffen kann.* Mit Rafe zu schlafen war zu selbstverständlich gewesen, um sich jemals Gedanken darüber zu machen, ob sie darauf verzichten könnte. Es mochte möglich sein. *Aber wäre es schön?*

Sie ließ sich wieder aufs Bett sinken. *Grübeln bringt mich nicht weiter.* Hatte sie nicht dringendere Fragen zu klären? Zum Beispiel, was Alex ihr mit seiner Nachricht hatte sagen wollen. Am liebsten wäre sie in die Buchhandlung zurückgegangen, um aus der Einsamkeit dieses Zimmers zu entfliehen, den Überlegungen zu entkommen, die sich doch nur im Kreis drehten, aber *L'Occultisme* hatte mittlerweile sicher geschlossen. Wenn Alex es unverfänglich fand, ihr eine Nachricht zu schreiben, solange sie keinen Hinweis auf Jean enthielt, durfte sie ihn dann anrufen? Sie musste jetzt mit irgendjemandem reden, der eingeweiht war, sonst verlor sie noch den Verstand. Zu viele Geheimnisse lasteten auf ihrer Seele. Sie spürte, wie das Gewicht sie innerlich zu Boden zwang.

Es klingelte nur zwei Mal, bevor Alex den Anruf annahm. »Hallo?«

»Salut! Hier ist Sophie.« Plötzlich war sie nicht mehr so sicher, dass sie keinen Fehler gemacht hatte. »Entschuldige, dass ich so spät noch störe.«

»Äh, kein Problem. Ich ... hab nichts Wichtiges vor.«

»Mhm.« Warum fühlte sie sich auf einmal befangen? In der Ferne heulten Sirenen. Sicher wieder die Polizei.

»Hast du meine Nachricht bekommen?«

Erleichtert stürzte sie sich auf das sichere Terrain. Wie hatte ihr der Grund dieses Anrufs entfallen können? »Ja, deshalb wollte ich mit dir sprechen. Ich bin nicht sicher, was mir dieses Zitat sagen soll. Vielleicht hast du mehr daraus gelesen als ich.«

Die Sirenen kamen näher.

»Na ja, ich wollte dich auf diese Verse hinweisen, weil sie deine Theorie stützen, dass es auch um ein Siegel gehen könnte. Eigentlich wird an dieser Stelle beides erwähnt.«

»Beides?«

»Siegel und Schlüssel.«

»Das verwirrt mich jetzt eher noch mehr.«

Blaulicht flackerte durch die Nacht, spiegelte sich in den Fensterscheiben. Sie musste sich das andere Ohr zuhalten, um Alex noch zu verstehen, bis die Sirene vor dem Haus verstummte.

»Am besten lese ich dir die Stelle einfach mal vor, dann siehst du klarer. Da steht: Und ich sah einen Engel herabsteigen aus dem Himmel, der in seiner Hand hatte den Schlüssel zum Abgrund und eine große Kette. Er packte den Drachen, die alte Schlange, die der Teufel und Satan ist, und fesselte ihn auf tausend Jahre. Er warf ihn in den Abgrund, schloss zu und brachte ein Siegel darüber an, damit er nicht mehr die Völker verführe, bis vollendet sind die tausend Jahre. Dann muss er losgelassen werden auf eine kurze Zeit.«

Sophie war zum Fenster gegangen und spähte hinaus. Wenn es die Polizei war, galt der Besuch hoffentlich nicht ihr. »Ja, aber heißt das nicht, dass es einen Schlüssel geben muss?«, fragte sie abgelenkt, doch unten auf der Straße war nicht die B. C. vorgefahren, sondern ein Krankenwagen. Beruhigt wandte sie sich ab.

»Ich glaube nicht, dass sich diese Stelle auf das Gefängnis der Wächter bezieht, denn Satan war nicht unter ihnen, und außerdem wären die tausend Jahre längst abgelaufen«, erklärte Alex. »Es geht mir nur um den Hinweis, dass ein Siegel vielleicht sogar viel wichtiger ist als der Schlüssel. Ich meine, warum überhaupt ein Siegel, wenn man abgeschlossen hat? Dafür kann es doch nur zwei Gründe geben.«

»Weil man merken will, falls sich jemand am Schloss zu schaffen macht.« Sophie stutzte. »Aber das ergibt wenig Sinn. Wenn der Teufel oder die Wächter freikämen, würde man das wohl an ganz anderen Dingen merken als an einem gebrochenen Siegel.«

Alex schnaubte. »Vor allem, wenn man Gott ist.«

»Tja, dann ... Dann kann es eigentlich nur so sein, dass in Wahrheit das Siegel der Verschluss ist.«

»Genau mein Gedanke.«

»Aber das Rollsiegel ist doch nur so etwas wie der Prägestempel oder Siegelring und nicht das Siegel selbst.«

»Hm.«

Eine gefühlte Ewigkeit herrschte Stille, dann fuhr draußen mit Sirenengeheul der Krankenwagen wieder los. Sophie verdrängte die Frage, ob sie den Nachbarn schon einmal gesehen hatte, der gerade mit Blaulicht weggebracht werden musste, und stellte sich stattdessen vor, wie ein Engel einen Abdruck des Siegels in weiches Wachs rollte.

»Vielleicht muss man die Vorlage haben, um das versiegelte Schloss zu finden«, sagte Alex wie zu sich selbst.

»Oder die Magie liegt im Stempel und ist deshalb ...« Die Überlegung entglitt ihr bei Raphaels Anblick, der mit einem Mal durchscheinend wie ein Traumgebilde im Zimmer stand.

»Komm! Kafziel rüstet zum Angriff.«

Schon lange, bevor Jean die ersten Lichter entdeckte, hallte Rock durch die Dunkelheit. Das vielfache Echo verwandelte die Musik in einen Klangbrei, der mit jedem Schritt lauter und durchdringender wurde. Um sein Opfer zu bekommen, hatte Kafziel Sylvaine nichts erspart. Er hatte sie durch Gänge geführt, die so eng waren, dass Jean seitwärts hatte gehen müssen, oder so niedrig, dass sie nur auf allen vieren vorangekommen waren. Jean hatte Markierungen gemacht und die Strecken dazwischen grob geschätzt. Obwohl es ihm länger erschienen war, konnten sie alles in allem kaum mehr als zwei Kilometer zurückgelegt haben – ein lächerlicher Bruchteil des unterirdischen Irrgartens.

Aus Gewohnheit klopfte er sich Staub und Schmutz von den Kleidern, was die Schlammflecken wenig beeindruckte, aber die anderen Besucher der *L'Inconnue* würden nicht besser aussehen. Schon hinter der nächsten Ecke stieß er auf die ersten Feiernden und nahm die Stirnlampe vom Kopf. Im Licht einer grellen Laterne, die genügte, den ganzen kleinen Raum auszuleuchten, saßen und lagen junge Leute auf Kissen, Decken und Klappstühlen herum, quasselten, lachten, hoben grüßend Bierflaschen und Plastikbecher. Die spezielle Note des Qualms verriet, dass sie nicht nur Tabak rauchten. An den Wänden prangten bunte Graffiti neben eingeritzten Botschaften. Das Wummern des Schlagzeugbeats ließ den Boden unter den Füßen vibrieren, E-Gitarren röhrten dazu, und ein Sänger heulte und brüllte abwechselnd dagegen an, doch es waren keine Lautsprecher zu sehen. Der Lärm kam von nebenan. Durch den kurzen Verbindungsgang erhaschte Jean einen ersten Blick auf flackernde Lichter und Menschengedränge. Der Dämon und Sylvaine waren verschwunden, weder Lilyth noch Maurice in diesem Raum zu sehen. Er goss sich Wein aus einem Getränkekarton in einen Becher und nippte daran. Der Rosé schmeckte so billig, wie er erwartet hatte, aber der Durst brachte ihn dazu, einen größeren Schluck zu nehmen. *Auf ins Getümmel.*

Eingehend musterte er die Menge, während er sich in den unterirdischen Saal nebenan schob. Unter einem an die Felswand projizierten Bild der Totenmaske von *L'Inconnue* hatte eine Band ihre Instrumente und Verstärker aufgebaut und beschallte die Tanzenden, die direkt davor in einem großen Knäuel umherwogten. Mit ihren wilden Frisuren, den Sonnenbrillen und schwarzen T-Shirts bildeten die Musiker einen seltsamen Kontrast zum entrückten Lächeln der unbekannten Toten über ihnen. Jean bahnte sich seinen Weg zwischen schwarz gewandeten Gothicfans und auffallend normal gekleideten Leuten hindurch. Ein paar abenteuerlustige Jugendliche schlugen über die Stränge, misstrauisch beäugt von vereinzelten Clochards, die im Untergrund hausten, weil sie hier niemand vertrieb. Unstete Schatten und Lichteffekte erschwerten es ihm, Gesichter zu erkennen. War das nicht Maurice? Der dürre junge Mann drehte sich nach einem Freund um, der ihm eine Bierflasche reichte. Nein, der Kerl war älter und sah zu freundlich aus.

Es gab noch mehr Ein- oder Ausgänge, je nach Perspektive, und demnach weitere Nebenräume, in denen sich Lilyth aufhalten konnte. Jean schlug die Richtung zum nächstgelegenen ein, während um ihn herum Applaus aufbrandete, als das Lied zu Ende ging. Der Frontmann der Band nuschelte eine Ansage auf Englisch in das Johlen und Pfeifen, dann dröhnten die ersten Takte eines neuen Songs durch die steinerne Halle.

Da ist sie! Er wollte den Saal gerade verlassen, als er sie aus dem Augenwinkel an der Wand sitzen sah. »Lilyth!« Mit drei Schritten war er dort und ging vor ihr in die Hocke. Große, ein wenig glasige Augen blickten ihn an. Es dauerte einige Sekunden, bis sich Erkennen darin zeigte.

»Lilyth, geht's dir gut?« Er streckte die Hand nach ihrem Arm aus, doch sie schlug ihn weg. Der übliche klimpernde Schmuck um ihr Handgelenk fehlte. Stattdessen trug sie einen fleckigen Verband.

»Was willst du?« In dem Lärm waren ihre Worte nur zu

erraten. Das schwarz gefärbte Haar, das am Scheitel bereits dunkelblond nachwuchs, hing ihr so strähnig ums Gesicht, als hätte sie es seit dem Krankenhaus nicht gewaschen. Auch ohne Kajal hoben sich dunkle Ringe um ihre Augen von den bleichen Wangen ab.

»Ich hab nach dir gesucht«, rief Jean, um die Musik zu übertönen. »Du bist immer noch in Gefahr. Komm mit mir!« Erneut griff er nach ihr, aber sie wich mit einer abwehrenden Geste aus und stemmte sich auf die Beine, wobei sie sich an der Wand abstützte.

»Verpiss dich! Tausend Mal hab ich dich angerufen, aber immer war die bescheuerte Mailbox dran!«

»Ich war ...« Aber vielleicht war es nicht die beste Idee, das Gefängnis zu erwähnen.

»Haben sie dich geschickt, damit du mich in diese Klapse bringst? Vergiss es!« Angst und Wut verzerrten ihren Mund. Ohne schwarze Schminke wirkten ihre Lippen voller, doch sie sahen spröde und rissig aus. Sie wich vor ihm zurück, was unweigerlich Blicke auf sie zog.

»Lilyth, ich will dir nur helfen. Erinnerst du dich?« Er deutete auf seinen eigenen Verband, an dem Roststückchen und grauer Schmutz klebten.

Sie richtete die Augen darauf. Bildete er es sich ein oder schimmerten Tränen darin? Wieder sah sie ihn an. Aus ihrem Blick sprach Verzweiflung. »Du kannst mir nicht helfen! Er ist viel zu stark. Wenn ich mich gegen ihn stelle, bringt er mich um.«

Zur Hölle mit diesem verfluchten Dämon! »Das redet er dir nur ein. Er wird dich umbringen, wenn du dir nicht helfen lässt.«

»Nein!« Heftig schüttelte sie den Kopf. »Geh weg! Du machst alles nur schlimmer!«

Eine knochige, von schwarzem Stoff bedeckte Schulter schob sich zwischen ihn und Lilyth, dann tauchte Maurice' hageres Gesicht vor ihm auf. »Sieht so aus, als ob meine Freundin nicht mit dir reden will.« Der ausgemergelte Körper mochte wenig eindrucksvoll sein, doch die grauen Augen blickten arrogant und herausfordernd.

Du hast keine Ahnung, wer ich bin, aber ich kenne kleine Arschlöcher wie dich. Jean lehnte sich vor, damit Maurice kein Wort entging. »Ich weiß, welche satanischen Spielchen du treibst, Junge. Verschwinde einfach, und wir vergessen die Sache.«

Für einen kurzen Moment schlich sich Unsicherheit in Maurice' Züge, aber schon kehrte die Überheblichkeit zurück. »Du weißt gar nichts. Verzieh dich und geh andern auf die Nerven! Gehen wir!« Er packte Lilyth und schob sie weg, während er sich rückwärts entfernte, ohne Jean aus den Augen zu lassen.

Zornig ballte Jean die Fäuste. *Merde!* Er konnte den Kerl vor so vielen Menschen nicht einfach niederschlagen und die kreischende Lilyth davonzerren.

»Gibt's hier Ärger?«

Überrascht wandte er sich zu der Stimme um, die er zu kennen glaubte, obwohl sie in diesem Krach schwer zu identifizieren war. »Didier!«

»Salut, Jean! Hast es also ...« Der stämmige Student brach ab, als jemand gegen ihn stieß. »Hey!«

Noch dröhnte die Musik weiter, doch der Lärm hatte sich verändert. Leute schrien, schubsten und drängelten.

»Police nationale!«, quäkte es aus einem Megaphon.

Der blasse, durchsichtige Raphael rannte vor ihr die Stufen hinab. Sophie polterte hinter ihm her, im Geiste noch oben in der Wohnung. Hatte sie auch nichts vergessen? Handy, Schlüssel ... Sie hasste es, so überhastet aufzubrechen. Jedes Mal fürchtete sie, etwas Wichtiges nicht eingesteckt zu haben. In letzter Sekunde hatte sie die Tasche mit dem Weihwasser geschnappt. Schließlich ging es gegen Kafziel. Madame Guimard hatte ihr nur verdattert von der Wohnzimmertür aus nachgeblickt.

Wo müssen wir hin? In den Louvre? Warteten dort nicht diese Engelwesen, die er Kerubim genannt hatte?

»*Nein, in den Untergrund.*«

»In die Katakomben?«, entfuhr es ihr.

Er gab keine Antwort, sein Abbild lief ihr voran zur Haustür, ohne dass die Frau aus dem zweiten Stock, die ihr entgegenkam, etwas bemerkte. »Bonsoir.«

Mechanisch erwiderte Sophie den Gruß. Ihre Gedanken galten dem Dämon. *Will er von dort unten in den Louvre eindringen?* Sicher gab es auch unter dem Museum Versorgungsschächte, und die Métro fuhr ohnehin direkt nebenan vorbei.

»*Er ist in Montparnasse und will das Ritual durchführen*«, erklärte Raphael, während er neben der Tür auf sie wartete.

Er hat ein neues Opfer gefunden? Sofort stand ihr das blitzende Messer wieder vor Augen. Sie spürte den Schnitt durch ihre Haut, und ihr wurde eiskalt.

»*Du kannst es verhindern. Komm!*«

Ja. Mit ungewohnter Kraft riss sie die schwere Tür auf, stürmte hinaus und prallte gegen einen Mann in weißem T-Shirt.

»Oh, pardon!«, murmelte sie und wollte schon weiterrennen, als ihr halbherziger Blick in seine Miene sie stutzen ließ.

Entgeistert starrte sie ihn an, sah zur Tür zurück, die sich auf den alten Fliesen verkantet hatte und offen stand. Raphaels durchscheinendes Abbild schwebte über der Schwelle, einen grimmigen Ausdruck auf dem Gesicht. Rasch wandte sie sich wieder der Erscheinung zu, deren feste Hände sie aufgefangen hatten und noch immer hielten. Ihr war, als seien ihre Eingeweide versteinert. Sie wich vor beiden zurück.

Unter dem versonnenen Lächeln der *L'Inconnue* brodelte ein Hexenkessel. Die megaphonverstärkten Befehle der Polizei vermengten sich mit schrillen Rückkopplungen aus den Lautsprechern der Band und verwirrtem Geschrei. Jean sah sich nach Lilyth um, doch sie und Maurice waren in der Menge verschwunden. Etliche Leute standen völlig bestürzt herum, aber die meisten liefen durcheinander wie ein Haufen aufgescheuchter Hühner, flohen in alle Richtungen, schnitten sich gegenseitig den Weg ab, warfen panische und doch vernebelte Blicke um sich. Wohin in diesem Chaos?

Kafziel würde sich von den *cataflics*, wie sie genannt wurden, weil sie die *cataphiles* jagten, nicht aufhalten lassen. Womöglich zerrten er und dieser Maurice Lilyth in diesem Augenblick in den Gang, der zu den Katakomben führte. *Ich muss zurück.* Jean warf sich ins Gedränge, versuchte, sich mit den Ellbogen einen Weg zu bahnen. Vergeblich. Zu viele Menschen kamen ihm entgegen. Schon glänzte ein Helm der Untergrundpolizei in seiner Nähe auf – zu nah. Wenn sie ihn vom Fahndungsfoto wiedererkannten …

Er drehte um und hielt auf den nächstbesten Ausgang zu. Es war gefährlich, kopflos in das Labyrinth zu rennen. In der Dunkelheit lauerten Abgründe oder man verlief sich und fand nicht mehr heraus. So mancher fragte sich rechtzeitig, ob ein Rüffel der Polizei wirklich schlimmer war. Die Leute zögerten, drehten wieder um. Jean stieß die Zauderer beiseite, zwängte sich an einer dicken, aus ihrem schwarzen Samtkleid quellenden Frau vorbei, die den Durchlass fast völlig blockierte. Die meisten waren zu sehr in Panik, um sich zu empören, als er sich durch den Gang rempelte, doch einige stießen ihn ebenfalls an, schlugen mit Taschenlampen nach ihm oder sandten ihm Flüche nach. Zu seinen Füßen tauchte plötzlich eine gestürzte Gestalt auf, die sich aufrappeln wollte. Jean sprang, um dem Mann nicht auf die Rippen zu treten, und beinahe im gleichen Moment explodierte Schmerz in seinem Schädel. Benommen fiel er gegen die Leute vor ihm, sein Körper kämpfte darum, auf den Beinen zu bleiben, während sein Verstand noch mit den dunkelroten und schwarzen Flecken rang, die durch seinen Kopf waberten. Als er wieder klar denken konnte, rannte er bereits weiter. Nur noch wenige, offenbar sportliche *cataphiles* mit Lampen vor ihm, das leiser werdende Geschrei in seinem Rücken.

Eine Kreuzung kam in Sicht. Die Typen vor ihm bogen nach rechts ab. Jean verlangsamte seine Schritte. In seinem Kopf pochte es. Warme Flüssigkeit suchte sich wie in Zeitlupe ihren Weg durch sein Haar. In welche Richtung ging es zurück zu den Katakomben? *Verdammt!* Er konnte nicht einmal sicher sein, dass es überhaupt eine andere Verbindung gab, doch wenn sie existierte, musste er sich links halten. Oder nicht?

»Es wird schwierig, aber es gibt einen Weg. Komm!«
Geneviève!
Sie lief voraus in die Dunkelheit, eine schlanke Gestalt, die schimmerte wie eine Perle. Jean folgte ihr, holte dabei

die Stirnlampe wieder aus der Tasche und schaltete sie ein, bevor ein anderer das Leuchten des Engels entdeckte. Oder war es nur für ihn sichtbar? *Sicher ist sicher.* Das dehnbare Band beim Laufen überzuziehen, ließ ihn stolpern, doch er fing sich und rannte weiter.

»Kafziel hat das Mädchen«, rief Geneviève über die Schulter. »Ich darf nicht eingreifen, solange sie sich ihm nicht widersetzen will, aber wenn du sie wieder zur Vernunft bringst ... Du hast immer noch Einfluss auf sie.«

Das hörte sich eben anders an. Sie hatte ihm vertraut, und aus ihrer Sicht hatte er sie im Stich gelassen, doch Lilyth war labil und beeinflussbar, und sie hatte Angst. Er musste irgendwie zu ihr durchdringen.

Geneviève bog in einen Stollen ab, dessen Wände nur grob behauen waren. Platschend tauchten ihre Füße in Wasser, das Jean ins Gesicht spritzte. Bis über die Knöchel versank sie in der schlammigen Brühe und lief weiter. Der Widerhall ließ das Geräusch ihrer hastigen Schritte zu einem Rauschen anschwellen. Jean sprang ihr nach. Er spürte das kalte Wasser in seine Schuhe strömen, seine Socken saugten sich voll, zugleich die Hose, die sofort schwerer wurde. Obwohl er sich mehr anstrengte, kam er langsamer voran. Das Wasser schien seine Füße nur widerstrebend freizugeben. Sobald er sich schneller bewegte, fühlte es sich zäh an, als wate er durch einen Sumpf.

Endlich waren sie hindurch. Geneviève stieg in einem nassen, engen Schacht aufwärts, der weder Sprossen noch Stufen bot. Es dauerte eine Weile, bis Jean begriff, wie sie es machte, dann klemmte auch er sich mit dem Rücken gegen die eine und allen vieren gegen die andere Wand und stemmte sich Stück für Stück nach oben, wo sie weiteren Gängen folgten. Längst hatte er die Orientierung verloren, als sie auf knochengefüllte Kammern stießen. Zunächst waren es willkürlich aufgeschüttete Haufen. Knochensplitter knackten unter seinen Füßen. Er trat gegen etwas, das in die Dunkelheit davonflog, bevor er es richtig sehen konnte, vielleicht ein Schulterblatt. Vorwurfsvoll starrten ihn die Schädel aus den ordentlichen Stapeln an, die das Gewirr ablösten.

Geneviève blieb so unvermittelt stehen, dass er gegen sie stieß. Ihr Haar kitzelte ihn in der Nase. Als sie sich umwandte, leuchtete ihr die Stirnlampe direkt ins Gesicht, doch ihr Blick war nach innen gerichtet. Erschrecken trat in ihre Züge. »Kafziel! Er hat seine Diener zum Kampf gerufen. Sie greifen die Kerubim an!«

Sie verschwand so plötzlich, dass Jean nur auf die Stelle starren konnte, an der sie eben noch gewesen war.

»Was ...« Welcher von beiden war der echte Raphael? Sophie war, als hätte ihr jemand den Boden unter den Füßen weggezogen. Konnte sie nichts und niemandem mehr vertrauen?

»Du kannst die Wahrheit spüren. Erinnere dich«, riet der körperlich greifbare Raphael und reichte ihr die Hand, aus deren Griff sie sich gerade erst zurückgezogen hatte.

»*Hieß es nicht im zweiten Korintherbrief, selbst der Satan verstelle sich zum Engel des Lichts?*«, warf die Stimme des anderen in ihrem Kopf ein.

»Jene, die im Herzen rein sind, erkennen das Böse selbst in seiner besten Tarnung.« Die Hand blieb ausgestreckt.

Sophie ergriff sie. Die Liebe des Engels strömte wie warmes, weißes Licht auf sie über.

»*Den Eindruck hatte ich nicht.*« Die Miene des Abbilds verzerrte sich spöttisch. »*Wie ein dummes Lamm wäre sie mir zur Schlachtbank gefolgt.*«

Bei dem Gedanken, zu was der Dämon sie in dieser Gestalt bringen könnte, wurde Sophie übel, doch Raphaels reinigende Energie löste den Knoten in ihren Eingeweiden. Sie würde ihn immer erkennen, sobald er sie berührte. »Fahr zur Hölle, Kafziel!«

Lachend löste sich die Illusion auf.

»Er war nicht Kafziel, nur einer seiner Diener. Aber in einem hatte er recht: Wir müssen uns beeilen. Sein Herr hat zum Angriff auf den Louvre geblasen.« Raphael zog sie mit sich die Straße hinunter.

»Braucht er denn nicht mein Blut, um Erfolg zu haben?«

»Er hat ein anderes Opfer gefunden.«

»Ja, aber ... Warum war er – sein Diener meine ich – dann hier?«

»Vielleicht ist er sich des Mädchens noch nicht sicher und wollte sich alle Optionen offen halten.«

»Das Mädchen, von dem Jean gesprochen hat?«

»Ja.«

Als sie merkte, dass er den Weg zur Métro-Station eingeschlagen hatte, fiel ihr siedend heiß die B.C. ein. Der observierende Ermittler musste Raphael sofort erkannt haben. Jeden Augenblick würden Bewaffnete auftauchen, um den flüchtigen Verbrecher zu stellen.

»Nein«, rief er über die Schulter. »Der Dämon hat den Mann vor ein Auto laufen lassen. Hast du den Krankenwagen nicht gehört?«

O mein Gott!

»Er wusste, dass sie dir sonst nach Montparnasse folgen und ihm in die Quere kommen.«

Sie lief schneller, als ob sie den verletzten Polizisten dadurch ehren könnte. »Fahren wir dort hin?«

»Wir können dort nichts tun. Dein Platz ist im Louvre. Wenn Kafziels Plan gelingt, musst *du* den Schlüssel in Sicherheit bringen.«

18

»Die haben ja noch geöffnet!«, staunte Sophie, als Raphael und sie sich durch die unterirdische Ladenpassage dem Eingang des Museums näherten.

»Freitags bis 22 Uhr.« Er ging langsamer, hatte es jedoch immer noch eiliger als die Menschen, die um sie herum zur Métro oder den anderen Ausgängen strebten. »Sie schließen in zehn Minuten und lassen eigentlich niemanden mehr hinein.« Aus dem Nichts zauberte er zwei Eintrittskarten hervor. »Fällt dir eine gute Ausrede ein, warum du trotzdem noch einmal hinein musst?«

»Ich könnte etwas vergessen haben.« *Aber was?* Man verlegte nicht mal eben sein Portemonnaie auf den Gängen des Louvre, und eine Tasche hing bereits über ihrer Schulter. »Meine Jacke.« Da es kälter geworden war, als sie nach diesem heißen Tag erwartet hatte, hatte sie ihre Jacke unterwegs tatsächlich vermisst.

»Gut, dann versuchen wir es.« Er bedeutete ihr voranzugehen, und sie spürte sich bereits jetzt erröten, was sich hoffentlich der Hast zuschreiben ließ, mit der sie zurückgekommen waren, um das verschollene Kleidungsstück zu suchen. Schickte er sie vor, weil ein Engel nicht lügen durfte?

»Tut mir leid, aber wir schließen gleich!«, rief ihnen der Mann am Eingang schon entgegen.

»Entschuldigen Sie, Monsieur, wir wollen nur rasch meine Jacke holen«, schwindelte sie und zeigte die beiden Tickets vor. »Ich muss sie auf der Toilette hängen gelassen haben.«

»Hier im Foyer? Dann werde ich sie Ihnen ...«

»Nein, oben ... äh, irgendwo über der Orientabteilung.« So lange konnte er seinen Posten hoffentlich nicht im Stich lassen.

»Also schön, aber kommen Sie bitte sofort wieder zurück. Ich warte, bis Sie hier sind.«

Sophie nickte nur, was ihr schwer genug fiel. Sie hasste es, Leute zum Narren zu halten.

»Vielen Dank!«, ergriff Raphael für sie das Wort. »Wir beeilen uns. Komm, Schatz!« Er nahm ihre Hand und zog sie weiter, obwohl es nicht nötig gewesen wäre. Sie wollte so schnell wie möglich weg. Gemeinsam durchquerten sie die ungewohnt menschenleere Halle unter der Glaspyramide, die sich mit den spiegelnden Lichtern bei Nacht wie ein ganz eigenes dunkles Himmelszelt ausnahm. Oberhalb der Treppe zum Richelieu-Trakt trat ihnen ein weiterer Museumsangestellter in den Weg, doch Sophie spulte hastig ihre Ausrede ab, und Raphael schlug lächelnd einen kleinen Bogen um den Mann. Stirnrunzelnd ließ er sie gewähren. Nur noch wenige Besucher kamen ihnen entgegen. Erstaunt merkte Sophie, dass Raphael sie nicht auf dem Weg führte, den sie beim letzten Mal genommen hatten.

»Warum ...«

»Wir müssen erst alle anderen vorbeilassen, sonst sehen sie, wo wir uns verstecken«, erklärte er in ihrem Kopf, während sie durch eine Sammlung mittelalterlicher Skulpturen liefen.

Schließlich traten sie durch eine Tür, und Sophie erkannte den großen, glasüberdachten Innenhof neben der Khorsabad-Sammlung wieder, nur dass sie dieses Mal von der anderen Seite kamen. Bronzene und steinerne Statuen ragten über ihr auf, muskulöse Heroen und erhabene Göttinnen der antiken Mythologie, die über eine marmorne Brüstung in die ein Stockwerk tiefer gelegene Mitte des Hofs blickten. Von dort unten ragten die spärlichen Kronen kleiner Bäume auf. Weit und breit war niemand mehr zu sehen.

»Warten wir hier«, beschloss Raphael hinter einer der Skulpturen.

Sophie folgte seinem Vorbild und kauerte sich in die Schatten zwischen dem wuchtigen Sockel und der Fassade des Louvre. Aber wenn jemand von der falschen Seite käme ...

»Schhhh! Du hast doch einen Engel bei dir.« Er schloss die Augen. Stille legte sich über sie wie damals im Jardin du Luxembourg, als die Parkwächter nach ihnen gesucht hatten. Die bereits reduzierte Beleuchtung kam ihr noch dunkler vor, ihr Herzschlag langsamer. Nicht der kleinste Laut drang mehr an ihr Ohr. Selbst ihr eigener Atem schien in der Stille aufzugehen. Zeit verstrich. Minuten? Stunden? Sie hätte es nicht sagen können.

Plötzlich schien alles mit einem Ruck zu zerreißen. Ihr war, als habe jemand die Decke weggezogen, unter der sie sich als Kind vor Monstern versteckt hatte. Erschreckt sah sie auf, doch da war niemand. Nur Raphael, der alarmiert zu den oberen Stockwerken aufblickte. Alle Lichter waren erloschen. Alle.

Er richtete die Augen auf den Eingang der Orientabteilung. »Es beginnt.«

In den Augenhöhlen der Toten tanzten Schatten. Flackernder Kerzenschein verlieh Schädeln und Knochen die Farbe alten Elfenbeins. Dunklere und hellere Stimmen vereinigten sich zu einem Chor gemurmelter Beschwörungen.

Vorsichtig spähte Jean in den Nebenraum, wo Kafziels Anhänger auf dem Boden ein Pentagramm aus schwarzen Seidenbändern geformt hatten. Er konnte nur einen Teil davon sehen, doch er kannte die Rituale der Satanisten lange genug, um zu wissen, was er vor sich hatte. In den beiden Zacken des Sterns, die sich in seinem Blickfeld befanden, standen zwei in glänzende schwarze Roben gehüllte Gestalten. Weite, tief ins Gesicht gezogene Kapuzen bedeckten ihre Köpfe. Der sehr große, breitschultrige Mann, der ihm den Rücken zuwandte, konnte nur Henri sein, während der kleinere, untersetzte wohl Arnaud war, dessen Namen er zwar bislang nicht gekannt, den er jedoch bereits des Öfteren in Caradecs Zirkel gesehen hatte. Jean war, als lege sich etwas Festes um sein Herz und drücke zu. Die Aura des Dämons. Auch Kafziel musste in diesem Raum sein. Hatten sie Lilyth gefunden und hergebracht?

Lautlos zog er sich zurück, um dort, wo sich der Kerzenschein in Dunkelheit verlor, einen Bogen zu schlagen und sich der anderen Seite des Durchgangs zu nähern. Die Stirnlampe hatte er längst wieder in die Jackentasche gesteckt, damit ihn kein Aufblitzen des spiegelnden Innern verriet.

Schon etliche Schritte vor dem Durchlass gestattete ihm der günstige Winkel einen Blick auf die andere Hälfte des Pentagramms, sodass er sich nicht weiter vorwagen musste. Drei weitere Beschwörer nahmen die restlichen Zacken des Sterns ein. Kafziel, Sylvaine – erkennbar an ihrer schmalen Silhouette und dem hervorlugenden schwarzen Haar – und Maurice. Es konnte nur Maurice sein, denn vor Sylvaine stand Lilyth, als Einzige mit unbedecktem Kopf, schweigend, die Augen geschlossen. Sie schwankte ganz sacht mit jedem Atemzug. Wieder fragte er sich, ob sie ihr Drogen gaben. Das Messer, das Sylvaine auf den Handflächen vor sich hielt wie eine Gabe, schimmerte silbern.

Ein Schaudern rieselte Jeans Rücken hinab. *Sie sucht den Tod.* Wie sehr musste sie gelitten haben, um ihr kaum begonnenes Leben beenden zu wollen? Er musste sie schnellstens in Faucheuxs Klinik bringen, damit ihr endlich geholfen wurde.

Ein Flimmern lenkte seine Aufmerksamkeit auf Kafziel. Es dauerte nur einen Lidschlag, fiel den anderen, die ihre Blicke zu Boden gerichtet hatten, vermutlich nicht einmal auf, doch Jean spürte die Beklemmung aus seinem Herz weichen. Der Dämon war fort und hatte eine Illusion zurückgelassen. Eilte er zum Louvre, um im richtigen Moment nach dem Schlüssel greifen zu können?

Egal. Jean sah sich nach einer Waffe um. Dies war *seine* Chance, und er würde vielleicht keine zweite bekommen. Behutsam zog er einen langen, dicken Knochen vom Stapel neben sich. Wenn es ihm gelang, diesen Henri niederzuschlagen, würde er mit den beiden anderen Kerlen schon irgendwie fertigwerden. Maurice war eine Lachnummer und Arnaud offenbar gewöhnt, andere für sich arbeiten zu lassen.

Die Hand fest um den Knochen geschlossen, der sich rau

und doch vom Moder schmierig anfühlte, schlich er zum Durchgang. Das Raunen der satanistischen Verse übertönte das leise Knirschen unter seinen Sohlen. Er hob den grausigen Knüppel, spannte sich. Niemand sah in seine Richtung. *Los!* Er sprang aus der Deckung, stürmte auf den Hünen zu, reckte die Waffe noch höher, als etwas Helles von der Seite auf ihn zuschoss.

Die Stadt der Lichter erhellte mit ihrer Pracht den Nachthimmel. Anders konnte sich Sophie nicht erklären, weshalb in diesem Hof noch immer Dämmerlicht herrschte, obwohl alle Lampen, selbst die Beleuchtung der Notausgänge, erloschen waren. Das Glasdach hoch über ihr, die Fensterscheiben der oberen Geschosse, die gläsernen Türen hier unten ... Sie fühlte sich von düster schimmernden Flächen umschlossen wie in einem riesigen Spiegelkabinett. Sobald sie sich bewegte, huschte es dunkel über das Glas, regten sich die Spiegelbilder, als erwachten die Skulpturen zum Leben.

Erschrocken sah sie sich um. Leere Gesichter auf reglosen Körpern starrten auf sie herab. Raphael, seine Miene ebenmäßig und erhaben wie jene der Statuen, wandte sich zu ihr um. »*Komm.*« Es klang eher wie eine Einladung denn ein Befehl. Seine ausgestreckte Hand lockte und forderte zugleich. Doch er reichte sie ihr nicht, als sie näher kam, sondern bedeutete ihr mit einer Geste, ihm zu folgen.

Irgendeine der von hohen Rundbögen überwölbten Glastüren musste zum Cour Khorsabad führen, doch sie war zu aufgeregt, um sich an die richtige zu erinnern. Ihre Schritte auf dem polierten Steinboden, deren lautes Hallen sie zuvor noch beunruhigt hatte, klangen nun seltsam gedämpft. Die

Luft schien dicker zu werden, als sei sie zu zäh zum Atmen. Eben war es Sophie noch kühl erschienen, nun kam es ihr warm, fast stickig vor. Sie merkte, wie sich die Härchen auf ihrem Arm aufrichteten.

Eine der Türen öffnete sich vor Raphael. Gut möglich, dass sie verschlossen gewesen war, aber für den Engel tat sie sich auf, und Sophie fand sich in einem Flur wieder, einen weiteren Eingang direkt gegenüber. Sie blinzelte. Alles kam ihr bekannt vor, doch irgendetwas stimmte nicht. Die Brust wurde ihr eng, als hätte sie sich in ein Korsett gezwängt. Ihr war, als sei die Luft so dicht, dass sie darin watete wie in Wasser. Die Masse wogte, bewegte ihr Haar, obwohl kein Wind wehte. Selbst Raphael beugte sich vor, als stemme er sich gegen eine heftige Böe. Seine Locken tanzten. Seltsam grünliches Licht geisterte über die Wände. Eine Spannung lag in der Luft, als müsse sie sich jeden Augenblick in einem Blitz entladen.

Was ist das? Ihr fiel ein, was mit dem Eingang nicht stimmte. Dahinter lag der Cour Khorsabad – doch die geflügelten Stiere waren fort!

Plötzlich zerrte etwas an ihr, packte sie wie lautloser Sturmwind und schüttelte sie durch. Haarsträhnen wehten ihr vors Gesicht, raubten ihr schier den letzten Atem. Mit einem Aufschrei kämpfte sie um ihr Gleichgewicht. Helle und dunkle Schlieren vermengten sich vor ihren Augen. Oder wirbelten sie durch die Luft?

»Komm!«, rief Raphael.

Sie erhaschte einen Blick auf ihn, wie er sich auf den Eingang zubewegte, als wate er gegen die Strömung eines reißenden Flusses. Er war höchstens drei Schritte von ihr entfernt und doch unerreichbar. Die unsichtbaren Mächte rüttelten an ihr wie ein Orkan, obwohl kein Wind in ihren

Ohren brauste oder ihre Augen tränen ließ. Stattdessen herrschte Grabesstille. Schritt für Schritt schob sie sich durch den Eingang, suchte Halt an der Wand, bis ihre Finger rauen, sandigen Fels berührten. Nein, kein Fels, nur bröckelnder Putz und Gestein. Ein riesiges Loch klaffte, wo der geflügelte Stiermensch gestanden hatte. Sie zog die Hand zurück, wankte von allen Seiten gebeutelt in den dämmerigen Raum. Ein Stoß in den Rücken riss sie von den Füßen. Schmerzhaft landete sie mit Knien und Händen auf den groben Fliesen, spürte das Brennen aufgeschürfter Haut, während sie sich instinktiv nach dem Angreifer umsah. Im ersten Augenblick war da nichts – nur leere Luft, das zerstörte Relief, darüber weiße Wand, schließlich die gelbgraue Fassade, die den Hof umgab. Und dann ein seltsames Ziehen in ihren Augen. Schützend riss sie die Hände davor, doch es war in ihr, es knirschte in ihren Augäpfeln. *Hilfe! Aufhören!*

So plötzlich, wie es begonnen hatte, hörte es auf. War sie jetzt blind? Panisch öffnete sie die Lider, ließ die Hände sinken. Das Weiß der Wand leuchtete in der Dunkelheit, doch ihr Blick erhaschte kaum noch etwas davon. Über ihr tobte das Chaos, und je länger sie hinaufsah, desto deutlicher sah sie *sie*.

Der Aufprall jagte einen so jähen, heftigen Schmerz durch Jeans Hand, dass er den Knochen mit einem Aufschrei fahren ließ, bevor er sein Ziel traf. Klappernd landete seine Waffe gemeinsam mit dem unerwarteten Geschoss am Boden, von wo ihn der Totenkopf höhnisch angrinste.

Die Beschwörer wirbelten in wehenden, schwarzen Roben zu ihm herum. Gegen schmerzhaften Widerstand ballte er die Hand und setzte zum Schlag in das blondstoppelige Gesicht an, das unter Henris Kapuze sichtbar geworden war. Doch der Schreck und die widerstrebenden Sehnen hatten ihn zu viel Zeit gekostet. Henris rechte Faust schoss auf ihn zu. Jean riss den Arm hoch, wehrte den Schlag damit ab, verlagerte im selben Augenblick bereits das Gewicht, um dem Hünen gegen die Brust zu treten. Knurrend wich Henri einen Schritt zurück, Jean setzte nach, schnellte die Fäuste gen Henris hinter erhobenen Unterarmen verschanztes Gesicht, links, rechts, doch den dritten Schlag zielte er nach unten, auf die Leber, wo es wehtat. Seine Fingerknöchel prallten in festes Fleisch. Der Hüne grunzte, sein Arm zuckte zu spät nach unten, während sich sein Körper bereits vor Schmerz krümmte. Aus dem Augenwinkel sah Jean die anderen kommen, drehte sich, um Arnaud mit einem linken Haken zu empfangen, doch der Kerl warf sich einfach auf ihn, riss ihn mit sich zu Boden. Sofort waren auch Maurice und Henri über ihm, pressten ihn mit ihrem Gewicht auf das kalte, klamme Gestein.

»Halt ihn fest, Henri!«, ließ sich Kafziel vernehmen. »Er soll zusehen.«

Jean wand sich, lehnte sich mit ganzer Kraft gegen die Hände und Knie auf, die ihn niederdrückten. Eine Pranke packte sein Handgelenk. *Nein!* Er zappelte noch mehr, doch sein Arm wurde unerbittlich nach oben gezogen, bis jede Bewegung ein Höllenfeuer durch seine Schulter lodern ließ. Kantig drückte sich die Schuhsohle durch Jacke und Hemd, als Henri ihm einen Fuß in den Rücken stellte. Sein Blick suchte Lilyths, die entsetzt auf ihn hinabsah. »Tu es nicht!«, keuchte er.

»Schnauze!«, blaffte Henri und trat fester zu.

Lilyth schloss die Augen. »Der Tod wird meine Erlösung

sein.« Ein harter Zug zeigte sich um ihren Mund. »Ich werde die Macht haben, mich an allen zu rächen.«

»Aber brauchen wir für das Ritual nicht fünf ...«, begann Sylvaine.

Kafziel, dessen Abbild sich nicht von der Stelle gerührt hatte – vielleicht, um die anderen nicht merken zu lassen, dass er nicht mehr materiell zugegen war –, schnitt ihr barsch das Wort ab. »Sinnlose Formalia! Tu, was getan werden muss, damit wir unter die Fürsten der Hölle aufsteigen!«

Mit verunsicherten Blicken schlichen Arnaud und Maurice dennoch an ihre Plätze zurück. Wenn ihm nicht so elend zumute gewesen wäre, hätte Jean gelacht. Ohne Regeln, an die sie sich klammern konnten, wirkten die zukünftigen Herren der Hölle reichlich verloren. Wie auf ein geheimes Zeichen intonierten sie erneut ihre Beschwörung. »Asmodi, Aziabel, Bethor, Oriens ...« Sylvaine weihte den silbern schimmernden Dolch den Elementen, indem sie ihn nacheinander in Rauch und Flamme der Kerze hielt, mit der Spitze den Boden berührte und schließlich darauf spuckte.

Jeans Gedanken rasten. Was konnte er tun? Versuchte er, die Zeremonie durch einen Exorzismus zu stören, würde ihn Henri sofort zum Schweigen bringen. Lilyth stand bleich und reglos da. Für ein Mädchen wie sie, missbraucht und ohnmächtig gegen ihren Peiniger, mussten Kafziels Versprechungen äußerst verlockend sein. Doch glaubte sie im innersten Herzen wirklich daran? Wollte sie nicht viel mehr von einem Leben erlöst werden, in dem sie kein Licht mehr sah? »Sei nicht so dumm! Es gibt Hilfe!«, rief er. Seine Wange rieb über das schmutzige Gestein. Noch einmal spannte er sich, versuchte, Henri mit einem Ruck aus dem Gleichgewicht zu bringen. Der Schmerz, der sofort durch seine Schulter jagte, entriss ihm ein Stöhnen.

Sylvaine hob den Dolch und trat auf Lilyth zu, deren Lider noch – oder wieder? – geschlossen waren.

Jean knirschte mit den Zähnen. Panik und Verzweiflung fegten jedes andere Gefühl hinweg. Sie würde sterben, wenn er nichts unternahm. Er sah schon vor sich, wie die Klinge in weiße Haut schnitt. »Desiste puella, Kafziel! Adime me! – Lass das Mädchen, Kafziel! Nimm mich!«

Der Anblick erinnerte Sophie an Fresken, die Kirchgängern die Schrecken der Hölle ausmalen sollten. Je länger sie – noch immer halb aufgerichtet am Boden liegend – nach oben starrte, desto deutlicher sah sie im wogenden Gewirr die kämpfend ineinander verschlungenen Leiber, die die drei Stockwerke bis zum Glasdach ausfüllten, den Hof zu sprengen und doch die Wände zu durchdringen schienen, als gäbe es sie nicht. Kräftige Schwingen, manche gefiedert, andere knochig und nackt, flatterten. Stierhufe trommelten auf Schlangenhaut ein. Entstellte Fratzen rissen zähnestarrende Mäuler auf, und ein Skorpionstachel zuckte dem bärtigen Gesicht eines geflügelten Stiermenschen entgegen. *Das sind also die Kerubim!* Sophie glaubte, in einem blonden Engel Geneviève zu erkennen, die mit flammendem Schwert die krallenbewehrten Fänge eines löwenköpfigen Adlers versengte. Allmählich hörte sie auch das Rascheln der Flügel, das Brüllen und Schreien.

»*Weiter!*«, rief Raphael in ihrem Kopf.

Zögerlich wandte sie sich ihm zu. Ihr war, als müsse sie aus den lähmenden, betäubenden Tiefen eines Sees emporsteigen, um die Augen von dem biblischen Anblick über ihr zu lösen. Immer lauter grollten und kreischten die Dämonen in ihren Ohren. Raphael, unter die strampelnden Krallenfüße eines Dämons und den peitschenden Schwanz eines Stiers geduckt, bedeutete ihr, ihm nach nebenan zu folgen. Gerade wollte sie sich aufrappeln, als ein schlagender drachenartiger Flügel sie erneut von den Füßen fegte. Instinktiv barg sie den Kopf in Armen und Händen, erwartete den Angriff, doch es geschah nicht mehr. Der Dämon hatte sie nur im Eifer des Gefechts gestreift. Eine Sekunde lang fragte sie sich, was die Überwachungskameras zeigen mochten und ob jeden Moment Sicherheitspersonal den Saal stürmen würde, aber dann fielen ihr die erloschenen Lampen ein. Vielleicht hatten die Museumsleute ihre ganz eigenen Probleme.

Sie spähte nach oben. Hier unten schien sie recht sicher, während sie unweigerlich wieder mit den Kämpfenden kollidieren würde, wenn sie noch einmal versuchte aufzustehen. Raphael erging es offenbar nicht besser. Er kauerte an der Schwelle, wo wenige Stufen in den Nebenraum hinabführten, und blickte besorgt in die Richtung des Schlüssels. Auf allen vieren krabbelte sie auf ihn zu, als wie aus dem Nichts etwas Großes auf ihn niederfuhr. Im nächsten Augenblick leuchtete Raphaels plötzlich aufgerichteter Körper hell auf. Weiße Schwingen breiteten sich hinter seinem Rücken aus, mehr sah sie nicht mehr von ihm. Ein Dämon, menschenähnlich von Gestalt, raubte ihr mit seinen vier grünlich dunklen Flügeln die Sicht.

»Rafe!«, entfuhr es ihr, doch der Engel gab keine Antwort, taumelte im Kampf gegen den Dämon, dessen Skorpionstachel nach ihm schlug, rückwärts, bevor es ihm gelang, sich im Nebenraum mit kräftigen Flügelschlägen nach oben zu bewegen, wohin er den Dämon mit sich zog.

Jetzt liegt es allein bei mir. Mit fliegenden Fingern fischte sie Kreuz und Weihwasser aus der Tasche, schraubte das Fläschchen auf und legte stattdessen ihren Daumen als Verschluss darauf. Sie umklammerte und schützte beides zugleich mit den Händen, während sie die letzten Meter kriechend überwand und geduckt die Stufen hinabhuschte. Als sie sich unten aufrichtete, wäre sie beinahe gegen eine Bestie geprallt, die sie mit geöffnetem Schlangenmaul anzischte. »Weiche!«, schrie sie und rammte ihr fast das Kreuz gegen den Kiefer, als sie es vor sich stieß.

Mit noch wütenderem Zischen zuckte der geschuppte Kopf zurück, der mannsdicke Leib ringelte sich ein, floss dabei durch Skulpturen und Schaukästen, die kaum wahrnehmbar erzitterten. *Der Körper ist nur eine Illusion.* Sie starrte in die geschlitzten Pupillen, als könne sie den Dämon damit bannen, und schob sich seitwärts. *Bleib, wo du bist!* »Weiche!« *Wenn du mir zu nahe kommst ...* Drohend hob sie auch das Fläschchen. Die Schlange erwiderte den Blick, folgte ihrer Bewegung, indem sie den Kopf drehte. Wie waren noch die lateinischen Worte gewesen? »Discede, seductor! Discede!«

Zischend wich der Dämon ein Stück weiter zurück. Aus dem Augenwinkel sah Sophie eine schnelle Bewegung und duckte sich gerade noch unter der Schwinge eines löwenköpfigen Adlers hinweg, den ein Kerub vor sich herjagte. Hastig blickte sie wieder zur Schlange, doch der Dämon hatte nicht gewagt, sich ihr wieder zu nähern. Stattdessen schoss er vor, um sich auf den Kerub zu stürzen und sich um den massigen Stierleib zu schlingen. Sophie näherte sich rückwärts der Vitrine mit den Rollsiegeln. Sie konnte den Blick nicht von dem mächtigen Engel abwenden, dessen Gestalt sich ständig zu verändern schien, während er mit der Schlange rang. Mal endeten seine kräftigen Beine in gespaltenen Stierhufen, dann in Löwenpranken. Eben noch war sein Rücken mit zottiger Mähne bedeckt gewesen, nun zeichneten sich Muskeln unter nackter Menschenhaut ab. Sie erschrak, als ihre Hand mit dem Weihwasser klirrend gegen den Schaukasten stieß. *War die ... Nein.* Die Flasche war noch intakt. Ihr nächster Blick galt dem Schlüssel. Welches Siegel war es gewesen? Befand es sich noch an seinem Platz? Die Atmosphäre im Raum war so aufgeladen, dass sie Mühe hatte, seine Ausstrahlung zu spüren. Sie kniff die Augen zusammen, um nach Details zu suchen, die ihr bekannt vorkamen. *Da!* Ein seltsames Tier mit drei Zacken auf dem Rücken. Das musste er sein.

»Geh mir aus dem Weg, Weib!«, donnerte eine Stimme hinter ihr.

Kafziel!, erkannte sie und wirbelte herum.

Die dunklen Augen funkelten sie aus tiefen Höhlen an. »Geh mir aus dem Weg!« Er stürmte auf sie zu.

Einen Lidschlag lang war sie vor Angst gelähmt, dann zuckte ihr Arm wie von selbst nach vorn. Glitzernde Tropfen sprühten durch die Luft.

»Maul halten, hab ich gesagt!«, fuhr Henri ihn an.

Schon schoss neues Feuer durch Jeans Schulter, als er am Arm nach oben gerissen wurde und Henris Fuß ihn zugleich nach unten trat. Knorpel knirschte. Jean kniff die Augen zu und biss die Zähne zusammen, bis der Schmerz nachließ. Er wollte nicht sehen, wie Lilyth starb, und doch öffnete er rasch wieder die Lider, musste es einfach tun. Sein Blick fiel auf Kafziel, dessen Abbild mit einem Mal flackerte. Qualmende Löcher platzten in der Robe auf, durch die nicht etwa ein Körper, sondern die Wand dahinter sichtbar wurde. Doch im nächsten Moment war der Dämon zurück. Die dunkle Präsenz legte sich so unvermittelt über Jeans Empfinden, dass es ihm vorkam, als seien die Kerzen im Raum erloschen. In Wahrheit brannten sie noch immer, beleuchteten Kafziels wieder intakte, schimmernde Robe und seine wütende Miene. Nur ein paar rötliche, wie verbrannte Flecken auf Gesicht und Händen verrieten Jean, was vorgefallen war. *Weihwasser ...*

»Warte!« Der Befehl war so scharf, dass Jean Henri zucken spürte, obwohl das Wort Sylvaine galt. Mit geweiteten Augen ließ sie den Dolch sinken.

Kafziel kam auf ihn zu. Sie alle überragten Jean wie Riesen, doch als sich der Dämon näherte, war ihm erneut, als fiele ein Schatten auf ihn, der nichts mit den physischen Schatten zu tun hatte, die über die Wände tanzten. Die Schuhe verhielten gefährlich nah vor seinem Gesicht. Er konnte den Staub darauf und die feinen Poren des Leders sehen. Die Seidenrobe raschelte, als Kafziel vor ihm in die Hocke ging, um ihm in die Augen zu sehen. Jean spürte das Kratzen des Dämons an der Barriere um seine Gedanken. Wie gern Kafziel wohl dort eingedrungen wäre und ohne Zeugen zu ihm gesprochen hätte. Der Triumph schmeckte bitter, denn Jean ahnte, dass es sein letzter war.

»Ist dir das Leben der kleinen Schlampe wirklich so viel wert?«

War es das? War er wirklich bereit, sein Leben zu geben, um sie zu retten? *Es ist die logische Konsequenz aus allem, was ich bin und getan habe.* Wenn er sie sterben ließ, was war sein Kampf dann wert? Dann wäre er nur irgendein Spinner, der sein Leben damit verschwendete, Perversen bei ihrem Treiben zuzusehen. Er dachte an Marie-Claire, wie sie im Schlafzimmer seiner Eltern in ihrem Blut gelegen hatte. Nein, Lilyth sollte nicht enden wie seine Schwester. »Ja.«

Kafziel schmunzelte. »Also schön. Aber ich habe eine Bedingung. Sie ist besessen, wie du weißt. Besitz gegen Besitz, würde ich meinen. Ich will, dass du dich mir öffnest. Du, der große Streiter wider die Dämonen.«

Jeans Herz verkrampfte sich. Er spürte die Kälte, das lauernde Böse schon jetzt so stark, dass ihn grauste. Aber kam es darauf noch an? Wenn es die einzige Bedingung war, konnte er den Handel nicht daran scheitern lassen. »Einverstanden.«

Was wohl in den anderen vorging? Begriffen sie, was geschah? Wer dieser Mann war? Dass er *kein* Mann war? Er konnte ihre Gesichter nicht sehen, und sie schwiegen. Nur Henris Atem pfiff leise über ihm.

Der Dämon nickte – ein Mal. »Gut. Ich will es hören. Sprich es aus!«

Es war ein Ritual, eine Weihe. In dem Moment, da er es aussprach, würde er den Gedanken Realität werden lassen. Sein Innerstes würde Kafziel offen stehen, um es in Besitz zu nehmen. Jedem Schutz vor dem Dämon würde er entsagen. Er stutzte. Was geschah, wenn ...

»Sprich es aus!«, donnerte Kafziel.

Es sei! »Ich rufe Satan und seine Engel zu Zeugen an, dass ich dir gestatte, von mir Besitz zu ergreifen. Ich bin das Opfer, das sich selbst erwählt hat, gegen den Willen des Herrn.«

Der Dämon stand auf, doch seine erdrückende Präsenz blieb über Jean gebeugt, tastete mit eisigen Fingern über seine Haut, sickerte hindurch. Er begann zu frieren, suchte Lilyths Blick, die ihn mit offenem Mund anstarrte, während Kafziels Körper oder Abbild – Jean vermochte es nicht mehr zu unterscheiden, da ihn die düstere Aura umfing – zurückwich. Das Böse drang in ihn, breitete sich aus, als spritze ihm ein sadistischer Arzt flüssiges Blei in die Adern, das kalt statt heiß war und seine Glieder starr und schwer machte. Er spürte, wie das Grauen sein Herz umschloss und sich anschickte, auch diesen letzten warmen Fleck auszulöschen. Das Grauen würde ihn nicht töten. Dazu brauchte es noch immer den Dolch. Doch wenn Kafziel über sein Herz gebot, würde er die Klinge willenlos ihr Werk vollbringen lassen.

»Was zur Hölle ...«, hob Arnaud an.

Lilyths Blick zuckte zu Kafziel, und Jean folgte ihm wie von selbst.

Der Dämon verblasste. »Ich hole mir, was mir zusteht.« Er deutete auf Lilyth. »Tötet sie!«

Die Tropfen trafen Kafziel, sprenkelten sein Gesicht, die behaarten Hände, die schwarze Robe, in der Sophie die Ritualkleidung der Satanisten wiedererkannte. Er erstarrte mitten in der Bewegung. Sein Blick richtete sich nach innen oder in weite Ferne. Sie konnte nur raten, stand vor Angst und Ratlosigkeit über den nächsten Schritt wie gelähmt. Rauch kräuselte sich, wo das Weihwasser den Dämon benetzte. Blitzschnell wölbten sich kleine Brandblasen auf seiner Haut und platzten, sodass darunter rohes Fleisch zum Vorschein kam. Löcher rissen in der Robe auf, breiteten sich aus, als hätte sie ihm Säure entgegengeschleudert, die sich durch Stoff und Haut fraß. Sie konnte den Blick nicht von den Rändern lösen, von denen der Qualm aufstieg, während die Fasern versengten. Das Gebrüll der Kämpfenden über ihr war nur noch ein Rauschen in ihrem Ohr.

Jean. Warum fiel er ihr ausgerechnet jetzt ein? Mit einer

Ahnung von Gefahr und Verzweiflung? Wo war er? Hatte er Kafziels neues Opfer gefunden und gerettet? Fragend sah sie zur Miene des Dämons auf, als ob sie Antworten von ihm erwarten könne. Ein höhnisches Grinsen breitete sich auf seinen verblassenden Zügen aus, dann war er mit einem Mal verschwunden.

Was war geschehen? Ein rascher Blick verriet ihr, dass die Vitrine unversehrt und das magische Siegel noch darin war. Hatte sie gewonnen? Angesichts des spöttischen Ausdrucks in Kafziels Gesicht kam es ihr absolut nicht so vor. Aus irgendeinem Grund hatte er sich zurückgezogen, aber seine Diener waren noch da. Um sie herum tobte noch immer die Schlacht mit seinen Dienern und Verbündeten. Sammelte er neue Kraft, um zum vernichtenden Schlag auszuholen? Unwillkürlich umklammerte sie das Kreuz und das Fläschchen in ihren schweißnassen Händen fester. Sie hatte es dem Dämon so überstürzt entgegengeschleudert, dass nicht mehr viel Weihwasser übrig war. Und wo hatte sie nur den Zettel mit dem Exorzismus? Sie kauerte sich neben den Schaukasten und legte widerstrebend das Holzkreuz ab, um in ihrer Tasche wühlen zu können. Aber würde sie überhaupt genügend Zeit haben, das Gebet aufzusagen, wenn der Dämon – gestärkt von Menschenblut – mit Macht zurückkam? Ihre Finger zitterten.

Ein schriller Schrei stieß wie ein Speer in ihr Ohr, als ein Stoß in die Seite sie auch schon zu Boden warf. Sie spürte etwas Kaltes an ihren Fingern, während eine Klaue über ihrem Kopf hinwegsauste. Kostbares Weihwasser ergoss sich auf die Fliesen. Hastig schob sie den verrutschten Daumen wieder über die Öffnung, mit der anderen Hand tastete sie nach dem Kreuz. Im letzten Augenblick rollte sie sich zur Seite, bevor Fänge mit messerlangen Krallen auf die Stelle niederfuhren, an der sie eben noch gelegen hatte. Strampelnd setzte sie sich auf, um gleichzeitig zurückzuweichen. Die schwarzen Schwingen eines mannsgroßen Adlers füllten ihr ganzes Blickfeld aus. In den scharfen Raubvogelaugen loderte rotes Feuer. Erneut gellte der Schrei, als der aufgerissene scharfe Schnabel auf sie zuschoss.

»Weiche!«, kreischte sie und stieß ihm das Kreuz entgegen.

Was? Eine Sekunde lang starrte Jean entgeistert das verblassende Abbild des Dämons an.

»Aber ich dachte, *er* soll jetzt …«, begann Maurice verwirrt, und Jean musste ihn nicht sehen, um zu wissen, auf wen der Junge dabei deutete. Er spürte die Intensität nachlassen, mit der Henri seinen Arm unter Spannung hielt. Vermutlich starrte auch er Kafziel verwundert an oder sah fragend zu Arnaud, während Sylvaines Blick zwischen dem Dämon, Jean und Lilyth hin- und herschoss.

Eine Flut heißen Zorns spülte Jeans Überraschung fort. »Verfluchter Bastard!« Hätte er nicht wissen müssen, dass einem Dämon niemals zu trauen war? Der Schmerz, mit dem Henri seinen Ausbruch bestrafte, steigerte nur seine Wut. Er fühlte das Gift des Bösen in sein Herz ätzen. Hass ballte sich zu einer dunklen Wolke, die sich um ihn legte.

»Für ihn haben wir bald bessere Verwendung«, fuhr Kafziel Sylvaine an. »Töte sie, bevor es zu spät ist!«

Der Dämon war nur noch ein Schemen, doch Jean spürte seine Gegenwart umso deutlicher in sich. *Versuch, mich zu besitzen! Stopf mir das Maul, wenn du kannst!* »Lasst sie gehen, ihr Schweine!«, brüllte er, was Henri sofort mit einem

Ruck an seinem Arm quittierte. Für einen Augenblick raubte der Schmerz ihm Gehör und Verstand. Was auch immer die Satanisten sich zuriefen, es ging in rötlich weißen Blitzen unter, die aus seiner Schulter in sein Gehirn schossen.

»Bist du nicht insgeheim erleichtert? Besser sie als du«, flüsterte ihm eine Stimme schmeichelnd zu.

Er ertappte einen winzigen Teil seiner selbst dabei zuzustimmen und empfand Scham, die der Wut neue Flügel verlieh. *Nein! Gib sie frei, du Monster!*

»Wer ist der Kerl wirklich?«, drang Arnauds Stimme an sein Ohr. Kafziels Bild war verschwunden.

»Er muss der Dämon sein, der Caradec alle Geheimnisse dieses Rituals enthüllt hat«, erwiderte Sylvaine aufgeregt. »Er ist es, der für uns das Tor öffnen wird.« Ihre Stimme gewann Festigkeit zurück. »Macht euch bereit! Wir müssen uns an seine Anweisungen halten, sonst werden wir unser Ziel nicht erreichen.«

»Nei…« Jean hörte seine eigene Stimme versagen, als eine kalte Hand ihm unter seiner Haut die Kehle zudrückte. Würgend rang er nach Luft.

»Du gehörst jetzt mir und wirst sagen, was ich dir befehle.«
Ich hab dich eingelassen, aber ich hab dir keinen Gehorsam geschworen! Mit einer inneren Hand, deren Existenz er nicht geahnt hatte, zerrte er am Griff der eisigen Macht um seinen Hals. *In nomine patris …* Seine Gedanken brachen ab, als er sah, wie Sylvaine den Dolch hob. *Nein!*

»Polizei! Waffe fallen lassen!«, hallte Tiévants Stimme unter dem Gewölbe – begleitet von hastigen Schritten, die von zwei Seiten ertönten und sofort wieder verhielten.

Einen Lidschlag lang keimte Erleichterung in Jean auf, doch dann fiel sein Blick auf Sylvaine, und im gleichen Moment fiel die Präsenz des Dämons so kalt und finster und erdrückend auf ihn herab, als befände er sich am Grund der Tiefsee. Ihre Augen verdrehten sich, die Pupillen verschwanden und ließen nur Weiß zurück. Der Arm mit dem Messer schnellte vor, führte die aufglänzende Klinge in einem Bogen, während Schüsse wie Donnerknall durch den Raum peitschten. Blut spritzte in hellroten Tropfen auf. *Lilyth!*

Der riesige Adler kreischte beim Anblick des Kreuzes auf, dass Sophie glaubte, für immer taub zu werden. Sie verzerrte das Gesicht, als könne sie dadurch die Ohren verschließen, unterdrückte den Impuls, sie sich zuzuhalten, weil dann das Kreuz nicht mehr zwischen ihr und dem Dämon gestanden hätte. »Hau ab!«, schrie sie zurück und versuchte, endlich wieder auf die Beine zu kommen. *Der Schlüssel!* Der Adler war nun näher daran als sie. Sie stemmte sich mit einem Ruck hoch, der das Kreuz ungewollt auf den Dämon zuzucken ließ. Kreischend sträubte er sein schwarzes Gefieder, das so düster war, dass es auch das letzte Licht zu schlucken schien. Sophie sah das Blut aus ihrer Haut quellen, bevor sie den Schmerz spürte. Die Spitze des Schnabels hatte ihren Handrücken geritzt. Ihr Herz schlug so schnell, dass sie es vibrieren fühlte. »*Du hast es mit Blut besiegelt. Es gibt kein Zurück.*«

Ich will nicht sterben! Ich hab dich schon einmal besiegt, und das ist nur dein Diener.

Der Adler beugte die kräftigen Fänge, stieß sich ab und schlug im gleichen Augenblick mit den Flügeln. Sophies Herz stockte. *Nur ein Diener. Der Herr ist mit mir.* Sie schloss die Augen. »Fahr zur Hölle, Dämon«, wisperte sie, als der kalte Schatten durch sie hindurchglitt. Triumphierend riss sie die

Augen wieder auf. »Du bekommst ihn nicht!«, schrie sie und sprang zurück vor die Vitrine.

Einen Lidschlag später ragte er vor ihr auf – so groß und einschüchternd, wie sie ihn aus dem Mausoleum in Erinnerung hatte. Sein von grauer, ledriger Haut überzogener Körper hätte einem Stier zur Ehre gereicht, die breiten Schultern hätten jede Tür gesprengt, selbst ohne die drachengleichen Schwingen, deren Spitzen in Krallen endeten. Der widerliche Gestank fauler Eier stahl sich in ihre Nase und ließ sie würgen. So entstellt war seine Fratze, dass sie Kafziel nicht erkannt hätte, wenn sie ihm nicht schon einmal in dieser Gestalt begegnet wäre.

»Geh mir aus dem Weg!«, grollte das löwenartige Maul. Die dunklen Augen schienen sie zu durchbohren.

Sophie schob den zitternden Daumen von der Öffnung des Fläschchens.

In seine Züge trat ein groteskes Grinsen. »Diesmal wird es dir nichts nützen.«

Das sagst du. Sie klammerte sich an ihren Glauben und holte aus. Ein Donnerschlag fuhr ihr bis in die Eingeweide. Glas und Plastik barsten, Splitter sausten durch die Luft. Mit einem Aufschrei riss sie die Hände vors Gesicht, duckte sich vor den Geschossen, die auf sie prasselten, durch Stoff und Haut stachen. Das Fläschchen entglitt ihr, landete auf den Fliesen und zerbrach. Ringsum lagen die Schaukästen in Trümmern. Sie spähte durch ihre Finger nach oben. Ein Kerub bäumte sich über ihr auf, drang auf den Dämon ein, doch Kafziel, plötzlich noch größer und gewaltiger, stieß ihn zur Seite, dass er durch den Raum taumelte.

Der Schlüssel! Hastig rappelte sich Sophie auf. Splitter regneten klirrend zu Boden. Blitzschnell drehte sie sich nach den Rollsiegeln um, die in den Trümmern der Vitrine verstreut lagen. Im Dämmerlicht suchte sie mit hektischem Blick nach dem Richtigen, als sich der Dämon auch schon herabbeugte und ohne Zögern mit den Klauenfingern nach einem bestimmten Siegel griff. Kerubim und Engel schrien auf. Sie warf sich vor, streckte die Hände aus, um es vor ihm zu erreichen, aber ein überraschender Schlag von hinten gegen ihre Beine ließ sie in die Knie gehen.

Mit einem selbstgefälligen Grinsen blickte Kafziel auf sie herab, fegte die angreifende Geneviève mit einem Arm zur Seite. Plötzlich veränderte sich sein Gesicht. Für einen kurzen Augenblick runzelte er die Stirn, dann war er fort. Und der Schlüssel mit ihm.

19

Um sie herum war es dunkel und still. Im ersten Moment wollte Sophie die Augen wieder schließen und sich enger an Rafe kuscheln, auf dessen Schoß sie saß und sich mit Kopf und Schulter an ihn lehnte, das Gesicht an seinem Hals geborgen. Doch dann stutzte sie, richtete sich in den Armen auf, die er um sie gelegt hatte. »Was … Wie lange habe ich geschlafen?« Alarmiert sah sie sich im dämmerigen Louvre um.

»Nur ein paar Minuten.« Rafe … *Raphael* … saß auf den Terrakottafliesen des Ausstellungsraums. Nur noch ein dunkler Fleck und glitzernde Scherben erinnerten an das Weihwasser, das Sophie aus der Hand gefallen war. Neben ihnen ragte die Vitrine mit den Rollsiegeln auf – unversehrt. Sophie sprang auf, ihr hoffnungsvoller Blick suchte den Schlüssel, doch sein Platz war leer. Nichts deutete darauf hin, dass jemals ein weiteres Siegel hier gestanden hatte.

»Es wird lange dauern, bis jemandem auffällt, dass es fehlt«, meinte Raphael und erhob sich.

»Aber wie ...« Sie deutete verwirrt auf das intakte Glas. »Ich hab gesehen, dass es zerbrochen war.«

»Die Kerubim haben alles wieder in seinen ursprünglichen Zustand versetzt. Alles andere würde nur unerwünschte Aufmerksamkeit auf das Siegel lenken. Mysteriöse Vorfälle, bei denen angeblich unscheinbare archäologische Fundstücke verschwinden, sind eine Steilvorlage für Verschwörungstheoretiker im Internet.« Er versuchte ein Lächeln, aber es misslang.

Sophie hörte nur mit halbem Ohr zu. Sie sah noch immer auf den verwaisten Platz, obwohl sie in Gedanken die letzten Sekunden vor sich sah, bevor der Dämon mit dem Schlüssel verschwunden war. »Ich habe versagt.«

»Das hast du nicht«, meinte Raphael, legte den Arm um ihre Schultern und drückte sie tröstend. »Dein Eingreifen muss wichtig gewesen sein, sonst hätte ich nicht den Auftrag bekommen, dich herzubringen. Nicht einmal die Kerubim konnten ihn aufhalten, nachdem er sein Opfer bekommen hatte.«

Dann kam Jean zu spät. Oder war ihm etwas zugestoßen? Auf jeden Fall war seine Freundin wohl tot. Die Vorstellung schnürte ihr die Kehle zu. Jean hatte so viel riskiert, um ihr zu helfen, und alles war umsonst. Sie konnte das bleiche Mädchen förmlich in seinem Blut liegen sehen.

»Aber wie kann ...« *Gott so etwas zulassen?* Da war sie wieder, die alte Frage nach Gott und dem Bösen in der Welt. Sophie merkte, dass es ihr angesichts der Engel und Dämonen fast schon selbstverständlich geworden war, auch an die Existenz Gottes zu glauben. Doch wenn es ihn gab, wenn er Kafziel gestattet hatte, mit dem Schlüssel zu entfliehen –

und in seiner angeblichen Allmacht lag dies in seiner Hand, ob es nun einen Teufel gab oder nicht –, worin bestand dann seine Rolle? War er der Wüterich des Alten Testaments, der das arme Mädchen als Opfer sterben ließ, um es für seine Sünden zu strafen? Der die Freilassung der Wächter als Jüngstes Gericht über eine verderbte Menschheit brachte? Oder sah er als seufzender Vater seinen guten wie schlechten Kindern zu, wie sie Fehler machten – egal, wie schrecklich sie sein mochten –, weil er wusste, dass sie nur aus Irrtümern lernen konnten? Wo bliebe dabei die Gerechtigkeit?

Müde schüttelte sie den Kopf. Sie würde es heute Nacht nicht mehr ergründen. Vielleicht würde sie das nie ...

»Komm, lass uns gehen, bevor sie den Kurzschluss repariert haben«, mahnte Raphael und nahm ihre Hand. Ob er absichtlich nicht auf ihre Gedanken einging? Wie zur Antwort schloss er die Finger für einen Augenblick fester um die ihren. Die Nacht war lang und hart genug gewesen.

Sophie folgte ihm in den Cour Khorsabad hinüber. Was würde ihnen bevorstehen, wenn Kafziel die Wächter entfesselte? Vielleicht hatte sie gerade einen Vorgeschmack auf die Schlacht bekommen, die dann zwischen Himmel und Hölle entbrennen würde. Ausgetragen auf der Erde, unter den Menschen, die nichts davon ahnten ...

Scheu sah sie zu den Gesichtern der geflügelten Stierwesen auf, die starr und steinern wieder an ihren Plätzen standen. *Es tut mir leid, dass ich euch nicht helfen konnte.* Aber vielleicht war dieser Anspruch von Anfang an vermessen gewesen. Sie verstand noch nicht viel vom Kampf gegen Dämonen. Doch sie war bereit zu lernen. Mehr denn je.

Als Sophie erneut die Augen öffnete, fiel helles Licht durch die Ritzen des Fensterladens. Von draußen drang ferner Straßenlärm herein und aus der Küche Madame Guimards quäkendes Radio. Nur sonntags gab es klassische Musik aus dem Salon bereits zum Frühstück. Alles war wie immer ... Noch hatte Kafziel also nicht die Pforten zur Hölle geöffnet.

»Hat er doch nicht, oder?«, fragte sie Raphael, ohne ihn zu sehen. Sie konnte die leise Angst, er könne gegangen sein, obwohl sie ihn gebeten hatte zu bleiben, nicht aus ihrer Stimme heraushalten. Ohne ihn hätte sie angesichts der drohenden Gefahr nicht einschlafen können.

Im gleichen Augenblick wurde er sichtbar. Er stand am Fenster. Das warme Licht fiel auf seine einst so vertrauten Züge. Es kam ihr vor, als sei der frühere, nicht ganz makellose Rafe in den letzten Tagen immer weiter hinter dem reinen, von allem Irdischen losgelösten Engel verblasst, der mehr Ehrfurcht und Bewunderung für seine Schönheit in ihr hervorrief als Liebe.

»Nein, ich ... *alle* Engel würden es wissen, wenn es so wäre.«

Sie hatte gehofft, dass seine Worte sie beruhigen würden, doch die Ungewissheit war beinahe schlimmer. Das Bett schien plötzlich nicht mehr anheimelndes Versteck, sondern einlullende Falle zu sein. Außerdem kam sie sich seltsam dabei vor, dort zu liegen und zu Raphael aufzusehen, der fremder denn je wirkte. »Wo ist er? Worauf wartet er?«, wollte sie wissen, während sie aufstand, um sich – selbst im Pyjama – würdevoller zu fühlen.

»Ich weiß es nicht. Ich verfüge nicht über die Macht, ihn nach Belieben aufzuspüren.« Er sah besorgt aus, bemühte sich aber, ihr ein Lächeln zu schenken. »Womöglich hat er sich sogar dem Wissen der Kerubim entzogen, doch es steht mir nicht zu, sie zu fragen.«

In der Küche klapperte Madame Guimard mit Geschirr. Sicher würde sie sich bald wundern, wo Sophie blieb. Immerhin wollte sie heute abreisen. *Und Lara kommt!*, fiel Sophie ein, doch die Freude darüber wirkte fehl am Platz. *Alles* wirkte fehl am Platz. Kafziel konnte jeden Augenblick den Weltuntergang einläuten, ein Mädchen war gestorben, Jean war womöglich verletzt oder ebenfalls tot ... Wie sollte sie ihn finden, ihm helfen? Mittlerweile stand wohl längst wieder ein Polizist vor dem Haus. Und sie stand hier, irgendwie verloren vor den Trümmern der Liebe ihres Lebens, und wusste nicht mehr, wie sie mit Raphael umgehen sollte.

Zärtlich strich er ihr durchs Haar. Seine Liebe durchfloss sie wie warme Sonnenstrahlen und löste, was vor Angst und Kummer erstarrt war. Tränen stiegen ihr in die Augen. Es wurde Zeit, Abschied zu nehmen. Noch einmal umarmte sie ihn, nahm alles in sich auf, was sie an Rafe erinnerte. Seine dichten Wimpern, seinen Herzschlag, den Duft seiner Haut, das Gefühl selbiger unter ihren Fingern ... Es war hier, und doch war es nicht mehr *er*. Die Aura des Engels umgab sie mit Trost und Geborgenheit, aber sie spürte kein Leben darin, keine Lebendigkeit. Spaß, Albernheit, Leidenschaft, Begehren, Freude auf die gemeinsame Zukunft – alles dies hatte sie mit Rafe geteilt, hatte ihr Leben und ihre Liebe reicher, bunter und glücklicher gemacht. Und sie vermisste es, noch immer, auch und gerade jetzt, da der Engel sie in den Armen hielt. *Niemals würde es zwischen uns so sein, wie es damals war.*

Sie konnte die Tränen nicht länger zurückhalten, konnte die Worte nicht aussprechen, die gesagt werden mussten. *Bist du sehr enttäuscht von mir?*

Für einen Moment drückte er sie ein wenig fester an sich. »*Nein. Ich will, dass du glücklich bist, und das wirst du mit mir niemals sein. Meine Liebe zu dir hat es mir schwer gemacht, dieses Wissen zu akzeptieren, aber es ist wahr. Du bist ein Wesen aus Fleisch und Blut, eine Seele in einen Körper geboren, um ein Schicksal zu erfüllen. Du hast mehr verdient, als ein Engel dir geben kann.«*

Heißt das, dass wir uns nie wiedersehen werden? Es schien ihr plausibel. Kafziel hatte sein Opfer bekommen und vielleicht das Interesse an ihr verloren. Vielleicht ... brauchte sie auch keinen Beschützer mehr, weil sie gelernt hatte, ihm auch allein entgegenzutreten. Mit tränenverschleiertem Blick sah sie zu Raphael auf.

Er küsste sie sanft auf die Stirn. »Das muss es nicht. Uns verbindet noch immer etwas. Ich werde für dich da sein, wenn du Hilfe brauchst.«

»Sophie?« Schritte näherten sich auf dem verräterischen Parkett.

Hastig löste sich Sophie von Raphael und wischte die Tränen weg.

»Adieu, Sophie«, flüsterte er.

Als Madame Guimard den Kopf zur Tür hereinsteckte, war er bereits verschwunden.

Epilog

»Gottverdammt«, knurrte Tiévant. *Das ist der Vorraum zur Hölle.* So tief unter der Erde fühlte er sich ohnehin nie wohl, doch dieser Pesthauch gab ihm den Rest. Metallischer Blutgeschmack mischte sich in die abgestandene, nach Moder riechende Luft. Es stank nach Urin und – der Teufel mochte wissen, woher – nach Schwefel. Er wünschte, er hätte die Ausrüstung der Kollegen von der Spezialeinheit dabei, die auch eine Gasmaske umfasste, aber so wie die Dinge standen, musste er irgendwie ohne Maske weiteratmen.

Verfluchtes Frauenzimmer! Vielleicht lag die Übelkeit gar nicht so sehr am Gestank, sondern daran, dass er gerade zum ersten Mal einen Menschen erschossen hatte. Immer wieder wanderte sein Blick zu Sylvaine Lenoirs Leiche, die ausgestreckt in Blut und Schmutz am Boden lag. Pflichtschuldig hatten Massignon und er sie auf Lebenszeichen untersucht, obwohl die Einschusslöcher in ihrem Oberkörper eine deutliche Sprache sprachen. Er hatte das nicht gewollt. Warum musste sie auch mit diesem Irrsinn weitermachen, obwohl sie doch umstellt gewesen war? »Merde!« Er trat gegen eine der umgefallenen schwarzen Kerzen, die in hohem Bogen durch den Raum flog und gegen die Wand knallte. Gerade so wie dieser große Kerl, der eben wieder zu sich kam. War durch die Luft gesegelt wie die davongeschleuderte Puppe eines zornigen Mädchens. Wie hatte Jean das nur angestellt?

»Halten Sie still, Monsieur!«, befahl Massignon dem erwachenden Hünen, dem sie zuvor Handschellen angelegt hatte. »Sie sind verhaftet. Sie waren bewusstlos, aber Hilfe ist auf dem Weg hierher.«

Das hoffen wir jedenfalls. Doch Tiévant bezweifelte, dass der Kollege, der losgelaufen war, um die Ambulanz, Capitaine Lacour und ein Team der Spurensicherung zu verständigen, bereits an der Oberfläche war. Ach ja, die Spurensicherung ... Er verzog den Mund. Die Kerze war noch ein Stück über den Boden gerollt und dann liegen geblieben. *Was soll's?* Sie hatten alles gesehen. Der Fall war klar. Es wurden keine Indizien gebraucht, um zu verstehen, dass das Mädchen mit dem aufgeschlitzten Hals tot war. Blitzschnell wie eine beißende Schlange war Lenoirs Arm vorgezuckt. Er konnte das Aufblitzen der Klinge so deutlich vor sich sehen, als passiere es noch einmal. Sein Finger am Abzug hatte sofort zugedrückt, die Kugel in den Brustkorb getroffen, doch es war zu spät, zu spät gewesen ... Blut war hervorgesprudelt, hatte sich mit dem entweichenden Atem zu Regen vermischt. Alles war zu schnell gegangen, zu schnell. Er hatte nicht mehr gewusst, wo er zuerst hinsehen, zuerst reagieren sollte, als plötzlich auch noch der Hüne durch die Luft geschleudert worden war und Jean, der eben noch wehrlos am

Boden gelegen hatte, nicht nur auf den Beinen war, sondern auch noch den völlig überrumpelten Dupont zur Seite gestoßen und ihm dabei die Waffe aus der Hand geprellt hatte. Auf und davon, verschwunden in den Gängen der Katakomben war er gewesen, bevor Tiévant überhaupt entschieden hatte, dass er und Dupont als Erstes die übrigen Verbrecher gefangen nehmen mussten, während Massignon vergeblich versuchte, die Blutung des Mädchens zu stillen, das zu Boden gestürzt war.

Dort lag es noch immer, wächsern bleich im Schein der Taschenlampen und der verbliebenen Kerzen. Schwarze Seidenbänder, die noch vage die Form eines Pentagramms andeuteten, wanden sich unter ihr und ihrem Blut wie Schlangen. Vielleicht hatten die Spinner doch recht, die behaupteten, dass sich in der Tiefe des Untergrunds ein Tor zur Hölle verbarg. *Verfluchtes Labyrinth!* Gefühlte Ewigkeiten hatten sie gebraucht, um den Eingang im Brunnenschacht, die richtigen Türen und Abzweigungen zu finden. Einmal hatten sie umgedreht, als sie merkten, dass der Schlamm im Gang vor ihnen unberührt war. Zweimal waren sie nach langem Marsch in Sackgassen gelandet, sodass sie schon hatten aufgeben und umkehren wollen, bevor sie endlich auf die Kreidemarkierungen gestoßen waren.

Zu spät! Wie konnte man so krank sein, ein junges Mädchen für irgendwelchen Teufelshokuspokus zu ermorden? Er musterte Charles Arnaud, der in Handschellen an die Wand gelehnt saß. Trotz der Kühle hier unten glitzerten Schweißtropfen auf seiner Stirn. Dieses Mal würde sein selbstherrlicher Schwager ihn nicht retten können. Und dieser da ... Tiévants Blick blieb auf dem Weg zu dem jüngeren Kerl an etwas Hellem hängen, das auf dem Boden lag. Überrascht bückte er sich, um es aufzuheben. Es war eine Art

Röhre, etwa so lang und dick wie sein Daumen, vielleicht aus Speckstein geschnitten oder aus Ton geformt – so genau kannte er sich da nicht aus. Rundherum hatte jemand Bilder und Zeichen hineingeritzt, ein winziges Relief. Es sah alt aus, entweder abgegriffen oder verwittert. *Ein weiteres Utensil für satanische Rituale?* Doch auf den ersten Blick erinnerte nichts daran.

»Was hast du gefunden?«, erkundigte sich seine Kollegin.

»Nichts Besonderes. Könnte ein Stück Knochen sein, das irgendein souvenirjagender *cataphile* hier verloren hat.« Tiévant steckte es in seine Hosentasche. Er würde es sich später bei besserem Licht genauer anschauen und vielleicht doch noch der Spurensicherung geben. Vielleicht gehörte es aber auch Jean? Wo auch immer er jetzt sein mochte.

Danksagung

Mein herzlicher Dank gilt Carsten Polzin, Michelle Gyo und den vielen anderen Beteiligten beim Piper Verlag, die dafür sorgen, dass aus meinen Manuskripten so schöne Bücher werden. Einen besonderen Beitrag dazu haben auch Tanja Meurer und Juliane Seidel geleistet, indem sie die Karte von Paris gezeichnet haben.

Für die stets gute Zusammenarbeit danke ich auch meiner Lektorin Catherine Beck und meinen Agentinnen Natalja Schmidt und Julia Abrahams.

Ohne vielfältige Unterstützung wäre die Arbeit an diesem Roman sehr viel schwieriger gewesen, daher möchte ich an dieser Stelle nicht nur meiner Familie danken, sondern auch Kollegen wie Christian Endres für Beistand in allen Notlagen, André Wiesler für martialisch-artige Ratschläge und Thilo Corzilius für Hilfe beim Übersetzen, außerdem Fachleuten, die ihr Wissen mit mir geteilt haben, wie Rechtsanwalt Stefan Schlotter und Dr. Patrick Burow für Einblicke in die deutsche und französische Strafjustiz, allen Recherche-Helfern beim Montségur-Autorenforum und last but not least meinen Testlesern Torsten Bieder, Andrea Bottlinger und Helene Köppel für ihre kritischen Anmerkungen.

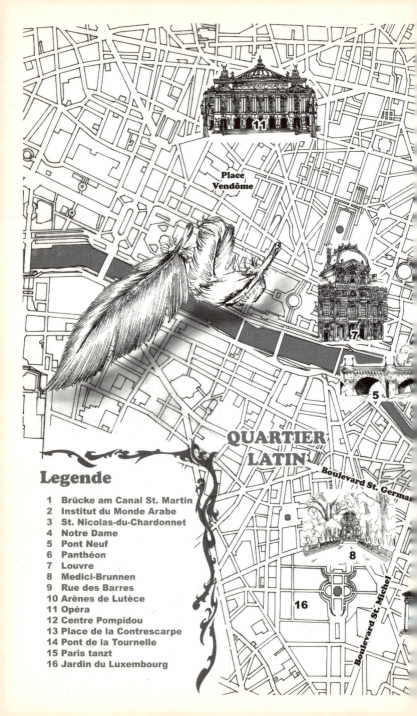

Legende

1. Brücke am Canal St. Martin
2. Institut du Monde Arabe
3. St. Nicolas-du-Chardonnet
4. Notre Dame
5. Pont Neuf
6. Panthéon
7. Louvre
8. Medici-Brunnen
9. Rue des Barres
10. Arènes de Lutèce
11. Opéra
12. Centre Pompidou
13. Place de la Contrescarpe
14. Pont de la Tournelle
15. Paris tanzt
16. Jardin du Luxembourg

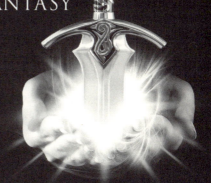